TORSTEN WEILER

# Der Seidenweber

AM SEIDENEN FADEN Krefeld um 1820: Nach Jahren französischer Besatzung ist die Stadt wieder preußisch, die Krefelder suchen ihr Glück in der aufstrebenden Seidenindustrie. Auch der junge Bäckerssohn Gustav ist fasziniert von der Schönheit des edlen Stoffs. Als Kind erlebt er, wie der Rausch der Seide die Stadt zerreißt: In fast jedem Haus läuft ein Webstuhl, und die Seidenverleger gieren nach immer neuen Arbeitskräften. Doch als Preise und Löhne sinken und wütende Webergesellen die Paläste der reichen Seidenbarone angreifen, beenden Soldaten aus Düsseldorf den Aufstand. Trotzdem brennt in Gustav die Leidenschaft für den feinen Stoff, und er will sie zum Beruf machen: Mit seinem Freund Willi träumt er davon, eine eigene kleine Manufaktur zu gründen. Als er seiner großen Liebe Johanna begegnet, nimmt sein Leben eine Wendung. Die junge Frau scheint mehr über Gustavs Familiengeschichte zu wissen als der junge Weber selbst …

© privat

*Torsten Weiler ist in Krefeld aufgewachsen und kennt die Stadt als Journalist genau. Während seines Studiums hat er für die Rheinische Post geschrieben und danach als Redakteur beim WDR-Fernsehen unter anderem aus dem Hauptstadtstudio in Berlin berichtet. Seit einigen Jahren arbeitet er im Landesstudio Düsseldorf im Team der »Lokalzeit«. Nebenher schreibt er Bücher – unter anderem über Krefeld und den Niederrhein. Auf die Idee für »Der Seidenweber« ist er bei Recherchen zur eigenen Familiengeschichte gekommen. Dabei hat er entdeckt, wie fesselnd das 19. Jahrhundert in Krefeld war – mit seinem schillernden Reichtum und seinen harten Konflikten. Die Geschichte des Seidenwebers Gustav Puller ist auch die Geschichte seiner Vorfahren.*

TORSTEN WEILER

# Der Seidenweber

*Historischer Roman vom Niederrhein*

GMEINER

MIX
Papier | Fördert gute Waldnutzung
FSC® C014496
FSC www.fsc.org

Besuchen Sie uns im Internet:
www.gmeiner-verlag.de


Im Ehnried 5, 88605 Meßkirch
Telefon 07575/2095-0
info@gmeiner-verlag.de

1. Auflage 2024

Herstellung: Mirjam Hecht
Umschlaggestaltung: U.O.R.G. Lutz Eberle, Stuttgart
unter Verwendung eines Bildes von: © www.ostwall.de
Druck: GGP Media GmbH, Pößneck
Printed in Germany
ISBN 978-3-8392-0682-9

# *Prolog:*
# *1812. Die Brücke*

*Liebste A.,*

*ich weiß nicht, ob Dich dieser Brief erreichen wird, und ich weiß nicht, ob wir uns je wiedersehen. Aber ich will nicht sterben, ohne unser Kind in den Armen gehalten zu haben.*
*Was ich erlebe, ist grauenhaft. Tausende Kameraden sind gestorben, an Krankheiten, an Hunger, sie sind erfroren, wurden in Kämpfen erstochen und erschossen. Als wir endlich in Moskau ankamen, dachten wir, jetzt wird Frieden. Wir haben gefeiert, mit Champagner und frischem Brot. Dann haben die Russen die Stadt angezündet – Feuerteufel liefen nächtelang durch die Straßen. Die Brandspritzen haben sie vorher zerstört. Die Stadt brannte und mit ihr alles, was wir zum Leben brauchten. Also hat der Kaiser den Rückzug befohlen.*
*Während wir marschieren, wird es Winter. Wieder frieren und hungern wir, leben von schlechtem Pferdefleisch und hüllen uns in Lumpen. Gerade müssen wir den Fluss Beresina überqueren, wir haben eine Behelfsbrücke geschlagen. Die Russen schießen Granaten auf die Verzweifelten, die*

*vor dem Wasser warten. Meine Einheit versucht, die Angreifer zurückzudrängen, damit die Männer über die Brücke fliehen können. Auch Frauen und Kinder sind dabei. Sie stürmen gleichzeitig auf die rettende Seite, viele stürzen in die eisigen Fluten oder werden totgetreten. Es ist furchtbar. Wir wollen alle nur noch nach Hause.*
*Meine geliebte Frau, ich muss aufhören. Ich werde kämpfen, für den Kaiser und dafür, dass wir uns bald wieder küssen können – wie im Frühling im Kliedbruch. Es war wunderschön. Diese Hoffnung hält mich am Leben. Vergiss mich nicht.*

*Dein Dich liebender P.*

# *1820. Ein Tag im September*

Der 20. September war ein Mittwoch, ein milder Spätsommertag. Auf den Gassen rund um die Krefelder Friedrichstraße drängten sich an diesem Vormittag die Menschen. Die Händler in den Verkaufsbuden des Lampenmarktes priesen duftendes Gebäck an, Seidentücher und Brillen, Zinnkrüge und Geschirr, Töpfe und Pfannen. Heinrich Eickhoff, Lumpen- und Eisenwarenhändler aus der Fischelner Vorstadt, hatte gerade seine Auslage mit Nägeln aller Längen und Stärken sortiert, als von einer Seitengasse her schnelle Schritte und lautes Rufen ertönten. Ein kleiner Junge – es mochte ein Erstklässler sein – schob sich durch die Menge, er hatte es eilig. Hausfrauen, die einen Rempler abbekommen hatten, beschimpften ihn. Der Kleine war noch ein paar Fuß von Eickhoffs Stand entfernt, als ein älterer Gassenjunge ihm ein Bein stellte. Er flog in hohem Bogen auf die Straße, knallte gegen die Nagelauslage und riss dabei das Holzgestell um. Zwei Zoll lange Zimmermannsnägel, Kupfernägel, Hufnägel und feine Drahtstifte rasselten auf die Pflastersteine. Das klackernde Geräusch des sich zum Rinnstein ergießenden Stromes an Metallgut übertönte kurz den vielstimmigen Marktlärm. Die Umstehenden hielten den Atem an, besahen mitleidig das Unglück, taxierten den Händler und den am Boden liegenden Pechvogel und warteten gespannt auf die Reaktion des Alten. Der fuhr hinter seinem Stand hervor und ließ eine Schimpfkanonade auf den Jungen los, von der dieser nur »alden Doll« und »Aapefott« verstand. Der Junge sprang auf, rieb sich kurz den Kopf, auf dem sich eine Beule abzeichnete, tauchte unter dem Arm des Händlers durch und lief weg. Dieser schrie ihm hinterher, fuchtelte mit den Händen und forderte die Umstehenden auf, den Jungen aufzuhalten, doch der war schon längst fort. Er musste weiter.

Zur gleichen Zeit ging ein stattlicher Mann in schwarzem Gehrock gemächlich die Friedrichstraße aufwärts. Der Mann trug in der Linken einen gedrehten drei Fuß langen Wurzelstock und hielt in der Rechten eine Zigarre, an der er von Zeit zu Zeit geistesabwesend zog. Er hatte gerade eine Unterredung mit seinem Vater gehabt, dem Chef der Seidenmanufaktur C. und J. Floh. Sein Vater hatte ihm bedeutet, dass er ihm demnächst die Leitung des Unternehmens übertragen werde. Cornelius de Greiff, mit neununddreißig Jahren im besten Mannesalter, hatte das mit Genugtuung gehört. Er war schon seit einigen Jahren derjenige, der die Firma im Kampf um Märkte, gegen ortsansässige und auswärtige Konkurrenz sowie maßlose Forderungen der Krefelder Hausweber führte. Die Stadt lebte von diesem Handwerk. Tausende von Webstühlen liefen in den Häusern der Familien. Doch wenn die Weber mehr Lohn verlangten, als der Markt hergab, würde das Geschäft zusammenbrechen und mit ihm der Wohlstand der ganzen Stadt. Er hatte das für sein Unternehmen bisher verhindern können und war stolz darauf. Im vergangenen Jahr hatte sein Vater ihm als Dank eine vierwöchige Reise in die Rheinpfalz spendiert, bequem im eigenen vierrädrigen Wagen mit Kutscher und Diener. Jetzt winkte ein größerer Lohn: Er würde endlich an der Spitze des Unternehmens stehen. Cornelius de Greiff lächelte zufrieden in sich hinein – genau in dem Moment, als ein vielleicht siebenjähriger Bengel um die Ecke der St. Antonstraße geschossen kam und, in eine andere Richtung blickend, im vollen Lauf gegen den Seidenfabrikanten prallte. Die Zigarre fiel zu Boden, und nur durch den stützenden Gehstock konnte de Greiff verhindern, dass er umgeworfen wurde. Dem Jungen geschah nichts: Das ansehnliche Bäuchlein des Unternehmers war ein weicher Prellbock. Wenigstens eine gute Seite seines zunehmenden Gewichts, dachte de Greiff. Trotzdem würde er dringend abnehmen müssen, jetzt, wo er Chef eines Unternehmens war. »Tschuldigung!«, hörte er den kleinen Kerl noch rufen, dann war dieser verschwunden.

Als der Junge an der Schule gegenüber der evangelischen Kirche vorbeikam, verlangsamte er seinen Schritt. Eigentlich sollte er in der Schulbank sitzen. Aus dem Klassenraum drang das Lied »Bunt sind schon die Wälder, gelb die Stoppelfelder«, und leise sang der Junge mit: »… und der Herbst beginnt.« Er wäre jetzt gerne bei seinen Klassenkameraden gewesen und hätte dem gütigen Herrn Buchmüller zugehört. Wieso das heute nicht ging, konnte er dem Lehrer nicht erklären. Sein Vater hatte ihm erlaubt, die Schule ausnahmsweise ausfallen zu lassen, aber ein schlechtes Gewissen hatte er trotzdem. Er schob seinen Kopf kurz vor ein Fenster, um zu sehen, wer heute neben seinem Freund Georg saß, und erkannte missmutig, dass sich ausgerechnet Emil auf seinen Platz gesetzt hatte. Emil starrte gerade träumend auf die Straße, und – Pech für den Jungen – erkannte ihn sofort. »Der Heinrich ist da draußen!«, schrie Emil, hundert Münder ließen ihren Gesang ersterben, hundert Köpfe drehten sich in seine Richtung, hundert Augenpaare starrten ihn durch die Fensterscheibe an. Und auch der Lehrer erblickte ihn, tadelnd den Kopf schüttelnd. Der Junge ging sofort in Deckung und rannte weiter. Er ärgerte sich. Aber er hatte jetzt keine Zeit, darüber nachzudenken, ob seine Mitschüler und der Lehrer ihn für einen Schulschwänzer hielten. Er hatte einen Auftrag.

In einem Bretterschuppen, der sich im Hinterhof eines Hauses an der neuen Landstraße nach Uerdingen befand, werkelte ein bärtiger Mann an einer seltsamen Apparatur. Auf dem Boden des Schuppens stand ein gusseiserner Ofen. Er wurde mit Steinkohlen befeuert und glühte fast, so heiß war er. Auf den Ofen hatte der Mann einen schweren Stahlzylinder platziert. Aus der Spitze des Zylinders ragte ein Rohr, dessen Ende mit einem Korken verschlossen war. Als der Mann den Korken entfernte, strömte Gas mit einem scharfen Zischen in den Raum. Er nahm einen brennenden Holzspan und führte die Spitze an das Rohr. Die Stichflamme ließ ihn erschreckt zurückweichen, dann brannte das Gas gleichmäßig und ließ den dämmrigen Schuppen in hellem Licht erstrahlen. »Es leuchtet, es funktioniert!« Der Mann tanzte wie ein kleiner Junge durch den Raum. Schweißperlen standen auf seiner Stirn, als er die Tür aufriss und in den Hof trat. Dort sah er einen Jungen die Straße entlanglaufen, der beim Anblick der hellen Flamme anhielt und neugierig durch den Hofeingang in den erleuchteten Schuppen starrte.

»Willst du mal was sehen, Junge?«, fragte der Bärtige.

»Nee, muss weiter, kann jetzt nicht«, erwiderte dieser hastig und lief schon wieder. »Kann ich später noch?«, rief er, den Kopf zurückgedreht, als er schon fast um die Ecke gebogen war. Aber da war der Mann schon im Schuppen verschwunden.

Kurz zuvor hatte sich die Bäckerin Agnes Willicks in der Ortschaft Steckendorf vor den Toren der Stadt in das eheliche Schlafzimmer zurückgezogen. Agnes war kurzatmig und hatte Schmerzen. Sie wusste, was das bedeutete. Es war ihre vierte Schwangerschaft. Sie rief ihren ältesten Sohn Heinrich, dem sein Vater heute erlaubt hatte, nicht in die Schule zu gehen, damit er die Geburt des neuen Geschwisterkinds nicht verpasste, und schickte ihn nach Krefeld. Er solle schnell die Hebamme Anna Pleyer holen. Diese hatte, das wusste Heinrich, schon ihm selbst auf die Welt verholfen. Er zog seine rote Pudelmütze an und rannte los. Friedrich, der Vater der Kinder, war dabei, die Backstube aufzuräumen. Er wusste nicht recht, wohin mit sich.

»Mach mir ein paar Handtücher fertig«, bat Agnes ihn, als er seinen Kopf ins Schlafzimmer im ersten Stock steckte. Agnes hatte das ausgewaschene Leinenkleid an, das sie immer im Haushalt trug. Sie schwitzte. »Wird schon gut gehen«, sagte sie und lächelte Friedrich matt an. »Ist doch immer gut gegangen.« Durch das kleine Fenster zur Straße fiel die Vormittagssonne ins Zimmer. Dann stöhnte sie schwer und ließ sich zurückfallen.

»Ich hole die Handtücher«, versicherte der Bäcker schnell und verschwand nach unten.

Eine halbe Stunde später kam der Junge mit der Hebamme zurück. Während die Frauen im Schlafzimmer das Kind zur Welt brachten, saß Friedrich mit dem siebenjährigen Heinrich und dessen drei Jahre jüngerem Bruder – der ebenfalls Friedrich hieß, aber praktischerweise Fritz genannt wurde – in der Küche. Die einjährige Lisetta schlief fest in ihrem Kinderbett und zuckte nur kurz, als von oben Schreie herunterdrangen.

»Warum tut Kinderkriegen so weh?«, fragte Fritz.

»Tja, das Kind muss aus der Mama raus, und das ist nicht so leicht«, antwortete der Vater.

Der Kleine runzelte die Stirn. »Und wer macht das Mittagessen, wenn Mama ein Kind kriegt?«

»Was hältst du davon, wenn ihr beide zum Lampenmarkt lauft und uns eine Portion Backfisch holt?«, schlug der Vater vor. Heinrich überlegte kurz, wie sie den Fischstand erreichen könnten, ohne beim Metallhändler Eickhoff vorbeizukommen. Dann nahmen sie die Münzen, die ihr Vater ihnen gab, und rannten los.

Von oben ertönte erneut schmerzerfülltes Stöhnen, und Friedrich fühlte sich hilflos. Einige Momente war es ganz still, bevor der nächste Schrei erklang, eindeutig der eines Kindes. Schnell stürmte er die steile Treppe hinauf und riss die Tür auf.

»Es ist ein Junge, Friedrich«, sagte die Hebamme. Sie hielt ihm das blutige Kind hin, das sie in ein Handtuch gewickelt hatte. »Wie soll er heißen?«

Der Kleine kniff die Augen zusammen und drehte irritiert den Kopf in Richtung der Zimmertür, in der Friedrich stand. Der Vater trat heran und strich dem Kind sanft mit dem Zeigefinger über die Wange.

»Ich freue mich«, sagte er. »Ein schönes Kind. Gustav soll sein Name sein.« Er trat zu Agnes und küsste sie sanft auf den Mund, bevor sie erschöpft in ihr Kissen sank.

# *1823. Der Duft von Brot*

Wenn Gustav sich in späteren Jahren an seine Kindheit erinnerte, hatte er immer einen besonderen Duft in der Nase: den Geruch von frisch gebackenem Brot. Es war eine Mischung aus einer leicht metallischen Note, dem Duft von verbranntem Buchenholz und dem Aroma von ausgebackenem Mehl, die von der Backstube in die Wohnräume des ersten Stocks emporstieg, wo sie ihre Verheißungen in den Schlafzimmern verbreitete. Zog ihm dieser Geruch in die Nase, spürte er: Die Eltern sind wach und am Werk, ein neuer Morgen hat begonnen. Augenblicklich sprang der Junge dann aus dem Bett. Denn Gustav war neugierig auf jeden neuen Tag. Also galt es, morgens keine Zeit zu vertrödeln.

Die Bäckerei Puller lag direkt an der Straße, die von Krefeld nach Moers führte, fünf Minuten vom Krefelder Friedrichsplatz entfernt. Die Familie bewohnte einen zweistöckigen Steinbau mit schnörkelloser Fassade, den Gustavs Großvater zur Bäckerei ausgebaut hatte. Unten befand sich das Ladenlokal mit einem Fenster zur Straße, davor schwankte ein Metallschild mit einer Brezel darauf im Wind. Als Eingang diente eine massive Eichentür, die jedes Mal ein Glöckchen in Bewegung setzte, wenn Kunden den Laden betraten. Der Dielenboden war mit den Jahren abgenutzt und meist von einer kaum sichtbaren Mehlschicht gepudert. Gegenüber der Eingangstür stand eine solide gezimmerte Holztheke, unter der auf einem Gestell ein halbes Dutzend offener Kisten ruhte, gefüllt mit goldbraun ausgebackenen Brötchen aus feinem Weizenmehl, knusprigen dunklen Roggenbrötchen und mit Salz bestreuten Brezeln. In einem Regal an der Wand hinter der Ladentheke lagen die Brote: groß und schwer die einen, klein und leicht die anderen, die Kruste je nach Sorte kross oder weich, dunkel oder hell, eine duftende Darbietung für die unterschiedlichsten Geschmäcker – und Geldbeutel.

An besonderen Tagen aber gab die Theke Schätze frei, denen kaum jemand widerstehen konnte. Die schweren und süßen Karnevals-Mutzen etwa, mit Rosenwasser, Branntwein und dem abgeriebenen Gelben einer Zitrone zubereitet, in Schmalz ausgebacken, in ihrer kleineren Ausgabe auch als Mutzenmandeln im Angebot, aber von den Kunden nur Nonnenfürzchen genannt. In der Adventszeit backten die Eltern wunderbar duftende Zimtsterne, braune und weiße Lebkuchen und Vanillekipferl, das ganze Haus roch nach Nelken und Zimt, Kardamom und Zitronat. Gustavs liebste Süßigkeit aus der Backstube aber war die legendäre »Appeltaat«, die an keinem Wochenende in der Auslage fehlen durfte. Der Teig bestand aus weißem Mehl und fettem Rahm und fasste oben und unten eine Füllung aus gedünsteten und mit Rosinen, geriebenen Nüssen und Vanillezucker verfeinerten Äpfeln ein. Wenn etwas von dieser Köstlichkeit nicht den vorgesehenen Weg in den Korb einer Käuferin fand – was leider zu selten der Fall war –, bekamen die Kinder die übrig gebliebenen Stücke am Sonntag zum Kaffeetrinken. Das war immer ein Fest.

Alle diese himmlischen Genüsse waren für die meisten Kundinnen unerschwinglich und nur zu besonderen Anlässen einer ernsthaften Erwägung wert. Was die Menschen in Steckendorf täglich brauchten, war nahrhaftes Roggenbrot, sättigend und bezahlbar. Gustavs Vater bereitete den Sauerteig immer schon am Vortag zu. Bereits morgens mischte er den vom letzten Backgang zurückgehaltenen Teig mit lauwarmem Wasser und setzte eine gewisse Menge neuen Mehls zu – »Anfrischen« nannte der Vater diesen Vorgang, den es dann nach sechs, sieben Stunden zu wiederholen galt. Nach erfolgter Zubereitung durch den Bäcker schien der Teig sich eine Weile wohlzufühlen und verströmte einen leicht weinigen Duft, der auf den Jungen eine betörende Wirkung ausübte. Doch schon einen halben Tag später verlangte er wieder nach den knetenden Händen des Meisters, der den Teig, als bekäme dieser nach dem beschwipsten Gärvorgang einen Kater, aufs Neue mit Mehl versetzen und durchwalken musste. Andernfalls würde der Teig, so erklärte der Vater, sauer, was nicht erwünscht war, auch wenn er Sauerteig hieß.

Manchmal, wenn Gustav vor der Zeit erwachte und nicht mehr einschlafen konnte, schlich er sich aus dem Schlafzimmer der Brüder nach unten in die Backstube, wo schon um drei Uhr sein Vater und dessen Geselle Franz bei der Arbeit waren. Gustav suchte sich einen Platz auf der Bank neben dem Ofen und sah den Männern zu. Die hatten den Teig inzwischen in Portionen geteilt und formten mit mehligen Händen armdicke Würste und kleine, runde Gebilde. Nachdem sie die Rohlinge mit einem Messer kreuzförmig geschlitzt hatten, legten sie diese auf lange Bretter.

Franz hatte inzwischen den Ofen gefeuert, dessen gemauerter Boden von einer steinernen Decke überwölbt und der zur Backstube hin durch eine Brandmauer begrenzt wurde. Der Geselle hatte dazu mit einem Schieber, Krücke genannt, die trockenen Scheite in das hintere Ende bugsiert, wo er sie mit einem Kienspan anzündete. Waren sie heruntergebrannt, wurde nachgelegt. Danach zog er die glühenden Holzstücke in die Mitte des Ofens und brachte erneut trockenes, fein gespaltenes und hell brennendes Holz ein. Auch diesen Vorgang musste Franz wiederholen – da stand ihm schon der Schweiß auf der Stirn und lief über seine Brust. Zuletzt fegte er die restglühenden Kohlen aus dem Ofen – endlich war dieser heiß genug.

Jetzt schoben Franz und Gustavs Vater die Brote mit Hilfe einer langen Holzschaufel tief in den Ofen und ließen sie dort mit einem Ruck auf den glühenden Boden gleiten, die Achtpfünder nach hinten, die kleinen Runden und die Brötchen nach vorne. Eine Zeitlang lagen sie dort, bevor der Vater eine Reihe von Zuglöchern öffnete, durch die mit leichtem Zischen Wasserdampf entwich. Der Raum füllte sich mit einer feuchten, warmen Luft, und die beiden schwitzenden Männer nutzten diesen ersten Moment der Ruhe seit Stunden, um das Fenster aufzureißen, die frische Morgenluft hereinzulassen und ein großes Glas Brunnenwasser zu trinken. Gustav lag genießerisch auf seiner Bank und fieberte dem Moment entgegen, in dem er eines der köstlich duftenden, noch heißen Brötchen würde probieren dürfen.

# 1824. Im Geheimversteck

Es war kurz nach Gustavs viertem Geburtstag, als er das Geheimversteck entdeckte. Hinter der Backstube befand sich ein Vorratsraum mit hölzernen, offenen Regalen, in denen Brote, Kuchen und anderes Gebäck gelagert wurden, die auskühlen mussten oder im Ladenlokal gerade keinen Platz mehr fanden. An einer Seite des Raums befand sich ein fest eingebauter Schrank, dessen Türen sich abschließen ließen. Das oberste Fach konnte man nur umständlich über eine seitlich am Schrank befestigte Leiter erreichen. Gustav hatte es eines Tages durch Zufall entdeckt, als er, neugierig wie er war, herausfinden wollte, wohin die Leiter führte. Als er das Fach erreichte, erkannte er, dass es vollkommen leer war. Ein winziger Lichtstrahl fiel von der Rückwand in den Schrank. Er kletterte hinein, zog die Tür hinter sich zu und untersuchte die Quelle des Lichts. Schnell stellte er fest, dass die Rückseite des Schranks hier oben unsauber gearbeitet war und zwischen zwei rückwärtigen Brettern eine Lücke klaffte. Auch die Ausfachung der Wand zwischen Vorratsraum und Laden war nicht ganz dicht. Der Junge pulte mit einem alten Besteckmesser so lange in dem Lehm herum, bis das Loch zwei Finger breit war. Er erkannte, dass es in dem Regal hinter der Theke endete. Durch sein Guckloch hatte er einen guten Ausblick auf die andere Seite der Theke, dorthin, wo die Kundinnen standen. Und er konnte sie von hier aus nicht nur sehen, sondern auch hören. Gustav war begeistert: Im Laden herumzulungern, war den Kindern nicht gestattet, es machte keinen guten Eindruck, fanden die Eltern. Aber hier oben konnte ihn niemand sehen – und er hatte alles im Blick. Ein perfektes Geheimversteck. Hier konnte ihn niemand stören – die älteren Geschwister nicht, die ihn gerne ärgerten, und auch nicht seine kleine Schwester Maria, die vor zwei Jahren als fünftes Puller-Kind auf die Welt gekommen war und ihn mit ihrer Anhänglichkeit manchmal nervte.

Von nun an kroch Gustav immer wieder in das Schrankfach und lauschte auf das, was die Kundinnen erzählten. Bald merkte er, dass es, wenn es um gute Geschichten ging, unter den Frauen ergiebige und weniger ergiebige Quellen gab. Eine der am fröhlichsten sprudelnden war Elfriede Backes, die Besitzerin eines Winkels in der Nachbarschaft, die ihren Laden stolz »Spezereiwaren-Handel« nannte. Elli, wie alle sie riefen, war klein, dick, und sie war eine Tratschtante. Meist kaufte sie nur ein großes, dunkles Brot – so gut ging ihr eigener Laden am Ende nicht, dass sie sich Teilchen und feine weiße Brötchen hätte leisten können. Aber sie ließ keine Gelegenheit aus, die Kundinnen in der Bäckerei an allem teilhaben zu lassen, was sie in ihrem Winkel an Geschichten gehört hatte, und das war in der Regel nicht wenig.

So erfuhr Gustav in seinem Geheimversteck aus dem Mund von Elli etwa, dass gerade ein gewisser Herr Holländer in Krefeld logierte, der Hühneraugen wegschnitt. Sie berichtete, dass Herr Holländer Hühneraugen mit einem scharfen Messer entferne und das gar nicht wehtue. Das habe sie von einer Nachbarin gehört, die die Dienste dieses reisenden Operateurs in Anspruch genommen habe.

Gustav traute seinen Ohren nicht. Im Garten der Pullers hinter dem Backhaus stand ein Hühnerstall, in dem die Familie zwei Dutzend Hennen hielt, denn Eier brauchten sie täglich. Als Elli mit den anderen Kundinnen darüber diskutierte, ob ein Messer, eine Nadel oder das Auflegen von Pflastern mit rotem Quecksilber am zuverlässigsten zum Ziel führten, war der Junge entsetzt. Ihre Hühner trugen alle Namen, die seine Mutter ihnen gegeben hatte – Großer Schlappkamm oder Kleiner Schlappkamm etwa, Wibbelsterz hieß ein drittes. Gustav durfte ihnen oft die Körner und Kartoffelschalen in den Verschlag bringen, die sie aufpickten. Ihre Augen waren den Hühnern ganz offenbar wichtig, denn beim Picken ruckten sie immer mit den Köpfen hin und her, um alles im Blick zu haben. Wie jemand auf die Idee kommen konnte, sie ihnen zu entfernen, verstand er nicht. Erst abends konnte Gustav seine Mutter fragen, was für ein furchtbares Gewerbe jener Herr Holländer da betrieb, und es beruhigte ihn sehr zu hören, dass der Mann für Schlappkamm und Wibbelsterz keine Gefahr darstellte.

»Er behandelt nur böse Stellen an unseren Füßen, die aussehen wie Hühneraugen und deswegen so genannt werden«, erklärte seine Mutter. Und es schien, dass viele Krefelder an solchen litten, weil sie nur schlechte und harte Schuhe besaßen. Deswegen hatte ein Fußarzt, der sich auf sein Handwerk verstand, hier gut zu tun. Gustav bestand darauf, dass seine Mutter seine Füße examinierte, sicher war sicher. Seine Zehen fand sie augenfrei, und Gustav konnte beruhigt einschlafen. Er träumte allerdings von einer finsteren Gestalt, die mit verschiedenen Messern, Nadeln und Tuben um den Hühnerstall schlich und die Tiere in Angst und Schrecken versetzte, bis ein tapferer Junge mit einer Laterne in der Hand die Stiegen in den Hof hinabkletterte, um nach der Ursache des nächtlichen Gegackers zu forschen. Der Fremde suchte mit irrem Blick das Weite und die Tiere konnten getröstet in ihre Nester zurückkehren.

# 1826. Edes Bande

An einem Frühlingstag im Jahr 1826 nahm seine Mutter Gustav an die Hand und sie liefen bis zur großen evangelischen Kirche in Krefeld. In einem Haus auf der Nordseite des Kirchplatzes unterrichtete der Lehrer Buchmüller die Kinder der Elementarschule. Drei solcher Schulräume gehörten zur evangelischen Gemeinde, zwei weitere zur katholischen. Nun war es nicht so, dass alle Mädchen und Jungen eine Schule besuchten. Obwohl der König im vergangenen Jahr die Schulpflicht eingeführt hatte, fanden viele Eltern, ihre Kinder sollten stattdessen arbeiten. Und auch der Bürgermeister war der Meinung, dass nicht alle Sprösslinge der zugereisten kinderreichen Weberfamilien Lesen und Schreiben lernen mussten, jedenfalls nicht, wenn die Stadt das bezahlen sollte. Und da das von den Eltern zu entrichtende Schulgeld die Kosten nicht deckte, gab es zwischen den Kirchengemeinden, die sich um die Schulen kümmerten, und der Stadtverwaltung ständig lästigen Streit über Geldfragen. Dass sich das Militär bereits über ungebildete Soldaten aus Krefeld beschwerte und die Justiz über Gesetzesbrecher aus der Stadt klagte, die nie eine Schule von innen gesehen hätten, störte den Bürgermeister nicht. Man konnte sich ja viel wünschen, aber eben nicht alles leisten.

Gustavs Eltern sahen das anders. Seine Mutter Agnes war Analphabetin. Nicht einmal ihren Namen konnte sie schreiben, und sie schämte sich dafür. Dieses Gefühl wollte sie ihren Kindern ersparen. Darum stand sie jetzt mit Gustav vor dem Mann, der auch schon ihren ältesten Sohn Heinrich unterrichtet hatte – wenn auch mit mäßigem Erfolg – und bei dem ebenfalls die Geschwister Fritz und Lisetta auf der Schulbank saßen. Samuel Buchmüller war ein gutmütiger Herr von fünfundvierzig Jahren, der das Amt des Lehrers an der ersten evangelischen Elementarschule Krefelds seit nunmehr zwei Jahrzehnten versah, ebenso den Küsterdienst in der Kirche. Agnes fand ihre Kinder bislang gut bei ihm aufgehoben, auch wenn es ihr ein Rätsel war, wie ein einzelner Mann – mit einem mittelmäßig begabten Hilfslehrer an der Seite – eine Schar von bis zu einhundertvierzig Kindern in einem Raum bändigen, geschweige denn unterrichten konnte. Gustavs Name jedenfalls wurde in eine Liste eingetragen, dann gab der Lehrer dem Jungen die Hand und hieß ihn willkommen.

Die Elementarschule bestand aus vormittäglichem Unterricht von neun bis elf Uhr, und nachmittags von zwei bis vier. Der Klassenraum war so groß, dass Gustav sich zuerst in einer Kirche wähnte: zwölf Sitzreihen mit je zwölf Plätzen, unterbrochen von einem Mittelgang, in dem der Lehrer unablässig auf und ab ging. Die beiden vordersten Reihen waren für die Erstklässler reserviert, die sich verschüchtert in ihre Bänke geklemmt hatten und nicht wussten, was von ihnen erwartet wurde. Die anderen – klassenweise aufsteigend sortiert – kannten sich bereits, und so herrschte in dem Saal am ersten Tag des neuen Schuljahrs ein großes Hallo. Erst als Herr Buchmüller mit seinem Gehilfen Heinrich – die Schüler nannten ihn ohne allzu viel Respekt nur Henne – erschien und mit einem Rohrstock vernehmlich zweimal kurz auf den

Katheder knallte, kehrte Ruhe ein. Er lächelte freundlich und begrüßte die Kinder mit der Aufforderung, gemeinsam »Die güldene Sonne« anzustimmen. Mehr als hundert Kinderstimmen füllten den Saal – durch dessen hohe Fenster tatsächlich die Sonne ihre ersten Strahlen schickte – mit einem fröhlichen, wenn auch nicht allzu harmonischen Gesang: »Die güldene Sonne bringt Leben und Wonne, die Finsternis weicht. Der Morgen sich zeiget, die Röte aufsteiget, der Monde verbleicht …« Anschließend hieß Herr Buchmüller die Neuen willkommen und forderte dann die älteren Schüler auf, ihre Schreibhefte herauszuholen und aufzuschreiben, was sie in den vergangenen Wochen erlebt hätten. Die Schüler begannen mit ihrer ersten Aufgabe des Tages, während Henne mit hinter dem Rücken verschränkten Armen durch den Mittelgang patrouillierte, um für Ruhe zu sorgen. Indes wandte sich Herr Buchmüller den Erstklässlern zu und fragte sie, woher der Begriff »I-Dötzchen« komme. Ein Junge, der so klein war, dass er kaum über den Tisch gucken konnte, rief, ein Dötzchen sei »enne Pünkske«, vielleicht weil sie alle so klein seien wie das Pünktchen auf dem »i«. Das mit dem Punkt stimme, sagte Herr Buchmüller, und man nenne sie I-Dötzchen, weil das »i« der erste Buchstabe sei, den Schüler lernten. Er forderte sie auf, ihre Schiefertafeln herauszuholen und mit dem Griffel Striche mit Punkten darauf zu malen, »i« eben. Die Schüler kramten ihre Tafeln aus den Papphüllen und malten mit verbissener Konzentration Striche und Punkte. Herr Buchmüller ging an den Pulten vorbei, hieß die Kinder vorsichtig kratzen, damit sie Tafeln und Griffel schonten, hielt den einen oder die andere dazu an, die rechte Hand zu benutzen, mit der man üblicherweise schrieb. Und schüttelte den Kopf, wenn er an einem Tisch vorbeikam, auf dem keine Schiefertafel lag, weil die Eltern vergessen hatten, sie mitzugeben, oder einfach kein Geld gehabt hatten, eine Tafel zu kaufen. Für diese Fälle hatte der Lehrer ein halbes Dutzend alter Tafeln im Katheder, auch wenn sie schon ziemlich verbraucht aussahen. Gustav hatte sein Exemplar von Heinrich geerbt, was er für kein gutes Vorzeichen hielt, hatte sie aber schon nach wenigen Minuten mit den geforderten Buchstaben gefüllt.

Als die zwei Stunden vorüber waren, schoben sich die Schüler laut redend und lachend auf den Platz vor der Kirche. Gustav stand in der Sonne und suchte seine Geschwister. Neben ihm blieb Willi stehen, sein neuer Sitznachbar, der aus Inrath kam, einem anderen Vorort von Krefeld nicht weit von Steckendorf. »Sollen wir zusammen nach Hause gehen?«, fragte Willi ihn, und Gustav, der ja nun ein Schulkind war und, wie er fand, selbst entscheiden konnte, mit wem er nach Hause ging, stimmte zu. Außerdem mochte er Willi. Er drückte sich seine neue Mütze, die er von den Eltern zur Einschulung bekommen hatte, in die Stirn und verschwand mit Willi Richtung Kirchstraße. Bei der Königstraße bogen sie links in die Lohstraße ab, die am Spritzenhaus vorbeiführte, diskutierten über ihren Lehrer Buchmüller und fragten sich gegenseitig über die Berufe ihrer Eltern aus. Willi erzählte, dass sie zu Hause Seide webten, was Gustav sich nicht recht vorstellen konnte. Seine Mutter besaß einen cremefarbenen Seidenschal, den sein Vater ihr einmal zum Geburtstag geschenkt hatte. Sie verwahrte ihn in einer Schublade im Schlafzimmer, und manchmal durfte Gustav ihn holen, um ihn zu berühren. Was für ein weicher und glänzender Stoff! Sein Vater hatte ein weißes Seidenhemd, das er an besonderen Festtagen trug. Und Tante Alettas ganzer Stolz bestand in einer Sammlung an bunten Seidenbändern, mit denen sie ihren Sonntagshut schmücken konnte. Die reichen Leute in Krefeld, so hatte Gustav gehört, würden sogar in seidener Bettwäsche schlafen. Wie schön musste das sein! Und diesen traumhaften Stoff stellte Willis Vater her? Wie war das möglich? Gustav bewunderte ihn.

Er hatte gerade begonnen, Willi von der Bäckerei seiner Eltern zu berichten, als plötzlich vier Jungs vor ihnen standen und ihnen breitbeinig den Weg versperrten. Sie mochten zehn Jahre alt sein, trugen verdreckte Leinenhosen, die vermutlich mal beige gewesen waren, und fleckige Hemden. Jeder von ihnen hielt einen Holzstock, den er provozierend von einer Hand in die andere wandern ließ.

»Na, ihr Süßen, wo kommt ihr denn her?«, fragte einer, der der Anführer der Gruppe zu sein schien, in höhnischem Tonfall.

»Aus der Schule«, antwortete Gustav, sah sich dabei vorsichtig um und stellte fest, dass die Straße verlassen war.

»Aus der Schule, ui, ui«, machte der große Junge Gustav nach und grinste dabei spöttisch. Er war drahtig, hatte kleine, blitzende Augen und fettiges schwarzes Haar. »Die jungen Herren sind etwas Besseres.« Dann wandte er sich an seine Kumpel, die ihn erwartungsvoll ansahen. »Obwohl – Lesen und Schreiben zu lernen, könnte euch auch nicht schaden, ihr Dummköpfe.« Dann lachte er schallend über seinen eigenen Witz. »Tja, leider können sich unsere Eltern das nicht leisten«, erklärte er mit gespieltem Bedauern und einem Schulterzucken. »Aber vielleicht könnt ihr uns ja ein bisschen unterstützen, wie wäre das?« Dann trat er einen Schritt auf sie zu, während seine Kumpel nachrückten und ihre Knüppel fester packten. »Zeigt mal her, was habt ihr denn da?« Als

Willi Tafel und Griffelkasten hinter seinem Rücken verschwinden lassen wollte, griff der Junge blitzschnell zu und riss sie ihm aus der Hand. »Eine Tafel, schau mal an. Und so schöne Buchstaben darauf. Lauter ›i‹. War wohl euer erster Tag heute?« Er reichte die Beute, ohne sich umzusehen, nach hinten zu seinen Freunden. Dann ging er auf Gustav zu. »Und jetzt du, mein Freund, gib her.«

Gustav wich zurück und rief empört: »Lass mich in Ruhe, das darfst du nicht!«

Blitzschnell hatte der Junge ausgeholt, Gustav mit der Rechten eine schallende Ohrfeige verpasst und mit der Linken gleichzeitig seine Mütze vom Kopf gerissen.

»Schau an, was wir da haben«, sagte er mit schleimiger Stimme, »das ist aber eine schöne Mütze. Hat Mami dir zum ersten Schultag geschenkt, was? Das ist aber nett von dir, sie mir zu leihen.« Er strich genießerisch mit seinen Fingern über den Stoff. Dann verhärtete sich sein Gesicht plötzlich: »Und jetzt die Tafel, aber dalli.« Er nahm sie Gustav ab, ebenso den Griffelkasten, reichte beides wieder nach hinten. »Schaut nach, ob sie sonst was dabeihaben«, befahl er seinen Kumpanen und zwei traten hervor, um Willi und Gustav abzutasten.

»Kein Geld, nix zu fressen«, stellte einer fest und stieß Gustav mit einem verärgerten Schlag vor die Brust gegen die Stadtmauer.

Da bogen von der Gartenstraße aus zwei Männer mit Spazierstöcken, schwarzen Anzügen und Hüten in die Lohstraße ein, sahen die Straßenjungen und ihre Opfer, begriffen sofort, was vor sich ging, und riefen: »He, was macht ihr da?«

Der Anführer blieb noch einen Moment stehen, als überlegte er, ob sie es mit den zwei Erwachsenen aufnehmen sollten, doch seine drei Freunde wandten sich schon zur Flucht.

»Lass uns abhauen, Ede«, rief einer, dann drehte auch er sich um, sie rannten um die Ecke auf die Moerser Straße und waren verschwunden.

Die Männer – offenbar Geschäftsleute aus der Nachbarschaft – wandten sich den Erstklässlern zu. Gustav schilderte mit vor Wut tränenden Augen, was passiert war.

»Schon gut, schon gut«, versuchte einer der Herren, ihn zu beruhigen. »Ihr geht jetzt nach Hause, und wir machen eine Meldung beim Kommissar.« Dann murmelte er noch etwas von »widerlichen Herumtreibern«, die, wenn sie schon nicht zur Schule gingen, ins Arbeitshaus gehörten und so oder so eine richtige Tracht Prügel verdient hätten. Bedröppelt machten sich die beiden I-Dötzchen, die vor einer halben Stunde noch so stolz gewesen waren, auf den Heimweg, Willi nach Inrath, Gustav nach Steckendorf.

Als sie am nächsten Morgen den Kirchplatz betraten, kam Lehrer Buchmüller auf die Jungen zu. »Kommt mit in die Kirche, Kommissar Walther will mit euch sprechen«, sagte er.

Gustav und Willi bekamen einen Riesenschreck. Der Polizeikommissar? Jeder kannte Leonhard Walther, und jeder hatte großen Respekt vor ihm. Mit der Polizei hatte keiner gerne zu tun. Hatten sie etwas ausgefressen? Der Kommissar saß in der ersten Bank, den Blick auf das Kreuz über dem Altar gerichtet, fast hätte man ihn für einen im Gebet versunkenen Geistlichen halten können. Der Lehrer schob die Jungs in die Kirche und kündigte mit vernehmlicher Stimme ihr Erscheinen an. Der Kommissar stand auf, ging auf sie zu und forderte sie kurz, aber nicht unfreundlich auf: »Jetzt erzählt mal, was gestern auf der Lohstraße geschehen ist.« Sie berichteten, was die großen Jungen mit ihnen gemacht hatten, Kommissar Walther hörte zu und nickte nachdenklich. Dann nahm er eine lederne Aktentasche, die auf einem Stuhl lag, öffnete sie und zog zwei Schiefertafeln in Papptaschen und zwei Griffelkästen heraus.

»Sind das eure Sachen?«, fragte er.

»Ja, das sind sie«, sagten Gustav und Willi wie aus einem Mund. Sie konnten es kaum glauben. Wo hatte der Kommissar sie her?

»Und eine Mütze, sagst du? Wie sah die aus?«

»Eine beige Mütze mit einem Schirm vorne dran und einem kleinen Bommel oben drauf«, antwortete Gustav.

Der Kommissar ging zur Tür der Sakristei, einem kleinen, fensterlosen Raum neben dem Chor, in dem sich der Pfarrer vor dem Gottesdienst den Talar anzog, und riss sie auf. »So eine?«, fragte er.

In dem Raum saß jemand auf einem Stuhl, mit dem Rücken zu ihnen. Gustav wusste zuerst nicht, was der Kommissar wollte, bis ihm auffiel: Der, der da auf dem Stuhl saß, hatte eine Mütze auf. »Ja, das ist sie.« Gustav erkannte sie sofort.

Walther schrie den Jungen an, er solle sich umdrehen. Nachdem dieser der Aufforderung in provozierender Langsamkeit nachgekommen war, nahm der Kommissar ihm die Mütze vom Kopf, legte sie behutsam auf einen Tisch neben dem Stuhl, zog den Jungen an beiden Ohren hoch, sodass er aufstehen musste, holte mit der Rechten aus und verpasste ihm eine schallende Ohrfeige.

»Die Schiefertafeln haben wir bei ihm zu Hause gefunden«, erklärte der Kommissar, ohne den Blick von Ede abzuwenden. »Seine Freunde waren ja so nett, ihn bei ihrer

Heldentat mit Namen anzureden. Und mit der Beschreibung der Herren Zeugen war es dann nicht mehr schwer, unseren kleinen Straßenräuber zu finden.«

Ede rieb sich die rot verfärbte Wange. Der Kommissar zog ein kleines Schreibheft aus der Tasche.

»Und jetzt sagst du mir, wer die anderen waren.«

Schweigen.

»Ich höre«, wiederholte der Kommissar.

»Nichts sage ich«, motzte Ede. Der Kommissar blickte kurz auf, und ehe sich Ede ducken konnte, hatte Walther ihm den nächsten Schlag verpasst. Gustav und Willi hielten die Luft an. Ede taumelte einen Schritt zurück.

»Und?«, fragte der Kommissar.

Ede blickte bockig zu Boden. Zack – die dritte Ohrfeige. Ede ging noch einen Schritt rückwärts, stieß gegen den Stuhl, ließ sich sinken.

»Paul. Theodor. Josef.« Wo sie wohnten, wollte der Kommissar noch wissen. Alle in der Lohstraße, Ede kannte die Nummern nicht, beschrieb aber die Lage der Häuser.

»Dann werde ich die drei mal besuchen. Und du, mein Freund, gehst solange ins Arresthaus«, verkündete der Kommissar, packte ihn am Arm und bedeutete ihm vorzugehen. Ede fluchte leise und setzte sich in Bewegung.

»Das werdet ihr mir büßen«, zischte er, als er an Gustav vorbeikam.

Sie verließen die Kirche, und der Kommissar sagte noch: »Nächstes Mal passt ihr besser auf. Die Ecke da ist nichts für kleine Kinder.«

»Jawohl, Herr Kommissar«, erwiderte Willi eine Spur zu zackig.

»Und wirklich vielen Dank«, ergänzte Gustav schüchtern.

Was sie gerade beobachtet hatten, hatte den Jungen die Sprache verschlagen. Ede hatte gut einstecken müssen – fast tat er ihnen leid. Gleichzeitig waren sie erleichtert, ihre Sachen wiederzuhaben. Sie hatten sich nicht getraut, zu Hause von dem Überfall zu erzählen, und hatten deswegen ein schlechtes Gewissen. Das war noch mal gut gegangen. Doch die Ankündigung Edes, sich zu rächen, jagte ihnen Angst ein.

# *1827. Der Sturz*

Mit Beginn seiner Schulzeit bekam Gustav eine Pflicht übertragen. Oder war es eine Ehre? Jedenfalls war er stolz auf das, was er jetzt als seine Aufgabe betrachtete. Nur dass er sie mit seiner Schwester Lisetta teilte, wurmte ihn ein bisschen. Gustav würde von jetzt an jeden Morgen eine Stunde vor Schulbeginn mit einem Bollerwagen Brötchen und Brote in Krefeld ausfahren. Vor allem in den reicheren Häusern an der Friedrichstraße und an der Königsstraße ließen sich arrivierte Handwerker und Kontoristen gerne das duftende Gebäck zum Frühstück bringen. Auch die zahlreichen Gast-, Speise- und Schenkwirtschaften wollten beliefert sein. Fast einhundert Wirte boten in Krefeld kühles Bier und warme Blutwurst an – vom Gasthof »Zum Wilden Mann« bis zur Bierschenke »Auf dem Eichenbusch«. Die Brötchen dorthin zu liefern, hatte für Gustav etwas Geheimnisvolles. Der Geruch von Tabak und Alkohol, die derben Schenkwirte in ihren fleckigen Schürzen, die frühen Gäste, von denen manch einer schon seinen ersten Schnaps trank, bevor andere gefrühstückt hatten – für Gustav war das eine neue Welt, aufregend und einschüchternd zugleich.

An einem Montag im Spätsommer 1827 war das Ziel ein anderes. Nicht die schicken Häuser und verrauchten Spelunken der Krefelder Altstadt, sondern das Gut Cracau vor den Toren der Stadt. Lisetta und Gustav machten diese

Lieferung gemeinsam, denn Cracau klang nach Abenteuer. Zum einen, weil dieses große Anwesen – größer als ganz Steckendorf – sagenumwoben war: eine alte Ritterburg, auf deren Ruinen die Familie der jetzigen Bewohner ein nicht weniger wehrhaftes Wohnschloss errichtet hatte, umgeben von einem Wassergraben. Angeblich sollte von Cracau ein Geheimgang zur Burg Linn führen, so munkelte man. Zum anderen sorgten die aktuellen Bewohner des Gutes für nie versiegenden Gesprächsstoff bei den Kundinnen in Mutters Laden. Zwei Brüder, die zwei Schwestern geheiratet hatten, alle vier gehörten zur alten Krefelder Familie von Beckerath. Die Ehepartner stammten aber, wie betont wurde, aus ganz verschiedenen Zweigen. Diese zwei Geschwisterpaare bildeten auf Cracau also eine Ménage-à-quatre, deren Familie durch eine stetig wachsende Kinderschar auf inzwischen fünfzehn angewachsen war. Die Eltern betrieben eine Färberei, und die Kinder, die von einem Hauslehrer unterrichtet wurden, führten auf dem riesigen Gut mit seinen Gärten, Wassergräben, Ruinen und der Unzahl alter Gebäude ein – so hieß es – wildes und freies Leben. Weder waren Gustav und Lisetta bisher auf Cracau gewesen noch kannten sie jemanden, der das Gut schon einmal von innen gesehen hatte. Der Nachmittag versprach also, spannend zu werden. Dass er mit einem Unglück enden sollte, konnten sie nicht ahnen.

Heute, so hatte ihre Mutter erklärt, habe einer der Jungs auf Cracau Geburtstag: Johannes würde neun Jahre alt werden. Einer der Angestellten des Gutes war vor ein paar Tagen in der Bäckerei gewesen, um drei der legendären Puller-Apfeltorten für diesen Anlass zu bestellen. Gustav und Lisetta sollten sie am Nachmittag ausliefern und vor dem Rückweg den großen Tragekorb mit Äpfeln vom Gutshof füllen, denn der Bongert, der Cracausche Obstgarten, war berühmt für seine leckeren Äpfel. So hatten die von Beckeraths und Mutter quasi ein Tauschgeschäft vereinbart – die besten Äpfel der Stadt gegen den berühmtesten Apfelkuchen.

Gustav zog sich auf Geheiß der Mutter eine frische Hose und ein sauberes Hemd an, Lisetta ein leichtes leinenes Sommerkleid. Die drei runden Kuchen wurden mit blechernen Ringen gesichert und in dem großen Korb, den sie am besten zu zweit tragen konnten, so verstaut, dass sie keinen Schaden nehmen würden. Cracau lag nicht weit entfernt, nach einer Viertelstunde schon hatten sie die Pappelallee erreicht, die auf das mächtige weiße Eingangstor des Gutes zulief. Die Kinder entdeckten eine kleine Seitenpforte, öffneten sie und fanden sich auf einem Weg wieder, der über einen breiten Wassergraben führte. Auf der anderen Seite lag das mächtige Wohnhaus, überragt von einem schlanken Türmchen mit einem Posaunenengel auf der Spitze. Durch das Haus hindurch führte ein gepflasterter Zugang in das Innere der Anlage. Sie hörten aufgeregte Stimmen, und als sie auf einen sonnigen Platz traten, wurden sie gleich von einem halben Dutzend Kinder umringt. »Mama, der Apfelkuchen kommt!«, rief ein Mädchen mit blonden Zöpfen und guckte die Boten erwartungsvoll an. Gustav sah sich neugierig um. In der Mitte der großen Anlage erhob sich ein von Obstbäumen bewachsener Hügel, umrundet von einem zweiten, kleineren Wassergraben. Etliche weitere Gebäude lagen auf dem Gelände verstreut. Vor einem dieser Bauten wuchsen zwei große Kastanien. Eine junge, recht kleine Frau riss Gustav aus seinen Betrachtungen.

»Du musst Gustav sein«, sagte sie und schob die Kinder zur Seite. »Und wie heißt du?«, fragte sie Lisetta. Lisetta machte einen Knicks und stellte sich vor, woraufhin die Frau freundlich nickte und sie aufforderte, ihren Korb doch erst einmal abzustellen. Dann rief sie: »Johannes, komm mal her!«, denn der hatte ja heute Geburtstag. In dem Moment ertönte ein gellender Schrei aus der Richtung der zwei Kastanien, Äste knackten, Zweige brachen, sie hörten einen dumpfen Aufschlag. Erschrocken guckten alle zu den Bäumen, dann lief die Mutter los und rief: »Leo!« Die anderen folgten ihr zur Kastanie, aus der der Junge offenbar gestürzt war und nun regungslos auf dem Boden lag. »Oh nein, oh nein«, jammerte die Frau – später erfuhren die Kinder, dass es Susanne, die jüngere der beiden Schwestern und die Mutter des Geburtstagskinds Johannes war.

Leo war Johannes' zwei Jahre älterer Bruder. Der lag jetzt da, das rechte Handgelenk in einer unnatürlichen Stellung verdreht, die Augen geschlossen. »Wir brauchen einen Arzt«, rief Susanne mit Panik in der Stimme, »schnell, wir brauchen einen Arzt!« Das Mädchen mit den blonden Zöpfen hockte bleich und regungslos neben dem am Boden liegenden Jungen, eine Träne rann ihr über die Wange. Lisetta, die bei ihr stand, legte ihr einen Arm um die Schulter und drückte sie zum Trost, woraufhin Clara – auch ihren Namen lernten die Geschwister erst später – sie schwach lächelnd ansah.

Die anderen Kinder verharrten still, auch Gustav fühlte sich hilflos und fehl am Platze. Ein Arzt? Da fiel ihm ein, dass es in der Friedrichstraße in Krefeld einen gab, der sich Wundarzt nannte und Gerwin hieß. Ihm hatten sie schon öfters Brötchen gebracht. Gustav nahm seinen Mut zusammen und rief: »Ich kann den Doktor Gerwin holen, Frau von Beckerath, soll ich?«

Susanne sah ihn einen Moment an, als wüsste sie nicht, wer er war, dann schien sie sich wieder zu erinnern und sagte: »Doktor Gerwin, ja, das ist gut. Bitte, lauf.« Gustav flitzte los, und er hörte die anderen weiter »Leo, Leo, wach auf!« rufen, während er schon auf den Bleichpfad Richtung Stadt rannte. Zehn Minuten später erreichte Gustav das Kontor des Arztes, vor dem wie gewöhnlich einige Patienten warteten. Gustav stürmte in das Behandlungszimmer, wo er den Doktor allein an einer Pfeife ziehend über einige Papiere gebeugt fand. Dieser wirkte, als er gestört wurde, verärgert, aber bevor er etwas sagen konnte, platzte es aus dem atemlosen Gustav schon heraus: »Auf Cracau ist einer vom Baum gefallen, der Leo, der sieht aus, als wäre er tot, können Sie kommen? Bitte, schnell, lässt die Frau von Beckerath fragen, bitte«, und dann musste er schon wieder nach Luft schnappen.

Der Doktor sah ihn fragend an. »Auf Cracau, sagst du, bei den von Beckeraths ... Gut, gut. Ich komme mit.« Dann ergriff er eine Tasche und folgte dem Jungen auf die Straße, zu den wartenden Patienten etwas von »Notfall« und »Entschuldigen Sie bitte« murmelnd.

Als sie kurz darauf wieder in Cracau ankamen, hatten die Väter, die man inzwischen aus dem Kontor geholt hatte, den Jungen in den Salon gebracht und auf ein Sofa gelegt. Leo hatte das Bewusstsein wieder erlangt und weinte leise vor sich hin. Er hatte Schmerzen. Doktor Gerwin untersuchte den verdrehten Arm und sah besorgt aus. Als er die gebrochene Stelle betastete, schrie Leo laut auf. »Ihr geht jetzt mal alle raus«, kommandierte Susanne, von der Gustav erst jetzt sah, dass sie in anderen Umständen war. Die zweite Von-Beckerath-Mutter, Charlotte, war inzwischen auch gekommen und manövrierte die Kinderschar in den Garten, wo ein fertig gedeckter Tisch aufgebaut war. Die ganze Mannschaft wurde auf die Plätze verteilt, und als Clara, das Mädchen mit den blonden Zöpfen, fragte, ob Lisetta dableiben dürfe, wies Charlotte auch Gustav und Lisetta Plätze zu. Dann stellten sie den Apfelkuchen auf den Tisch, aus der Küche holte eine rotwangige Küchenmagd namens Milli einen steinernen Topf mit Schlagsahne. Gustav saß neben einem ebenfalls flachsblonden Jungen, der Conrad hieß und, wie sich herausstellte, nur sechs Wochen jünger war als Gustav. Conrad erzählte Gustav von den Kastanien und dass man von dort oben weit übers Land bis nach Krefeld gucken könne. Und dass es noch einige andere Bäume zum Klettern auf Cracau gebe.

Charlotte – die Mutter von Clara, welche neben Lisetta Platz genommen hatte – war weniger resolut als ihre Schwester Susanne, hatte ein stilles Wesen und eine sanfte Stimme. Insgesamt zählte Gustav zehn Kinder, wovon eines noch ein Baby war und in einem Kinderwagen lag. Das Unglück schien ihnen nicht merklich auf den Magen geschlagen zu sein. Jedenfalls verminderte sich die Zahl der Apfeltorten-Stücke in einem beeindruckenden Tempo, und erst als aus dem Haus erneut schmerzerfüllte Schreie ertönten, wurden die Kinder ganz still: Doktor Gerwin hatte den vergeblichen Versuch gemacht, den gebrochenen Arm durch Ziehen wieder zu richten. Charlotte beschloss, dass es gut sei, gemeinsam ein Lied zu singen, um die Kinder abzulenken, und sie stimmte »Lobe den Herrn« an, worin außer den ganz Kleinen alle einfielen, auch Gustav und Lisetta kannten den Text. Gustav fand zwar, dass es für Lob – Leos Schreie waren inzwischen in ein leises, aber unüberhörbares Wimmern übergegangen – nicht so viel Anlass gab. Aber das Singen tat gut. Danach erlaubte Charlotte den Kindern, im Garten zu spielen, aber keinesfalls sollten sie auf die Bäume klettern. Gustav und Lisetta fragten sie nach den Äpfeln, die sie nach Steckendorf mitbringen sollten, und durften ihren Korb bis zum Rand füllen. Dann verabschiedeten sie sich – ihre Mutter würde sie schon erwarten und sie brannten darauf, zu Hause die Neuigkeiten zu erzählen –, nicht ohne vorher zu fragen, ob sie bald wiederkommen dürften. Sie gaben ihren neuen Freunden Conrad und Clara artig und ein bisschen verlegen die Hand, winkten den anderen noch einmal zu, ließen Leo gute Besserung ausrichten und traten den Heimweg an, den großen, schweren Korb voller Äpfel zwischen sich tragend.

Am darauffolgenden Samstag durften Lisetta und Gustav wieder nach Cracau. Sie hatten zu Hause so lange gebettelt, bis die Mutter zugestimmt hatte. Natürlich hatten die Kinder von dem Unglück erzählt, und Mutter gab ihnen einen Topf voller duftender Mutzenmandeln mit, die sie dem Pechvogel schenken sollten. Auf Cracau angekommen, sahen sie Mutter Susanne kurz die Stirn runzeln, dann hieß sie sie aber willkommen und rief mit lauter Stimme in den Garten: »Clara, Conrad, Besuch für euch!« Susanne schnupperte an den Mandeln, lobte ihr verführerisches Aussehen, erklärte aber, dass es Leo leider noch nicht wieder gut gehe. Das Handgelenk, so scheine es, sei bei dem Sturz kaputt gegangen, und weder der Wundarzt Gerwin noch der dazu gerufene Hofrat Schneider hätten recht gewusst, was zu machen sei. Der Arm sei jetzt geschient und müsse so auch einige Wochen bleiben, aber es könne wohl sein, dass Leo die rechte Hand trotzdem nicht mehr gut werde bewegen können. Gustav und Lisetta guckten betreten und Lisetta sagte: »Der Arme.« Immerhin werde er wohl ansonsten wieder gesund, beeilte sich Susanne hinzuzufügen, und dass er überhaupt überlebt habe, sei ein großes Glück.

Als sie sich umsahen, fiel Gustav und Lisetta auf, dass die beiden Kastanien, die im Hof gestanden hatten, gefällt am Boden lagen. Die ausladenden Kronen, die noch voller grüner Blätter waren, bildeten zwei undurchdringliche Kugeln auf der Rasenfläche zwischen Wohnhaus und Bongert. Gustav fand das ungerecht, schließlich konnte man die Kastanien nicht für Leos Leichtsinn beim Klettern bestrafen. Und er bedauerte, dass er nicht mehr selbst den Blick von dort oben bis nach Krefeld würde erleben können, was er insgeheim gehofft hatte. Aber zumindest könnte man in den Kronen doch ein Baumhaus bauen, jetzt, wo es sich ganz ohne Gefahr in ihnen herumklettern ließ. Doch dazu hatten sie leider keine Gelegenheit mehr: Gerade rückten drei Männer mit langen Baumsägen an, um die Kastanien zu zerlegen, und Mutter Susanne schärfte den Kindern ein, sich von den Bäumen fernzuhalten. Ein Unglück sei wirklich genug.

Conrad und Clara waren ohnehin anderweitig beschäftigt, wie Gustav und Lisetta unschwer erkannten: Sie waren nass bis auf die Haut. »Wir sind baden in der Kull, macht ihr mit?«, fragten sie sofort. Die Kull, wie in der Gegend Teiche und kleine Seen genannt wurden, befand sich am Ende des inneren Grabens. Die Kinder hatten auf der Wiese ein paar Decken ausgerollt.

»Ich kann aber nicht schwimmen«, bekannte Gustav kleinlaut. Das sei egal, meinte Conrad, der Teich sei ohnehin ganz flach, am Ende des Sommers. Und eine Hose zum Baden habe er auch nicht, gab Gustav zu. Es stellte sich heraus, dass die Jungs eine einfache Hose mit kurzen Beinen trugen, und eine solche fand sich auch für Gustav. Und die Mädchen gingen mit einem gewöhnlichen Kleid ins Wasser, das in der Sonne schnell wieder trocknete. Und so stürmten sie gemeinsam zum Teich, wo schon die anderen Kinder herumtobten, auch Johannes, dem es am Montag den Geburtstag verhagelt hatte. Sie spielten »Rundlauf« im Teich, wobei alle im Kreis rasten und versuchten, ihren jeweiligen Vordermann zu überholen und zu Fall zu bringen. Dabei spritzten sie sich mit Wasser und mit Schlamm voll, und als alle genug hatten, legten sie sich auf die Decken, um sich von der kräftigen Spätsommersonne wieder aufwärmen zu lassen.

Um die Jahreszeit war es für die Kinder auf Cracau nach dem Baden das zweitgrößte Vergnügen, sich den Bauch mit Obst vollzuschlagen. Denn der Obstgarten, der Bongert, war nahezu unerschöpflich, ebenso wie der angrenzende Gemüsegarten und ein dritter, den die Kinder Tollgarten nannten. Im Gemüsegarten gediehen neben Kohl und Möhren auch Johannisbeeren und Stachelbeeren, dazwischen standen Bäume mit roten, grünen und dunkelblauen Pflaumen. Die Kinder pflückten ein paar Hände voll und setzten sich auf eine Bank, von der aus sie einen Blick auf den Außengraben hatten. Dort beobachteten sie die Enten und Schwäne, die auf dem Wasser herumdümpelten und sich an Wasserpflanzen gütlich taten. Als sie Stachelbeeren und Pflaumen aufgegessen hatten, gingen die Kinder in den Bongert, wo äpfelbehangene Goldreinetten und Herzkirschen standen, und nachdem sie sich auch dort den Bauch gefüllt hatten, gingen sie wieder schwimmen in der großen Kull. Legten sich danach in die Sonne, um dann erneut nachzusehen, was sich noch von Bäumen und Sträuchern pflücken und schnabulieren ließ. Die Cracau-Kinder behaupteten steif und fest, von Obst werde man nicht satt, und darum könne man sich auch nicht überfressen. Ob das Obstpflücken denn mit der Erlaubnis der Eltern geschehe, wollte Lisetta wissen, nachdem sie zum dritten Mal auf einen Kirschbaum gestiegen waren.

»Eigentlich nicht«, antwortete Clara fröhlich. Aber solange sie keine Zweige abbrächen, würde auch niemand schimpfen. Dann mampfte sie weiter.

Während sie im Bongert waren, bemerkten sie plötzlich im entfernteren Gemüsegarten rasche Bewegungen und unterdrückte Rufe. Kinder, die nicht zu Cracau gehörten, schienen dort zu sein und die Früchte zu pflücken. Gustav saß gerade in der Astgabel eines Kirschbaums und konnte ein halbes Dutzend Jungs ausmachen, die sich Stachelbeeren und Pflaumen in den Mund stopften. Dann erschrak er – er sah seinen Freund Willi unter den Jungen. Willi, mit dem er sein Brot teilte, wenn sie nach der Schule noch über den Friedrichsplatz bummelten. Willi, der immer Hunger hatte. Plötzlich hatte Gustav ein schlechtes Gewissen und duckte sich hinter die Zweige. Hoffentlich hatte Willi ihn nicht gesehen. Doch in dem Moment stürmte schon Susanne aus einem Gebäude, das gegenüber dem Wohnhaus lag und deswegen nur das »Gegenüber« genannt wurde. Auch sie hatte die Kinder bemerkt und ging wie eine Furie auf sie los. »Was habt ihr hier zu suchen?«, schrie sie. »Haut ab, aber schnell, sonst mache ich euch Beine.« Sie hatte einen langen Stock in der Hand und machte Anstalten, Richtung Gemüsegarten zu laufen. Die Jungs erstarrten einen Moment, dann warfen sie ihr

Pflückobst ins Gras, drehten sich um und liefen flink wie die Hasen aus dem Garten heraus auf den Weg am äußeren Graben und am Torhaus vorbei über den Deich und verschwanden zwischen den Pappeln. Noch immer aufgebracht kam Susanne zurück. »Die werden immer frecher«, schimpfte sie. »Wenn man nicht höllisch aufpasst, fressen sie einem alles weg wie die Heuschrecken.« Dann entdeckte sie ihre eigenen Kinder im Bongert: »Und ihr macht auch mal Schluss für heute. Wird allmählich kühl und ihr sollt euch nicht erkälten.« Gustav und Lisetta merkten erst jetzt, wie spät es schon sein musste, und sammelten schnell ihre Sachen zusammen. Auf dem Weg durch den Hof sahen sie durch das Mansardenfenster aus dem Raum über der Tordurchfahrt, wie Leo ihnen traurig zuwinkte. Der Arme, dachte Lisetta schon wieder. So ein perfekter Nachmittag, und er musste mit seinem kaputten Arm im Haus bleiben. Jetzt hatte auch sie ein schlechtes Gewissen. Trotzdem waren sich Gustav und Lisetta auf dem Rückweg nach Hause einig, dass alles stimmte, was man sich an tollen Dingen über Cracau erzählte. Und dass es schön war, Conrad und Clara als Freunde zu haben.

# 1828. Steine fliegen

Nach der Schule spazierten Gustav und Willi wie immer zum Friedrichsplatz, der nur ein paar Minuten vom Schulgebäude entfernt lag. Dort aßen sie die Brotstücke, die Gustavs Mutter ihm in einen Beutel gepackt mitgegeben hatte. Der spirrelige Willi konnte dieses Picknick meistens kaum erwarten. Zu Hause war das Essen immer knapp, morgens gab es außer einem dünnen Haferbrei nicht viel, sodass ihm im Unterricht oft der Magen knurrte. Dank der Reste aus der Bäckerei, die sein Freund im Tornister hatte, wurde er wenigstens einmal am Tag satt. Es war ein kühler Herbsttag, nicht viel los auf der Straße, hinter den Fenstern klapperten die Webstühle und manchmal auch Geschirr. Es lag eine drückende Stille über der Stadt, während sie nach Inrath trödelten. Gustav begleitete seinen Freund oft nach Hause, wo sie noch ein Glas frisches Brunnenwasser tranken, bevor Willi ans Spulrad musste und Gustav sich auf den Heimweg nach Steckendorf machte.

Als sie heute durch die niedrige Tür in die Webstube traten, spürten sie sofort, dass dicke Luft herrschte. Willis Vater und sein Bruder Theo standen vor dem Fenster und redeten wild gestikulierend aufeinander ein.

»Was ist passiert?«, fragte Willi besorgt.

»Der Schulz will uns weniger Geld geben für die Seide, das ist passiert«, polterte Theo sofort los. »Einen halben Silbergroschen pro Elle weniger, das ist eine Sauerei.«

Auch die Mutter war in die Stube getreten, sie sah verängstigt aus. »Es ist jetzt schon so knapp«, sagte sie, »wie soll das werden, wenn sie die Löhne noch weiter kürzen?«

Der Vater, ein stiller Zeitgenosse, murmelte nur: »Und einen anderen Abnehmer finden wir auch nicht, die haben sich alle abgesprochen.«

Theo war ein kräftiger achtzehnjähriger Kerl, rötlicher Bart und breites Kreuz, einer, der vor Energie sprühte, immer einen Scherz auf den Lippen hatte. Gustav mochte ihn. Es tat ihm leid, ihn so wütend zu sehen.

»Wie lange arbeiten wir schon für die?«, fragte Theo. »Haben wir jemals geklagt, wenn, als viel zu tun war, sechzehn Stunden am Tag der Webstuhl lief? Haben wir jemals schlechte Qualität geliefert? Und jetzt sprechen die sich hinter unserem Rücken ab und drücken uns unter Wasser?« Er zitterte.

»Vielleicht lässt der ja noch mit sich reden, vielleicht sollten wir eine Abordnung ins Kontor zum Schulz schicken«, schlug Willis Vater vor. Schulz, das war der Geschäftsführer des Seidenverlags Rigal & Heydweiller, für den Willis Familie arbeitete. Ein mächtiger Mann mit einem schönen Haus in der Friedrichstraße. »Er ist streng, aber wir konnten uns immer auf ihn verlassen. Gilt das nicht mehr?«

»Ich muss mit den anderen reden«, sagte Theo unwirsch und wischte sich mit dem Ärmel über die Stirn.

»Mach das«, antwortete der Vater und wandte sich ab.

Er wirkte so klein heute, fand Gustav. So zerbrechlich. Wie ein alter Mann, dabei war er nicht älter als Gustavs eigener Vater.

Als Theo auf die Straße trat, folgten die Jungen ihm. Die Webstühle würden heute Nachmittag alle stillstehen, und an Hausaufgaben dachte gerade auch keiner. Unweit des Friedrichsplatzes lag eines der vielen Wirtshäuser, in dem die Weber sich ein Bier gönnten, wenn sie ihr Wochenwerk auf den Warenbaum gewickelt ins Kontor getragen hatten und dafür entlohnt worden waren. Wenn Theo dann die Gaststube voller Weber sah – alle in ihren feinen Anzügen wie am Zahltag üblich –, war er stolz auf seinen Stand. Seidenweber in Krefeld zu sein, war harte Arbeit, aber ein ehrlicher Beruf. Es fühlte sich gut an, einer von ihnen zu sein.

Dass sich die Wirtsstube an diesem Dienstagvormittag schon füllte, war ungewöhnlich. Theo ging ins Innere. Gustav und Willi drückten von außen ihre Nasen an die Fenster, durch die an schönen Sommertagen das Bier nach draußen gereicht wurde. Einer der ankommenden Männer nach dem anderen stieß die schwere Eichentür auf, und jedes Mal wehten neben einem Schwall warmer Luft voller Tabakrauch auch Redefetzen zu den Jungen – Sätze wie »Das lassen wir denen nicht durchgehen« und »Dann werden wir uns unseren Lohn eben holen«, gefolgt von Applaus und »So ist es«-Rufen. Gustav spürte, dass die Männer ihre Wut sammelten und nicht wussten, wohin damit. Es dämmerte längst, ein kalter Wind fegte durch die Straßen, Gustav und Willi sahen, wie kleinere Grüppchen von Arbeitern Richtung Friedrichsplatz gingen, dort anhielten, diskutierten, abwarteten, was passieren würde. Vor einer Woche schon, als die ersten Gerüchte über Lohnsenkungen die Runde machten, hatten sich Arbeiter auf dem Platz versammelt. Dann war der Polizeikommissar Walther mit seinen Sergeanten erschienen, hatte mit den Leuten geredet, ihnen erklärt, dass sie von ihren Fabrikherren nichts zu befürchten hätten und dass sie nach Hause gehen sollten. Und die Männer, die ja nur zu gerne glauben wollten, dass Rigal & Heydweiller, von der Leyen, Scheibler, Loevenich und die anderen Verleger sie nicht hängen lassen würden, hatten sich am Ende getrollt. Jetzt konnte Gustav sehen, dass etwas weiter die Straße herunter wieder zwei Uniformierte auftauchten, zum Friedrichsplatz herüberguckten, zögerten, sich beratschlagten – und umdrehten. Nein, sie würden nicht den Versuch wagen, diesen Haufen aufzulösen. Sie spürten, dass die Lunte schon brannte. Diesmal war mit gutem Zureden nichts mehr zu erreichen.

Es ging schon auf den Abend zu, als der Platz und die Friedrichstraße mit den schicken Fabrikantenvillen sich mit immer mehr Menschen füllten. Einzelne Männer hatten Fackeln angezündet und Fahnen ausgerollt. Ein großer Kerl hatte sich eine Trommel vor den Bauch gebunden und schlug sie regelmäßig, dumpf wie ein Herzschlag hallten die Schläge durch die Stadt. Die Menge mochte aus tausend Bürgern bestehen, vielleicht waren es auch schon zweitausend. Aus den Seitenstraßen strömten immer neue hinzu, trotzigen Zorn in den Gesichtern.

Gustav hatte die schönen Häuser an der Friedrichstraße immer bewundert, die eleganten Fassaden mit ihrem Schmuck, die großen Fenster mit ihren steinernen Einfassungen, hinter denen seidene Vorhänge schimmerten. Wie großartig diese Stadt doch war. Und waren es nicht Seidenweber wie Willis Vater, die diesen Reichtum geschaffen hatten? Aber jetzt kam Gustav dieser Wohlstand wie Betrug vor. Es konnte doch nicht sein, dass die einen hinter Seidenvorhängen in Himmelbetten schliefen, während Willi jeden Mittag Hunger hatte. Den Männern hier mit ihren Fackeln, ihren Fahnen und ihrer Trommel schien es auch nicht besser zu gehen.

Dann flogen die ersten Steine. Zuerst trafen sie das Kontor von Friedrich Heinrich von der Leyen. Scherben klirrten, Grölen quittierte das hässliche Geräusch. Gustav und Willi drückten sich in einen Hauseingang und machten sich klein. Wieder zersprang Glas, diesmal etwas weiter unten, womöglich am Floh'schen Haus. Die Trommel wurde schneller, die Leute lauter, heftiger ihre Rage. Die Menge wendete sich gegen das Haus des Kontoristen von Rigal & Heydweiller, des Herrn Schulz, in dem Willis Vater Woche für Woche seine Arbeit ablieferte und dafür seinen Lohn erhielt. War das nicht Theo, der da vorne stand und im Straßenstaub nach Steinen wühlte? Gustav konnte seinen roten Bart kurz im Schein einer Fackel aufblitzen sehen. Theo war mit zwei Männern zum Portal des Hauses vorgestoßen und trat mit mächtigen Tritten darauf ein. Dann brach die Tür, sprang aus den Angeln, die Männer stolperten ins Innere. Gustav hörte im Hausflur etwas umstürzen, splittern, wütende Rufe drangen nach draußen. Die Jungen betrachteten das Schauspiel mit Schaudern – wenn jetzt eine der Fackeln in das Haus flog, würde hier alles brennen.

Die Jungen drückten sich durch die Menschenmenge über die Friedrichstraße nach Süden. Da bemerkten sie vor einem vornehmen Wirtshaus, dem Vereinslokal der Kaufmannsgesellschaft »Societät Nr. 5«, Uniformierte – es waren der Polizeikommissar und seine Sergeanten. Männer waren aus dem Wirtshaus gekommen, junge Herren in feinen Jacken, keine Arbeiter, sondern Leute aus den Büros, die straßaufwärts zu der tobenden Menge schauten. Der Kommissar redete auf sie ein, und bald hielten die Männer Knüppel in ihren Händen – woher hatten sie diese so schnell? Sie setzten sich in Richtung des Hauses von Schulz in Bewegung, aus dessen Fenster jetzt Stühle flogen, feine Stühle, mit roter Seide bezogen, und die Menge feixte, während sie die teuren Bezüge aufschlitzte. Als die Arbeiter den Polizeikommissar und seine kleine Truppe erblickten, setzte das Grölen aus, auch die Trommel verstummte, unschlüssig standen die Männer herum. Da flog plötzlich ein Stein aus dem Eingang des Schulz'schen Hauses und traf den Polizeichef an der Stirn. Dieser sank zu Boden, Blut tropfte auf das Pflaster. Seine beiden Sergeanten bückten sich zu ihm herunter, hielten seinen Kopf, fühlten seinen Puls. Die Menge war still geworden, erschrocken über sich selbst. Während die Männer, die der Kommissar aus dem Wirtshaus geholt hatte, ihre Knüppel befühlten, traten die Arbeiter einen Schritt zurück, und dann noch einen, weg von Kommissar Walther, der immer noch blutend am Boden lag. Bis er sich langsam wieder regte und seinen Männern versicherte, es gehe ihm gut, waren die Seidenweber verschwunden. Durch die kaputten Stühle und die Scherben bahnte sich ein Pferdewagen den Weg, der den Kommissar zu einem Arzt bringen sollte. Seine Männer beratschlagten kurz und gingen dann zum Friedrichsplatz, misstrauisch in die umliegenden Straßen blickend. Doch es blieb ruhig an diesem Abend. Die Wut der Seidenweber war verraucht. Wenn auch nur für kurze Zeit.

Gustav und Willi warteten in einem Hauseingang, bis die Straße sich geleert hatte. Sie hatten Angst. Plötzlich merkten sie, wie spät es schon war. Was sie gerade gesehen hatten, erschien Gustav wie ein böser Traum. Die Jungen traten vorsichtig auf die Straße, Scherben knirschten unter ihren Füßen. Gustav hob einen zerbrochenen Stuhl auf, der teure Seidenbezug lag herausgerissen auf dem Boden.

Er nahm einen der Fetzen in die Hand. Weich, fast zart fühlte sich der Stoff an. Im Licht einer Öllaterne glänzte und glitzerte das Gewebe, das Gustav jetzt wie ein abgeschnittenes Körperteil vorkam. Warum hatten die Seidenweber das getan? Würde ihr Handeln Herrn Schulz und die anderen dazu bewegen, ihnen nun ihren Lohn zu geben? Und Theo, der auch Steine geworfen hatte, war er zufrieden mit dem, was geschehen war? Gustav steckte den Fetzen in seine Hosentasche. Willi schwieg. Am Ende der Friedrichstraße trennten sich ihre Wege. In Steckendorf wurde Gustav schon von seinem Vater erwartet, der, halb verzweifelt und halb erleichtert, fragte, wo zum Teufel er gewesen sei. Und ob er wisse, wie spät es sei. Und ob er eine Ahnung habe, welche Sorgen sich seine Mutter und er gemacht hätten. Bei dem, was heute Abend passiert sei da draußen. Er fragte, was er, Gustav, davon mitbekommen hatte. Gustav erzählte es ihm. Sein Vater schwieg lange. »Das bedeutet nichts Gutes«, meinte er dann. Die Fabrikherren würden ihren Arbeitern das nicht verzeihen. Und die Obrigkeit sei immer mit den Reichen. »Das bedeutet alles nichts Gutes«, wiederholte er. Er sollte Recht behalten.

Der darauffolgende Tag begann verdächtig still. Als die Glocke zum Schulende läutete, ermahnte der Lehrer die Kinder, direkt nach Hause zu laufen und den Nachmittag über besser nicht auf die Straße zu gehen. Niemand fragte nach dem Grund. Alle kannten ihn, nickten schweigend und nahmen ihre Tornister. Natürlich hielt Gustav es nicht lange zu Hause aus. Nachdem er die Backstube ausgefegt und seine Rechenaufgaben erledigt hatte, schlüpfte er aus der Haustür, rief Heinrich, der gerade den Teig für den nächsten Morgen durchwalkte, zu, dass er noch kurz zu Willi müsse, und war weg.

Auch Willi war froh, dass er von zu Hause abhauen konnte – dort brannte die Luft, nachdem die Eltern mitbekommen hatten, dass Theo unter den Steinewerfern gewesen war. »Wenn das rauskommt, stecken sie dich ins Loch«, hatte die Mutter verzweifelt gesagt, und Theo war ziemlich kleinlaut geworden. Trotzdem hatte er etwas gemurmelt wie »Man muss denen zeigen, dass sie nicht alles mit uns machen können«, was seine Mutter noch mehr auf die Palme gebracht hatte.

»Sie können es mit uns machen, mein Lieber, sie können. Und das wirst du noch spüren«, hatte sie erwidert.

Irgendwann hatte Theo das Haus verlassen, während Willis Vater sich an den Webstuhl gesetzt hatte. »Hilft ja nichts«, hatte er gesagt. »Von irgendwas müssen wir ja leben.« Willi hatte ihm zwei Stunden beim Spulen geholfen. Als Gustav kam, durfte er aufhören, und seine Mutter löste ihn ab.

Als die Jungen wieder zum Friedrichsplatz kamen – vorsichtig diesmal, um gegebenenfalls rechtzeitig den Rückzug antreten zu können –, sahen sie, dass sich die jungen Seidenweber aus der Stadt schon wieder in größeren Gruppen zusammengefunden hatten. Wieder herrschte Aufregung. Gustav und Willi konnten sich nicht losreißen von dem, was sie sahen, und beschlossen, auf einen Baum am Rande des Platzes zu steigen. Von da aus würden sie die Umgebung gut überblicken können, ohne selbst zu riskieren, in einen Tumult zu geraten. Willi hielt besorgt nach Theo Ausschau, konnte ihn aber nicht entdecken. Doch da flogen erneut die ersten Steine – wieder auf die Häuser von Rigal, Scheibler und von der Leyen. Wieder Jubel aus der Menge, die zunehmend dicht durch die Straßen wogte. Plötzlich mischte sich ein anderer Ton in das Geschehen.

Hufgetrappel, nicht von einem, sondern von vielen Pferden, erst leise aus der Ferne, von der Königsstraße kommend, dann lauter werdend. Jetzt hörten es auch die Randalierer unten, irritiert, dann mit Schrecken im Gesicht. Bevor die Männer reagieren konnten, tauchten sie am Südende der Friedrichstraße auf: Reiter in blauen Uniformen, mit gezogenen Säbeln, erst im Galopp auf die Menge zureitend, dann die Pferde zügelnd. »Husaren«, murmelte Willi aufgeregt, »die habe ich als Zinnfiguren zu Hause. Das hier sind echte Husaren.« Der Anführer der Reitertruppe, die fünfzig Mann umfassen mochte, lenkte sein Pferd in leichtem Trab weiter die Straße hinauf; die Weber stoben auseinander. Einer in einer grauen Jacke, der Anstalten machte, einen Stein aufzuheben, bekam vom Leutnant einen Säbelhieb auf die Schulter, schrie laut auf und fiel blutend zu Boden. Zwei andere, die unter wüsten Beschimpfungen auf die Pferde zuliefen, wurden ebenfalls mit kurzen Schlägen zur Räson gebracht. Die Truppe nahm Formation auf – die Husaren hatten die Demonstranten genau im Blick, die sich halb wütend, halb ängstlich in die Hauseingänge drückten. Der Hauptmann der Gruppe lenkte sein Pferd jetzt so, dass er wenige Fuß vor seinen Männern zum Stehen kam, und rief laut: »Ich bin Leutnant Künzel. Und ich sage euch, ihr habt Eigentum zerstört und Menschen angegriffen. Im Namen des Königs befehle ich euch: Geht nach Hause. Jeder, der in einer halben Stunde noch auf der Straße ist, wird arretiert.«

Rufe aus der Menge: »Ihr verdammten Reichenbüttel, was wollt ihr hier? Ihr habt in unserer Stadt nichts verloren!«

Leutnant Künzel zeigte keine Reaktion und wiederholte noch einmal: »Geht nach Hause. Jetzt.« Dann gab er seinen Reitern ein Zeichen, woraufhin sie ihre Pferde in Bewegung setzten – die eine Hälfte rückte nach Norden vor, die andere nach Süden, die gezückten Säbel in der Hand. Die Weber fluchten, bewegten sich aber in die ihnen gewiesene Richtung, erst langsam, dann schneller, bis die Friedrichstraße frei war. Wenig später kam ein zweites Mal innerhalb von zwei Tagen ein Fuhrwerk angefahren, das Verletzte einsammelte. Gestern den Kommissar, heute drei der aufständischen Weber, die durch Säbelstiche verwundet waren. Gustav und Willi machten, dass sie vom Baum kamen, und liefen schleunigst nach Hause. Sie wollten nicht wieder Schelte bekommen.

Als Gustav am Donnerstag früh um neun Uhr vor dem Schultor stand, war Willi bereits da. Er hatte Ringe unter den Augen, vielleicht hatte er auch geweint. Willi platzte sofort mit der Neuigkeit heraus. Um fünf Uhr morgens waren zwei Berittene bei ihnen aufgetaucht und hatten nach Theo gefragt. Sie hatten eine Beschreibung des Bruders gehabt: gedrungene Gestalt, roter Bart, achtzehn Jahre alt. Einer der beiden Uniformierten – es waren die Husaren von gestern – hatte ihm vorgeworfen, »sich den Agenten der bewaffneten Macht in Krefeld tätlich widersetzt und den Polizeikommissar Leonhard Walther geschlagen und verwundet, wenigstens die Misshandlung desselben durch sträfliches Zusammenrotten erleichtert zu haben«. Er werde außerdem beschuldigt, am Haus des Kontoristen Johann Gottlieb Schulz zu Krefeld die Mauer, die Fenster und die Fensterläden beschädigt zu haben, wie auch an den Häusern weiterer Fabrikinhaber. Er werde deswegen verhaftet und in Düsseldorf vor Gericht gestellt werden. Theo habe dagestanden, nur mit einer Unterhose und einem dünnen Nachthemd bekleidet, wie ein begossener Pudel geschaut und an seine Eltern gewandt immer nur gemurmelt: »Das ist nicht wahr, das ist nicht wahr, das müsst ihr mir glauben.« Dann habe er fünf Minuten Zeit gehabt, ein paar Sachen in einen Beutel zu packen und sich Hose und Schuhe anzuziehen, bevor die Husaren ihm die Hände vor dem Körper zusammengebunden und ihn – zu Fuß zwischen ihren beiden Pferden laufend – abgeführt hätten. Direkt zum Gefangenenhaus Auf'm Wall bei der Evertstraße, von wo es dann später nach Düsseldorf weitergehen sollte. Willi war den Husaren durch die leeren Straßen gefolgt, es waren so früh kaum Menschen auf den Beinen. Die wenigen, die das Schauspiel beobachteten, machten eine Faust in der Tasche und schwiegen. In der Nähe des Rathauses waren weitere Gefangenentransporte unterwegs, auch der Kommissar selbst und seine Sergeanten hatten Hausbesuche gemacht und führten nun mit versteinerten Mienen die Delinquenten ab, derer sie hatten habhaft werden können. Willi war den Tränen nahe, als er das alles erzählte. Was würde aus Theo werden? Würde er jemals wiederkommen? Gustav wusste es nicht. Aber zum ersten Mal nahm er seinen Freund in den Arm, um ihn zu trösten.

# 1829. Der Weberwinkel

Gustav verbrachte viel Zeit bei seinem Freund Willi in Inrath. Er kannte die Stimmung, wenn die ganze Familie arbeitete. Den Geruch und die Geräusche des Weberhauses, das gleichförmige mechanische Klackern der Stühle, das immer gleiche Licht von Norden – etwas fahl, auch wenn draußen die Sonne schien. Die konzentrierten Gesichter der Eltern, wenn sie webten. Eine ganz besondere Atmosphäre und ihm inzwischen vertraut wie ein zweites Zuhause.

Die Webstube war ein großer Raum mit zwei Fenstern zum Garten hin. Vor jedem der beiden Fenster stand ein Webstuhl. Es waren einfache Stühle, die der Firma gehörten, für die die Familie arbeitete. Solide Webstühle aus Eichenholz, die so schnell nicht kaputt gingen. Einen bediente Willis Vater Hermann Onderbank, auf dem zweiten hatte sein Bruder Theo gewebt. Seit der im Gefängnis war, mühte sich Mutter Elisabeth mit dem Stuhl ab. Leicht fiel ihr das nicht.

Gustav war fasziniert von der Fertigkeit des Webers, die aus einem einfachen Garn einen glänzenden Stoff werden ließ. Wie konnte das sein? Es sah so leicht aus: Die feinen Fäden wurden nur miteinander verwoben, einer oben, einer unten, immer abwechselnd, Kette und Schuss, im rechten Winkel zusammengefügt. Und es war doch so schwer. Der Faden musste die richtige Spannung haben, fehlerfrei musste er sein, reißen durfte er schon mal gar nicht, und wer vom Weben leben wollte, musste flinke Finger und eine gute Konzentration beweisen.

Jeder Webstuhl bestand aus einem gezimmerten Holzrahmen, der mannshoch und ebenso lang war. Auf der dem Weber gegenüberliegenden Seite lag der Kettbaum, so, wie Willis Vater ihn von der Firma mitgebracht hatte, das Garn noch unverwebt aufgespult. Zu Füßen des Webers drehte sich der Warenbaum, der sich mit zunehmendem Fortschritt der Arbeit mit dem fertigen Stoff füllte.

Das Garn galt es für die Arbeit sorgsam vorzubereiten. Um die Fäden zu einem Gewebe zu verbinden, mussten die Kettfäden, die als Längsfäden des entstehenden Gewebes über den ganzen Webstuhl geführt wurden, abwechselnd über und unter dem Querfaden, dem Schuss, zu liegen kommen. Das ging nur, wenn sie beim Weben mittels zweier Schäfte wechselseitig angehoben wurden. Ein Schaft bestand aus einem Holzrahmen über der ganzen Breite der Stoffbahn, in dem achthundert Litzen – Metalldrähte mit einer Öse in der Mitte – nebeneinander befestigt waren. Durch diese Ösen, das Litzenauge, musste Willis Vater das Garn fädeln – achthundert Kettfäden durch den einen Schaft, achthundert durch den zweiten. Mittels eines Fußpedals konnte er dann beim Weben erst die eine Hälfte der Fäden anheben, während die andere unten lag. Er würde durch die so entstandene Öffnung, das Webfach, den Schussfaden schießen, um anschließend die unten liegenden Fäden nach oben zu ziehen, bevor er den Querfaden zurückschoss. So entstand die Bindung in der Leinwand.

Eintausendsechshundert Fäden durch eintausendsechshundert Litzenaugen zu ziehen, war eine Sisyphusarbeit. Doch der anstrengendere Teil folgte noch. Nachdem er den Querfaden durch das Webfach geschossen hatte, musste der Weber ihn »anschlagen«, das heißt, ihn so gegen den bereits fertigen Stoff drücken, dass er dort in der richtigen Spannung zu liegen kam. Das geschah mit Hilfe eines Kamms, der oben und unten geschlossen war und dessen »Zinken« aus hauchdünnen Metallstreifen bestanden – alle in exakt dem Abstand zueinander, den die Kettfäden später im fertigen Tuch haben würden. Durch diesen Kamm, das Webriet, musste er die Fäden vor Arbeitsbeginn führen – wieder eintausendsechshundert nebeneinander. Dazu brauchte er eine Lupe und einen Riethaken, der aussah wie ein stumpfes Messer mit einem winzigen Haken am Ende – Faden für Faden, es dauerte einen ganzen Tag.

Erst wenn diese Prozedur beendet war, konnte der Weber auf seiner »Sitzplank« Platz nehmen. Vorausgesetzt, Willi, der Spuljunge, war fertig. Denn er und seine jüngeren Schwestern Augusta und Berta mussten die Garnrollen füttern, die den Querfaden, den Schuss, enthielten. Das machten sie an Spulrädern, an denen sie die kleinen Rollen mittels eines großen Schwungrades in eine blitzschnelle Drehbewegung versetzten – und auf diese wickelten sie den Seidenfaden auf, den ihr Vater auf den größeren Bobinen aus der Firma mitgebracht hatte. Hatten sie das Garn auf die Rolle gespult, steckten sie sie auf die Drahtstifte eines Brettchens; an diesem Vorrat konnte sich der Vater bedienen, die Garnrollen in das Schiffchen einlegen und dieses hin und her schießen, wobei das Garn im Fluge ablief.

Was Gustav beeindruckte, war die Schnelligkeit, mit der Willis Vater zu Werke ging. Ein Tritt auf das Pedal, das den ersten Schaft und damit die Hälfte der Kettfäden anhob, eine rasche Bewegung mit der rechten Hand, die das Schiffchen mit dem Schussfaden schwungvoll durch das so geöffnete Webfach auf die linke Seite gleiten ließ. Dort landete das Schiffchen und stand einen Moment still, während der Weber das Pedal erneut betätigte, um den Schaft wieder herunterzulassen. Ein Zug an der Weblade mit dem Riet, der den frischen Faden im Gewebe fixierte – ein Faden mehr im wertvollen Seidengewebe, das der Meister ins Kontor würde tragen können.

Ein Dreitakt, der sich sogleich wiederholte: Der nächste Tritt auf das Pedal, welcher den zweiten der beiden Schäfte nach oben hob und damit »oben« und »unten« im Kettfaden verstellte. Ein neuer beherzter Wurf, der das Schiffchen in Schwung versetzte, diesmal von links nach rechts – und schon flog es wieder auf die andere Seite. Das Herablassen des Schaftes und der Zug an der Weblade zum Anschlagen des Garns. Wieder eine Fadenbreite fertig. Ein gleichmäßiger, monotoner Rhythmus, der Klang dieses Raumes, tagaus, tagein, zwölf Stunden von Sonnenaufgang bis Sonnenuntergang. Der Klang dieser Stadt, dachte Gustav.

Aber was war das für ein Leben? Willis Vater verhielt sich, seit Theo weg war, noch schweigsamer als zuvor. Ein verbrauchter, gebeugter Mann, nicht viel älter als vierzig Jahre. Das ehemals blonde Haar war graustichig, der Rücken vom Sitzen auf der Bank gekrümmt. Nur die blau-weiß gestreifte Weberjacke brachte Farbe in seine Erscheinung. Der Blick war wach und folgte aufmerksam der Bewegung des Schiffchens, sah jede Unreinheit im Faden und jedes Knötchen in der Faser, aber sobald er die Augen vom Webzeug abwandte, sahen sie müde aus. Die langen Finger waren flink und geschickt, aber kraftlos, sobald sie Stoff und Faden losgelassen hatten. Und auch die Mutter schien mit dem Webstuhl zu verschmelzen: Teil zu sein dieser steten Abfolge vom Treten des Pedals über das In-Bewegung-Setzen des Schiffchens bis zum Bedienen der Lade. Ein unbarmherziger Takt, dem sich Elisabeth beugte, weil es anders nicht ging, aber es strengte sie sichtlich an. Die Augen tiefliegend, die Haare zu einem Knoten geflochten und in ein Netz gebunden, Brust und Leib lediglich mit einem Hemd und einem ledernen Schurz bedeckt. Arme und Finger waren von keinem Reif und keinem Ring geschmückt, die bei der Arbeit nur hinderlich wären. Und die Schwestern Augusta und Berta am Spulrad: Wie anders sahen sie aus als die Kinder auf Cracau, dachte Gustav. Während diese vom Toben draußen, vom Schwimmen und vom Klettern kräftig und sonnengebräunt waren, ähnelte die Haut der Mädchen im Weberwinkel einer wächsernen Leinwand, ihre Gesichter waren blass, ihr helles Haar, zu Zöpfen geflochten, eher farblos als blond. Sie trugen die Seide, deren Garn sie tagaus, tagein spulten, nicht am Leib – die Mädchen hüllten sich in Hemden aus grobem Leinen, und auch wenn die Sachen jeden Samstag gewaschen wurden, sahen sie abgenutzt und fadenscheinig aus. Die Schwestern waren barfuß, wenn sie arbeiteten, und ihre Beine wirkten so mager wie ihre Arme.

An der Straßenseite der Webstube – des Winkels, wie Willi immer sagte – stand ein gusseiserner Ofen, auf dem zur Essenszeit ein Topf mit Kartoffeln bullerte. Daneben ein Buffetschrank, in dem Geschirr und die bescheidenen Lebensmittelvorräte aufbewahrt wurden. Auf der Anrichte eine große Schüssel, die mit Wasser vom Brunnen gefüllt wurde, um Geschirr zu spülen oder Kleider zu waschen. Neben dem Buffet ein schmaler Tisch mit einer Bank auf jeder Seite – er bot der ganzen schmächtigen Gesellschaft genug Platz, erst recht, seit Theo fehlte.

Ob es mehr zu essen gab als die »Erdäppels« aus dem eigenen Garten, hing davon ab, wie viel die Familie von der Firma zu tun bekam. Lief es schlecht, rutschte die Mutter, um zu kochen, eher unwillig von ihrem Webstuhl, um etwas Öl in einen Topf zu kippen, eine gehackte Zwiebel und etwas Salz hinzuzugeben und die Schmelze, wenn die Zwiebeln über dem Feuer geröstet waren, über die ungeschälten Kartoffeln zu kippen, die sie zwischenzeitlich vom Ofen genommen hatte. Das war kein Festessen, aber niemand wagte zu nörgeln. War etwas mehr Geld im Haus, gab es zusätzlich Buttermilch über die Kartoffeln, manchmal einen Hering, den sich die Familie teilte. Während der langen Arbeitstage ließ man die Stühle vormittags und nachmittags jeweils einmal kurz ruhen, um sich mit dünnem Kaffee und Schwarzbrot zu stärken, darauf ein Löffelchen Flötekäs, ein Quark aus magerer Milch, gewürzt mit ein paar Krümeln Salz. Am Sonntag, wenn der Liefertag einige Münzen in die Familienkasse gespült hatte, erfüllten auch schon mal Buchweizen-Pfannkuchen und Rübenkraut den Winkel mit ihrem Duft – zur Freude der Kinder. Vater Hermann ließ sich von Willi manchmal für einen Groschen ein »Dröpken« holen, einen scharfen Kornbranntwein, dann wurde der Webermeister ganz aufgeräumt. Zuweilen gönnte er sich auch eine Pfeife mit seinem geliebten Rauchtabak, den er persönlich im Gärtchen hinter dem Haus anbaute und im Sommer erntete. Zuerst waren es die feinen Blätter, die er sorgsam getrocknet in seiner »Piep« entzündete. Gingen diese zur Neige, wurden die Strünke zerhackt und untergemischt. Wenn gegen Ende des Winters die eigene Ernte komplett in Rauch aufgegangen war, musste er sich Tabak kaufen, wenn er rauchen wollte – was er sich selten leisten konnte. Oder auf ihn verzichten – dann war er eine Zeitlang verdrießlich.

Die einzige Abwechslung an den langen, monotonen Tagen der Weberfamilie bestand in dem munteren Gezwitscher eines Zeisigs, der in einem Bauer zwischen den beiden Fenstern hockte und sich, sobald der Webstuhl einmal Ruhe gab, mit fröhlichem Gezirpe vernehmen ließ. Einen Vogel zu halten, war bei vielen Webern üblich, und Gustav leuchtete ein, warum. Jeder freute sich über den kleinen Piepmatz in seinem Käfig und hatte ihn lieb. Im Leben von Willis Familie ging es auf und ab, und das schien Gustav willkürlich und ungerecht. Doch das Vögelchen in seinem Käfig schien daran keinen Anstoß zu nehmen, es zwitscherte und piepste in guten wie in schlechten Zeiten, und wenn die Kinder ihm einen Sonnenblumenkern durch die Gitterstäbe schoben, war der Zeisig so dankbar und aufgeregt, dass sie für einen Moment das Schlechte in ihrem eigenen Leben vergaßen.

Der Winkel der Onderbanks hatte außer der Webstube noch zwei weitere winzige Zimmer: In einem schliefen die Eltern, im anderen, etwas größeren, die Kinder. Willi hatte Glück – seit sein Bruder nicht mehr da war, hatte er ein Bett für sich allein. Augusta und Berta mussten sich eins teilen. Abends flüsterten die Kinder miteinander. Doch meistens fielen sie schon bald in einen tiefen Schlaf, in dem die Spulräder im Traum noch lange weiter schnurrten und der Webstuhl gleichförmig ratterte.

# 1830. Eiskalt erwischt

Im Winter nach Gustavs neuntem Geburtstag fror der Rhein zu. Vollständig. Gustavs Vater machte sich mit den älteren Kindern von Steckendorf aus auf den Weg, um sich das Ereignis anzuschauen. Nur Johann, den Agnes vor drei Jahren auf die Welt gebracht hatte, wollte der Vater nicht mitnehmen, für ihn sei das Eis zu gefährlich, meinte er. Der Rhein fror nur selten zu, und dann auch nicht wie der Außengraben von Cracau zu einer glatten Fläche, sondern wie eine eisige Geröllllandschaft. Es begann, so erklärte der Vater auf ihrem Fußmarsch nach Uerdingen, mit ein paar Eisschollen, die friedlich über den Fluss stromabwärts trieben. Dann wurden sie zahlreicher, die ersten verkeilten sich am Ufer, die nachfolgenden blieben stecken und schoben sich darüber. Von Zeit zu Zeit löste sich ein solches Brett wieder und wurde zur Strommitte gerissen, bevor sich neue Eisstücke am Ufer verkanteten oder an Baumstämmen hängen blieben. Irgendwann wurden die Eisbrocken dichter und das sichtbare Wasser weniger. Von unten drückte der Strom weiter – und so drehten sich die Eisschollen, schoben sich nach oben und bildeten kleine Wälle, die dann wieder aufbrachen und zu neuen bizarren Formen einfroren. Am Ende bedeckte den ganzen Fluss eine Lage aus Schollen und Eisfelsen.

Auf ihrem Weg nach Uerdingen schien die Sonne, aber ein kalter Wind pfiff. Die Mutter hatte alle fünf Kinder in dicke Schals gepackt und ihnen Fäustlinge mitgegeben. Gustav hatte trotzdem kalte Finger, die er ständig kneten musste. Auch der Vater konnte sich nicht daran erinnern, schon einmal einen so frostigen Winter erlebt zu haben. Als sie endlich in Uerdingen ankamen, herrschte dort bereits eine ausgelassene Stimmung. Auf dem Markt hatten sich im Schutz der Häuser Händler aufgestellt, die heiße Kastanien anboten, Glühwein und Kaffee, einige Findige hatten für diejenigen, die den Frost unterschätzt hatten, auch Schals und Handschuhe auf ihre Auslagen gepackt. In kleinen Gruppen standen Menschen zusammen und wärmten sich an ihren heißen Getränken oder der Glut des Maronenstands.

Bis zum Marktplatz waren die Rufe und das Lachen der Menschen am nahen Rheinufer zu hören. Auch Friedrich und seine Kinder hielt es nicht lange auf dem Markt, sie wollten das Eis sehen. Sie gingen zum Rheintor hinunter, kletterten auf den Deich – und blickten auf eine Landschaft aus Eisbrocken, -felsen und -schollen, angeordnet, als hätte sie jemand von oben aus großen Kübeln ausgeschüttet. Vom Uerdinger Ufer aus bis zur anderen Rheinseite vor Mündelheim erstreckte sich dieses bizarre Bild, und Gustav, der noch nie zuvor am Rhein gewesen war, fragte sich im ersten Moment, wo das Wasser floss, das dieser Strom nach allen Schilderungen breit und mächtig mit sich führte. Es war unter dem Eis verschwunden.

In Ufernähe spielten Kinder, lachten, tobten zwischen den Brocken herum, rutschten von schräg stehenden Schollen herab, versteckten sich hinter dicken Stücken, schlitterten mit ihren Schuhen über das Eis. Nicht weit entfernt hatten ältere Jugendliche eine Fläche vor der Kaimauer planiert, auf der sie mit Kufen gleiten konnten, die sie unter ihre Schuhe geschnallt hatten. Von einem Brunnen am Ufer hatten sie eimerweise Wasser geholt und über die oberste Eisschicht gekippt, die vom Pickeln rau war: Sie schmolz an, vereiste neu und war dann spiegelglatt. Einige von ihnen hatten sich gekrümmte Holzschläger mitgebracht, trieben damit, während sie auf ihren Kufen liefen, einen kleinen Ball vor sich her und spielten ihn sich gegenseitig zu.

Andere hatten entdeckt, dass zwar jeder der Besucher gerne einmal zu Fuß den Rhein überqueren wollte, die meisten sich aber nicht trauten – zurecht, wie Gustavs Vater fand. So nahmen einige junge Männer ihre Pickel und Spaten und legten quer über den Strom einen Weg an, der gerade und eben genug war, dass man nicht mehr befürchten musste, hinter dem nächsten Eisbrocken in ein Wasserloch zu rutschen und zu ertrinken. Nachdem die ersten Pioniere diese Eisbrücke begangen hatten, erkannten auch die weniger Mutigen, dass diese Expedition ungefährlich war. Sie bezahlten fünf Pfennige Wegegeld, die die Jugendlichen mit routiniertem Dank einkassierten, bevor sie ihren Kunden den Weg auf die andere Seite mit freundlichem Nicken freigaben.

Vater Friedrich kletterte mit der siebenjährigen Maria an der Hand von der Böschung auf die Eisfläche, vorsichtig tastend erst, doch dann merkte er schnell, dass die Eisschicht hier dick genug war und trug. Maria riss sich von seiner Hand los, hüpfte über das ungewohnte Element, schrie zu Gustav und Lisetta, sie sollten sie doch fangen, und verschwand dann hinter ein paar Brocken. Die beiden älteren Geschwister rutschten ihrerseits aufs Eis, suchten Maria, entdeckten sie schnell und kreisten sie von zwei Seiten ein, um sie am Arm zu packen. Aber da hatte sie sich schon mit einem Satz aus ihrer Position befreit, glitt und stolperte halb unter den Armen ihrer Geschwister hindurch, schmetterte ihnen ein »Ihr kriegt mich nicht!« entgegen und war wieder verschwunden. Gustav hoffte, sie mit einer schwungvollen Drehung doch noch am Mantelkragen zu erwischen, schlug dabei aber der Länge nach hin und musste sich jetzt auch noch von Lisetta auslachen lassen.

Während die Jüngeren – genau beobachtet von Vater Friedrich – übers Eis tobten und nicht genug davon bekommen konnten, hatten Heinrich und Fritz beschlossen, auf eigene Faust loszuziehen. Sie stellten sich vor, sie wären Forscher, unterwegs in einer fernen Eiswüste, kletterten über die aufgetürmten Eisstücke, tasteten sich vor bis zur Mitte des Stroms, wo sie das fließende Wasser zwar nicht sehen, aber doch hören und spüren konnten. Nein, einbrechen wollten sie hier nicht, von dem eiskalten Wasser da unten mochten sie sich nicht erwischen lassen. An manchen Stellen ging es nur noch auf allen vieren oder auf dem Hosenboden weiter und der Lärm der Kinder am Ufer wurde immer leiser.

Um die Mittagszeit rief der Vater Maria, Gustav und Lisetta zusammen, um die mitgebrachten Roggenstullen zu essen. Von denen hatte er am Morgen mit Johanna noch schnell einige geschmiert und mit Käse belegt. Die Kinder kamen atemlos und mit roten Nasen angelaufen und machten sich mit Heißhunger über die Brote her. Dampfwolken kamen aus ihren Mündern und Friedrich fröstelte inzwischen selbst.

»Wo sind denn Heinrich und Fritz?«, fragte Friedrich die Kinder. Er hatte sie vor Längerem aus den Augen verloren.

Gustav berichtete, dass sie auf die andere Uferseite wollten, was sein Vater mit einem Stirnrunzeln zur Kenntnis nahm. Sie blickten auf die Eiswüste, wurden aber geblendet von der Sonne, die so hell widerstrahlte, dass sie kaum etwas erkennen konnten. Plötzlich sahen sie Fritz, der mit beiden Armen winkend auf sie zukam, seine rote Bommelmütze flog hin und her. Er schrie laut, und es klang nicht gut. »Vater, komm!«, rief er, und als er näher kam, verstanden sie die Worte »Heinrich klemmt fest«. Friedrich erstarrte. Er rief Maria zu, sie möge am Ufer bleiben, winkte Gustav und Lisetta zu, sie sollten mitkommen, und alle drei folgten Fritz, der völlig außer Atem wieder Richtung Strommitte lief, verzweifelt um sich blickte, die Richtung wechselte, nach Orientierung suchte.

»Wo ist Heinrich?«, fragte Friedrich ein ums andere Mal, und es war klar, dass Fritz es nicht wusste. Alles hier draußen sah gleich aus, woran sollten sie sich orientieren? Dann entdeckten sie Heinrich schließlich, mit dem Oberkörper lag er auf einer Scholle, das rechte Bein klemmte in einer Eisspalte, auf deren Grund man das Rheinwasser unangenehm rauschen hörte. Der Sechzehnjährige zitterte und wimmerte leise.

Friedrich sah sich um, taxierte die Tragfähigkeit des umliegenden Eises. »Ich versuche, dich herauszuziehen«, sagte er dann und legte sich auf den Bauch, um über die schräg verkantete Scholle an seinen Sohn heranzukommen. Er packte mit kräftigem Griff dessen Handgelenke, drückte sich selbst am Eis ab, hoffte, dass es hielt, und zog. Vorsichtig erst, dann stärker, schließlich mit seiner ganzen Kraft. Gustav, Lisetta und Fritz standen einige Fuß weiter und hielten den Atem an. »Zieh das Bein nach oben«, wies Friedrich den Verunglückten an, der versuchte es und schrie vor Schmerzen. Wieder zerrte der Vater an Heinrich – vergeblich. Friedrich ließ sich von der Scholle gleiten, tastete sich von der anderen Seite an die Spalte heran, auf allen vieren kroch er vorwärts, immer auf ein mögliches Reißen des Eises gefasst. Diesmal bekam er das festgeklemmte Bein direkt zu packen, bewegte es hin und her, versuchte, es langsam zu lösen. Dann wies er Fritz und Lisetta an, an Heinrichs Armen zu ziehen. Zehn Minuten arbeiteten sie so von beiden Seiten, als ein Knacken in der Spalte zu hören war. »Zieh«, rief der Vater Heinrich zu, und dieser riss noch einmal mit letzter Kraft seinen rechten Fuß nach oben. Noch ein Knacken – und der Fuß schnellte aus dem Stiefel, der in der Spalte abwärts rutschte und leise gurgelnd im Wasser versank.

Er war frei. Heinrich rutschte die Scholle herauf, fluchte und rieb sich den Knöchel unter der Socke. »Danke«, sagte er an seinen Vater und die Geschwister gewandt, mit immer noch schmerzverzerrtem Gesicht.

»Tut's weh?«, fragte sein Vater.

Er nickte. Dann stand er auf und humpelte langsam mit den anderen zum Ufer zurück.

»Was wolltet ihr da mitten auf dem Eis?«, fragte der Vater.

»Auf die andere Seite rüber«, sagte Heinrich zerknirscht.

»Schade um den Stiefel«, bemerkte Lisetta.

Heinrich antwortete nicht. Am Markt bekamen sie vom Glühweinhändler einen alten Lappen, mit dem dieser seine Stehtische abgewischt hatte. Den wickelten sie Heinrich um den Fuß, bevor sie sich auf den Rückweg nach Krefeld machten.

# *1830. Das Hehlerhaus*

Theo, der nach den Unruhen von den Husaren verhaftet worden war, saß ein Jahr lang im Düsseldorfer Gefängnis. Das Gericht verhandelte gegen eine ganze Reihe von Angeklagten, die man während der Krawalle festgesetzt hatte. Am Ende verurteilte es ein halbes Dutzend von ihnen zu hohen Zuchthausstrafen. Alle anderen Männer wurden freigesprochen, weil ihnen die Taten nicht nachgewiesen werden konnten. Wer an jenen beiden Abenden des kollektiven Zorns Steine geworfen, Haustüren eingetreten, Möbel zerschlagen und Gendarmen bespuckt hatte, war nicht mehr genau zu rekonstruieren. Bis auf die Rädelsführer konnten schließlich alle gehen.

Die Haft hatte Theo verändert. Gustav empfand Mitleid für ihn. Der früher so draufgängerische junge Mann war still geworden. In sich gekehrt. Er saß ruhig am Webstuhl, tat, was getan werden musste, sah manchmal bei der Arbeit aus wie entrückt. Was hatte er im Gefängnis erlebt? Er redete nicht darüber. Aus dem Muskelpaket war ein Hänfling geworden. Erst nach und nach brachte er sich mit Liegestützen, Klimmzügen und Gewichtestemmen wieder in Form.

Die wirtschaftliche Lage von Willis Familie hatte sich weiter verschlechtert. Seit Theos Verhaftung hatte sein Vater Probleme, vom Verleger Arbeit zu bekommen. Wenn überhaupt, gab dieser ihm die schlechten Ketten mit unsauberen und knotenreichen Fäden, die viel Mühe machten und wenig Geld einbrachten. Der Abendbrottisch war noch karger geworden und Willi weiterhin für die Brotbrocken aus der Bäckerei Puller dankbar. Auch an Heizmaterial mangelte es, und so war es am Ende des Winters oft empfindlich kalt in der Webstube. Die Eltern mussten ihre Arbeit dann öfter unterbrechen und die Finger an dem kleinen Ofen wärmen, in dem sie die letzten Torfreste verfeuerten.

Das Torfstechen war eine Arbeit für den Sommer. Gustav hatte es noch nie beobachtet – in der Bäckerei heizten sie mit Holz –, und so sagte er sofort zu, als Willi ihm anbot, zum Torfmachen mit in das Kliedbruch zu kommen. Nicht nur weil er dem Freund helfen wollte, sondern weil es nach Abenteuer klang. Eine Woche wollten sie dort verbringen, weil es gerade heiß und trocken war und so auch bleiben würde – für den Torf das richtige Wetter. Auch übernachten wollten sie im Bruch. Überhaupt, das Kliedbruch. Gab es dort nicht Räuber? Man erzählte sich viel, vor allem aus der vergangenen Zeit, als das sumpfige Gelände eine Art Niemandsland zwischen der Grafschaft Moers, dem Herzogtum Geldern und dem Gebiet von Kurköln gewesen war, besiedelt nur von Wölfen und Wildschweinen. Der gut sichtbare Galgen des Amtes Kempen auf dem Hülser Berg sollte dem Gesindel zwar zur Mahnung dienen, erschreckte die Reisenden aber mehr als die Ganoven, die dort ihre Schlupfwinkel hatten. Ein undurchsichtiges Gelände aus dichtem Gehölz, Heide und sumpfigen Niederungen war das Kliedbruch immer noch. Auch wenn die Franzosen angefangen hatten, Gräben anzulegen und Deiche zu bauen, auf denen man nun das Bruch betreten konnte, ohne sein Leben zu riskieren.

Theo hatte zwei Freunde, Julius und Anton, Webersöhne wie er, arm wie er, und sie kannten einen Tümpel im Bruch, aus dem sie Torf abtragen durften. Julius kannte den Besitzer des Geländes, dem es recht war, wenn die Männer mit ihren Netzen den Torf herausholten. Die Fische gediehen besser, wenn der Teich tiefer war. So zogen sie Anfang August zu fünft mit einem flachen Kahn, den sie in einer Scheune bei einem Bauern untergestellt hatten, über den Flünnertzdyk ins Bruch, kämpften sich mit langen Messern eine halbe Stunde durch Brombeerhecken und Dickicht und standen am späten Nachmittag vor ihrer Kull.

Die Sonne brannte heiß vom Himmel. Nassgeschwitzt und erschöpft setzten sie sich ins Gras. Rund um den kleinen See, der jetzt einen niedrigen Wasserspiegel hatte, zog sich ein Streifen Heideland, das nach den Wochen der Trockenheit und Hitze verdorrt war. Die Jungen legten den Kahn ans Ufer, deponierten die Stangen und Netze daneben, suchten sich ein schattiges Plätzchen unter ein paar Birken und ruhten sich erst einmal aus. Als sie wieder bei Kräften waren, dämmerte es schon, und Julius, der groß und schlaksig war, beschwerte sich, dass er Hunger hatte. Willi und Gustav zogen mit einer Angel los, die Großen buddelten ein Loch, in dem man ein Feuer machen konnte, ohne dass es weithin zu sehen war. Schon nach wenigen Minuten zappelte an Gustavs Angel eine kleine Brasse, und nach einer knappen Stunde konnten Willi und er ein halbes Dutzend Fische vorzeigen. Anton, der von sich behauptete, der beste Koch der Gruppe zu sein, nahm die Tiere aus und spießte sie auf Weidenruten. Die legte er über das Feuerloch, und schnell brutzelte und duftete es verführerisch. Gustav holte aus seinem Beutel ein Brot – für seinen Anteil zu dieser Expedition hatte er mit Mutters Erlaubnis das Regal mit den Roggenlaiben vom Vortag geplündert – und schnitt ein paar Scheiben ab. Auch sie wurden geröstet. Die Jungs hatten Blechtassen dabei, die sie am Flöthbach auffüllten, der hinter der Kull still durch die Heide floss. Der Fisch schmeckte köstlich. Als alles verzehrt war, zauberte Anton noch eine Flasche aus seinem Rucksack, deren Inhalt er kurz mit »Selbstgebrannter« beschrieb. »Jeder nur einen Schluck. Muss für die nächsten Tage reichen.« Dann rollten sie sich in die mitgebrachten Decken, erzählten sich noch ein paar Geschichten von Schmugglern und Wölfen und schliefen ein.

Am nächsten Morgen weckte sie Vogelgezwitscher. Es war eine warme Hochsommernacht gewesen, sie hatten nicht gefroren. Im Bach schlugen sie sich ein paar Hände Wasser ins Gesicht, tranken auch einige Schlucke davon, bissen einmal in den Brotkanten vom Vorabend, und als die ersten Sonnenstrahlen die Heide in orangefarbenes Licht tauchten, schoben sie den Kahn ins Wasser. Er war in drei Bereiche aufgeteilt: Je ein Drittel des Bootsinneren am Bug und am Heck hatten sie mit Weidengeflecht so vom Mittelteil abgetrennt, dass das Wasser aus diesen Fächern in die tiefere Mitte laufen konnte, der nasse Torf aber zurückgehalten wurde. In der Mitte, die von Zeit zu Zeit mit einem Eimerchen vom einlaufenden Torfwasser befreit werden musste, standen zwei der Jungs. Sie waren mit zehn Fuß langen Stangen ausgestattet, an deren Ende sich ein Metallring mit einem Netz befand. Damit gingen sie auf den Boden des Teiches, bewegten das Netz in achtförmigen Bewegungen so lange über den Grund, bis es von eingefangenem Torfschlamm schwer wurde. Dann holten sie die Stange vorsichtig Fuß für Fuß aus dem Wasser und entleerten das Netz in den Kahn. Dabei mussten sie aufpassen, nicht das Gleichgewicht zu verlieren – und wenn das schiefging, ruderte unter lautem Gejohle erst der eine, dann der andere wild mit den Armen in der Luft herum und stürzte ins moorige Wasser. Aber wenn sie schon darin waren – bei der heißen Luft eine willkommene Erfrischung – tobten sie unter dem Vorwand, den jeweils anderen als Schuldigen für das Unglück durch »Döppen« bestrafen zu müssen, noch eine Weile durchs Wasser. Die Stangen mit den Netzen fanden sie schnell wieder, so tief war die Kull nicht.

Nach einer Stunde war der Kahn voll und der Torfschlamm bildete auf beiden Seiten einen kleinen Hügel. Dann manövrierten sie das Boot mit den Stangen wieder ans Ufer, wo die anderen schon mit Holzschippen warteten und die Ernte aus dem Boot ins Gras beförderten. Dort ließen sie den Torf eine Stunde austropfen und warfen ihn dann in Holzformen von ein mal einem Fuß Größe, die einen löchrigen Boden hatten. Mit einem passgenauen Brett konnten sie den Torf in der Form von oben so zusammendrücken, dass er weiter an Wasser verlor. Wenn sie einen schweren Stein auf diesen Deckel legten, sank der langsam nach unten und festigte den Torf. Nach zwei Stunden konnten sie den so entstandenen Torfblock aus der Form nehmen und in die Sonne legen. Die tat das Ihrige, um dem Brennstoff weiteres Nass zu entziehen. Bald lag eine schwüle, säuerlich riechende Feuchte über dem See.

Sie arbeiteten in Schichten: Das Torfholen auf dem Boot ging aufs Kreuz und war mühsam. Deswegen waren diejenigen auf dem Boot immer froh, wenn ihr Kahn voll war und sie wieder an Land durften. Die nächste Mannschaft übernahm dann das Boot, und die beiden, die zuletzt die Greifnetze geschwungen hatten, konnten sich beim Befüllen der Holzformen etwas erholen. Als sich am Abend die Sonne über dem Moor langsam dem Horizont zuneigte, waren alle fünf erschöpft. Sie beschlossen, die Arbeit zu beenden, gingen über die Wiese, wo rund zweihundert handhohe Torfbriketts im Gras lagen, und besahen zufrieden ihr Werk. Willi und Gustav holten die Angeln heraus und versuchten ihr Glück, und bald duftete es wieder nach Gebratenem, über das sich die Jungs mit Heißhunger hermachten.

Am nächsten Tag hatten die Briketts schon eine feste Kruste, und die Törfer türmten sie zu einer schwarzen Pyramide auf, um ihnen noch mehr Luft zu geben und gleichzeitig auf der Wiese Platz für die neue nasse Ernte zu schaffen. Und wieder schoben sie den Nachen in den Moorsee, den schon Generationen vor ihnen gegraben hatten, als der Torf noch im Tagebau gestochen werden konnte. Inzwischen mussten die Stangen in jedem Jahr länger sein, und wenn der Torf abgebaut wäre, würde man noch den »Grieß« darunter herausholen, mit dem man den Ackerboden verbessern konnte – leider nichts, was half, die Webstube zu heizen. War der Winter einmal sehr mild und sie hatten im Frühjahr noch Briketts übrig, so verkauften sie sie den Bauern als Einstreu für ihre Ställe – veredelt durch den Mist der Tiere konnten diese ihn als Dünger auf die Felder bringen. Der Kappes liebte diesen Torf und wuchs dann doppelt so schnell.

Am Abend des dritten Tages am See machten Gustav und Willi eine Tour ins Bruch, während die Älteren noch am Feuer saßen, ihren Selbstgebrannten tranken und über die Mädchen von Inrath diskutierten. »Passt auf und bleibt auf den Wegen«, rief Theo ihnen noch nach. Sie wanderten eine Weile über den neuen Deichweg auf der Grenze zwischen Hülser Bruch und Kliedbruch nach Nordosten, dann auf einem weiteren Damm direkt ins Kliedbruch hinein. Der Deich selbst war von einer dichten Grasnarbe bewachsen. In der Mitte zeugten zwei ausgefahrene Spuren von der Benutzung durch Pferdewagen. Der Nebenweg ins Kliedbruch war verlassen, nur die Lerchen am Abendhimmel und die lästigen Stechmücken ließen sich vernehmen, sonst war es totenstill. Neben dem Deich lag auf beiden Seiten ein Graben, dahinter zog sich das mit dichtem Gestrüpp bewachsene und von einzelnen offenen Heideflächen unterbrochene Moorgebiet bis an den Horizont. Seit die Gräben das überschüssige Wasser aufnahmen, bereicherten kleine Waldgruppen von Pappeln und Birken die Landschaft. Aber an vielen Stellen staute sich weiter das Nass, und wo der Boden trug und wo nicht, war kaum zu erkennen.

Das Bruch war einsam. Gustav dachte an das ständige Treiben in der Bäckerei der Eltern, an die vielen Fuhrwerke auf der Straße, die durch Steckendorf führte, an das Gewimmel in Krefeld – überall so viele Menschen. Und hier? Keine Seele. Seit drei Tagen war er außer den vier Freunden niemandem begegnet. Er genoss es. Und gleichzeitig fand er es ein wenig unheimlich.

Plötzlich nahmen sie einen leichten Geruch von Feuer wahr. Brannte es? Gustav hatte Theo und die anderen davon reden hören, dass im Moor immer wieder Feuer aufflammten, vor allem im Hochsommer. Das trockene Schilf, das Wollgras, die Heide, das alles brannte wie Zunder. Manchmal fraß sich die Glut dann in den torfigen Boden hinein, und löschen konnte man hier draußen ohnehin nichts. Kein Spritzenwagen erreichte die Heideflächen. Wenn wirklich ein Feuer ausgebrochen war, sollten sie das Weite suchen und die anderen warnen. Sie hielten die Nasen in den Wind, von Westen kam der Rauch, kaum merklich, aber doch eindeutig. Hinter dem Graben lag ein Wall, dahinter eine Senke, die man von hier aus nicht einsehen konnte. »Komm«, sagte Gustav. Sie sprangen über den Graben, kletterten an Brombeeren vorbei auf den Damm, blinzelten in die baumbewachsene Senke, die wie ein flacher Krater vor ihnen lag. Ein schmaler Trampelpfad führte von der gegenüberliegenden Seite dort hinunter, und zwischen Haselnusssträuchern und Erlen versteckt entdeckten sie eine Hütte mit einem Dach aus Holzschindeln und einem Schornstein. Aus diesem zog eine feine Rauchfahne in den Himmel. Gustav und Willi hielten verwundert inne.

»Eine Hütte? Hier?« Gustav runzelte die Stirn.

»Lass gucken«, rief Willi und lief schon in die Senke hinunter.

»Spinnst du, wenn da jemand drin ist!«, rief Gustav hinterher, aber da war Willi schon unten und spähte vorsichtig durch ein kleines Fenster an einer Seitenwand.

»Da ist keiner drin«, stellte er zufrieden fest.

»Aber muss doch, wenn da Feuer ist«, sagte Gustav ängstlich.

»Ist aber nicht«, erwiderte Willi. »Guck doch selbst.«

Gustav stellte sich neben den Freund und sah durch die trübe Scheibe. Die Hütte hatte nur einen Raum, niemand war darin. Der Ofen stand auf der gegenüberliegenden Seite, die Wände waren mit Regalen und Schränken vollgestellt. In den Regalen lagen mit Garn gefüllte Bobinen, große Spulen, wie Willis Vater sie aus dem Kontor von Schulz mitbrachte, wenn er seine fertige Webarbeit abgeliefert hatte und neues Material bekam. Warum lag das hier? Einen Webstuhl konnte Gustav jedenfalls nicht erkennen. Willi stand inzwischen an der Tür der Hütte. »Offen«, stellte er fest und ging hinein. Gustav sah sich vorsichtig um und folgte ihm. Im Innern war es heiß. Auf einem Ofen stand ein gusseiserner Topf, in dem Wasser vor sich hin köchelte. Daneben eine Kanne mit echtem Kaffeepulver. Es roch lecker. Willi hatte eine Schranktür aufgerissen. In einem großen Fach lagen übereinandergestapelt mehrere Warenbäume, voll belegt mit Stoffen in Weiß, Rot und Gelb. Gustav strich über das Tuch, es fühlte sich fein an. »Seide«, murmelte er. In einem anderen Schrank fanden sie ein halbes Dutzend kleiner Standuhren mit Ziffernblättern aus Elfenbein und Gehäusen aus Messing. Dann wiederum eine offene Pappschachtel mit Schreibutensilien: vergoldete Federhalter, kleine Siegelringe, Klötzchen von rotem Siegellack, in Leder eingebundene Notizbücher.

»Oh, verflucht«, sagte Willi plötzlich. »Weißt du, was das ist? Das ist alles gestohlenes Zeug. Ein Hehlerlager. Lass uns ganz schnell von hier verschwinden.«

Sie drehten sich um, als die Tür aufging und sie einem Jungen ins Gesicht blickten, der ein paar Jahre älter war als sie – und den sie nur zu gut kannten. »Ede«, entfuhr es Gustav, und er hätte sich sofort auf die Zunge beißen können. Der Junge runzelte die Stirn, als dächte er angestrengt nach. In dem Moment duckte Willi sich, schrie: »Los!«, huschte rechts an Ede vorbei, trat ihm von hinten in die Kniekehlen, sodass Ede aufschrie und zu Boden ging. Gustav brauchte einen Moment, um zu verstehen, sprang dann aber mit einem Satz über Ede hinweg Willi hinterher. Sie liefen auf den Trampelpfad, den sie von oben gesehen hatten, sprinteten die Senke hinauf, wollten gerade über den Rand klettern, als zwei ältere Burschen vor ihnen auftauchten. Einen Moment stutzten die zwei, dann packte jeder einen der Jungen und warf ihn zu Boden. »Immer langsam mit der Paula«, sagte der eine, der unrasiert war und, wie Gustav angeekelt feststellte, schlechte Zähne hatte. Er beugte sich über Gustav und studierte seine Beute. Sein Kumpel sah gepflegter aus, hatte Willi aber mit ebenso eisernem Griff auf den Boden genagelt.

»Schau an, schau an«, sagte der Schönling. »Wir haben Besuch. Wer seid ihr und was macht ihr hier?«

Die beiden nannten mit erstickter Stimme ihre Namen. In dem Moment kam Ede den Weg heraufgehumpelt.

»Die Mistkerle haben mich hinterrücks überfallen«, fluchte er. Der Schönling – Edes großer Bruder, vermutete Gustav – verzog das Gesicht zu einem spöttischen Lächeln.

»Die Kleinen hier haben dich überfallen? Ts, ts, ts …« Dann wurde er wieder ernst. »Waren die im Haus?«, fragte er an Ede gewandt.

»Ja, waren sie«, sagte dieser zerknirscht.

»Was habt ihr drinnen gesehen?«, fragte er Gustav und Willi.

Als sie die Lippen aufeinanderpressten, schlug der Unrasierte Gustavs Stirn kurz und trocken auf den Boden, sodass dieser aufschrie. »Wird's bald? Jupp hat dich was gefragt, oder?«

Gustav stöhnte, seine Nase schmerzte. »Garnspindeln«, flüsterte er. »Und Uhren.«

»Garnspindeln und Uhren«, wiederholte Jupp und klang genervt. »Und, was sagt uns das?«, fragte er seinen Gefangenen und zog Willi an den Haaren.

»Dass ihr verdammte Diebe seid«, zischte Willi und diesmal flog sein Kopf mit einem unangenehmen Geräusch auf die Erde.

»Ihr Mistkäfer«, fluchte Jupp. »Was habt ihr hier draußen herumzuschnüffeln?« Er befahl Ede, Stricke und Tücher aus dem Haus zu holen. Der tat, wie ihm geheißen, fesselte den Jungen die Hände auf den Rücken und knebelte sie mit Tüchern.

Jupp und sein Kumpel trieben die beiden den Trampelpfad entlang und von da aus hinunter in eine weitere Senke, in der Wasser stand. Schwärme von Mücken stiegen auf, als Gustav und Willi am Ufer landeten, nachdem Jupp sie mit einem Tritt die Böschung hinabbefördert hatte.

»Rein mit ihnen?«, fragte sein Kumpel ihn. Jupp schien nachzudenken, während Willi ein schwer definierbares Geräusch von sich gab, das wie ein Stöhnen klang. Angstschweiß stand ihm auf der Stirn.

»Hat keine Eile«, entschied Jupp schließlich.

Der Unrasierte zwang die Jungen, sich an den Fuß zweier Bäume direkt am Wasser zu setzen. Er legte ihre Arme nach hinten um die Stämme und zurrte einen Strick um ihre Handgelenke fest. Dann fesselte er auch noch ihre Beine. Jupp schlenderte auf die andere Seite des kleinen Tümpels zu einem Holzrahmen, der dort am Wasser eingelassen war – Gustav und Willi konnten es nicht genau erkennen. Er zog einen Holzzapfen aus einem Balken, woraufhin eine Klappe nach unten rutschte. Wasser spritzte, als sie aufschlug. Dann verzogen die Ganoven sich über den Trampelpfad wieder nach oben und verschwanden.

Es war finster in der Kuhle. Gustav und Willi waren eng angebunden und konnten sich nicht bewegen. Ihre Beine lagen im Wasser. Neben dem Sirren der Mücken hörten sie ein leises Plätschern. Ein Rinnsal schien hier irgendwo entlangzulaufen. Willi wimmerte leise vor sich hin. Gustav versuchte, seinen Kopf am Stamm zu reiben, um so das Tuch zu lockern, das seinen Knebel hielt. Es war aussichtslos. Ede hatte es straff festgezogen. Er schloss verzweifelt die Augen. Er sehnte sich nach der Holzbank neben dem Ofen in der Bäckerei und träumte von warmem Weizenbrot und duftender Apfeltorte. Einen Moment war er weggedämmert, als er von einem glucksenden Geräusch wieder aufwachte. Die Feuchtigkeit war etwas höher gekrochen, seine Hose komplett durchnässt. Und er musste mal. Gustav versuchte, die Böschung ein paar Zoll nach oben zu rutschen, um etwas Abstand zwischen sich und das Wasser zu bringen, aber es gelang ihm nicht. Wenn er nicht nach oben rutschen konnte, konnte er auch nicht nach unten rutschen. Wieso wurde er dann immer nasser? Ihm kam ein schrecklicher Verdacht. War die Klappe, die Jupp bedient hatte, das Tor eines Wehrs gewesen? Konnte man das Wasser hier aufstauen? Oh nein, nicht das, dachte Gustav.

Nach zwei Stunden stand ihnen das Wasser bis zum Bauchnabel. Gustav versuchte abzuschätzen, wie viel Zeit ihnen noch blieb. Bis zum Morgen? Im Haus der Ganoven regte sich nichts mehr. Die schlafen, dachte Gustav verbittert, und lassen uns hier einfach ertrinken. Oder sie sind abgehauen. Willi schien weggetreten zu sein. Gustav rieb den Kopf erneut an der Rinde der Pappel, an die er geknotet war. Wieder und wieder. Das verdammte Tuch musste sich doch bewegen lassen. Schließlich schaffte er es – der Stoff rutschte nach unten. Sein Nacken schmerzte von der Anstrengung. Er gönnte sich einen Moment Ruhe, dann arbeitete er an dem Knebel in seinem Mund. Stückchen für Stückchen schob er ihn mit der Zunge nach vorne, kaute, drückte, gab schließlich auf – er konnte einfach nicht mehr. Dann probierte er es erneut. Endlich fiel der Knebel mit einem Platschen vor ihm ins Wasser.

»Willi«, rief er leise. Der Freund schien aus einem Koma zu erwachen und reagierte mit einem leichten Stöhnen. »He, wach auf, schlaf jetzt nicht«, wisperte Gustav ihm zu. Als Willi realisierte, dass ihm das Wasser inzwischen bis zur Brust stand, rüttelte er panisch an seinen Fesseln. Nach einer Weile hörte er damit auf und versuchte stattdessen, nach Gustavs Anleitung ebenfalls seinen Knebel zu bearbeiten. Erfolglos.

Die Rettung kam am frühen Morgen, als die ersten Vögel schon angefangen hatten, mit ihrem Zwitschern die Stille der Nacht zu vertreiben. Die Jungen hörten in der Ferne plötzlich Rufe. »Willi! Gustav!«

Gustav traute seinen Ohren nicht. Konnte das wirklich sein? Dann schrie er zurück: »Hier! Hier sind wir!« Es dauerte noch eine gefühlte Ewigkeit, bis die Köpfe von Theo, Julius und Anton über dem Böschungsrand auftauchten. »Passt auf«, warnte Gustav sie sofort, »könnte sein, dass die Jungs im Haus noch da sind, das sind Ede, Jupp und noch ein Dritter, die sind Diebe, und die sind echt brutal.«

Julius legte sich hinter die Böschung und behielt das Hehlerhaus im Auge. Anton und Theo krochen auf Gustav und Willi zu. Sie hatten Messer dabei und befreiten die Jungen. Dann zogen sie sie aus dem Teich. Willi fiel seinem Bruder Theo um den Hals und heulte Rotz und Wasser. Er war völlig aufgelöst. Gustav versuchte, seine steifen

Gelenke zu lockern, während er am ganzen Leib vor Kälte zitterte. Julius hatte sich inzwischen an das Haus herangeschlichen und durch das Fenster ins Innere geschaut. »Keiner drin«, stellte er fest. Die Tür war verschlossen. Die anderen kletterten über den Trampelpfad zu ihm.

Theo und Anton blickten ebenfalls neugierig durch die Scheibe. Theo konnte sich von dem Anblick kaum losreißen. »Hier also«, sagte er immer wieder. »Hier haben die ihr Lager.«

Gustav sah ihn verständnislos an. »Wer hat hier sein Lager?«, fragte er.

Theo schaute ihn überrascht an, als hätte er die Jungen ganz vergessen. »Erklär ich euch später. Lasst uns jetzt schnell verschwinden.«

Die Sonne ging gerade auf, als die kleine Gruppe wieder an ihrem Torfsee ankam. Gustav und Willi zogen ihre nassen Sachen aus und wickelten sich in Decken. Auch die anderen waren todmüde. Als sie am vergangenen Abend bemerkt hatten, dass Willi und Gustav um Mitternacht immer noch fehlten, hatten sie eine Suchaktion gestartet. Alle drei kannten das Kliedbruch gut und hatten sich aufgeteilt, um die Wege nach den beiden abzugehen. Die ganze Nacht hatte das gedauert, sie waren zunehmend verzweifelt gewesen. Und vor allem Theo hatte sich Vorwürfe gemacht, dass er Willi ins Bruch hatte ziehen lassen. Sie waren schon kurz davor, nach Krefeld zu gehen und Hilfe zu holen, als sie am frühen Morgen Gustavs Stimme gehört und das Haus gefunden hatten. Die Konstruktion mit dem kleinen Stausee in der Senke habe Theo noch nie gesehen, meinte er. Was sollte das sein? Ein Mühlteich? Ein Fischteich? Ein Trinkwasserreservoir für heiße Sommer? Die Kinder dort unten zu fesseln und dann das Wehr zu schließen, sei jedenfalls das Hinterhältigste, was er je gesehen hatte. Theo kochte vor Wut.

»Heute Abend gehen wir zur Polizei«, schlug Julius vor.

»Was die da in dem Haus treiben, ist ja offensichtlich«, stimmte Anton ihm bei. »Die Frage ist nur, ob sie das alles selbst gestohlen haben oder ob sie Hehler sind und die Sachen nur verkaufen.«

»Wenn Gustav und Willi schildern, was geschehen ist, und wir das bezeugen können, dann ist es vorbei mit ihnen. Das ist zweifacher versuchter Mord«, fuhr Julius fort.

Theo schwieg. Dann räusperte er sich. »Jungs, es gibt da ein Problem.« Die anderen sahen überrascht auf. »Jupp handelt nicht nur mit gestohlenem Zeug wie den Uhren aus den Häusern von Schulz und Co«, erklärte er mit langsamer Stimme. »Er verschiebt auch Seide, die die Weber ihm verkaufen. Ihr wisst, wie das funktioniert?« Theo sah in verständnislose Gesichter. »Du bekommst vom Verleger zehn Pfund Garn, du verwebst neun davon und müsstest ein Pfund zurückgeben.« Fragendes Schweigen. »Wenn dein Gewebe aber ein bisschen feuchter ist – was der Mann im Kontor nicht sehen kann –, wiegt es nicht neun Pfund, sondern neuneinhalb. Du gibst nur ein halbes Pfund Seide zurück. Und das andere halbe Pfund verkaufst du an Jupp.«

Julius nickte. »Das alte Spiel. Geht meistens schief. Irgendwann erwischen sie dich.«

Theo sah ihm direkt in die Augen: »Mich haben sie bisher nicht erwischt. Und du weißt, dass wir das Geld brauchen, seit ich …«, er stockte und suchte nach Worten, »… das ganze verdammte Jahr in Düsseldorf verbringen musste. Seitdem läuft es beschissen bei uns. Das wisst ihr.« Er blickte in die Runde, von einem zum anderen, bettelte mit den Augen um das Verständnis der Freunde.

»Jupp kennt dich, richtig?«, fragte Anton.

Theo nickte.

»Und deswegen hat er dich in der Hand.«

Theo nickte wieder, matt und mutlos.

»Das heißt, die Schweine kommen damit durch, was sie Willi und Gustav angetan haben?« Anton sprang zornig auf. »Das kann doch nicht sein.«

Julius sah kopfschüttelnd von einem zum anderen. »Sie wissen, dass Gustav und Willi ihr Versteck entdeckt haben, aber sie wissen doch nicht, dass Willi der Bruder von Theo ist, oder?«, fragte er.

»Keine Ahnung«, sagte Theo. »Aber wenn wir sie anzeigen und es kommt zum Prozess und wir sind Zeugen, dann wird es ihm auffallen, da kannst du Gift drauf nehmen. Und dann bin ich am Arsch. Wenn das rauskommt, dass ich Seide unterschlagen habe, komme ich wieder ins Loch.«

Alle schwiegen und brüteten vor sich hin.

»Lasst uns erst einmal eine Runde pennen«, schlug Julius vor, und erst da fiel ihnen auf, dass Gustav und Willi schon tief und fest schliefen.

Am Nachmittag beschlossen sie, sich mit einem guten Mahl vom Schrecken der letzten Nacht zu erholen. Zum Glück hatten die Brassen Zeit gehabt, die Törfer zu vergessen, und bissen jetzt umso munterer. Den Jungen stand der Sinn heute nicht mehr nach Arbeit. Stattdessen probierten Willi und Gustav, die immer noch froren, ihren ersten Schluck Selbstgebrannten. Sie diskutierten noch lange über Jupp, das Hehlerhaus und die Frage, ob sie zur Polizei gehen sollten oder nicht. Schließlich beschlossen sie, es auf sich beruhen zu lassen, in der klammheimlichen Hoffnung, dass Jupp jetzt – nachdem seine Opfer entkommen waren – mehr zitterte als sie selbst. Denn auch wenn der Galgen auf dem Hülser Berg nicht mehr stand, dürfte ihm klar sein, dass es ein schlimmes Ende für ihn nehmen würde, wenn die Polizei seinen Unterschlupf entdeckte. Was aber auch hieß: Gustav und Willi mussten höllisch aufpassen, dass sie diesen Gaunern nicht noch einmal im Dunkeln begegneten. Zweimal reicht, dachte Gustav, der in der Nacht am Tümpel viel Zeit gehabt hatte, an Ede und seinen Straßenraub am ersten Schultag zu denken. Warum können Menschen so ekelhaft sein wie dieser Junge und sein großer Bruder?

Theo musste der Gruppe versprechen, mit seinen Seidengarn-Unterschlagungen aufzuhören. Er tat es.

Am letzten Tag im Bruch räumten die Jungen den See noch einmal richtig aus. Inzwischen standen fünf Pyramiden aus Torfbriketts auf der Wiese. Auch wenn sie einen Tag verloren hatten, war die Ausbeute anständig. Sie mussten ihre Ernte später, wenn sie komplett trocken war, noch an den Deichweg schaffen, damit sie sie von dort mit einem Fuhrwerk abholen konnten. Dann würden sie den Torf in drei Teile teilen, wobei der von Theo etwas größer ausfallen würde, weil Willi und Gustav mitgearbeitet hatten. Und auch, weil Julius und Anton das Gefühl hatten, seine Rückkehr auf den Pfad der Ehrlichkeit unterstützen zu müssen. Wenn es schon nicht gut lief mit der Weberei, sollte es im kommenden Winter in seiner Webstube wenigstens warm sein.

Als Gustav nach ihrer Expedition abends nach Hause kam, fühlte er sich ausgelaugt. Zuerst dachte er, die Arbeit im Torf hätte ihn so geschafft. Doch dann musste er sich eingestehen, dass die Nacht im Wasser ihm seine Kräfte geraubt hatte. Die vielen Stunden auf dem schlammigen

Boden, in denen die Feuchtigkeit in seine Glieder gekrochen war, die Kälte, die Ungewissheit, ob er die Nacht überleben würde, das war ihm an die Nieren gegangen. Am nächsten Morgen hatte er eine schwere Erkältung.

In den kommenden Wochen litt er nicht nur an Fieber, sondern auch an Atemnot und Brustschmerzen. Der Krefelder Arzt Dr. Hecking kam mehrere Male nach Steckendorf, hörte seine Lungen ab, fühlte seinen Puls, stellte dann beunruhigt fest, dass der Infekt auf Gustavs Herz geschlagen war. Nur viel Ruhe könne die Folgen ausheilen. Gustav ging vier Wochen lang nicht zur Schule, hütete erst lange das Bett, verbrachte die Tage danach auf einem schattigen Plätzchen im Hof, wo er stundenlang las. Oft überkam ihn nach einigen Seiten eine bleierne Müdigkeit, und dann schlief er in eine Decke gewickelt ein. Einige Male spürte er, wie sein Herz aus dem Takt geriet, wenige Sekunden meist nur, aber es war unangenehm. Er wollte nicht krank sein und verfluchte Ede und seine Bande, dass sie ihm das angetan hatten. Er schwor Rache.

Nach einem Monat ging er wieder zur Schule. Lange Zeit fühlte er sich noch schlapp, und der Lehrer erwischte ihn manchmal dabei, wie er teilnahmslos an die Tafel oder aus dem Fenster starrte. Erst als die große Sommerhitze vorbei war und die frischeren Herbsttage begannen, verbesserte sich Gustavs Zustand. Die gelegentlichen Herzstolperer begleiteten ihn weiter. Und jedes Mal, wenn sie auftraten, hatte er das Bild jener unheilvollen Nacht vor Augen, in der ihm das Wasser bis zum Hals gestanden hatte.

# *1831. Spitz, pass auf*

Es gab nur einen Grund, aus dem Gustav gerne morgens um fünf aufstand: Wenn er auf den Markt durfte, um den Händlern dort Brötchen zu verkaufen. Er liebte den Markt. Es gab für ihn nichts Spannenderes, als mit den ersten Sonnenstrahlen in dieses Gewusel und Gewimmel einzutauchen, in das Hufgetrappel und Gebell, die Schreie der Händler, die Rufe der Marktfrauen. Sie kamen aus Kempen und Neuss, aus Willich und Fischeln, aus St. Tönis und aus Uerdingen. Sie kamen mit zweirädrigen Karren, die von einer Dogge gezogen wurden, mit dreirädrigen Gefährten, in die ein Schäferhund eingespannt war, mit kleinen oder größeren Plateauwagen, bewegt von einem Maulesel oder einem Pferd. Manche Marktleute hatten nur ihre mühsam herbeigetragene Kiepe auf dem Rücken, deren Inhalt sie feilboten, andere schleppten in jeder Hand einen Weidenkorb. Und manches alte Marktweib breitete nur das vor sich aus, was es in einem sorgfältig verknoteten Tuch mitgebracht hatte, und hoffte auf gnädige Kundschaft. Wenn die Alte etwas verkaufen konnte, freute sich Gustav mit ihr.

Das scheinbare Chaos beim Aufbau des Marktes folgte festen Regeln. Auf dem Schwanenmarkt – auch Buttermarkt genannt – verkauften die Bauern aus Inrath, was sie ihrem im Bruch weidenden Vieh abgetrotzt hatten: frische Milch in Kannen und Glasflaschen; Butter, die sie sorgfältig in Holzkästen gepresst, anschließend gesalzen und dann appetitlich in Leinen eingeschlagen hatten. Quark in kleinen Fässern, Frischkäse und gereiften Käse nach holländischer Art in Rädern, jung oder alt, mild oder herzhaft. Eier – braune und weiße, kleine und große, Gänseeier waren auch dabei, und in Käfigen und Kisten unter den Auslagen scharrten auch lebende Hühner, die fröhlich gackernd auf sich aufmerksam machten. Zur Jagdsaison boten die Händler auf dem Schwanenmarkt auch Wildbret an – Rehwild und Hirsch, Wildschwein und Fasan, Hase und Kaninchen. Da hingen Schinken an Haken, baumelten abgezogene Tiere über der Auslage, da wurde auf blutigen Holzbrettern ausgenommen, zerteilt, gehackt und mit aus dem Schwanenbrunnen geschöpftem Wasser sauber gespült. Und wer ein lebendes Ferkel verkaufen wollte, benutzte die im Flur einer Brauerei an der Hochstraße hängende Kettenwaage, um Gewicht und Preis des quiekenden Tieres zu bestimmen.

Auch einen kräftigen Matjes oder eine zarte Maischolle für den Küchentisch konnten die Kunden – je nach Jahreszeit – auf dem Schwanenmarkt finden. Muscheln und Fische aus der Nordsee wurden hier sorgsam auf Brucheis gekühlt angeboten, und die Rheinfischer fanden in Krefeld ebenfalls dankbare Abnehmer. Fisch in allen Varianten war beliebt – vom billigen Hering, den sich selbst die armen Weber einmal in der Woche leisten konnten, bis zum herzhaften Aal, den die Fischer mit Reusen im Rhein fingen und anschließend räucherten. Der Fischstand bot Gustav immer ein gutes Ziel: Die hungrigen Händler belohnten sich, nachdem sie ihre Auslagen endlich aufgebaut hatten, gerne mit einem seiner Brötchen, das sie mit frischem Matjes belegten. Vor allem die, die schon zwei Stunden mit ihrer Karre unterwegs gewesen waren, gönnten sich jetzt gerne ein Päuschen, und Gustav verdiente noch ein paar letzte Pfennige, bevor er zur Schule musste.

Manchmal begann er seine Tour auch am nahe gelegenen Neumarkt. Hier kauften die Krefelder vor allem Obst und Gemüse. Und Gustav liebte den Anblick der glänzenden Äpfel und Birnen. Da gab es zarte Augustäpfel und dunkelrote Heckäpfel, dufteten Muskat- und Feigenbirnen. In der Auslage nebenan luden pralle dunkelblaue Pflaumen ein und rote, süße Kirschen, Mirabellen und – besonders verführerisch – die von weither nach Krefeld spedierten und fast unerschwinglichen Zitronen und Orangen. Die meisten Hausfrauen hielten jedoch nicht nach dem Obst, sondern nach dem Gemüse des täglichen Bedarfs Ausschau, sofern sie es nicht im eigenen Garten zogen: In hohen Flechtkörben türmten sich grüne Bohnen und erdige Kartoffeln, stapelten sich Wirsing- und Kohlköpfe, rote, lila und hellbraune Zwiebeln, Rote Bete und weißer Blumenkohl. War es Herbst, so ergänzten Jutesäcke voller Nüsse das Angebot, Walnüsse, Haselnüsse, nicht zu vergessen braun glänzende Kastanien. Und selbst im Winter verströmten große Fässer mit eingelegtem Kraut, das als Zutat auf dem Küchenzettel keine Saison kannte, ihren Duft.

Auf dem Neumarkt konnten Hausfrauen und Gastwirte einen frischen Reisigbesen erstehen, wenn der alte abgenutzt war, und den zugehörigen weißen Scheuersand gleich dazu – Letzterer aus dem eine halbe Tagesreise entfernten Liedberg eingeführt, wo die Einwohner ihn im Berg unter dem Schloss abbauten. Dieser musste inzwischen durchlöchert sein wie ein Schweizer Käse. Auf der

Hochstraße boten Bauern Heu und Futter für die Tiere an, und der Quartelnmarkt, der kleiner war als Gustavs Klassenzimmer, war vollgestopft mit Ständen, auf denen lebende Wachteln und ihre Eier auf Käufer warteten. Für Gustav war der ganze Markt eine große Wundertüte.

Genauso schillernd wie das Angebot an Waren schien Gustav die Vielfalt an Menschen, die der Markt anzog. Da waren zunächst die Händler – und irgendwann kannte der Junge sie alle. Wie Burgherren kamen sie ihm vor in ihren Ständen, geschützt von einem wehrhaften Ring aus Körben und Kisten, Auslagen auf Holzböcken und umstellt von prall gefüllten Säcken. Immer waren sie umringt von einer Traube von Menschen, und wer hier von morgens um sechs bis nachmittags um vier durchhalten wollte, durfte eines nicht sein: menschenscheu. Und doch hatte jeder seine Art, die Kunden und Kundinnen zu umwerben. Der Metzger Mathias Leeven etwa, der wie Gustavs Familie aus Steckendorf stammte, schien den Markttag immer in vollen Zügen zu genießen. Mit fröhlichen blauen Augen und leicht gerötetem Gesicht stand er hinter seinen appetitlich ausgelegten Schweineschnitzeln, Hühnerkeulen und Kaninchenfilets, rief der Lisbeth ein Hallo zu und begrüßte Otto mit einem freundlichen Schulterklopfen. Wenn Gustav in sein Blickfeld geriet, schenkte er ihm mit einem gewinnenden Lachen einen extra großen Wurstzipfel, während er sich nach dem Befinden der Eltern erkundigte und ihm gleichzeitig ein Kompliment für seine schöne Mütze machte. Der Metzger schien nicht auf dem Markt zu sein, um Fleisch zu verkaufen, sondern um wie bei einem großen Familientreffen hier ein Pläuschchen zu halten, dort ein paar Scherze zu machen und einfach einen schönen Tag zu verbringen.

Der Ackerwirt Heinrich Schroter aus Inrath war hingegen ein stiller Vertreter. Es waren die langen, einsamen Tage hinter dem Pflug, die ihn wortlos gemacht hatten, vermutete Gustav. Jedenfalls saß er meistens schweigend in der Mitte seines umfangreichen Sortimentes aus Kartoffeln und Zwiebeln, Kohlrabi und Bohnen, aus Möhren und Salat. Wie eine Spinne in einem Netz nur auf Bewegung reagierte, so schien auch der Bauer erst aufzuwachen, wenn ihn Kunden nach Frische, Herkunft und Preis seiner Waren fragten. Er antwortete dann aber keineswegs missmutig, wie man es erwartet hätte, sondern höflich und mit freundlichem Gesichtsausdruck. Dabei schaute er der potenziellen Kundin abwartend in die Augen, und während er die Bestellung entgegennahm, eine Papiertüte mit der gewünschten Frucht befüllte und mittels einer Waage Menge und Preis feststellte, ließ er durch eine beiläufige Erkundigung nach dem Befinden des Gatten, der doch letzte Woche vom Gerüst gefallen war, erkennen, dass er sehr wohl wusste, wer da bei ihm Kartoffeln kaufte.

Die Zahl der Marktbesucherinnen stieg von Woche zu Woche. Und das schien Gustav auch logisch, weil diese Stadt ja ständig wuchs. Die Neulinge erkannte er immer schnell: Mit einer Hand ihr Kopftuch festhaltend, eilten sie zwischen den Ständen hindurch, hier und da einen Apfel oder einen Rettich befühlend oder sich scheu nach einem Preis erkundigend. Mit der unausgesprochenen Sorge in den Augen, ob sie, weil sie sich noch nicht auskannten, heimlich übervorteilt würden. Wer hier neu war, bei dem war meistens Ebbe in der Geldbörse. Aus einem der Dörfer am Niederrhein nach Krefeld zu ziehen, hieß erst einmal, sparsam zu leben – wer wusste, ob die versprochene Arbeit, meist am Webstuhl, wirklich die

Familie würde ernähren können? Aber die Markthändler gingen mit den Neulingen freundlich um. Schon beim zweiten Besuch gaben sie den Käuferinnen zu erkennen, dass sie sie nun zu ihrer Stammkundschaft zählten. Was nicht bedeutete, dass sie nicht vielleicht doch ein paar Pfennige mehr zahlten als die langjährigen Kundinnen, denen die Händler kein X für ein U vormachen konnten.

Und dann gab es die, die nichts Gutes im Schilde führten. Unter Hunderten von Marktbesuchern konnten sie sich leicht verstecken. Etwa die junge Frau, die scheinbar arglos die angebotenen Früchte beim Obsthändler Langen von der Hülser Chaussée prüfte – und dann in einem unbeobachteten Moment rasch eine Birne in ihrem Korb verschwinden ließ. Oder das Pärchen – hatte er es hier schon mal gesehen? Gustav konnte sich nicht erinnern –, das an den Gemüsestand von Heinrich Schroter herantrat. Der Mann näherte sich von der Seite, die Frau von vorne. Dann nahm sie eine schöne grüne Gurke, grinste den Händler frech an, drehte sich um und entfernte sich ohne Eile. Der Bauer sprang auf, rief ihr zu: »Hej, wat maakste da? Wirste wohl betaale?«, und war schon dabei, ihr nachzulaufen. Dann sah er aus dem Augenwinkel eine plötzliche Bewegung, blickte auf seine hölzerne Kasse, die unter einer Auslage versteckt war, sah, dass der Mann in dieselbe Richtung schielte, und durchschaute das Spiel. Er gab den Plan auf, die Diebin zu stellen, damit ihr Komplize nicht die Kasse stehlen konnte, und rief stattdessen: »Polizei!« Doch ehe er sichs versah, waren die beiden in der Menge untergetaucht. Mit einem lauten Pfiff warnte er noch die Standnachbarn. Nur eine Gurke, schien er zu denken. Die Einnahmen eines Tages waren wertvoller. Er ärgerte sich trotzdem.

Eine beliebte Masche von Dieben war es auch, Waren von den Plateauwagen zu mopsen, denen die Händler während des Verkaufs in der Regel den Rücken zukehrten und zu denen sie sich nur von Zeit zu Zeit umdrehten, wenn sie ihre Vorräte in den Auslagen nachfüllen mussten. Da sie nicht alles gleichzeitig im Blick behalten konnten, waren diese Diebereien kaum zu verhindern. Es sei denn, ihr Hund passte auf. Und in der Tat hatten viele der Marktprofis einen Spitz, der die Karren mit dem Marktgut bewachte. Lautes Kläffen alarmierte die Bauern, wenn sich jemand an ihren Kisten zu schaffen machte, und nicht selten sahen sie dann Kinder oder Jugendliche flüchten, die am Ende froh waren, wenn der Hund sie nicht am Hosenbein erwischte.

Die Marktpolizei hatte an diesen Tagen immer viel zu tun. Polizeikommissar Leonhard Walther stellte mindestens zwei seiner Sergeanten ab, die für die nötige Ordnung sorgten. Sie patrouillierten über die Hochstraße, den Neumarkt und den Schwanenmarkt. Morgens kassierten sie die Standgebühren, die die Händler zu entrichten hatten: zwei Silbergroschen für eine zweirädrige Karre, vier Pfennige für einen Kübel mit lebenden Fischen, drei Pfennige für ein Spanferkel oder eine Gans. Dafür stellten die Sergeanten eine Quittung aus, die sichtbar am Stand zu befestigen war. Zuständig war die Marktpolizei aber auch dafür, dass die Bauern korrekt abrechneten: Stimmten die Gewichte? Oder wurde heimlich mit zweierlei Maß gemessen? Hatten die Brote das vorgeschriebene Gewicht? Die Hohlmaße die richtige Größe? In der Hochstraße befand sich das Eichamt. Wer schummeln wollte, ging das Risiko ein, dort überführt zu werden und ein kräftiges Bußgeld zu zahlen. Und noch eine

Aufgabe hatten die Polizisten: Fand eine Kundin die Ware nicht frisch, mussten die Sergeanten ihre Nase bemühen, um den Streit zu entscheiden. Faule Eier, stinkender Fisch – nicht auf dem Krefelder Wochenmarkt! Wenn die Herren Weineck, Duckstein oder Leuchtermann die Aufsicht führten, kamen solche Händler nicht wieder. Lästig wurde es allerdings, wenn die Kundin mehr nörgelte als nötig und die Duftprobe kein eindeutiges Ergebnis zeigte. In dem Fall musste ein Gutachter bemüht werden, den das preußische Recht für solcherlei Streitfälle vorsah. Den unnötigen Schreibkram versuchten die Sergeanten zu vermeiden. Meistens fanden sich die Streithähne dann doch zu einem Kompromiss bereit – schließlich war man ja im Rheinland.

Immerhin lockte auch für die Herren von der Marktpolizei eine kleine Belohnung. Was an Ware nicht über den Tisch gegangen war, konnten die Kunden nach alter Sitte zum Ende des Markttags mit einem kräftigen Rabatt erwerben. Und wenn die Kundschaft zur Polizei gehörte, fiel der Nachlass noch etwas höher aus. Ein Matjes-Brötchen mit extra viel Zwiebeln und ein Schluck kühlen Biers bekamen sie als Zugabe geschenkt. Konnte nicht schaden, aus Sicht der Händler. Hatten sie verdient, fanden die Sergeanten. Auch wenn es manchem peinlich war, die lange Einkaufsliste der Gattin abzuarbeiten und dann mit einem prall gefüllten Henkelkorb am uniformierten Arm über die Hochstraße zu marschieren. Aber zu diesem Zeitpunkt war Gustav schon längst auf dem Weg in die Schule und klimperte fröhlich mit den Pfennigen für die Markt-Brötchen in der Tasche.

# 1831. Das Wechselfieber

Im Sommer des Jahres 1831, dem Jahr, in dem Gustav elf Jahre alt wurde, verbrachte er manchen Samstagnachmittag mit den drei kleinsten Kindern auf Cracau. Da war zunächst Benjamin, Benni genannt, mit vier Jahren der jüngste Sohn von Heinrich und Charlotte. Dann Bennis jüngere Schwester Susanne: Sie war erst zwei, alle nannten sie Susi. Und schließlich war da noch Bennis und Susis Cousine Johanna, sie würde im Herbst vier werden. In dem Jahr, in dem Gustav das Gut Cracau das erste Mal betreten hatte – und in dem Leo vom Baum gestürzt war – war Johannas Mutter Susanne, von der Familie Sannchen genannt, mit ihr schwanger gewesen.

Susi war mit ihren zwei Jahren ein Wirbelwind. Sie hatte im Frühjahr laufen gelernt und war seitdem nicht mehr zu bremsen. Ob der Toll- oder der Gemüsegarten, die große Wiese vor dem Haus oder die Wege, die am Innengraben entlangführten – Susi war immer unterwegs. Sie suchte, sie entdeckte und sie sammelte: Eicheln und Kastanien, Blätter und grün bemooste Steine, einmal fand sie eine tote Maus, ein anderes Mal zeigte sie stolz eine Handvoll zerdrückter Brombeeren vor, die sie aus einem dornigen Gebüsch geklaubt hatte. Sie wusste, dass sie nichts essen durfte, was ihr nicht ein Großer erlaubt hatte, aber sie ließ sich durch nichts und niemanden davon abhalten, alles herbeizuschleppen, was ihr interessant erschien. Und da sie die meisten Früchte, Blumen und Steine zum ersten Mal sah, war für sie alles interessant. Gustav hatte ihr ein kleines Holzkistchen zusammengezimmert, in dem sie ihre Funde sammeln konnte, und das füllte sich schnell. Der Anblick, wenn Susi – blond gelockt, freudestrahlend und beide Hände mit frischer Beute gefüllt – auf ihn zustolperte, um ihm zu zeigen, was sie gerade ausgegraben oder abgepflückt hatte, erfüllte Gustav immer mit großer Freude.

Es war auch der Sommer, in dem Susi sprechen lernte. Ihre sprachlichen Entdeckungen fand Gustav noch spannender als das, was sie ihm von ihren Gartenexkursionen mitbrachte. Aus »Bumen« wurden im Laufe des Sommers »Blumen« und im Herbst »Rosen« und »Astern«. Der Ruf »Susi Pipi«, wobei der verkniffene Gesichtsausdruck der sicherste Indikator für die Dringlichkeit des Anliegens war, entwickelte sich zu einem fröhlichen »Ich muss mal!«. Und überhaupt war die Erkenntnis, dass ihre Umgebung nicht aus Susi und Gustav, sondern aus Ich und Du bestand, in seinen Augen die bemerkenswerteste Veränderung in ihrem Verhältnis zur schillernden Welt um sie herum. Und Gustav war stolz, wenn sie von ihm wieder ein Wort gelernt hatte, das fortan zu ihrem festen Vokabular gehörte – und mit dem sie bei der nächsten Gelegenheit ihre Eltern zu beeindrucken suchte.

Ihr Bruder Benni war ein kleiner Philosoph. Er dachte viel über das Leben nach, und mit seinen vier Jahren entdeckte er gerade, dass es Regeln gab, selbst auf Cracau, das auf Außenstehende so anarchisch wirkte. Genau genommen entdeckte er nicht, dass es Regeln gab – die Regel »ich darf nichts essen, was ich gefunden habe, es sei denn, ein Erwachsener erlaubt es mir«, kannte auch schon Susi –, sondern er lernte, dass die Regeln Gründe hatten. Der Grund des Nicht-essen-Dürfens lag darin, dass man sich vergiften konnte, wenn man das Falsche aß. Eine Regel, die er bislang als gottgegeben – oder elterngegeben, was aufs Gleiche herauskam – hingenommen hatte, plötzlich zu verstehen, war für Benni erkennbar beglückend. Gustav merkte, wie für ihn die scheinbar willkürliche Welt plötzlich Strukturen bekam, die zu durchschauen auf Benni den Eindruck eines sich lichtenden Nebels haben musste. Die meisten Phänomene waren erklärbar, etwa die Frage, warum ein Apfel im Herbst vom Baum fiel, warum die Vögel ihre Eier im Frühling legten oder warum sein Vater und sein Onkel tagsüber keine Zeit hatten, mit ihm zu spielen, sondern im Kontor der Färberei verschwanden, um einer Tätigkeit nachzugehen, die sie Arbeit nannten. Und was für Benni ein schöner Nebeneffekt des Begreifens war: Das Verstehen von Zusammenhängen verlieh ihm plötzlich eine neue Freiheit. Seit er wusste, dass man ohne Erlaubnis nichts essen durfte, weil unbekannte Früchte giftig sein konnten, sah er keinen Grund mehr, Brombeeren nicht zu essen, ohne um Erlaubnis zu fragen. Denn er kannte Brombeeren ja und wusste, dass sie nicht giftig waren. Und diesen kleinen Akt des Ungehorsams konnte er so schlüssig begründen, dass es den Eltern schwerfiel, die Logik seines Vorgehens infrage zu stellen. Als sie ihm vorhielten, Susi könnte ihm nacheifern und sich dabei aus Versehen giftige Vogelbeeren in den Mund schieben, schloss Benni folgerichtig, er dürfe sich bei seinem Obstraubzügen von Susi eben nicht beobachten lassen. Mit Benni zu diskutieren, das merkte Gustav schnell, konnte ziemlich anstrengend sein.

Die dritte im »Trio infernale«, wie Mutter Sannchen die drei kleinsten Cracau-Kinder nannte, war Johanna. Sie war ein halbes Jahr jünger als Benni – also »fast vier«, wie sie in diesem Sommer immer betonte, wenn sie jemand nach ihrem Alter fragte. Johanna war die Cousine der beiden anderen, hatte braune, schulterlange Haare und – wie ihre Mutter Susanne – eine zupackende und praktische Art. Wenn Susi zappelte, war Johanna es, die als Erste merkte, dass ihre Cousine auf den Topf musste – beziehungsweise hinter den nächsten Haselstrauch, solange sie sich nicht erwischen ließ. Wenn Gustav vorschlug, dass sie zusammen Murmeln spielen könnten, wusste Johanna, wo die kleine Kiste mit den Glasmurmeln war, und holte sie auch gleich. Und als Susi sich wieder einmal das Knie blutig geschlagen hatte, weil ihr im vollen Lauf eine Wurzel im Weg gewesen war, fand Johanna in einer Schublade im Haus einen schmalen Streifen Stoff, den sie Susi ums Knie binden konnte, damit sich die Wunde nicht entzündete. Johanna war freundlich, still und hilfsbereit, und wer sie um sich hatte, empfand diese Nähe als angenehm. Gleichzeitig verhielt sie sich – anders als der kleine Philosoph Benni und die anstrengende Susi – so unaufdringlich, man könnte auch sagen: unauffällig, dass man Johanna eigentlich immer erst bemerkte, wenn sie fehlte. Dann hinterließ sie allerdings sofort eine Lücke.

Den ganzen Sommer über hatten sie gemeinsame Nachmittage zu viert verbracht, die hintersten Ecken der Domäne erkundet, Susis Schatztruhe gefüllt, Verstecken und Nachlaufen gespielt. Und Gustav hatte die Kinder immer pünktlich um sechs Uhr nachmittags an der Hintertür des Haupthauses abgeliefert, stolz darauf, dass die Mütter Susanne und Charlotte nicht daran zweifelten, dass die Kleinen bei ihm in guter Obhut waren.

Der Herbst dieses Jahres 1831 war warm und schwül, die Luft auf Cracau mit seinen vielen Wasserflächen feucht. Das Gut lag im Bruchgebiet, das Grundwasser stand hoch – Keller gab es auf Cracau aus diesem Grund nicht –, weshalb es dort manchmal abgestanden und faulig roch. In den flachen Bereichen des Innengrabens trieben Tausende von Mückenlarven, und an den warmen Spätsommerabenden schützten sich die Menschen mit langer Baumwollkleidung vor den in großen Schwärmen geschlüpften Plagegeistern. Die Kinder und die Hausmädchen hatten die Anweisung, die Fenster der Schlafzimmer immer zu schließen, um Gestank und Mücken aus den Wohnräumen herauszuhalten. Doch besonders die kleine, stämmige und immer gut aufgelegte Magd Stina befand, dass es in den Kinderzimmern stickig war, und riss die Fenster dann doch auf – sehr zum Verdruss von Mutter Susanne, wenn sie das mitbekam. Nur wenn sich nach langen, schwülen Tagen Gewitter über Krefeld entluden, wurde die Luft reingewaschen und schmeckte für ein paar Stunden wieder gut und frisch. Auch schienen die Mücken das Wasser von oben nicht zu vertragen und ließen sich eine Zeitlang nicht mehr blicken. Doch spätestens am nächsten Tag, wenn die Sonne wieder auf Land und Graben brannte, legte sich erneut eine ungesunde Schwere über Cracau, die auf die Gemüter drückte.

Schon während der letzten Jahre hatte es unter den Bewohnern der Domäne einige Fälle von Wechselfieber gegeben, einer Krankheit, die am Niederrhein häufiger vorkam, besonders dort, wo stehende Gewässer bei bestimmten Wetterlagen die Atmosphäre mit ungesunden Ausdünstungen verpesteten. Später sollte sie der schlechten Luft wegen »Mal-Aria« genannt werden. In diesem Winter war es Johanna, die es als Erste erwischte. Es war Ende Januar des neuen Jahres, als das Mädchen, das sonst das ganze Haus mit seiner warmen Hilfsbereitschaft füllte, immer stiller wurde. »Mama, mein Kopf tut weh«, klagte sie eines Nachmittags, und als Mutter Susanne Johanna in den Arm nahm, merkte sie, dass das Kind am ganzen Körper zitterte.

»Bist du krank?«, fragte die Mutter erschrocken, und obwohl alle ihre Kinder mehr als einmal angeschlagen gewesen und auch wieder gesund geworden waren, gab es ihr jedes Mal einen Stich, wenn sie spürte: Es war wieder einmal so weit. Bisher war Gott ihnen bei allen Krankheiten gnädig gewesen, aber verlassen konnte man sich darauf nicht, das wusste sie. Sie legte Johanna in ihr Kinderbett in der ersten Etage und kochte ihr einen kräftigen Tee von Holunderblüten und Melisse, die sie im Herbst selbst gesammelt und getrocknet hatte. Dann sang sie für das fröstelnde Kind zehn Strophen des Liedes »Geh aus, mein Herz, und suche Freud«, das Johanna so gerne mochte, bis sie merkte, dass ihre Tochter eingeschlafen war. Liebevoll blickte sie ihr ins Gesicht, sah ihren leicht geöffneten Mund und die geschlossenen Lider, strich ihr zärtlich über die Wange, atmete einmal tief durch und verließ auf Zehenspitzen das Zimmer.

Der Schüttelfrost hielt bis zum Abend an und wich gegen Mitternacht einer fiebrigen Hitze. Johannas Gesicht glühte. Susanne gab ihr saure Molke und Wasser mit Zitronensaft zu trinken, um den Durst zu stillen. Am frühen Morgen war Johannas Bettzeug durchgeschwitzt, die

Mutter zog frisches auf. Als Johanna um elf Uhr wieder erwachte, war das Fieber zurückgegangen, und am Mittag ging es ihr deutlich besser. Susanne wusste, was das bedeutete: Wechselfieber. Auch die anderen Kinder hatten daran schon gelitten. Frost und Fieber wechselten sich mit Phasen der Erholung ab, die Folge einer inneren Verunreinigung, der sich der Körper manchmal auch durch Erbrechen zu entledigen suchte, wie ihr Hausarzt Dr. Gerwin erklärt hatte. Diese Fieberschübe konnten sich einige Male wiederholen, und sie zehrten an den Kräften der Patienten. Aber irgendwann ging das Fieber weg, war es bisher immer weggegangen. Susanne rieb sich die Augen, sie war müde. Sie trug der Magd Milli auf, für Johanna eine kräftige Hühnersuppe mit gesottenem Sellerie und Reis zu kochen, damit sie wieder zu Kräften kam. Bei Milli konnte sie sich darauf verlassen, dass sie etwas Anständiges auf den Teller bringen und auch dafür sorgen würde, dass Johanna richtig aß. Milli wusste, wie man mit kranken Kindern umging. Dann zog sich die Mutter in ihr eigenes Zimmer zurück, um selbst etwas Schlaf nachzuholen.

Es gab beim Wechselfieber solches, das tägliche Schübe verursachte, und solches, das sich in drei- oder viertägigen Zyklen entfaltete. Als Johanna auch am dritten Tag noch stabil war, hofften die Eltern schon, dass es nur eine einmalige Fieberattacke gewesen sei, vielleicht infolge einer Erkältung. Sie hofften vergebens: Am vierten Tag meldeten sich die Symptome zurück, wieder schüttelte es das Kind erst vor Kälte, und wieder stieg wenige Stunden später die Temperatur. Susanne seufzte, sah ihre Tochter mit mitfühlendem Blick an und tat, was getan werden musste: erst eine warme Bettdecke, dann kühlende Getränke und diesmal, weil das Fieber stärker war, auch noch feuchte

Wadenwickel. Johanna ergab sich in ihr Schicksal, klaglos, wie es ihre Art war. Wieder war am nächsten Tag das Fieber wie weggeblasen, und Milli erhielt den Auftrag, die kleine Patientin mit leichter, aber nahrhafter Kost für den nächsten Angriff ihres Körpers zu wappnen.

Als auch beim dritten Wechselfieber-Schub die Symptome nicht abklangen, ließ Vater Gerhard nach dem Doktor rufen. Der kam einige Stunden später mit einem Einspänner vorgefahren und ließ sich die Kranke zeigen. Dr. Gerwin fühlte den Puls, der schnell war, und ermittelte durch Handauflegen die Temperatur, die er als hoch, aber nicht gefährlich erachtete. Dann murmelte er etwas davon, dass die schlechte Luft der Sümpfe um Cracau schuld an dem bösen Fieber sei und dass es Zeit werde, diesen Morast trockenzulegen. Viel könne man im Moment nicht tun, und vor allem sollten sich die Eltern davor hüten, dem Kind fiebersenkende Tropfen zu geben, wie sie die vagabundierenden Quacksalber, Dorfbader und Arzneikrämer feilböten. Die enthielten Arsenik, das wüssten die Eltern ja wohl, und wenn auch das Fieber auf die Schnelle sinke, werde das Kind unweigerlich wenig später von der Auszehrung dahingerafft. Susanne nickte gehorsam. Sie hielt ohnehin alle Arten von Hausierern und Herumträgern, die Cracau gerne heimsuchten, auf Abstand.

In der zweiten Februarwoche verschlechterte sich Johannas Zustand zusehends. Die Phasen der Erholung verbrachte das Kind fast nur noch im Bett, Frost und Fieber beutelten Johannas Körper immer mehr. Dr. Gerwin, der mit seinem Latein am Ende war, verordnete, dass sie zwischen zwei Anfällen drei Tage lang nur Wasser trinken solle, um die unreinen Substanzen aus ihrem Körper zu spülen, die das Fieber verursachten. Als Johanna nach zwei Tagen so schwach war, dass ihr öfter schwarz vor Augen wurde, beendete Susanne eigenmächtig diese Diät und schwenkte auf die bewährte Mischung aus Brühe – diesmal vom Rind –, Gemüse und leichtem Weißbrot um. Johanna nahm das Ende des Fastens dankbar an, stürzte sich mit Heißhunger auf die erste Mahlzeit seit Tagen und übergab sich.

Draußen war es stürmisch, ungemütlich und für die Jahreszeit zu warm. Die Kinder spielten im Haus, lasen und – wie es in der Familie üblich war – sangen gemeinsam. Gustav kam, so oft er konnte, um zu sehen, wie es Johanna ging. Er hatte in seinem Geheimversteck über dem Bäckerladen angefangen, kleine Holzfiguren zu schnitzen. Stunden konnte er damit zubringen, Igel und Kaninchen, menschliche Gesichter mit langen Nasen oder filigrane Blüten aus Holz zu formen. Jedes Mal, wenn er Johanna besuchte, stellte er ihr eine neue Figur auf den kleinen Tisch neben dem Bett. Doch jedes Mal quittierte sie das Anwachsen der hölzernen Schar mit einem matteren Lächeln. Gustav fühlte sich ohnmächtig. Hatte er auf Johanna an ihren Spielnachmittagen nicht genug aufgepasst? War er zu oft mit den drei Kindern draußen gewesen, wo die dicke Luft sie krank gemacht hatte? Er wusste es doch auch nicht. Er wünschte sich so sehr, es könne alles wieder sein wie früher.

Stattdessen kam es noch schlimmer: Mitte Februar erwischte es auch noch die kleine Susi. Seit Johanna aus dem täglichen Familienleben in der großen Wohnstube verschwunden war, fehlte den anderen ihre immer hilfsbereite, herzliche Art. Susis Rückzug aufs Krankenlager bewirkte etwas Banaleres: Es wurde merklich stiller im Haus. Selbst während der Krankheit ihrer Cousine war Susi nie dazu zu bewegen gewesen, auf Zehenspitzen durchs Haus zu schleichen, so wie es die anderen machten, wenn Johanna gerade schlief. Susi blieb immer, wie sie war: liebenswert und unüberhörbar. Nicht, dass sie keinen Anteil an Johannas Krankheit genommen hätte oder rücksichtslos gewesen wäre, nein, sie besuchte ihre Cousine oft am Bett und munterte sie mit allen möglichen Sprüchen, Liedern und Spielchen auf. Aber es war nicht ihre Art, schweigend in einem Stuhl zu sitzen. Sie hatte viel Energie, und die musste irgendwohin. Daran hatten sich alle gewöhnt. Umso drückender war jetzt die Stille, als Susi ihrerseits von Frost und Fieber malträtiert im Bett lag. Allerdings schien sie das Wechselfieber etwas leichter zu nehmen: Wenn sich ihre Temperatur wieder auf einen normalen Bereich eingepegelt und sie sich durch die obligatorische Gabe an stärkenden und leckeren Mahlzeiten aus Millis Küche gekämpft hatte, ging es zur Erleichterung der Familie auch mit ihrer Fröhlichkeit und ihrem Mundwerk schnell wieder bergauf.

Johannas Vater Gerhard war ein Mann, der bei allen als fleißig, fromm und uneitel galt. Anders als sein Bruder Heinrich gab Gerhard wenig auf Äußeres, und wäre Gustav ihm auf dem Neumarkt in Krefeld begegnet, hätte er ihn für einen Büroangestellten aus den zahlreichen Kontoren in der Innenstadt gehalten, aber nicht für einen Unternehmer. Gerhard war groß gewachsen, aber ging ein wenig gebeugt. Er war ein freundlicher und höflicher Mann, und gleichzeitig schien er eine gewisse Scheu vor Menschen zu empfinden, so als würde er Beziehungen an sich für eine allzu trügerische Illusion halten. In den fünfzehn Jahren seiner Ehe mit Susanne und der glücklichen Geburt von sieben Kindern hatte er gelernt, dass die Familie ein Ort war, an dem für diese Scheu kein Grund bestand, ein sicherer Hafen in einer Welt, in der er sich sonst – als Kaufmann allzumal – immer kämpfend behaupten musste. Eine Insel, die Gott auf besondere Weise gesegnet zu haben schien, wenn in der Heiligen Schrift auch kein Beispiel für eine Ménage aus zwei Brüdern mit zwei ihnen angetrauten Schwestern und vierzehn gewissermaßen gemeinsamen Kindern zu finden war. Denn es war ungewöhnlich und ein Grund zur Dankbarkeit, dass sie eine solche Anzahl an Sprösslingen auf die Welt gebracht hatten, ohne dass Mütter oder Kinder dabei zu Schaden gekommen waren. Er betrachtete es als ein Zeichen der Gottwohlgefälligkeit ihres Lebens, so wie auch der Erfolg ihrer gemeinsamen Firma ein Zeichen war, dass auf ihrem Werk der Segen des Höchsten ruhte. Allerdings fand Gerhard, dass er sich dieses Zeichen durch viel Schweiß sehr wohl auch verdient hatte.

Dass seine jüngste Tochter Johanna, die er besonders lieb hatte, weil sie seinen Hang zu Fleiß, Hilfsbereitschaft und Demut teilte, nun um ihr Leben rang, warf Gerhard aus der Bahn. Warum? Warum sie? Stunden verbrachte er an ihrem Bett, las ihr aus der Schrift vor, betete mit ihr, hielt ihre Hand. Wenn sie kräftig genug war, führte er sie zum Fenster, sie betrachteten die Bäume im Bongert, die Fischreiher im Innengraben, die kahlen Kronen der Eichen, die Rauchfahne aus dem Kamin der Färberei. Er erzählte ihr, dass es bald Frühling werde und sie bis dahin wieder stark sein müsse für die Spaziergänge im Bruch und für die Spielnachmittage mit Susi und Benni und Gustav aus Steckendorf. Vielleicht könnten sie ja auch, wenn sie schnell wieder gesund würde, auf der Moers noch eislaufen in diesem Winter. Immer sagte sie: »Ja, Papa«, doch Gerhard sah in ihrem Blick, dass sie zum Kämpfen keine Kraft mehr hatte. Und dann hörte er auf zu reden und setzte sich erschöpft in einen Sessel neben dem Fenster. Und Johanna ließ sich, in eine Decke gewickelt, auf seinen Schoß sinken, ihren Kopf an seine Brust geschmiegt, und schlief ein. Später legte er sie in ihr Bett, deckte sie sorgfältig zu und schlich die Treppe hinunter, noch mehr gebeugt, als er ohnehin schon zu gehen pflegte. Und abends, wenn sie das Licht gelöscht hatten, flehte Gerhard zu seinem Gott: »Herr, was habe ich getan, dass Du mir meinen Augenstern nimmst? Bitte lass Johanna am Leben.«

Weder Gerhards Gebete noch Millis Rinderbrühe konnten das Wechselfieber aufhalten. Johanna wurde immer schwächer. Dazu bekam sie starke Bauchschmerzen, die der zweite hinzugezogene Arzt, der Kreisphysicus Dr. Schneider, als Entzündung diagnostizierte, aber auch nicht wirksam zu lindern verstand. Mutter Susanne verbrachte Stunden bei Johanna, hielt ihr die Stirn und sang, was die Familie so viele Male gemeinsam in Sonntagsgottesdiensten und Hausandachten gesungen hatte: »Du meine Seele, singe«, »Liebster Jesu, wir sind hier« und »Lobe den Herrn«.

Als Gustav wie üblich an einem Samstagnachmittag nach Cracau kam, um Johanna zu besuchen, löste er Susanne für eine Stunde ab. Er hatte Johanna diesmal einen aus Holz geschnitzten Zeisig mitgebracht, den er zu den übrigen Figuren neben ihr Bett stellte. Er fand, dass der Zeisig zu ihr passte: Sie beide machten durch ihre Anwesenheit den Menschen um sie herum Freude. Singen konnte Gustav nicht, und so saß er an ihrem Bett, tupfte ihr mit einem weißen Seidentaschentuch die Stirn ab und berichtete, was er in der Woche vormittags in der Schule und nachmittags in seinem Geheimversteck an Neuigkeiten aus der Stadt erfahren hatte. Sie blinzelte manchmal schwach und ihm war, als wolle sie lächeln. Dann dämmerte sie wieder weg, und er hielt einfach ihre Hand. Als Susanne ins Zimmer zurückkehrte, drückte sie Gustav kurz, was sie noch nie getan hatte. Er ging leise hinaus. Als er schon draußen war, merkte er, dass er das Taschentuch noch in der Hand hielt. Er steckte es ein und verließ das Haus. Er wusste, dass er das letzte Mal bei Johanna gewesen war.

Ihre Lebensgeister verließen sie zwei Tage später. Am Abend hatte Susanne noch für sie gesungen, dann war die Mutter in dem Sessel neben dem Bett eingeschlafen. Als sie am frühen Morgen leicht fröstelnd erwachte, spürte sie sofort, dass ihre Tochter nicht mehr lebte. Vorsichtig hob sie sie in die Decke gewickelt aus dem Bett, drückte dieses leichte Päckchen Mensch, mit dem sie vier Jahre ihres Lebens geteilt hatte, fest an sich und ließ ihren Tränen freien Lauf. Mehr als zwei Wochen hatte ihre tapfere Tochter gekämpft, hatte sie selbst mit ihr gelitten. Sie hatten diesen Kampf verloren, und das tat unendlich weh.

An diesem Tag war es auf Cracau so still wie noch nie zuvor. Man hatte dem Leichenbitter Bescheid sagen lassen, wie es die städtischen Vorschriften verlangten, der seinerseits den Prediger, den Kirchmeister, den Pferdeverleiher, den Schreiner und den Totengräber instruierte, um die Beerdigung des Kindes ins Werk zu setzen, die am darauffolgenden Tag stattfinden sollte. Am nächsten Morgen um neun Uhr kam der zweispännige Wagen vorgefahren, und zwei Leichendiener in dunklen Anzügen hoben das Kind in einen weiß getünchten kleinen Holzsarg. Die beiden Familien versammelten sich, die Leichendiener nahmen ihre Zylinder vom Kopf, einer von ihnen sprach ein letztes Vaterunser. Dann wurde der Deckel auf den Sarg gehoben, und der Wagen rollte vom Hof. Dort hatten sich bereits einige Nachbarn sowie die Arbeiterinnen und Arbeiter der Firma versammelt, die, ihre Kopfbedeckungen in der Hand haltend, eine Gasse bildeten, als der Leichenwagen losfuhr. Die kleine Menschenmenge schloss sich dem Wagen an, und so bewegte sich der Trauerzug im Schritttempo Richtung Stadt. Der Weg über die St. Antonstraße zum neuen Begräbnisplatz auf der anderen Seite der Stadt dauerte zwanzig Minuten. Während die Trauernden das Zentrum durchquerten, läuteten die Glocken. Der Zug hielt, wie es üblich war, vor dem Armenhaus, wo der Provisor der Gemeinde von den Trauernden eine Kollekte für die dort wohnenden Bedürftigen einsammelte. Von da ging es zum Friedhof, auf dem der Totengräber eine Grabstätte ausgehoben hatte. Groß musste sie nicht sein, um den Sarg aufzunehmen. Johannas Onkel Heinrich war es, der am Grab seiner Nichte eine kleine Rede hielt. Er klagte nicht, er dankte Gott für die Zeit, die sie mit diesem wunderbaren Kind hatten verbringen dürfen, malte mit Worten das Bild des immer so zuvorkommenden Mädchens und das ihrer ganz besonderen Familie, die bisher von jedem Unglück verschont geblieben sei. Heinrich, dieser hochgewachsene, gut aussehende Mann, hatte sich seine Worte sorgfältig zurechtgelegt. Schwer fiel es ihm trotzdem, sie an diesem Ort vor dieser Gemeinde auszubreiten. Abschiede hielt er gerne kurz, diesem hier fühlte er sich unentrinnbar ausgeliefert. So war er denn froh, als er seine Ansprache beenden konnte. Gerhard hatte seiner Frau Susanne den Arm um die Schulter gelegt, während beide neben dem Sarg standen, die Gesichter wie versteinert, die Augen von Tränen glänzend. Der Prediger gab den Totengräbern ein Zeichen, dass diese den Sarg in die Grube hinablassen konnten, beschwor die Vergänglichkeit des Lebens mit den Worten »Asche zu Asche, Staub zu Staub« und warf drei Schäufelchen Erde in die Grube, wo sie trocken aufschlug. Dann erbat er Segen nicht für die Toten, sondern für die Lebenden, so wie es bei den Mennoniten Brauch war – den Segen des gnädigen und barmherzigen Gottes, der die behüten möge, denen er doch ihr Liebstes genommen hatte. Die Teilnehmer des Trauerzugs reihten sich auf, um ihrerseits von dem Kind Abschied zu nehmen – die eine länger am Grab verharrend und an ihre eigenen Kinder denkend, der andere hastig zur Grube hin und wieder von ihr wegtretend, von Erinnerungen gepeinigt, in denen er sich selbst einen bitteren Abschied nehmen sah.

Der Weg vom Friedhof zum Gemeindehaus war nicht weit, dort versammelten sich noch die zum Kaffee, die sich der Familie nahe fühlten, die meisten Arbeiter der Färberei traten schon den Heimweg an. Gustav wusste nicht recht, wie er sich verhalten sollte, auch war er ja evangelisch und kein Mennonit, hatte den Eindruck, in diesem Moment nicht dazuzugehören. Er verdrückte sich unauffällig und machte sich auf den Heimweg nach Steckendorf. Gustav hatte das Bedürfnis, jetzt allein zu sein. Er spürte das Taschentuch in der Hosentasche, mit dem er Johanna vor drei Tagen noch die Stirn getrocknet hatte, und bekam einen Kloß im Hals.

Die andere Kranke, die kleine Susi, lag seit dem Vortag erneut mit hohem Fieber im Bett. Man hatte beschlossen, ihr vom Tod Johannas nichts zu erzählen; die Eltern fürchteten, Susi könne aus Verzweiflung und aus Angst selbst an Kraft verlieren. Doch ohne dass das Kind wusste, welches Opfer das Wechselfieber schon gekostet hatte, spürte es, dass die Stimmung im Haus düsterer geworden war. Wer an Susis Bett trat, dem schien die Frage »Wird sie die Nächste sein?« auf die Stirn geschrieben zu sein. Der trotzige Optimismus, den Susi bislang an den Tag gelegt hatte, wirkte nunmehr unpassend, ja, falsch. Selbst in kurzen fieberfreien Phasen klang ihr fröhliches Lachen so unangebracht, dass sie zurückschreckte, wenn sie die Reaktion darauf in den Gesichtern der Erwachsenen sah. Jetzt war es Charlotte, diese feinsinnige und zerbrechliche Frau, die Stunde um Stunde in Susis Zimmer verbrachte, ihr vorlas und vorsang, die Hand ihrer Tochter hielt und ihr die Stirn tupfte, ihr Tee kochte und leichtes Brot reichte, das diese aber immer öfter verweigerte. Am schwersten nahmen diese Tage Susis Vater Heinrich mit. Er, der sonst der fesche Soldat war, der heitere und nie wirklich ernste Dirigent dieses sonderbaren wie liebenswerten Haushalts, der Charmeur und Schöngeist, der immer ein wenig über den Niederungen der Alltäglichkeit zu stehen schien. Er war schon bei der Beerdigung von Johanna leicht gestrauchelt. Jetzt, wo seine Tochter Susi denselben Weg ging, fiel er hin. Nicht nur, dass es ihn persönlich verletzte, dass sie ihn einfach verließ, nein, er hatte sie auf eine ganz kindliche Art lieb gehabt, und er weigerte sich, diesen Verlust anzuerkennen. Er weigerte sich einfach, und als er spürte, dass das nicht ging, knickte es diesen stolzen Mann.

Zwei Wochen nach der ersten Beerdigung musste sich der Trauermarsch ein zweites Mal von Cracau aus in Bewegung setzen. Der Sarg war diesmal noch kleiner, und manchen schien, er sei auch noch weißer. Wieder läuteten die Glocken, und die Menschen am Wegesrand standen still, um den Trauernden respektvoll Mitgefühl zu zollen. Ein Kind zu verlieren, war keine Seltenheit, und nicht wenige Eltern hatten mehr Kinder verloren, als sie durchgebracht hatten. Gerade deswegen wussten sie alle, was der Tod eines Kindes bedeutete. Ja, eine Mutter, die ein Kind verlor, würde wieder ein Kind haben, das war der Lauf der Dinge. Aber dieses eine, das gestorben war, würde sie trotzdem nie vergessen, denn jedes Mädchen, jeder Junge, war unter Schmerzen geboren und hatte zur Freude der Eltern laufen und sprechen gelernt, gelacht und geliebt. Ein solches Wesen für immer loslassen zu müssen, hinterließ eine Narbe. Auch beim dritten oder vierten Gang zum Friedhof hinter einem kleinen Sarg wie dem, der da jetzt vorbeigefahren wurde.

Nach dem Friedhof traf sich die Gemeinde wieder an der Kirche, und diesmal war Gustav froh, dass Charlotte ihn ausdrücklich an ihren Tisch bat. Mit den Gedanken an seine kleine Freundin Susi hätte er jetzt nicht allein sein mögen. Er begleitete die Familie später mit nach Cracau, und nachdem sie sich verabschiedet hatten, schlüpfte Gustav unauffällig zwischen Haus und Graben in den Gemüsegarten. Dort huschte er in das Trockenhaus, suchte unter der Sitzbank eine kleine Holzkiste, öffnete sie und breitete ein Dutzend Steine, Schneckenhäuser, verschrumpelter Beeren und getrockneter Blätter aus. Und da sah er ein letztes Mal Susi, die freudestrahlend auf ihn zulief und ihm ein paar Kastanien entgegenstreckte.

# 1834. Auf, Schuss, nieder

Es war das Jahr, in dem Gustavs großer Bruder Heinrich das Elternhaus in Steckendorf verließ. Heinrich war jetzt einundzwanzig Jahre alt und er hatte – für alle überraschend – beschlossen, sich mit einer eigenen Backstube am nicht weit entfernten Gahlingspfad niederzulassen. Außerdem hatte er eine Konzession als Schenkwirt erworben. Gustav staunte, als Heinrich seine Pläne beim gemeinsamen Silvesterabend im Familienkreis verkündete. Er hatte damit gerechnet, dass Heinrich als Ältester irgendwann die Bäckerei der Eltern übernehmen würde. Aber die Gelegenheit, im Gahlingspfad ein Haus zu pachten, war wohl günstig, und Heinrich zog es offensichtlich weg.

Gustavs Bruder musste das schon länger geplant haben – jetzt hatte er allerdings einen handfesten Grund, die Pläne auch in die Tat umzusetzen: Er hatte eine Frau kennengelernt, und die war schwanger. So überraschte er die Familie gleich noch einmal. Nicht nur, dass er sich selbstständig zu machen gedachte, er wollte seine Friederike auch heiraten – am 1. März sollte es so weit sein. Gustav rechnete im Kopf nach und kam zu dem Ergebnis, dass Friederikes Hochzeitskleid nicht zu eng geschnitten sein sollte. Für Mitte Mai war sie ausgezählt. Und er selbst würde zum ersten Mal Onkel werden.

Dass Heinrich die Familie verlassen würde, hatte Gustav nicht sehr bewegt. Sein ältester Bruder war ihm immer ein wenig fremd geblieben. Überraschender fand er, dass Fritz jetzt die Rolle des Juniorchefs in der Bäckerei übernahm. Fritz war schlagfertig, humorvoll und wissbegierig – Gustav hätte sich ihn gut als Lehrer vorstellen können, aber nicht als Bäcker. Wollte er sein Leben lang jede Nacht Sauerteig walken? Gustav konnte es nicht so recht glauben.

Und auch Gustavs Leben veränderte sich in diesem Jahr grundlegend. Die Schulzeit endete für ihn, die Bäckerei würde Fritz übernehmen, also musste er einen anderen Beruf erlernen. Im Herbst nach seinem vierzehnten Geburtstag fing er bei Willis Vater, Hermann Onderbank, als Seidenweberlehrling an. Gustav wusste, was ihn erwartete. Willis Familie war ihm ein zweites Zuhause, die Weberei kannte er, sie zum Beruf zu machen, schien ihm eine gute Wahl. Jeder zweite Junge in seiner Klasse machte es nicht anders. Und die Vorstellung, gemeinsam mit Willi in die Lehre zu gehen, gefiel ihm. Denn auch Willi würde bei seinem Vater lernen, etwas anderes hatte nie zur Debatte gestanden. Gustavs Eltern unterstützten diese Entscheidung. Es schien ihnen ein solider Beruf.

Der freundliche, stille Herr Onderbank, den Gustav standesgemäß mit »Baas« anredete, war ein Mann, der es mit der Arbeit genau nahm, und einer, der Wert auf einen geregelten Tagesablauf legte. Bevor er Gustav als Lehrling aufnahm, setzte er ihm und dessen Vater ruhig und präzise seine Bedingungen auseinander. Der Arbeitstag bei den Onderbanks dauerte von sechs Uhr morgens bis sechs Uhr abends. Um sieben Uhr in der Früh gäbe es Kaffee und Brot, später ein »Halbelfchen«. Gustav verstand zunächst nicht und dachte an ein Fabelwesen, erst später begriff er, dass es sich dabei um ein kleines zweites

Frühstück um halb elf handelte. Um zwölf Uhr Mittagessen und anschließend eine halbe Stunde Pause. Um halb vier erneut Kaffee und Brot und um sechs Uhr Abendessen. Gustav würde also in der Familie verköstigt werden – wohnen wollte er aber weiter im zehn Minuten entfernten Elternhaus. Einnahmen hatte Gustav vorläufig keine: Der Lohn für die vom Lehrling gewebten Stücke erhalte nach üblichem Brauch der Meister, als Geselle bekomme er später den halben Lohn, erklärte ihm der Baas. Gustavs Vater schlug ein.

An seinem ersten Arbeitstag, einem Montagmorgen, erschien Gustav pünktlich um fünf Minuten vor sechs. Er wollte keinen Zweifel daran aufkommen lassen, dass auf ihn in jeder Hinsicht Verlass war. Er begrüßte in aller Form den Baas, der für ihn nun sein Meister war und nicht mehr der Vater seines Freundes, dessen Frau Elisabeth, die üblicherweise als Meisterin angeredet wurde, aus Gustavs Mund aber »Frau Onderbank« vorzog. Er hatte ein freundliches Wort für Willis jüngere Schwestern Augusta und Berta übrig und klopfte Willi kumpelhaft auf die Schulter. Der Baas wies ihn an, die baumwollene blau-weiße Weberjacke anzuziehen, die von nun an seinen neuen Stand als Seidenweber anzeigen würde, darüber eine kurze Lederschürze vor Brust und Leib.

Gustav begann seine Lehre im wahrsten Sinne des Wortes ganz unten. Die einfachste Arbeit, die anstand, war die des Spuljungen. Der »Spulan« saß mit seinem Spulrad, um Platz zu sparen, bei den Onderbanks in einer Ecke hinter dem Webstuhl. Er hatte schon oft gesehen, wie die kleinen Töchter oder Willi die Seide mit Hilfe des Spulrades auf kleine Papierröllchen wickelten und auf ein Vorratsbrett steckten. Der Vater nahm alle paar

Minuten eine Rolle vom Brett, legte sie in das Schiffchen ein und verwebte das Garn, bis die Rolle leer war. Nach einer Stunde hatte Gustav begriffen, wie er den Faden so geschmeidig auf die Rolle gleiten ließ, dass er sich beim Weben ohne Ruckeln wieder abspulte. Kein Hexenwerk, aber eine Arbeit, die gleichbleibende Konzentration erforderte, und er ertappte sich dabei, wie er in Gedanken abschweifte und dann schon mal buchstäblich den Faden verlor. Zweimal musste er das Garn zurückspulen und neu aufwickeln. Und so war er froh, als Frau Onderbank endlich zum »Halbelfchen« rief, er aus seiner Höhle hinter dem Stuhl kriechen und sich gehörig recken konnte und dann am kleinen Tisch mit den anderen Kaffee und ein Brot mit Flötekäs bekam.

Die nächste Übung, die der Baas auf den Stundenplan seines Lehrlings gesetzt hatte, war, Weberknoten zu schürzen. Die Kunst bestand darin, einen Knoten zwischen zwei Fäden so zu setzen, dass dieser gleichermaßen unsichtbar wie reißfest war. Das setzte eine bestimmte Schlingung voraus, bei der man die Fäden erst an ihren Enden überkreuz legte, die Schnittstelle mit Daumen und Zeigefinger festhielt und dann den einen Faden durch die Öse des anderen zog. Der Baas hatte an der Wand neben dem Eingang zwei Nägel eingeschlagen, an jeden einen Zopf Seidenfäden aufgehängt und hieß Gustav nun, je zwei Fäden mit einem Weberknoten zu verbinden. Also quälte dieser sich mit den verhassten Knoten, bis Herr Onderbank ihn nach einer Stunde erlöste und wieder zum Spulen hinter den Webstuhl schickte. Das Weberknotenschürzen stand von nun an täglich eine Stunde auf der Tagesordnung, und Gustav war jedes Mal froh, wenn der Meister ihm bedeutete, er könne nun aufhören.

Was ebenfalls gelernt werden wollte, war, die »Kette zu säubern«. Der Kettfaden, also die Längsfäden des Gewebes, waren in der für das jeweilige Muster richtigen Farbe und Reihenfolge ab Werk auf den Kettbaum gewickelt. Sie mussten nach Anlegen des Baums längs über den Webstuhl ausgerollt und befestigt werden. War das getan, sah man, ob es eine »gute Kette« oder eine »schlechte Kette« war. Gute Kette hieß, der Seidenfaden war ordentlich und fehlerfrei, er konnte ohne große Vorarbeiten verwebt werden. Aber wehe, die Kette war schlecht. Dann galt es, Knötchen und Unebenheiten sorgfältig zu glätten, zu ebnen und zu beseitigen. Schlimmstenfalls musste ein Fadenstück ersetzt werden. Das war mühselig: In unbequemer Haltung über den Stuhl gebeugt, musste der Weber Faden für Faden in die Hand nehmen und prüfen. Es waren Hunderte Fäden. Und Herr Onderbank schärfte Gustav ein, beim Säubern der Kette sorgfältig zu arbeiten. War der Faden erst einmal verwebt, sah man die schlechten Stellen und konnte sicher sein, dass der Werkmeister mit seinem Lupenblick jede dieser Stellen als Vorwand für einen Lohnabzug nehmen würde. Im Übrigen galt es, im Kontor schon deswegen immer recht freundlich zu sein: Hatte der Werkmeister einen auf dem Kieker, bekam man für die kommende Woche unweigerlich eine schlechte Kette. Und das bedeutete viele Stunden zusätzlicher Arbeit beim Säubern. Herr Onderbank konnte ein Lied davon singen. Nachdem sein ältester Sohn Theo beim Weberaufstand vor sechs Jahren von der Polizei aufgegriffen worden war, hatte er erst gar keine Aufträge mehr bekommen und dann eine Zeitlang nur schlechte Ketten, die der Werkmeister Herrn Onderbank mit unfreundlichem Blick über den Tresen geschoben hatte. Und der hatte sich dafür auch noch bedanken müssen. Es war demütigend gewesen.

Gustav stellte schnell fest, dass das Weben vor allem dreierlei erforderte: ein sehr gutes Auge, geschickte Finger und die Fähigkeit, stundenlang eine monotone Arbeit zu tun, ohne dabei zu ermüden. Das galt auch für das »Passieren«, das er als Nächstes zu lernen hatte. Die Kettfäden mussten, wie er schon oft gesehen hatte, zur Vorbereitung des Webens einzeln durch die Litzenaugen und anschließend durch das Webriet geführt werden – eine Arbeit, die endlos lange dauerte. Gustavs Gemütsverfassung schwankte in den ersten Monaten seiner Lehrzeit zwischen Langeweile – beim Spulen –, Verzweiflung – beim Knotenüben – und Vorfreude, wenn er beim Passieren den künftigen Stoff schon vor seinem inneren Auge leuchten sehen konnte. Die Tage waren lang, und doch gingen sie schnell vorbei: Die kleinen Mahlzeiten zwischendurch gaben ihnen Struktur, und bei Kaffee und Käsebrot kam auch der sonst so schweigsame Baas ins Plaudern. Schon bald war Gustav der Weberalltag bei den Onderbanks so vertraut, als hätte er schon immer mit ihnen gearbeitet.

Nach einem Jahr der beschwerlichen Hilfstätigkeiten durfte Gustav zum ersten Mal selbst auf die »Plank«, den fertig eingerichteten Webstuhl bedienen und dabei sehen, wie Schuss für Schuss das Gewebe wuchs. Den Dreiklang, der die Prozedur des Webens begleitete, kannte Gustav in- und auswendig – noch in seinen Träumen konnte er das mechanische Klackern hören. Dass er ihn jetzt zum ersten Mal selbst auslösen durfte, erfüllte ihn mit Stolz. »Auf – Schuss – nieder!«, skandierte der Baas, während Gustav erst zaghaft und dann beherzt die Pedale bediente und das Schiffchen von rechts nach links warf. Es funktionierte! Das Garn flog von der Spule, schoss durch das Webfach, hinterließ seine farbige Spur, die Gustav durch einen Zug an der Weblade an den schon fertigen Stoff drückte. »Auf – Schuss – nieder!« – die Schäfte wechselten die Position, das Schiffchen flog in die Gegenrichtung, und wieder war das Werk um eine Fadenbreite gewachsen. »Auf – Schuss – nieder!« – Gustavs Gesicht begann, vor Freude zu glühen, er konnte sich nicht sattsehen an diesem Bild, am liebsten hätte er den Baas umarmt, doch das traute er sich nicht. »Auf – Schuss – nieder«: Gustav merkte plötzlich, dass nicht mehr der Meister, sondern er selbst die Worte rief, ja, schrie, und hörte dann ein anderes Geräusch, ein schallendes Lachen, das kam aus dem Mund des Baas, der an die Wand gelehnt stand und lachte; lachte über die Begeisterung seines Schützlings, der da mit hochrotem Kopf seinen ersten Stoff webte und seine Freude daran hatte. »Weißt du was?«, sagte Herr Onderbank, nachdem er sich zwei Tränen aus dem Gesicht gewischt hatte. »Weißt du was, Gustav? Ich mag dich, und du wirst mal ein guter Seidenweber.« Er nahm sich seine Pfeife aus dem Regal, öffnete die Tür zum Garten und ging hinaus in die Sonne. »Mach mal schön weiter!«, rief er Gustav im Hinausgehen noch zu. »Du machst das prima!«, und dann lachte er schon wieder, aber Gustav hörte das nicht mehr, er spielte schon wieder seinen Webstuhl-Walzer, dieses melodielose Lied im Dreivierteltakt, das selbst erklingen zu lassen, er so lange herbeigesehnt hatte.

Drei Wochen webte Gustav an seinem ersten Stück. Der Meister schaute ihm dabei von Zeit zu Zeit über die Schulter, befühlte das Gewebe, bückte sich über den glänzenden Stoff, um ihn von der Seite im Licht besser betrachten zu können, nickte zufrieden und ging wieder. Als das Gewebe hundert Ellen maß, war der Kettbaum leer und der Warenbaum voll. Herr Onderbank zeigte Gustav, wie man den Baum abnahm, schlug das Gewebe in einen schützenden Stoff ein, gab dem Lehrling den Sack mit den leeren Bobinen und trug ihm auf, sein Werk abzuliefern. Gustav hatte sich ein frisches Hemd angezogen, schulterte den Baum und machte sich auf den Weg zum Kontor in der Friedrichstraße. Unterwegs traf er die anderen Weber, allein oder in kleinen Gruppen gingen die Männer durch die Straßen, ihren Warenbaum auf der Schulter, rissen derbe Witze, zufrieden damit, einen Tag dem Webstuhl entrinnen zu können, auf einen guten Lohn für ihr Werk hoffend.

Bei Rigal & Heydweiller stand Gustav eine Weile Schlange, bevor er an die Reihe kam und ins Kontor eintreten durfte, in dem der Werkmeister hinter einer langen Theke stand und Gustav seine Ware ablegen hieß. »Neu?«, fragte der Mann, der um die fünfzig Jahre alt sein mochte und Gustav mit wohlwollender Neugierde musterte.

»Jawohl«, antwortete dieser, »Lehrling bei Hermann Onderbank.«

Der Mann nickte, während er den Stoff ausrollte und mit einer Elle abmaß. »Dein erstes Stück?«, fragte er und suchte nach Knötchen und Unebenheiten, war aber offensichtlich zufrieden mit dem, was er sah.

Gustav bejahte.

»Onderbank ist ein guter Weber«, fuhr der Mann fort, »bei dem kannst du was lernen.« Inzwischen hatte er den Stoff zusammengelegt und rief einem Gehilfen den Betrag zu: »Vier Taler, siebzehn Silbergroschen.« Gustav ging zu dem Schreibtisch des Mannes, der ihm die Münzen aufs

Pult zählte. Gustav quittierte den Empfang. Dann händigte ihm ein weiterer Mitarbeiter einen neuen Kettbaum aus und legte ihm ein Dutzend voller Bobinen auf den Tisch, die Gustav in seinen Beutel packte. Er schulterte den Baum, griff sich den Sack, der jetzt schwer wog, verabschiedete sich und trat auf die Straße. Er freute sich auf den Moment, in dem er der Meisterin die Taler präsentieren würde. Sie konnte zufrieden mit ihm sein.

# 1835. Eine Angelpartie

Ein Tag Fischjagd auf der Moers – mit den Brüdern Leonhard und Johannes und ihrem Cousin Ernst. Und Gustav durfte dabei sein! Obwohl die anderen Cracau-Jungs älter waren als er, Leo war achtzehn, Gustav noch nicht einmal fünfzehn, nahmen sie ihn mit. Am Tag des Ausflugs war er schon vor Sonnenaufgang aufgewacht und hatte sich aus dem Haus geschlichen, um rechtzeitig auf Cracau anzukommen. Dort hatte der Pferdeknecht Lorenz den Schwarzen vor die Kutsche gespannt, um sie mit ihrer Ausrüstung – den Netzen, den Angeln und einem großen Henkelkorb mit Proviant für den Tag – zur Moers zu fahren. Zu Gustavs Überraschung war auch Ernsts jüngere Schwester Clara mit von der Partie. Es machte Gustav ein bisschen verlegen, als er sich in der Kutsche neben sie setzte. Gleichzeitig freute er sich, denn er mochte sie und war außerdem froh, nicht mehr allein der Jüngste zu sein. Clara war für eine Vierzehnjährige manchmal eine Spur zu wild, fand ihre feinsinnige Mutter Charlotte, und Fischefangen war eigentlich Jungssache, nichts für Mädchen, und schon mal gar nicht für junge Frauen, zu denen Clara allmählich zählte. Andererseits ging auf Cracau alles ein bisschen anders zu, und niemand hielt sich allzu lange mit Konventionen auf. Und so wunderte es die Familie nicht, als Clara kurzerhand verkündete: »Ich komme mit.«

Als sie an diesem schönen Spätsommermorgen nach einer Viertelstunde holpriger Kutschfahrt um acht Uhr bei Böngertsches Hütt ankamen, war es schon warm. Die Moers war der erste See einer Kette von Teichen, die die Niepkuhlen genannt wurden. Der See gehörte zu Cracau und die Familie hatte dort zwei Boote, die mit Rudern und Fährstangen ausgestattet waren. Während Lorenz sein Pferd wenden ließ und sich auf den Rückweg machte, stiefelte die Gruppe über einen kleinen Pfad zum Seeufer und zog die Boote aus einem vor Blicken schützenden Gebüsch ins Wasser. Sie wollten tagsüber auf Hecht gehen – mit leichten, feinmaschigen Klebnetzen, die bei den Fischern in der Gegend beliebt waren. Später würden sie vielleicht noch die Angel auswerfen und sich ein paar Karauschen fangen. Sie verstauten den Picknickkorb im Gebüsch und trugen die Netze vorsichtig in die Boote. Sie legten sie über die Bootskante. Die mit Blei beschwerte Unterseite des Netzes schwebte dabei einige Fingerbreit über dem Wasser, sodass sie es jederzeit schnell hinunterlassen konnten; die Oberkante des Netzes war mit Korkstücken als Schwimmer ausgestattet.

Die Gruppe hatte sich auf die beiden Seeseiten verteilt: Leo und Johannes nahmen sich die Westseite parallel zur Landstraße nach Moers vor, Ernst, Clara und Gustav ruderten vor das gegenüberliegende Ufer. Gustav fühlte eine aufgeregte Vorfreude, und auch Ernst und Clara schienen konzentriert und gespannt. Beim Hechtfangen mit dem Netz – das wusste er von Drickes Sinken, der in der Färberei arbeitete und leidenschaftlicher Angler war – arbeitete der Fischer wie ein Jäger im Wald. Er versuchte, seine Beute erst aufzuspüren, bevor er ihr nachstellte. Dafür brauchte er Geduld, Ruhe und ein sehr feines Gehör. Es galt zu erlauschen, wo der Hecht selbst gerade jagte. Die idyllischen Niepkuhlen waren auch das Kampfgebiet der »Scharfen« gegen die »Stumpfen«, der Raubfische gegen die Friedfische, der Barsche und Hechte gegen die Brassen, Rotaugen und Schleie. Das bevorzugte Revier der Hechte war der Schilfgürtel am Ufer, und so glitten Ernst, Clara und Gustav in ihrem Boot ganz ruhig an der Schilfkante vorbei. Die Ruder hatten sie ins Boot genommen. Ernst nutzte die Stange, um das Boot ganz leicht in Bewegung zu halten. Sie hörten nur noch die Mücken surren. Es war erstaunlich, wie still die Welt sein konnte, fand Gustav. Nichts passierte, Minute um Minute glitt dahin. Ihn überkam eine angenehme Müdigkeit. Auch Clara, die neben ihm saß, hatte die Augen geschlossen. Dann plötzlich ein leichtes Schnappen vor ihnen, ein scharfer, schmatzender Ton, eine kaum merkliche Bewegung im Schilf. Auf dieses Signal hatten sie gewartet. Ernst hob die Hand, alarmiert, zeigte auf die Stelle, an der das Geräusch erklungen war. Er deutete nach hinten auf die kleine Heckbank, Gustav verstand und schwang sich leise dorthin, nahm das eine Ende des Netzes und ließ es ins Wasser sinken, wo die Bleikugeln es rasch zum Grund zogen, während die Oberkante von den Korken aufgetrieben auf dem Wasser schwamm. Clara hob das Netz im Bootsinneren so an, dass es ungehindert ins Wasser gleiten konnte, während Ernst den Kahn in leichter Fahrt an der Stelle vorbeiführte, an der sich der Hecht bemerkbar gemacht hatte. Schnell hatten sie dreißig Fuß am Schilfgürtel vorbei mit dem Netz abgeriegelt. Das Boot stand still, gespannte Ruhe, nur die Libellen ließen sich hören. Wo war der Fisch? Dem Schmatzen nach zu urteilen, konnte er nicht sehr klein sein, vermutete Gustav. Wenn er das Boot bemerkt hatte, würde er sich jetzt reglos halten und abwarten. Es sei denn, sie erschreckten ihn so, dass es ihn zur Flucht trieb. Genau das tat Ernst nun: Mehrmals hieb er eines der Ruder in kurzen Abständen mit lautem Schlag auf das Wasser, und fast im selben Moment schoss der Hecht aus dem Schilf flüchtend Richtung Seemitte und prallte gegen das feinmaschige Netz. Das beulte sich aus, verdrehte sich dort, wo der Hecht jetzt wild um sich schlug, das Tier verhedderte sich in den Maschen. Gustav und Clara griffen sich die Korkstücke, führten das Netz im Kreis zusammen und zogen es vorsichtig ins Boot. Tatsächlich tauchte nach wenigen Sekunden ein fast zwei Fuß langes Tier sich verzweifelt windend an der Oberfläche auf. Die Jugendlichen ließen den Hecht noch einige Minuten toben, und als die Bewegungen langsamer wurden, trennten sie Beute und Netz, Letzteres wie eine Gardine vorsichtig wieder zusammenlegend. Ernst beugte sich über den Fisch, drückte mit der linken Hand kräftig auf den schuppigen Körper und zog mit der rechten den Schwanz ruckartig nach oben. Der Fisch sperrte das Maul auf und heraus sprang eine kleine Karausche, noch lebendig. Ernst lachte, schnappte sich einen Kescher, fing die zappelnde Karausche und warf sie in hohem Bogen ins Wasser. »Jeden Tag eine gute Tat«, rief er.

»Ganz schön groß, der Hecht«, bewunderte Clara ihren Fang.

Gustav war stolz, dass er alles richtig gemacht hatte und ihre kleine Gruppe die erste Beute des Tages eingefahren hatte. Vom anderen Seeufer bekamen sie zwei anerkennend noch oben gereckte Daumen zu sehen, Leo und Johannes warteten noch auf ihren ersten Fisch.

Gegen Mittag hatten die beiden Mannschaften zusammen vier Hechte, einen Barsch und drei Brassen gefangen, Letztere waren zufällig ins Netz geschwommen. Die Jugendlichen verständigten sich auf eine Picknickpause auf einer kleinen Lichtung am Ufer, die von Haselbüschen umwachsen war. Auf einem Rasenstück breiteten sie eine alte Pferdedecke aus und holten aus dem Korb mit Käse belegte Brote. Auch Äpfel und ein paar frühreife Birnen hatten sie eingepackt, Wasser holten sie sich aus einem klaren Bach, der hier in den See lief. Den Fischen schlitzte Leo mit einem scharfen Messer die Bäuche auf, nahm sie aus und wusch sie am Seeufer; braten würden sie diese aber erst zu Hause. Für den Hunger hier reichten die Brote und das Obst. Nach dem Essen legten sich alle in die Sonne und dösten.

Es war Clara, die Gustav mit dem Ellbogen anstieß und sagte: »Komm, wir fahren ein bisschen raus.« Gustav, der eingeschlafen war, brauchte einen Moment, um zu verstehen, und nickte dann benommen. »Wir gehen eine Runde angeln«, murmelte Clara ihrem Bruder zu, der das mit einem müden »Macht mal« quittierte, da war sie schon bei den Booten und hatte eines ins Wasser geschoben. Gustav setzte sich an die Ruder, Clara dirigierte ihn zum anderen Seeufer, zu Hacksteins Hütt. »Da ist es schön«, meinte sie. Sie fanden eine kleine Bucht im Schilf und ließen sich hineintreiben. Das Wasser glitzerte in der Sonne, die Wellen schlugen glucksend gegen den Kahn. Das Schilf glänzte in allen Variationen von Grün. Schlank schossen die Pflanzen aus dem Wasser empor und vereinigten sich zu einer undurchdringlichen Mauer vor dem Ufer. Auf der Wasserfläche davor bildeten Seerosenblätter einen Teppich, garniert mit einzelnen weißen Blüten. Blätter und Blüten waren in ständiger Bewegung, setzten die Wellen fort, die von der Seemitte an das Ufer trieben. In den Blüten tummelte sich eine Unzahl von Insekten: Wasserfliegen, rote Schilfkäferchen, Libellen mit blau schillernden Flügeln, durchzogen mit feinen schwarzen Linien. Zwischen den Blättern testeten Wasserläufer die Tragfähigkeit der Oberfläche. Kleine Fische glitten durch das Wasser, in winzigen Schwärmen durchkreuzten sie Schilf und Seerosen, sie spielten Nachlaufen, und Gustav hoffte, dass kein hässliches Schmatzen eines Hechtes diesen Frieden stören und die Fischchen erschrecken würde. Hinter dem Schilf, irgendwo im Wald, ließ sich das Tschilpen einer Rohrdommel vernehmen. Ein Stück entfernt planschte ein Wasserhuhn und schrie dabei. Ein Rietvogel drehte laut singend seine Runde und verschwand im Unterholz. Konnte das alles wahr sein, fragte sich Gustav.

»Worüber denkst du nach?«, hörte er Claras Stimme.

Gustav zögerte. »Ich träume«, sagte er dann.

»Wovon?«, fragte sie.

»Ich träume davon, dass es immer so schön ist wie in diesem Augenblick. So stelle ich mir das Paradies vor.«

Clara antwortete nicht. Gustav blickte in ihre Richtung und sah, dass sie einen Vogel am Himmel beobachtete, eine Lerche vielleicht, die einen hellen Gesang von sich gab, mit den Flügeln schlug und in der Luft still zu stehen schien. Clara trug ihr Haar zu Zöpfen geflochten wie meistens und hatte ein helles Sommerkleid an. Sie war gewachsen im letzten Jahr, hatte weiblichere Formen angenommen, was Gustav verunsicherte. Sie war eins von fünfzehn Cracau-Kindern, und seit seinem ersten Besuch auf der Domaine vor sieben Jahren hatten er und Clara als Gleichaltrige gemeinsam Gebäude und Ruinen erkundet, sich von Büchern erzählt und Kirschen gepflückt, hatten sich über die Geburt neuer Geschwister gefreut und über den Tod von Johanna und Susi geweint. Doch jetzt schien manchmal ein Schleier zwischen ihnen zu stehen, hatte Claras Gesicht etwas Undurchschaubares.

»Bist du glücklich auf Cracau?«, fragte er sie, einer Intuition folgend.

Sie schien zu erwachen, ließ den Blick von der Lerche, lächelte matt und sah ihn an. »Das hier«, sie zeigte mit der Hand einen sanften Bogen beschreibend auf Seerosen, Haselsträucher und das Wasser, »das hier ist wunderschön. Zu Hause – ist es manchmal etwas schwierig geworden.« Er schwieg, dann fuhr sie fort. »Weißt du, ich sehe, wie meine älteren Schwestern leben. Morgens Hausarbeit, mittags ein wenig Plaisir mit Büchern oder Spaziergängen, am Nachmittag dann bekommen wir Besuch von den anderen Damen, den von der Leyens, vom Brucks oder Scheutens, und abends wird musiziert.« Sie steckte eine Hand ins Wasser, plätscherte ein wenig darin herum. »Und irgendwann werde ich dann heiraten. Ich bin sicher, meine Eltern haben schon eine Idee.« Sie zog die Hand zurück, wischte sie an ihrem Kleid trocken, schien sich dann eines anderen zu besinnen und sagte plötzlich mit festem Ton: »Aber ich will nicht undankbar sein. Das ist nicht recht. Es stimmt ja: Ich bin im Paradies, hier und auf Cracau. Wenn ich an die vielen armen Kinder in der Stadt denke, kann ich nicht froh genug sein, auf unserer verrückten kleinen Insel zu leben.« Sie sah Gustav direkt in die Augen: »Und du, wie geht es dir?«

Er schluckte. »Die Bäckerei bekommt mein Bruder. Aber die Seidenweberei macht mir Spaß. Mein Lehrherr ist ein guter Mann.« Er schaute in die Ferne, wo zwei Enten auf dem Wasser balgten. »Ich könnte mit Willi zusammen etwas aufbauen. Es gibt ja gerade viele neue Unternehmen. Weben, Färben, Drucken, vielleicht können wir unseren eigenen Betrieb aufmachen.«

Sie lachte. »Dann machst du uns Konkurrenz, ja?« Als er eine erschrockene Miene aufsetzte, schob sie schnell hinterher: »Quatsch, das meine ich nicht so. Mach das, Gustav. Du kannst das. Und ganz ehrlich: Ich beneide dich darum. Ich darf so was als Mädchen ja nicht.«

Gustav wusste nicht, was er antworten sollte. War es nicht verrückt? Sie hatte alles: genug Geld, ein wohlsituiertes Elternhaus, ein Leben mit Büchern und Musik – und war unglücklich? Und er? Er hatte nicht einmal eine gute Schule besucht, hatte kein Kapital und nur vage Ideen, was er vom Leben wollte – und sie beneidete ihn? Verkehrte Welt.

Er konnte nicht genau sagen, wie spät es war, die Sonne begann bereits, sich dem Horizont zuzuneigen. Der Wind hatte inzwischen von Nordost auf West gedreht und trug dunkle Wolken heran. In der Ferne sah er den zweiten Kahn mit Johannes und Leo darin, auch sie waren inzwischen mit der Angel herausgefahren, um ihr Glück zu versuchen. Sie schauten besorgt zum Himmel, winkten Clara und ihm zu und machten Zeichen, dass sie umkehren würden. Über Krefeld waren inzwischen Blitze zu sehen und Gustav verstand, dass sie kein Risiko eingehen sollten. Er nahm die Fährstange und stieß ihr Boot vom Ufer ab. Clara setzte sich neben ihn, gemeinsam legten sie sich in die Riemen, als es erneut blitzte, diesmal ganz nah, und dazu ein fürchterlicher Donnerschlag erklang. Gleichzeitig fing es an, wie aus Kübeln zu schütten. Der Regen prasselte auf das Wasser, jeder Tropfen erzeugte eine kleine Fontäne und warf Kreise. Sie konnten nur noch wenige Fuß weit sehen. Gustav entdeckte am Ufer einen Haselnussstrauch, der einen Flecken Erde überspannte, und schrie Clara ins Ohr, sie sollten besser an Land gehen. Sie schafften es, anzulanden und den Kahn am Ufer drei Fuß weit hochzuziehen. Dann ließen sie sich unter den Strauch fallen. Kalte Luftschauer strömten vom Wasser her ans Ufer. Clara hatte eine Gänsehaut, Gustav zog seine Jacke aus, sie drängten sich zusammen und warfen sich die Jacke gemeinsam über die Schultern. Die Äste des Strauchs bogen sich inzwischen immer weiter nach unten und das Wasser tropfte in langen Fäden auf sie herab. Gustavs Haare klebten ihm im Gesicht; Claras Zöpfe lagen schwer und nass auf ihrem Kleid. Sie zitterte am ganzen Körper und hielt Gustav fest umschlungen, ihre Köpfe berührten sich und unter ihnen lief das Wasser in kleinen Bächen den Hügel hinab in den See.

Das Unwetter dauerte eine Viertelstunde, dann war der Schauer vorbei. Das Wasser, soeben noch aufgepeitscht, als würde es kochen, war wieder ruhig. Um sie herum dampfte die Erde. Der Wind hatte aufgehört, eine stille Schwüle begann, sich breitzumachen. Clara und Gustav saßen in ihrer Pfütze und wussten, dass sie jetzt gehen und die anderen suchen sollten. Er fand als Erster den Mut – oder verließ er ihn gerade? –, sagte: »Komm …«, reichte ihr die Hand und zog sie hoch. Dann sahen sie einander an, durchnässt, wie sie waren, und mussten lachen. Erst als sie am Boot ankamen, ließ er ihre Hand wieder los und sie schöpften das Wasser aus dem Kahn. Dann ruderten sie zügig zu Böngertsches Hütt zurück, wo die anderen schon auf sie warteten.

»Das war ja was«, sagte Leo, der genauso nass war wie sie.

»Ja, das kann man wohl sagen«, bestätigte Gustav jovial, obwohl er nicht sicher war, ob beide dasselbe meinten. Während sie noch dabei waren, die Netze wieder ordentlich zusammenzulegen, hörten sie von der Straße her ein ihnen bekanntes Wiehern. »Lorenz!«, rief Clara und winkte überschwänglich. Ihr Kutscher war einfach Gold wert. Das Unwetter abwarten und dann auf schnellstem Weg die nassen Kinder einsammeln – das war Lorenz, und dafür hätten sie ihn drücken können. Dankbar packten die fünf Freunde ihr Gepäck auf die Kutsche und ließen sich nach Hause fahren. Gustav freute sich schon auf die Backstube, er würde ein bisschen Wärme gebrauchen können. Und Zeit zum Nachdenken.

# 1837. Wendepunkte

Das Jahr 1837 begann eisig. Trotzdem gingen Friedrich und seine ältesten Söhne Heinrich, Fritz und Gustav für einige Tage ins Bruch, um Holz zu machen. Die Backstube hielt Agnes mit der Hilfe des Gesellen Franz in dieser Zeit unter Dampf. Unterstützt wurde sie von Lisetta, die seit einer kurzen Affäre mit einem Schreinergesellen aus der Nachbarschaft – über deren Ende sie nie ein Wort verloren hatte – ziemlich verschlossen war und sich bereitwillig in die Hausarbeit stürzte. Die inzwischen vierzehnjährige Maria hatte, während die Mutter die Backstube übernahm, ein Auge auf ihre jüngeren Brüder Johann und den vor sechs Jahren als letztes Puller-Kind auf die Welt gekommenen Wilhelm. Heinrich war inzwischen zweifacher Vater und in seiner neuen Rolle als Gastwirt glücklich. Dass er der Tradition des gemeinsamen Holzmachens treu blieb, auch wenn er jetzt nicht mehr bei seinen Eltern lebte, gefiel Gustav. Er mochte diese Tage mit seinen Brüdern.

Das Waldstück lag fünfzehn Minuten vom Elternhaus entfernt. Es galt, Vorräte für ein Jahr anzulegen, was bedeutete, dass zwei Dutzend Bäume gefällt, zerlegt, gespalten, auf einen Wagen geladen und nach Steckendorf gefahren werden mussten. Im Hof wurden die Scheite in langen Reihen gestapelt, trockneten dort zwei Jahre lang und wurden anschließend in einen Schuppen gepackt. Das abgelagerte Holz holte der Geselle dann in einem großen Weidenkorb in die Backstube, um das Herz der Bäckerei, den Steinofen, in seinem allnächtlichen Ritual zum Glühen zu bringen.

Die Arbeit im Holz war hart. Zwei Mann bedienten gemeinsam eine Langsäge, mit der erst die Bäume gefällt und dann die Stämme in dicke Scheiben geschnitten wurden. Die anderen entfernten mit Beilen das überflüssige Astwerk und brachten die dünneren Äste mit Handsägen auf Länge. Die Baumscheiben spalteten sie mit einer schweren Axt in handliche Stücke. Mittags setzten sich die Männer mit Butterbroten und braunwandigen Flaschen mit dünnem Bier auf die frisch geschlagenen Bäume. Keiner sagte ein Wort, so erschöpft waren sie. Lange dauerte die Pause nicht, denn schnell wurde ihnen kalt, und der Tag war ohnehin kurz.

Körperlich hart zu arbeiten, erschöpfte Gustav seit seiner Herzerkrankung schnell. Aber er mochte den Duft des frischen Holzes und die diesige Luft im Bruch. Dampfwolken strömten aus den Mündern der angestrengt atmenden Männer. Der Klageton eines fallenden Baumes und der dumpfe Aufschlag auf die Walderde jagten ihm immer wieder eine Gänsehaut über den Rücken. Und er genoss das Geräusch eines auseinanderspritzenden Holzstücks, wenn er es mit der Axt sauber getroffen hatte. Vor allem mochte Gustav es, seinen Gedanken freien Lauf zu lassen – oft sprachen die Männer stundenlang kein Wort. Sie fühlten sich trotzdem wohl miteinander, und wenn sie abends auf einen sechs Fuß hohen Berg aus Hunderten von Buchenscheiten blickten, war das ihr gemeinsames Glück.

Sein Vater war im Herbst einundsechzig Jahre alt geworden und Gustav beobachtete ihn manchmal dabei, wie er ein wenig heftiger schnaufte als früher, wenn er und Heinrich mit der Langsäge einen Stamm durchtrennten. Wurde sein Vater alt? Realistischerweise, so sagte sich Gustav, war er es längst. Nur war ihm, dem Sohn, das nie aufgefallen. Friedrich selbst hingegen schon, und es gefiel ihm sichtlich nicht. Als Gustav ihm anbot, ihn an der Säge abzulösen, lehnte er das mit einem Lächeln ab, das ausdrücken sollte: »Sehe ich so aus, als hätte ich das nötig?« Und dann hängte er sich doppelt in die Arbeit, bis ihm wirklich die Luft wegblieb.

Als sie am Ende der ersten Januarwoche mit dem Holz fertig waren, saßen der Vater und die drei Söhne abends in der Wohnstube und tranken zur Feier des vollendeten Werks Schnaps. Auch Agnes und Lisetta gesellten sich zu der Runde. Es war gegen acht Uhr abends, als die Frauen sich verabschiedeten, weil es in dieser Nacht noch einmal an ihnen war, den Ofen zu heizen, bevor Friedrich die Backstube wieder übernehmen würde. Als Agnes ihrem Mann einen Gutenachtkuss geben wollte, stellte sie fest, dass er auf seinem Stuhl eingeschlafen war. Und dass er eine heiße Stirn hatte. Sie blickte ihn sorgenvoll an, weckte ihn zärtlich und schlug ihm vor, ebenfalls zu Bett zu gehen. Friedrich erklomm gemeinsam mit ihr die Stufen zum elterlichen Schlafzimmer, und die Runde löste sich auf. Draußen klirrte die Kälte.

Am nächsten Morgen schlief Friedrich lange. Agnes erklärte, er habe sich stark erkältet und man solle ihn sich ausruhen lassen. Sie hatte ihm eine große Kanne Tee aus getrockneter Minze zubereitet und einen Topf Honig zum Süßen dazugestellt. Friedrich schlief viel, während Fritz ihn in der Backstube vertrat und Agnes wieder das Ladenlokal übernahm. Alle zwei Stunden sah Agnes nach dem

Kranken, der sich schlapp und kurzatmig fühlte, mal aufstand und durchs Haus wanderte, sich dann wieder hinlegte und in einen unruhigen Schlaf fiel. Es war still in der Bäckerei: Heinrich, der mit seiner kleinen Familie jetzt im Gahlingspfad wohnte, war nicht mehr da, Fritz arbeitete in der Backstube, Agnes schmiss den Laden, Lisetta und Maria sprangen hier und dort ein, die Kleinen Johann und Wilhelm gingen zur Schule und bewegten sich zu Hause auf Zehenspitzen, um den kranken Vater nicht zu stören.

Als sich Friedrichs Zustand auch nach drei Tagen nicht besserte, schickte Agnes Gustav zu Dr. Hecking, der kam und den Bäckermeister untersuchte. Friedrich fieberte, klagte über Gliederschmerzen, hustete und atmete schwer. Als der Wundarzt erfuhr, dass der Patient mit seinen Söhnen vier Tage lang im Wald gearbeitet hatte, vermutete er, dass Friedrich sich eine Lungenentzündung eingehandelt hatte. Er verordnete ihm strikte Bettruhe. Um den Husten zu lindern und den Schleim in der Lunge zu lösen, solle er regelmäßig heißen Wasserdampf mit etwas Essig darin einatmen. Überhaupt solle er sich luftig und nicht zu heiß eingepackt betten. Wenn sich aufgrund der Krankheit Schweiß einstellte, möge er reichlich lauwarmes Wasser trinken und das Fieber, das einer Genesung vorausgehe, zulassen. Mit diesen Ratschlägen packte der Arzt wieder seine Tasche und verließ das Haus. Agnes sah Friedrich besorgt an – die Diagnose Lungenentzündung erschreckte sie.

Gustav hatte nie daran gedacht, dass sein Vater eines Tages sterben könnte. So, wie er schon immer da gewesen war, hatte er nie daran gezweifelt, dass er weiterhin da sein würde. Als Inhaber der Bäckerei Puller, als Vater von fünf Söhnen und zwei Töchtern, als Partner der von ihm so geliebten Agnes. Jetzt stellte Gustav fest, dass dieser Fels in seinem Leben wankte. Der Gedanke versetzte ihm einen Stich. Und er bemerkte, dass sich in der Stille der letzten Woche bereits etwas verändert hatte. Heinrich, der jetzt wieder öfter ins Haus kam, erschien ihm selbstbewusster als zuvor. Vorher immer der etwas schwierige Sohn und Bruder, war er plötzlich derjenige, der als einziger Puller-Sprössling den Weg in ein eigenes Leben schon erfolgreich beschritten hatte. Den väterlichen Schutzschirm, den die anderen gerade schwinden sahen, brauchte er nicht mehr. Das trug ihm, solange sein Vater schwer krank war, eine neue Autorität zu.

Auch Fritz hatte sich, wie Gustav bemerkte, mit der Situation arrangiert. Er war jetzt der Herr in der Backstube und stellte mit Erstaunen fest: Der Geselle Franz, obwohl er der Erfahrenere in seinem Handwerk war, gehorchte ihm. Fritz war es, der jetzt Entscheidungen traf. Treffen musste. Es schien Fritz zu irritieren. Aber es gefiel ihm auch. Selbst seine Mutter respektierte seine neue Stellung. Auch wenn sie keinen Zweifel daran ließ, dass ihm zwar die Backstube gehörte, der Verkauf und das Ladenlokal aber ihr ureigenes Reich blieben. Lisetta ging ihrer Mutter zur Hand, solange sie keine eigene Familie hatte. Sie schien damit zufrieden.

Und Gustav? Seit zwei Jahren ging er jetzt in die Lehre bei Hermann Onderbank. In einem Jahr würde er Geselle werden – und dann? Was für ein Leben wartete auf ihn? Das eines kleinen Seidenwebers, wie sein Lehrherr es führte – in steter Ungewissheit und Not? Oder gäbe es einen anderen Weg für ihn? In diesen Tagen erklomm Gustav zum ersten Mal seit Langem wieder die Leiter im Raum hinter der Backstube und kletterte in das Geheimversteck. Den Ort seiner Kindheit, an dem er so viele Nachmittage verbracht hatte. Das Schrankfach unter der Decke, das ihm als Kind immer so riesig vorgekommen war, schien ihm nun klein. Und gleichzeitig war es so vertraut. In einer Ecke fand Gustav das Kästchen, in dem er als Kind Stoffstücke als Erinnerungen gesammelt hatte. Der Fetzen des Samtstoffs aus dem Stuhl des Kontoristen Schulz lag darin, den Theo und die anderen aus dem Haus des Mannes geworfen hatten – Gustav stand dieser Abend mit seinem Schrecken immer noch lebendig vor Augen. Daneben entdeckte er das weiße Seidentaschentuch, mit dem er der kleinen Johanna die schweißglänzende Stirn getrocknet hatte – an dem Tag, an dem er sie das letzte Mal auf Cracau gesehen hatte, bevor sie ihren Kampf gegen das Wechselfieber verlor. Ein feines Gewebe, leicht wie das Leben eines Kindes. Zehn Jahre alt wäre sie jetzt.

Das Leben ist wie ein Stoff aus düsteren und aus freundlichen Farben, dachte Gustav, gewebt aus schmeichelndseidigen Fäden und aus knotigen, die kratzten. Was er mit Clara im Unwetter auf der Moers erlebt hatte, war wunderschön, und was Ede ihm im Kliedbruch angetan hatte, böse. Die Nachmittage, an denen er auf Cracau gebadet und Obst genascht hatte, märchenhaft, die Krankheit von Susi und Johanna nur traurig. Jeder Mensch, so schien es ihm, webte sein eigenes Lebenstuch – eines aus Brokat die reichen Verleger, eines aus bleichem Leinen die um ihr tägliches Brot kämpfenden Webergesellen. Jeder war ängstlich darauf bedacht, den eigenen Lebensfaden und den seiner Lieben nicht reißen zu lassen, und doch nicht gefeit davor, dass genau das geschah – weder die Reichen noch die Armen. Alle waren bestrebt, dem eigenen Stoff, so rau er sein mochte, mit bunten Tupfern Farben zu geben, die ihn schön machten: beim Feiern des jährlichen Königsgeburtstags mit Tanz und Musik, beim Schnapstrinken in der Wirtschaft am Liefertag, wenn das Wochenwerk erledigt war, oder beim Angeln mit Freunden auf der Moers. Alle suchten ihr kleines Glück, und wenn einmal Dornen Löcher in das Tuch rissen, webten sie an einem anderen Ende weiter. Mit trotzigem Optimismus, mit dem Blick auf neue Freuden, mit dem entschlossenen Willen zu überleben und zu leben.

Wie würde sein Tuch aussehen? Bislang hatten andere für ihn die Kette gespannt und das Schiffchen geschossen – seine Eltern, seine Lehrer. Es war ein Stoff dabei herausgekommen, der ihn wärmte. Und doch wusste er, dass er jetzt selbst daran würde anknüpfen müssen. Genug lose Enden gab es. Welche sollte er aufgreifen und weiterweben? Dann schlummerte er ein und wachte erst auf, als seine Mutter ihn zu Tisch rief. Es gab Heringsstipp und Pellkartoffeln. Sein Lieblingsessen.

Für Samstag – es war der 14. Januar – hatte Mutter Agnes ein besonderes Abendessen angekündigt. Alle sollten sich etwas Nettes anziehen, bat sie, auch die Kinder sollten sich hübsch machen. Heinrich war ebenfalls eingeladen, gemeinsam mit seiner Frau Friederike und ihren beiden Kindern. Was war los? Fritz und Gustav schauten sich fragend an, auch Lisetta hatte keine Ahnung, die vierzehnjährige Maria zuckte mit den Schultern, Johann und Wilhelm platzten vor Neugierde, zupften die Mutter am Kleid und quengelten: »Na, sag schon, Mama!« Aber die Mutter lächelte nur schelmisch und sagte nichts.

Und so saßen sie abends um den Tisch – alle sieben Kinder und zwei Enkel, die Schwiegertochter Friederike und die Eltern. Die Mädchen hatten sich ihre schönsten Kleider angezogen – Lisetta ein in der Taille geschnürtes Kleid aus blauer Seide mit modischen Keulenärmeln, Maria ein leichtes geblümtes Kleid aus einem feinen Baumwollstoff. Beide hatten einige Zeit vor dem Spiegel zugebracht, um ihre blonden Locken in Form zu bringen: Lisetta mit einer hochgesteckten Frisur, aus der einzelne Strähnen frech herausfielen, die jüngere Maria hatte sich ihre Haare zu Zöpfen gebunden, was ihr Gesicht noch schmaler wirken ließ. Die Jungs hatten allesamt saubere Hosen aus dem Schrank gefischt und dazu fleckenfreie weiße Hemden aus feinem Leinen mit gestärkten Kragen angezogen. Heinrich, Fritz und Gustav trugen dazu zweireihige Westen, die sie nur zu besonderen Anlässen anlegten und die Gustav nicht bequem fand. Am Kopf der Tafel hatte Vater Friedrich Platz genommen, dem es heute etwas besser zu gehen schien, auch wenn seine Augen einen ungewohnten Glanz hatten. Rührte er vom Fieber oder hatte er mit dem Anlass des heutigen Essens zu tun? Zu seiner Rechten hatte Gustavs Mutter Platz genommen. Auch sie trug ein feierliches Seidenkleid, über ihre Schultern hatte sie einen wärmenden Schal gelegt.

Die Mutter hatte den ganzen Nachmittag über am Herd gestanden und darauf beharrt, das Essen allein vorzubereiten – selbst Lisetta und Maria, die angeboten hatten, ihr zu helfen, wurden freundlich der Küche verwiesen. Beim Auftragen des ersten Ganges durften sie ihrer Mutter allerdings zur Hand gehen. Es gab, serviert in dem schönen weißen Geschirr, das sonst immer sicher verwahrt im Wohnzimmerschrank lag, leichte Rinderbrühe mit Eistich in kleinen Suppentellern, dazu frisch geröstetes Brot. Vater Friedrich wünschte, als alles auf dem

Tisch stand, einen guten Appetit und fing allen fragenden Blicken zum Trotz herzhaft an zu löffeln. Nach einigen Schlucken Suppe hielt er inne, lobte die Köchin, erhob das Glas, brachte einen Toast auf seine Familie aus, und alle prosteten sich zu und tranken einen Schluck des kühlen Moselweins, der zur Feier des Tages aus dem Keller geholt worden war. Johann und Wilhelm hatten ihre Gläser mit Apfelsaft gefüllt und behaupteten, es sei französischer Cidre.

Nachdem die Vorspeise vertilgt war, putzte sich Friedrich mit einer Serviette umständlich den Mund ab, blickte mit einem zufriedenen Kopfnicken in die Familienrunde, wobei Gustav das Gefühl hatte, dass er jedes Einzelne seiner Kinder anschaute, als würde er es zum ersten Mal sehen. Betrachtete er sie vielleicht mit neuen Augen? Sie wussten, dass er jetzt erklären würde, warum er sie heute Abend hier zusammengeholt hatte. Er nahm Agnes' Hand, streichelte sie zärtlich und verkündete: »Ihr wisst ja, dass wir eine besondere Familie sind. Als eure Mutter und ich uns kennengelernt haben, damals, war das keine einfache Verbindung. Eure Mutter ist katholisch, ich bin evangelisch.« Er zögerte, blickte auf seinen Teller, suchte nach Worten. »Das war nicht gerne gesehen, von der Kirche nicht und von den Familien nicht.« Natürlich hatte Gustav schon als Kind gewusst, dass seine Eltern nicht verheiratet waren. Oft genug war er deswegen in der Schule gehänselt worden. Anfangs hatte ihn das verletzt und er hatte es nicht verstanden. Irgendwann war es ihm dann egal gewesen. Gustav und seine Brüder gehörten zur evangelischen Gemeinde, Lisetta und Maria zur katholischen, so wie es in manchen gemischten Familien üblich war. Die Eltern gingen regelmäßig in je ihre Kirche, wenn auch nicht jede Woche, und nahmen die Kinder selbstverständlich mit. Aber ein großes Thema war ihr Bekenntnis zu Hause nie gewesen. Eigentlich spielte die Religion bei ihnen keine Rolle, und so hatten sie deshalb auch nie eine Trennung voneinander empfunden. Wieder stockte der Vater, musste dann husten, zog ein Taschentuch aus der Hose und drehte sich weg. Agnes strich ihm übers Haar. Dann ergriff sie das Wort. »Ihr wisst, dass euer Vater krank ist. Wir hoffen natürlich, dass er schnell wieder auf die Beine kommt. Aber wir haben viel nachgedacht in den letzten Tagen ...«, sie überlegte, bevor sie weitersprach, »... nachgedacht darüber, was uns eigentlich das Wichtigste ist im Leben. Und das ist unsere Familie, das seid ihr. Wir sind so stolz auf euch.« Gustav sah, dass ihre Augen glänzten. Ihm kam ein Verdacht: Stand es so schlimm um Vater?

Die Mutter schluckte und fuhr fort. »Wir wollen, dass alles seine Ordnung hat, wenn einer von uns gehen muss. Wir sind beide nicht mehr jung.«

O doch, dachte Gustav, du bist nicht einmal fünfzig Jahre alt. Aber alle verstanden, was sie sagen wollte.

»Darum wollen wir heiraten. Wir wollen ein Ehepaar sein. Endlich.« Sie lächelte verträumt und ergänzte mit einem Augenzwinkern: »Ein altes Ehepaar.« Alle waren sprachlos. Heiraten? Die eigenen Eltern? Nach fünfundzwanzig gemeinsamen Jahren?

Der kleine Wilhelm fand als Erster die Sprache wieder. »Heiratet ihr dann in der Kirche? Mit Orgel und Blumen und Pfarrer?«

Die Mutter lachte und sagte: »Das würde dir gefallen, was? Und du würdest dann die Blumen streuen, richtig?« Wilhelm nickte eifrig. »Ja, wir wollen uns auch vor Gott das Jawort geben. Wir haben mit dem evangelischen Pfarrer geredet. Er wird zu uns nach Hause kommen, denn euer Vater ist zu krank für eine große Feier in der Kirche. Die Feier, die holen wir nach, wenn er wieder gesund ist. Einverstanden, Wilhelm?« Der Junge sah ein bisschen enttäuscht aus, aber er nickte. »Jetzt heiraten wir erst einmal auf dem Rathaus. Ab morgen hängt dort das Aufgebot aus.«

Heinrich schaute überrascht auf. »Morgen schon? So schnell?« Dann blickte er auf seinen Vater, der das Taschentuch wieder eingesteckt hatte und einen Schluck Wasser trank. »Gut, ja, warum nicht«, stotterte Heinrich etwas verlegen.

»Und nächsten Donnerstag haben wir einen Termin beim Bürgermeister«, ergänzte die Mutter. Einen Moment herrschte betretenes Schweigen, es schien, als müssten sich alle an die Geschwindigkeit der Neuigkeiten gewöhnen.

Lisetta war es, die als Erste die Fassung wiederfand. »Aber das ist ja großartig!«, rief sie begeistert. »Ihr heiratet nächste Woche – welche Nachricht! Jetzt verstehe ich, warum wir hier heute feiern!« Dann hob sie ihr Weinglas: »Lasst uns darauf anstoßen!«

Die Mienen entspannten sich plötzlich, als sei das, was ihre Eltern gerade erklärt hatten, bei den Kindern endlich angekommen. Friedrich hob sein Glas, blickte seine künftige Frau an, dann seine Kinder: »Wisst ihr, das bedeutet mir sehr viel.« Er nippte an seinem Wein. »Ihr bedeutet mir sehr viel. Und du«, er beugte sich zu Agnes und küsste sie leicht auf die Lippen, »du bist mein Ein und Alles.« Gustav merkte, wie nun ihm selbst Tränen in die Augen stiegen. Er drehte sich weg – es war ihm peinlich.

Sein Vater fragte jetzt fröhlich: »Rieche ich da eigentlich gebratenes Huhn?« Und die Mutter nutzte das Stichwort, um in der Küche nach dem Hauptgang zu schauen, wobei sich Lisetta und Maria gerne anschlossen.

Am Donnerstag war es kalt und zugig, schwere Wolken trieben über den Himmel. Um elf Uhr vormittags hielt vor der Bäckerei eine leichte Chaise, vor die ein schwarzer Rappe gespannt war. Johann Blasberg, Senffabrikant und Ratsherr der Stadt, stieg aus, von einem schwarzen Überwurfmantel gegen die Kälte geschützt, öffnete die Tür der Bäckerei, umrundete die Theke und umarmte seine Halbschwägerin Agnes. Sie war schon abfahrbereit und trug eine dunkle Pelisse über einem grünen Samtkleid, das sie für diesen Anlass gewählt hatte. Friedrich saß in der Küche auf einem Stuhl, auch er bereits angekleidet, in Hut und Mantel. Er sah abwesend aus, die Augen unbestimmt durch das Fenster gerichtet. Als der Ratsherr und Agnes die Küche betraten, lächelte er, erhob sich mit Mühe und folgte ihnen nach draußen. Sie fuhren über die Friedrichstraße zum Schwanenmarkt und hielten vor dem Rathaus. Die Hochzeitsgesellschaft war vollzählig: Die Kinder warteten bereits, Johann und Wilhelm hatten extra schulfrei bekommen. Trauzeugen waren neben dem Kaufmann Blasberg der Bäcker und Schenkwirt Wilhelm Tremühlen sowie zwei befreundete Seidenweber – alle begrüßten sich und stiegen die Rathaustreppe hinauf. Im Trauzimmer bot ein Dutzend Stühle Platz für die Besucher der kleinen Zeremonie. Auf einem wuchtigen Schreibtisch aus Eiche lag eine Mappe mit Papieren, daneben ein dicker Foliant – Gustav vermutete, dass es ein Gesetzbuch war.

Friedrich und Agnes standen noch etwas unschlüssig da, als Bürgermeister Leysner im schwarzen Gehrock erschien. Er entdeckte den Ratsherrn Blasberg und nickte kurz, trat dann auf das Paar zu, gab erst ihr und dann ihm die Hand, fragte freundlich: »Wie geht es Ihnen heute, Herr Puller?«

Dieser bedankte sich, sagte: »Gut geht es mir«, dann wies der Bürgermeister dem Paar zwei Plätze direkt vor seinem Schreibtisch zu.

Ein schönes Ereignis sei es ja, das sie hierher führe, erklärte er, auch wenn die angeschlagene Gesundheit des Gatten Anlass zur Sorge gebe. Da sie heute einiges zu regeln hätten, schlug er vor, die Eheschließung zügig ins Werk zu setzen. Inzwischen hatte sich auch ein Gemeindesekretär eingefunden und mit gezückter Feder seitlich am Schreibtisch Platz genommen. Leysner zog eine Taschenuhr aus der Weste, schaute auf das Zifferblatt und hob an zu diktieren: »Im Jahr 1837, den 19. Januar, erschienen vor mir, Peter Gustav Leysner, Bürgermeister von Krefeld als Beamter des Personenstandes, der Friedrich Puller, einundsechzig Jahre alt, Standes Bäcker, wohnhaft zu Krefeld, und die Maria Agnes Willicks, achtundvierzig Jahre alt ...«

Gustav schaute aus dem Fenster, wo der Himmel inzwischen aufgerissen war und ein paar Sonnenstrahlen durchließ. Leysner redete, explizierte, dass man in Anbetracht der Erkrankung des Ehemanns unter Verweis auf Paragraph 169 des Zivilgesetzbuchs auf das dreimalige Aufgebot verzichtet habe, trug langsam und verständlich die vorliegenden Beurkundungen von Herkunft und Geburt der Eheleute vor. Dann erhob er sich, machte ein feierliches Gesicht und fragte den Bräutigam, ob er die Maria

Agnes Willicks ehelichen wolle. Friedrich, der nach dem langen Vortrag von Formalien nicht mehr mit dieser entscheidenden Frage gerechnet zu haben schien, zuckte kurz zusammen und antwortete laut und deutlich: »Ja, ich will.«

Die gleiche Frage richtete der Bürgermeister jetzt an Agnes, auch sie gab mit fester Stimme ihr Jawort, und wieder war Gustav so gerührt, dass er verschämt zu Boden blickte. Der Beamte erklärte in offiziellem Ton, dass Friedrich Puller und Maria Agnes Willicks hiermit verheiratet seien. Als Agnes sich zu Friedrich beugte und ihm einen fröhlichen Kuss auf die Lippen drückte, löste sich die Spannung im Saal. Kinder und Trauzeugen klatschten, Gemurmel und Lachen begleiteten den Applaus. Friedrich drehte sich um, hob die Hand zum Dank und zum Gruß, und Gustav sah in seinem Gesicht eine Mischung aus Erleichterung und Erschöpfung. Am liebsten hätte er seinen Vater in den Arm genommen, traute sich aber nicht.

Leysner bedeutete der Gesellschaft mit einer Handbewegung, dass er noch nicht fertig sei, setzte sich wieder und diktierte die Namen, das Alter und die Berufe der vier Trauzeugen, die der Schreiber mit einem Kratzen der Feder in die Urkunde eintrug. Danach wurden diese nach vorne gebeten, um das Dokument zu unterzeichnen. Agnes, die nicht schreiben konnte, war von ihrer Unterschrift ebenso befreit wie Friedrich, der inzwischen so zitterte, dass der Standesbeamte auf seine Signatur verzichtete und das mit einem Hinweis auf die Krankheit des Ehegatten festhalten ließ. Als alle wieder Platz genommen hatten, hob der Bürgermeister ein weiteres Mal an und führte aus, dass diese Eheschließung ja auch den Sinn habe, die Kinder dieser bereits seit Langem bestehenden Familie zu legalisieren. Er blätterte in den vor ihm auf dem

Schreibtisch liegenden Urkunden und diktierte erneut Namen, Geburtsdaten und Ziffern von Akten, welche der Amtsschreiber in kleiner, krakeliger Schrift am noch freien Rand der Heiratsurkunde vermerkte. Das dauerte, und Gustav sah, wie seinem Vater der Kopf auf die Brust sank. Nach einer halben Stunde waren auch die Formalien geschafft. Gustav hatte kurz aufgehorcht, als sein eigener Name zur Sprache kam, er, das mittlere der sieben Kinder, geboren am 20. September 1820, eingetragen in der Geburtsurkunde mit der Nummer 327. Und ab jetzt offiziell das Kind seiner Eltern. Würde das etwas ändern? Er wusste es nicht. Schließlich wurden Friedrich und Agnes noch einmal gefragt, ob sie alle Vorgenannten als ihre rechtmäßigen Söhne und Töchter anerkennen wollten, nochmals antworteten sie »Ja«, noch einmal erging an die Zeugen die Bitte, auch diesen Akt mit ihrer Unterschrift zu bestätigen. Der Bürgermeister war zufrieden. Ob es noch Fragen gebe, wollte er wissen. Nein? Dann wünsche er dem Paar viel Glück, der Familie eine schöne Feier und dem Gatten rasche Genesung. Man erhob sich, reckte die Glieder, stand noch kurz zusammen und verließ über die Freitreppe das Rathaus.

Es war inzwischen ein Uhr mittags, und die Gesellschaft ging auf Einladung des Trauzeugen Wilhelm Tremühlen in seine Schankwirtschaft in der Königsstraße, in der er ein Mittagsmahl auftischen ließ. Die Gäste verspeisten mit großem Appetit Schweinemedaillons mit gerösteten Kartoffeln und Sauerkraut, dazu in Branntwein eingelegtes Obst auf einer Griesspeise als Nachtisch, nur Friedrich bekam bis auf ein paar Bissen nicht viel hinunter. Mit Rücksicht auf ihn und weil die Trauzeugen noch arbeiten mussten, löste sich die Gesellschaft nach dem Essen rasch auf. Das frisch getraute Ehepaar durfte sich mit der Chaise wieder nach Hause fahren lassen, Johann Blasberg, deren Besitzer, hatte das Gefährt sogar mit bunten Schleifen schmücken lassen. Agnes genoss die farbenfrohe Ehrung und die freundlichen Wünsche mancher Passanten, die die Hochzeitskutsche mit Beifall bedachten. Friedrich schleppte sich, zu Hause angekommen, in das Schlafzimmer. »Ich bin glücklich«, konnte er noch sagen und Agnes einen Kuss geben, bevor er einschlief.

Am späten Vormittag des nächsten Tages hatte Gustav das Bedürfnis, seinen Vater zu sehen. Er füllte in der Küche ein Glas mit frischem Brunnenwasser und stieg die Treppe zum Schlafzimmer empor. Als er an die Tür klopfte, forderte sein Vater ihn mit einem »Herein« zum Eintreten auf. Er saß mit einem Kissen im Rücken an die Wand hinter dem Bett gelehnt und schaute aus dem Fenster.

»Wie geht es dir, Vater?«, fragte Gustav. Dieser antwortete nicht sofort. Müde sieht er aus, dachte Gustav. Sein Vater war kräftig gebaut, hatte einen vollen Bart, nach hinten gekämmte Haare, eine stattliche Erscheinung eigentlich, aber jetzt wirkte er erschöpft.

»Ich bin froh, dass wir gestern geheiratet haben«, sagte er plötzlich. »Sehr froh. Ihr seid jetzt eine ordentliche Familie.«

»Ihr«, hatte er gesagt, und Gustav verstand, was das bedeutete.

»Warum habt ihr nicht schon längst geheiratet?«, fragte er.

Sein Vater antwortete nicht, schaute wieder aus dem Fenster. Dann nahm er die Hand seines Sohnes, der sich auf die Bettkante gesetzt hatte, schaute ihn an, lächelte und sagte: »Du bist ein guter Junge, Gustav. Ein kluger Kopf. Du beobachtest die Menschen. Du hörst zu und du denkst nach.« Er zögerte, suchte nach Worten. »Und weil du nachdenkst und verstehst, wirst du was machen aus deinem Leben.«

Gustav freute sich über das Kompliment seines Vaters und gleichzeitig machte es ihn verlegen. »Danke, Vater«, antwortete er. »Ich würde gerne etwas Gutes aus meinem Leben machen. So was wie du.« Er wusste nicht, wie er es ausdrücken sollte. »Ich weiß aber nicht, was das Richtige ist. Heinrich ist Wirt geworden. Fritz wird in der Bäckerei bleiben. Soll ich wirklich Seidenweber werden? Ist das ein guter Beruf?«

Sein Vater nahm einen Schluck Wasser. »Lass dir Zeit, Gustav«, sagte er. »Es wird der Moment kommen, in dem du spürst, was dein Weg ist. Vertraue der Stimme deines Herzens.«

Gustav lachte. »So wie du gestern?«

»Ja«, antwortete sein Vater. »Manchmal muss man Geduld haben. Auf den richtigen Moment warten. Und ihn dann erkennen und nutzen.« Sie schwiegen eine Weile, dann fuhr der Vater fort: »Die Weberei ist ein Wunderwerk. Hat mich immer beeindruckt, wie sie das hinkriegen.« Er nahm ein frisches weißes Taschentuch von seinem Nachttisch und sah es lange an. »Kette und Schuss, mehr nicht. Und dann kommt so was Feines dabei heraus.« Er schaute wieder aus dem Fenster. »Und die schönen Muster erst, die sie mit den Jacquard-Maschinen weben.«

Gustav war überrascht. Er hatte nicht gewusst, dass sich sein Vater mit Weberei auskannte. »Irgendwann wirst du sicher sein, Gustav, und dann wirst du deinen Weg gehen. Bestimmt.« Er schloss die Augen.

»Danke, Vater«, sagte Gustav und verließ das Zimmer.

Er setzte sich in die Küche, es war still im Haus. Wie seltsam es doch war, sich für einen Beruf entscheiden zu müssen. Ob er Seidenweber wurde, Schreiner oder Buchhändler, könnte er nicht in dem einen wie dem anderen Beruf glücklich werden? Er erinnerte sich an ein Buch, das ihm der Verleger Carl Schüller einmal geschenkt hatte. Darin waren alle Krefelder Handwerker und Kaufleute mit Namen, Berufen und Adressen abgedruckt. Auch Gustavs Vater war darin verzeichnet – unter den Bäckern stand sein Name: »Friedrich Puller, Steckendorf, 1219«. Er holte es aus einer Schublade und schlug es auf. Wie viele Berufe es in Krefeld gab, von denen er kaum etwas wusste! Metalle etwa formten nicht nur Nagelschmiede, Kupferschmiede und Schlosser, sondern auch Goldbearbeiter, Gelbgießer, Bleigießer, Zinngießer und Büchsenschmiede. Wer sich vornehm ankleiden wollte, ging zum Hutmacher, zum Kappenmacher oder zum Pelzwarenhändler. Der Handschuhmacher hatte sein Auskommen in Krefeld genauso wie der Holzschuhmacher. Ein Dutzend Putzmacherinnen schmückten die Damen der besseren Gesellschaft, die Herren schauten gerne beim Pfeifendrechsler vorbei. Krefeld war eine expandierende Stadt, überall wurde gebaut: Pflasterer und Pliesterer, Maurer und Steinhauer, Ziegelmacher und Zimmerleute, Riethmacher und Rouleau-Maler verdienten hier ihre Brötchen. Schier endlos schien Gustav die Zahl der Berufe rund um das Herstellen von Stoffen. Da gab es Blaufärber und Kattundrucker, Leinweber und Posamentierer. Da arbeiteten Samtscherer, Spulmacher und Strumpfstuhlbauer, da fand er die Namen von Wollfärbern, Tuchmachern, Seidendruckern und Zwirnereien. Und das waren nur die Selbstständigen. Die vielen Tausend Hausweber wie Willi und seine Familie, die im Stücklohn für einen Verleger arbeiteten, waren in dem Adressbuch noch nicht einmal verzeichnet. Krefeld hatte sich mit Haut und Haar der Seide verschrieben – dem Stoff, der so viele Träume weckte. Auch die Gustavs.

Am Nachmittag um drei Uhr erwarteten sie Pfarrer Heilmann. Die Mutter hatte das Esszimmer feierlich hergerichtet. Über den niedrigen Geschirrschrank an der Wand hatte sie eine weiße Tischdecke gelegt, sodass er als Altar diente. Sie hatte zwei Kerzen aufgestellt, so, wie sie es aus der Kirche kannte. Alles sollte aussehen wie bei einem richtigen Gottesdienst. Als der Pfarrer kam, fand er die Familie bereits in Erwartung der Feier versammelt, nur Friedrich war noch nicht da. Der Raum strahlte eine warme Ruhe aus. Der Pfarrer blickte sich um, begrüßte die Braut, machte ihr ein Kompliment dafür, wie schön sie das Zimmer vorbereitet hatte, und besah sich die Familienbibel, die Agnes sorgfältig auf den Altar zwischen die Kerzen gelegt hatte. Dann räusperte er sich und bemerkte, von ihm aus könne man beginnen. Agnes blickte zur Tür, entschuldigte sich dafür, dass Friedrich noch fehlte, und schickte sich an, ihn zu suchen.

Als nach fünf Minuten weder von Friedrich noch von Agnes etwas zu hören war, ging Gustav die Treppe in die erste Etage hinauf und klopfte an die Tür des Schlafzimmers. Sie war nur angelehnt. Er drückte sie vorsichtig auf. Die Mutter saß auf dem Bett, drehte ihm langsam den Kopf zu, tränenüberströmt. »Er ist tot«, brachte sie hervor. Gustav sah bestürzt auf das Bett, in das weiße Gesicht seines Vaters, sein Mund war leicht geöffnet, die Augen geschlossen. Er nahm seine Mutter in den Arm, hielt sie fest gedrückt, so verharrten sie eine Minute oder zwei. Dann ging Gustav wieder hinunter, sagte der Familie Bescheid. Johann, Wilhelm und Lisetta fingen an zu weinen, Fritz und Heinrich schlossen die Augen und rührten sich nicht. Es war der Pfarrer, der als Erster Worte fand. »Nun ist es also geschehen. Schneller, als wir alle gedacht haben«, sagte er und, dass es ihm für die Familie unendlich leidtue. Er schlug vor, den Verstorbenen im Wohnzimmer aufzubahren, und bat die beiden ältesten Söhne, Friedrich zu holen. So kam es, dass der Bräutigam, der sich bereits schick gemacht hatte, in weißem Hemd und schwarzer Weste vor dem von Agnes mit brennenden Kerzen so liebevoll geschmückten Altar auf einem Tisch zu liegen kam, auf der guten Tischdecke, die sie nur zu besonderen Anlässen auflegten.

Der Pfarrer bat sie, sich an den Händen zu fassen, und sprach ein Vaterunser, in das die Familie einstimmte. Dann räusperte er sich, selbst um Fassung ringend. »Eigentlich sind wir zusammengekommen, um zwei Menschen zu trauen, die sich seit fünfundzwanzig Jahren ihre Liebe zueinander bewiesen haben. Jetzt ist es anders gekommen.« Er suchte nach Worten. »Vielleicht ist es kein Zufall, dass am Ende dieses erfüllten Lebens die Ehe mit seiner geliebten Frau gestanden hat. Mit Ihnen, Frau Puller.« Dann lächelte er schwach. »Ihr Mann war ein wunderbarer Mensch. Als Bäcker in Steckendorf, als Vater von sieben Kindern und als liebevoller Ehemann hat er ein Stück Heimat für viele geschaffen. Jetzt ist er uns allen in eine andere Heimat vorausgegangen.« Gemeinsam sangen sie »Befiehl du deine Wege« und Gustav spürte, wie sich dabei der Kloß in seinem Hals löste. Zum Abschluss der so unerwarteten Aussegnung spendete der Pfarrer mit erhobenen Händen den Segen, verabschiedete sich, nahm seinen Mantel und verließ das Haus.

Gustav war betäubt von den Ereignissen dieses Nachmittags. Und gleichzeitig froh, dass der Pfarrer da gewesen war und seinem Vater einen würdevollen Abschied bereitet hatte. Er hatte das Gefühl, dass mit dieser Feier die Liebe zwischen seinen Eltern, auch wenn sein Vater jetzt tot war, auf besondere Weise geehrt wurde. Eine Ehre, die ihnen am Anfang ihrer Liebe offenbar verwehrt geblieben war. Was war damals wirklich passiert?

Zwei Tage darauf wurde Friedrich zu Grabe getragen. Der Zug, der dem Wagen mit dem Sarg durch Krefeld zum Friedhof folgte, war lang: Nachbarn, Bekannte, Freunde und Angehörige der in Krefeld weit verzweigten Familie – und dann sah Gustav auf einmal Clara und Ernst vom Gut Cracau mit ihren Eltern. Er stutzte. Sie kamen zur Beerdigung seines Vaters? Das rührte ihn. Einen Moment trafen sich sein und Claras Blick und Gustav lächelte sie dankbar an. Es bedeutete ihm viel, ihre Familie hier zu sehen.

Auf dem Friedhof begrüßte sie Pfarrer Heilmann mit einem Nicken. Seine Ansprache war kurz – was gesagt zu werden wichtig war, hatte er zwei Tage zuvor ausgesprochen. Nach der Beerdigung kamen Familie und Trauergäste im Gemeindehaus der evangelischen Kirche zusammen. Agnes nahm Beileidsbekundungen entgegen und hörte sich Komplimente darüber an, mit wie viel Herzenswärme sich Friedrich als Seele von Steckendorf erwiesen habe. Heinrich hatte aus seiner Schankwirtschaft Bewirtung auffahren lassen, und manche der Gäste blieben lange. Agnes wollte nach Hause, Lisetta und Gustav hakten sie auf dem Rückweg unter. An diesem Tag blieb die Backstube kalt.

# 1837. Eine Katze namens Minti

In den kommenden Wochen blieb es still im Haus. Jeder ging seinen Aufgaben nach. Fritz arbeitete in der Backstube und fiel mit seiner Verbissenheit dabei allen auf die Nerven. Lisetta half der Mutter im Ladenlokal, aber sobald die Tür abends geschlossen war, verschwand sie, und keiner wusste, wo sie sich herumtrieb. Maria zog sich in das Mädchenzimmer zurück, das sie nun fast für sich allein hatte, und las oder schrieb, aber redete über beides nicht. Wilhelm und Johann spielten zusammen, aber bemühten sich, leise zu sein, als sei Lachen eine Sünde. Der kleine Wilhelm war seit dem Tod des Vaters so still geworden, dass es Gustav in der Seele wehtat. Manchmal, wenn er ihn so dasitzen sah, nahm er ihn einfach in den Arm und drückte ihn, und er spürte, wie gut das seinem Bruder tat. Ihm selbst übrigens auch. Mutter Agnes hatte der Tod ihres Mannes am härtesten getroffen. Sie hatten ein Vierteljahrhundert ihres Lebens geteilt, und Gustav hatte den Eindruck, sie habe noch nicht richtig verstanden, was passiert war. Er beobachtete sie oft dabei, wie sie reglos am Fenster stand, abwesend hinausstarrte und den Kopf schüttelte. Wenn er ihr dann ein wenig hilflos ihre Schulter streichelte, lächelte sie matt, schien sich kurz zu schütteln und nahm ihre Arbeit wieder auf. Sie räumte morgens Brote in Regale und rechnete abends die Kasse ab, sie redete mit den Kundinnen und versuchte, sich ihre Trauer nicht anmerken zu lassen. Aber sobald der Laden leer war, sackte sie wieder in sich zusammen.

Anfang April fing es an zu schneien, ungewöhnlich spät im Jahr. Gustav liebte den Schnee. Oder vielmehr die Stille, die der Schnee mit sich brachte und die in diesem Frühjahr so gut zu seiner Gemütsverfassung passte. Alle Geräusche waren gedämpft, die Hufe auf der Chaussée ebenso wie die Rufe der Kinder, die aus der Schule kamen. Die Schreie der Kutscher, die die Post spedierten und der Bauern, die Waren ausfuhren, klangen wie in Watte gepackt, auch wenn sie wegen der rutschigen Straßen noch mehr fluchten als sonst. Selbst das Gezwitscher der Vögel, die sich schon auf den Frühling gefreut hatten und sich nun um ihn betrogen sahen, klang unwirklich leise.

Am zweiten Schneetag holten die Kinder ihre Schlitten heraus und rodelten auf den abschüssigen Wiesen, die ins Bruch hinabführten. Gruppen älterer Jungen machten sich auf zum Hülser Berg, wo die steilen Hänge waghalsige Abfahrten erlaubten. Am dritten Tag – es hatte ununterbrochen geschneit – organisierte die Nachbarschaft in Steckendorf, dass die Straßen und Bürgersteige freigeschaufelt wurden. Jeder packte an, Schneeschippen mit breiten Holzschilden wurden aus den Schuppen geholt, am Straßenrand häuften sich Schneeberge. Die Männer, die sich in warme Jacken gehüllt hatten und Fausthandschuhe trugen, standen nach der anstrengenden Schaufelei in Gruppen zusammen, stellten fest, dass sie so einen Schneeeinbruch schon lange nicht mehr erlebt hatten, und wärmten sich dann bei einem Schnaps im Wirtshaus auf.

Gustav machte in der Abenddämmerung einen ausgedehnten Spaziergang, lief über die Moerser Straße und den Friedrichsplatz weiter bis zum Neuen Friedhof, auf dem die Toten nun auch noch unter einer fußhohen Schneedecke begraben waren. Er stand dort im Halbdunkel, schaute über die große weiße Fläche, aus der hin und wieder Grabsteine und Kreuze wie in weißes Tuch gehüllte Finger herausragten. Er scheute sich, diese unberührte Decke zu zerstören, die die ewige Ruhe der hier Liegenden zu versiegeln schien. Er sah sich um, ließ seinen Blick über den Schnee schweifen, der bis zur gegenüberliegenden Mauer alles unter sich einschloss, hätte nicht sagen können, wo genau sein Vater begraben war. Da? Oder dort? Gustav suchte eine Bank, befreite sie vom Schnee und setzte sich hin. Er fragte sich, was sein Vater wohl sagen würde, wenn er jetzt sehen könnte, wie es seiner Familie ging. Oder sah er es? Gustav musste an ihr letztes Gespräch kurz vor seinem Tod denken. Irgendwann würde Gustav sicher sein, wohin sein Weg führe, hatte sein Vater gesagt. Es hatte ihm gutgetan zu hören, dass er ihm das so selbstverständlich zutraute. Er blickte zu der Stelle, an der er das Grab des Vaters vermutete, und nickte dankbar in seine Richtung. Als er sich von der Bank erhob – inzwischen war es bis auf den Mondschein finster auf dem Friedhof – hatte er einen nassen Hosenboden. Egal, dachte er, und ging auf die Straße, irgendwie leichter ums Herz.

Am vierten Tag wurde der Schnee lästig. Wo nicht geräumt werden konnte, lag er inzwischen vier Fuß hoch. Der Bürgermeister hatte die Schulen schließen lassen. Die jüngeren Kinder durften zu Hause bleiben, die älteren wurden zum Schneeschippen abgeordnet. Die Zimmerleute der Stadt waren damit beschäftigt, mehr und größere und vor allem viele Schaufeln herzustellen. Die Fuhrleute damit, die Schneemassen mit ihren Fuhrwerken aus der Stadt zu schaffen. Ein mühsames Geschäft: Die schwer beladenen Karren auf Rädern drohten ständig, in die Gräben zu rutschen. Auch die Pferde wurden knapp. Viele waren nach Tagen ständiger Arbeit erschöpft, mehrere waren gestürzt und hatten sich etwas gebrochen. Vor den Toren der Stadt wuchsen die Schneeberge zu beeindruckender Höhe heran. Auf den Landstraßen war ein Durchkommen inzwischen fast unmöglich geworden. Einzelne Postwagen schlugen sich mit einem Paar zusätzlich vorgespannter Pferde noch nach Uerdingen oder Moers durch, um Briefe und Pakete auszuliefern. Doch die Kutscher riskierten dabei immer steckenzubleiben, und wenn ein Fuhrmann bis über die Ohren in seine Pelze gehüllt sein Ziel erreichte, wurde er wie ein Held mit Beifall begrüßt.

Die Kinder staunten immer noch über diese Veränderung der Welt, die so faszinierend und beängstigend zugleich war. Der sechsjährige Wilhelm konnte schon lange nicht mehr über die Ränder des Schnees hinwegsehen, für ihn war die Welt draußen zu einem Tunnelsystem geworden. Das brachte Gustav auf eine Idee: Er würde für Wilhelm und Johann ein Labyrinth anlegen. Er erinnerte sich an eine Abbildung in einem Buch mit griechischen Mythen, das er vor Jahren in der Schüllerschen Buchhandlung durchgeblättert hatte. Dort war ein Stich des Labyrinths zu sehen gewesen, in dem der Sage nach der Minotaurus auf Kreta gefangen gehalten worden war. Gustav, der immer Spaß an kleinen Rätseln fand, hatte danach eigene Labyrinthe entworfen und Wilhelm und Johann die Aufgabe gestellt, mit einem Kohlestift den Weg aus der Mitte zum Ausgang zu markieren. Was auf dem Papier für seine aufgeweckten Brüder allerdings keine große Herausforderung darstellte. Einem echten Labyrinth zu entkommen, wäre sicher schwieriger. Und ein großer Spaß.

Als am Nachmittag des vierten Schneetags kurz der Himmel aufriss und sich die Sonne blicken ließ, überredete Gustav seine Geschwister Lisetta, Maria und sogar Fritz, ihm zu helfen. Er hatte eine Wiese am Ortsrand ausgemacht, die sich für seine Idee gut eignete. Die Geschwister liehen sich Schaufeln und fingen an zu schippen. Sie buddelten nach Gustavs Vorgaben Gänge, legten Verzweigungen an, bauten tote Enden, verfestigten die Wände durch Schläge mit der Schaufel und packten den ausgegrabenen Schnee oben auf die stehen gelassenen Partien, sodass am Ende nicht einmal mehr der große Fritz über die Mauern des Labyrinths blicken konnte. Im Zentrum legten sie einen Platz von neun mal neun Fuß Größe an, der den Startpunkt bilden sollte. Dort bauten sie auch einen Schneemann, dem sie einen Stierkopf mit zwei Möhren als Hörner verpassten. Nach zwei Stunden war das Labyrinth fertig, die Geschwister waren nassgeschwitzt und außer Atem, aber zufrieden mit ihrem Werk.

Jetzt wurden die beiden Kleinen geholt. Sie führten sie mit verbundenen Augen in die Mitte des Labyrinths, wo sie erst einmal neugierig den Schnee-Minotaurus studierten. Gustav erzählte ihnen dessen Geschichte, aber die Jungen hörten nicht richtig zu – sie wollten endlich das Labyrinth erkunden. Der achtjährige Johann bekam als Erster den Auftrag, vom Startpunkt in der Mitte aus den Ausgang zu suchen – wo Lisetta als Posten aufpassen würde, dass er ihn auch fand – und anschließend den Weg zurück zum Schneemann zu gehen. Er lief ungeduldig los und dann hörten Gustav, Fritz und Maria erst einmal nichts mehr.

Plötzlich erklang Johanns Stimme unerwartet nahe: »Totes Ende!«, rief er vergnügt. Schnelle Schritte im Schnee, Johann: »Geht schon wieder nicht weiter!«, leichtes Getrappel, Stille. »Ah, ich glaube, ich hab's!«

Maria hüpfte ein bisschen herum, neugierig, ob ihr Bruder es schaffen würde, den Ausgang zu finden. »Aber keine Markierungen machen, Johann«, rief sie ihm zu, und er antwortete fröhlich: »Nein, brauche ich nicht!«

Wenige Augenblicke später: »Bin da!«

»Stimmt das, Lisetta?«, fragte Maria über den Schnee hinweg, und die Antwort kam prompt: »Stimmt, er hat's gefunden!« Dann machte sich Johann auf den Rückweg, verlief sich wieder ein paarmal, war aber zwei Minuten später in der Mitte. »War einfach«, sagte er schnaufend mit hochrotem Gesicht, »aber ist klasse.«

Jetzt war Wilhelm an der Reihe. Er trat schon unruhig auf der Stelle, auf dem Kopf die Mütze, die Gustav an seinem ersten Schultag getragen hatte – er hatte sie seinem kleinen Bruder geschenkt. »Also dann«, sagte Gustav und gab ihm eine sanfte Kopfnuss. Wilhelm stolperte los. Sie hörten seinen Atem, mal ganz nahe, mal ein bisschen weiter entfernt, aber anders als Johann kommentierte er seine Suche nicht, sondern schien hochkonzentriert seinem Weg zu folgen.

Fünf Minuten später erschallte sein Siegesruf: »Gefunden!«, bestätigt von Lisetta.

»Jetzt wieder zurück, Wilhelm«, trug sie ihm auf, und er rannte los. Erneut hörten sie nur seinen Atem, zwischendurch Schritte, dann ein schabendes Geräusch, das Gustav nicht richtig einordnen konnte. Wieder Ruhe. Schaben, Schritte, Ruhe. Fünf Minuten. Keuchender Atem, als würde er schwer arbeiten. Sieben Minuten. Fritz und die Geschwister sahen einander fragend an.

»Wilhelm?«, rief Gustav in das Labyrinth. Keine Antwort, aber hastige Schritte, dann wieder Stille.

»Ich geh mal nachsehen«, sagte Maria und machte sich auf. Nach wenigen Momenten rief sie die anderen: »Guckt euch das mal an!«

Fritz und Gustav liefen in den Gang, suchten ihre Schwester, plötzlich zeigte Fritz nach unten: »Was ist das denn?« In Kniehöhe führte ein kleiner Gang im rechten Winkel in die Schneemauer, für Wilhelm vermutlich gerade groß genug, um hineinzuklettern. »Hat er da eine Abkürzung gebuddelt?«, fragte Fritz.

»Hmm«, antwortete Gustav, »komisch, er kannte doch den Weg, warum sollte er sich die Mühe machen? Außerdem führt der Gang da nirgendwohin. Das ist keine Abkürzung.« Er beugte sich herunter, blickte in das Loch, das nach zehn Fuß endete.

»Wo bleibt ihr«, fragte Maria, die nicht weit weg sein konnte, ungeduldig.

»Wilhelm hat hier ein Loch gegraben«, erklärte Fritz ihr über die Schneemauer hinweg.

»Hier auch, das wollte ich euch ja gerade zeigen«, erklärte Maria.

»Ich habe hier auch eine neue Röhre gefunden«, hörten sie Lisetta jetzt sagen, die inzwischen ebenfalls in das Labyrinth vorgedrungen war.

»Lasst uns in der Mitte treffen«, schlug Fritz vor, und dort angekommen, sahen die Geschwister sich ratlos an.

»Kommt, wir rufen ihn mal«, schlug Fritz vor, und als sie ein lautes »Wilhelm« anstimmten, das munterer klang, als sie sich fühlten, bekamen sie sofort eine Antwort: »Sucht mich!«

Das war also seine Idee gewesen: Wilhelm wollte Verstecken spielen – und hatte ganz eilig drei Gänge als falsche Spuren gegraben. Aber wo konnte er sein? Wo konnte man sich in dieser Schneewüste verstecken? Fritz runzelte die Stirn. Die Geschwister beschlossen, keine Spielverderber zu sein. Fritz, der für die Gänge sowieso zu groß war, würde weitere Hinweise suchen, die anderen nahmen sich je einen Gang vor, den sie genauer untersuchten. »Aber seid bloß vorsichtig«, ermahnte Fritz sie noch.

Nach zehn Minuten trafen sie sich wieder am Minotaurus, die Geschwister waren mit Schnee bepudert, die Knie nass. Sie waren in die Gänge geklettert, Gustav mehr auf dem Bauch hineingerutscht – aber sie alle hatten sich als Sackgassen entpuppt. Gustav zuckte mit den Schultern und blickte den Minotaurus an. Wo war eigentlich dessen zweites Horn? Eine Möhre steckte in der Stirn des Schneemanns mit Stiergesicht, die zweite war verschwunden. Sie riefen Fritz: »Wo bist du? Und hast du die zweite Möhre gesehen?«

Einen Moment bekamen sie keine Antwort, dann hörten sie ihn irgendwo am Rand des Labyrinths. »Ja«, sagte er zögernd. »Die steckt hier in der Wand.« Als sie die markierte Stelle untersuchten, fanden sie schnell den vierten Gang, den Wilhelm von innen mit einem Schneepfropfen verschlossen hatte.

Maria als die Kleinste unter den Großen – Johann wollten sie da nicht hineinschicken – schob sich in die Röhre, kam aber nach wenigen Minuten rückwärts wieder herausgeklettert und schüttelte den Kopf. »Alles eingestürzt«, sagte sie schwer atmend, »keine Ahnung, wo es da weitergehen soll.«

Jetzt wurde die Sache den Geschwistern doch unheimlich. »Wilhelm!«, rief Fritz laut. »Wilhelm, wo bist du?« Keine Antwort. Noch einmal rief er in den Schnee und drehte sich dabei hilflos um sich selbst, ratlos, wo er seinen Bruder suchen sollte. »Wilhelm, bitte sag was, wir haben Angst, dass dir was passiert ist.«

Stille. Dann ein kaum vernehmbares Maunzen, wie von einer kleinen Katze. Schließlich Wilhelms Stimme, nicht viel lauter: »Ich bin hier. Im Schuppen.«

»Gott sei Dank«, murmelte Lisetta, »ich dachte schon …« Sie musste den Satz nicht beenden.

»Wo ist denn hier ein Schuppen?«, fragte Fritz Gustav, als müsse der das wissen, wo er doch den Plan für das Labyrinth gezeichnet hatte.

»Gute Frage«, sagte Gustav. Er zeigte vage in Richtung Bruch. »Könnte sein, dass da vorne ein kleiner Heuschober ist.«

Fritz holte die Schneeschippen und rief in Richtung Schober: »Hör zu, Wilhelm, wir suchen dich jetzt. Aber du musst uns helfen. Du musst laut zählen. Wie weit kannst du zählen?«

»Zwanzig«, hörten sie sein Stimmchen von irgendwo hinter dem Schnee.

»In Ordnung, Wilhelm. Dann sagst du gleich laut ›eins‹, zählst dann leise bis zwanzig, sagst dann laut ›zwei‹, zählst dann im Kopf wieder bis zwanzig, sagst dann laut ›drei‹ und immer so fort. Schaffst du das?«

»Eins«, erklang es aus der Richtung, in der Gustav seinen Bruder vermutete, und es schien so, als würde sich

Wilhelm darüber freuen, dass seine Geschwister sich ein neues Spiel ausgedacht hatten. Sie fingen an, einen Gang zu graben, immer abwechselnd, so hatten sie Platz und es ging schneller. Als Wilhelm bei siebzehn war, stießen sie auf den kleinen Bretterschuppen, der unter einem Schneeberg verschwunden war. Die Tür hatte Wilhelm ein bisschen aufgedrückt, er grinste sie aus dem Türspalt heraus an. Gustav sah jetzt, woher das Maunzen vorhin gekommen war. Sein Bruder hatte ein kleines Kätzchen in der Hand. »Minti«, erklärte er seinen Geschwistern. »Und die gehört mir.«

Die folgenden beiden Tage schneite es ununterbrochen weiter. Vom Labyrinth war bald nicht mehr viel zu sehen. Die Männer auf den Straßen verzweifelten zunehmend – es machte keinen Spaß, stundenlang Schnee auf Karren zu laden, wenn man am anderen Ende der Straße wieder anfangen musste, sobald man das eine erreicht hatte. Außerdem bestand ständig die Gefahr, von Dachlawinen überrascht zu werden. Mehrmals schon hatten herabstürzende Schneemassen Männer getroffen – zum Glück waren sie nicht ernsthaft verletzt und, weil sie nie allein arbeiteten, immer sofort wieder freigegraben worden. Seit einer Woche nun blieben die Schulen geschlossen, war der Markt verwaist, hatten viele Geschäfte ihre Türen verrammelt, weil niemand daran dachte, Schuhe besohlen zu lassen, Bücher zu kaufen oder Seidenschals anzuprobieren. Gustav, der mit den anderen im Dauereinsatz an der Schneeschippe war, wärmte sich gerade in Heinrichs Schenke auf, als ein Posten aus Moers ankam, der es irgendwie mit dem Pferd in den Ort geschafft hatte. Unterwegs sei er an etlichen eingeschneiten Fuhrwerken vorbeigekommen, berichtete er, viele von ihnen umgestürzt. »Ein Fuhrmann hat im Schneesturm die Orientierung verloren und über Nacht nicht zurückgefunden, den haben sie gestern erfroren auf seinem Kutschbock gefunden«, berichtete er. Der Wind sei da draußen teilweise so eisig, dass tote Hasen, Rebhühner und Lerchen auf dem Schnee lägen. »Ein Kollege, der immer ins Bergische fährt, sagt, dass es dort noch schlimmer ist«, fuhr er fort. »Manche Bauern haben aus ihren Fenstern im ersten Stock Bahnen mit Dielenbrettern über die Schneedecke zu ihren Ställen gebaut. Dort steigen sie dann über die Dachluken ein, um das Vieh zu versorgen.« Und von den einstöckigen Bergmannshütten am Niederrhein heiße es, die Bewohner könnten sie nur noch durch ihre Kamine verlassen. Heinrich spendierte dem Mann ein Glas des Biers, das er neuerdings im Keller seiner Schenke selbst braute.

Wilhelm hatte vom Schnee genug. Für ihn war nur noch Minti wichtig. Er hatte in einem Schuppen hinter der Bäckerei eine große Kiste zu einem Katzenhaus umgebaut, mit viel Heu darin, einem runden Holzscheit als Kratzbaum, und einem Futtertrog, den er selbst aus einem Lindenholzstück geschnitzt hatte. Die Katze war halb verhungert und erfroren gewesen, als er sie gefunden hatte. Offenbar war ihre Mutter dem Schnee zum Opfer gefallen oder hatte keine Möglichkeit gesehen, ihren Wurf zu ernähren – jedenfalls hatten nach der Schilderung von Wilhelm mehrere von Mintis Geschwistern kein Lebenszeichen mehr gezeigt. Minti erholte sich bei so viel Fürsorge schnell. Nachdem Wilhelm sie sorgfältig gewaschen hatte, zeigte sich, dass sie ein wunderschönes braun-weiß gemustertes, seidiges Fell hatte. Es fühlte sich so warm und tröstlich an, dass Wilhelm ständig mit Minti kuschelte, was beide gleichermaßen genossen. Mutter Agnes gestattete Wilhelm, aus verdünnter Milch mit eingerührtem Mehl eine nahrhafte Suppe für Minti zuzubereiten, die er dem Kätzchen löffelweise anbot. Die Bedingung der Mutter war, dass er die Katze in dem Schuppen halte und nicht mit ins Haus nehme. Sie hatte Angst vor Katzenhaaren und Flöhen. Fritz dagegen fand den Gedanken, die in diesem kalten Frühling immer schamloser werdenden Mäuse durch eine Katze zu dezimieren, reizvoll. Aber Wilhelm beschied ihm, Minti sei noch zu jung, um zu arbeiten, und Fritz war damit einverstanden abzuwarten, bis in Minti der Jagdtrieb von allein erwachte. Was übrigens nicht lange dauern sollte – auch der Schuppen war ein Dorado für Mäuse, was die Katze schnell sehr aufregend fand. Sein Bruder Johann war der Einzige, den Wilhelm als zusätzliches Katzenelternteil akzeptierte, und so sah man von den beiden in den nächsten Wochen nicht viel.

Wilhelm hatte mit Minti eine Aufgabe, die ihn über die Trauer nach dem Verlust des Vaters hinwegtröstete. Er fand zu seiner alten Lebhaftigkeit und zu seinem Humor zurück. Wenn sie abends gemeinsam zu Tisch saßen, erzählte er mit großem Eifer von den Fortschritten, die Minti machte, und er lachte dabei wieder wie früher, was auch die anderen ansteckte. Langsam kehrte Fröhlichkeit in die Familie zurück, und Gustav war Minti dafür dankbar.

Auch Fritz entspannte sich zunehmend, und als Wilhelm eines Tages etwas irritiert erzählte, dass Minti ihm eine tote Maus vor die Füße gelegt hatte, grinste Fritz nur, erklärte, dass das ein besonderes Geschenk von Minti für ihn sei, und stellte dann fest, Minti sei wirklich eine gute Katze. Da sie damit jetzt auch offiziell eine Aufgabe in der Bäckerei hatte, wurde sie von nun an als vollwertiges Familienmitglied betrachtet.

# *1837. Am Pranger*

Sechs Tage und sechs Nächte hatte es geschneit, und die Menschen fragten sich, ob Gott eine neue Variante der Sintflut auf die Erde geschickt hatte. Als die Leute am Morgen des siebten Tages aus den Fenstern schauten und feststellten, dass die gestern gebahnten Wege heute noch frei waren, reagierten sie mit einem aufrichtigen »Dem Himmel sei Dank«. War das Schlimmste überstanden? Es schien so. Die kommenden Tage blieben kalt und unwirtlich, ein böiger Nordwind ließ die Menschen in ihren Häusern weiter frieren und die wertvollen Holzvorräte dahinschwinden. Aber es schneite nicht mehr. Ein paar Tage später begannen die Schneeberge an den Straßenrändern und vor den Toren der Stadt zu tauen. Die Wege verwandelten sich in Schlammpfade, überall standen Pfützen, die Wiesen, noch winterlich kahl, wurden sumpfig. Die Postkutscher und Fuhrleute mussten zwar nicht mehr gegen Schneeberge kämpfen, aber aufpassen, nicht im Morast steckenzubleiben.

Die Pfingsttage brachten Krefeld endlich den ersehnten Frühling. Erst begannen die wilden Narzissen zu blühen, die Gustav so liebte, dann die Kirschen mit ihren zartweißen Blüten und die Apfelbäume auf den Streuobstwiesen der Höfe vor der Stadt. Die Natur schien nach den langen Monaten von Frost, Kälte und Schnee förmlich zu explodieren: Aus den Haselnuss- und Buchenhecken schossen frische Triebe, die Pappeln und Weiden schlugen aus, als gelte es, ein Rennen um den besten Platz an der Sonne zu gewinnen. Und die Vögel bauten um die Wette Nester, bereit, die vergangenen Monate ganz schnell zu vergessen und den Sommer zu begrüßen.

Die Menschen schienen das Gefühl zu haben, viel nachholen zu müssen. Die Straßen waren bis spät abends gefüllt, vor den Wirtshäusern waren die Tische bis auf den letzten Platz besetzt, lautes Lachen und bierseliger Gesang ertönten bis in die Nacht. Die Wege jenseits der Stadtmauern wurden von Flaneuren in Beschlag genommen, die Vogelgezwitscher, Blütenpracht und Sonnenstrahlen in sich aufsogen. Und sich jederzeit zu einem Schwätzchen aufgelegt zeigten – es herrschte eine ansteckende Ausgelassenheit.

Auch die Märkte füllten sich wieder. Das gespenstische Bild des unter Schnee begrabenen Neumarkts war Vergangenheit, die Totenstille war dem lebhaften Treiben gewichen, das die Krefelder auf diesem Platz liebten: Händler priesen ihre Waren an, Kunden feilschten, in Grüppchen stehende Frauen tauschten Neuigkeiten aus. Auch laut konnte es werden, wenn ein Bauer wieder mal einen Dieb erwischt hatte und nun nach der Polizei rief.

An einem Dienstag Anfang Juli kam Gustav um die Mittagszeit auf den Neumarkt, um im Auftrag von Fritz für die Backstube zehn Pfund Äpfel zu besorgen. Da bemerkte er eine Menschenmenge, die offenbar von etwas Ungewöhnlichem angezogen wurde. Gustav stellte sich hinter der Zuschauertraube auf seine Zehenspitzen und versuchte zu erkennen, was es zu sehen gab. Hatte es einen Unfall gegeben? War jemand zusammengebrochen und man wartete auf einen Arzt? War ein Taschendieb erwischt worden und sah nun unter dem eisernen Griff seines Häschers der Ankunft der Polizei entgegen?

Zuerst erkannte er ein Schild, das in Kopfhöhe an einem Holzpfahl angenagelt war. »Wegen Straßenraubs«, war in großen und gut leserlichen Buchstaben mit schwarzer Farbe darauf geschrieben. Unter dem Schild stand ein Mensch mit einem über eine Kette am Pfahl befestigten Eisenring um den Hals, die Hände vor dem Bauch zusammengebunden. Neben dem Verurteilten hatte sich ein Polizeisergeant postiert, bemüht, gleichermaßen den Übeltäter am Pranger und die ihn angaffende Menge im Blick zu behalten. Plötzlich flog etwas nach vorne, eine faule Tomate vielleicht, sie verfehlte den Mann am Pranger und zerplatzte an einer Hauswand. Eine zweite Tomate flog, genauer gezielt diesmal, der Mann hob seine gefesselten Arme zum Schutz vor sein Gesicht, die weiche Frucht traf seine Hände und tropfte vom Ärmel seines Hemdes. Dann schleuderte jemand ein Ei, das schlug auf der Brust auf und zerbrach, einige junge Burschen lachten hämisch. Der Sergeant trat einen Schritt vor, sagte: »Es reicht«, und fixierte die Schützen mit mahnendem Blick.

Da fiel es Gustav plötzlich auf: Er kannte den Typen. Natürlich. Ede. Der Junge, der ihn am ersten Schultag mit seinen Kumpanen ausgeraubt hatte. Der mit seinem großen Bruder im Kliedbruch die Hehlerhütte gebaut und es darauf angelegt hatte, ihn und Willi ertrinken zu lassen. Gustav hatte darauf geachtet, ihm möglichst nicht mehr über den Weg zu laufen. Es war ihm gelungen. Er wusste nicht, wo Ede und seine Leute wohnten, vermutlich irgendwo draußen vor der Stadt. Aber offenbar hatte Ede den Bogen jetzt überspannt. »Wegen Straßenraubs« – das überraschte Gustav nicht. Einen Moment lang verspürte er Lust, sich auch ein faules Ei zu greifen und es ihm ins Gesicht zu schleudern.

Der Pranger war in Krefeld eine seltene Art der Bestrafung. Schandpfahl wurde er auch genannt. Gustav hatte so etwas noch nie gesehen. Der Schullehrer hatte ihnen von einer Diebin erzählt, die vor langer Zeit einen Kupferkessel gestohlen hatte und auf dem Schwanenmarkt mit dem Kessel in der Hand an den Pranger gestellt worden war, ebenfalls mit einem Eisenband um den Hals den Grausamkeiten des Publikums ausgeliefert. Die Frau hatte Gustav leidgetan. Ede, der Straßenräuber, hatte es nicht besser verdient, dachte er. Eine Barbarei war es trotzdem. Und so war er froh, als der Sergeant nach einer Stunde den Schlüssel aus seiner Tasche fingerte und den eisernen Halsring aufschloss. Ede streckte sich, versuchte vergeblich, sich mit den gebundenen Händen den Nacken zu massieren, und starrte angewidert ins tuschelnde Publikum. Einen Moment lang blieb sein Blick an Gustav hängen. Er hat mich erkannt, wusste dieser. Ede verzog sein Gesicht zu einer Grimasse, die wohl so etwas wie Verachtung andeuten sollte, und spuckte vernehmlich aus. Dann packte der Sergeant ihn an der Schulter und führte ihn ab, zurück in seine Arrestzelle. Gustav war erleichtert.

# *1837. Theaterdonner*

Das erste Mal war Gustav als siebenjähriger Junge mit seiner Familie im Theatersaal an der Rheinstraße gewesen. In der Vorstellung eines Wanderzirkus war ein weißer Hirsch über vier Pferde gleichzeitig gesprungen, anschließend brach in der Manege ein Vulkan mit echtem Feuer und viel Rauch aus. Gustav hatte noch wochenlang davon geträumt. Als er in der zweiten Klasse war, hatte dann ein Elefant Aufsehen erregt, der im Theater vorgeführt wurde – die wenigsten Krefelder hatten bis dahin einen Elefanten leibhaftig vor Augen gehabt. Gustav hatte mit seinen Geschwistern einen Weg gefunden, dem riesigen Tier über den Bretterzaun des Nachbargrundstücks hinweg auch ohne Eintrittskarten nahe zu kommen. Der Elefant hatte, als er sie erspäht hatte, laut trompetet, und sie waren weggerannt.

Das war lange her, und Gustav hatte beides schon fast vergessen, als er jetzt ein Plakat sah, das im Theater eine Vorstellung des »Löwen von Kurdistan« nach einem Roman von Walter Scott ankündigte. Gustav hatte mehrere Bücher von ihm gelesen, Abenteuerromane aus der Kreuzritterzeit voller dramatischer Kämpfe, Heldentum, Liebe und Ritterlichkeit. Er kaufte für sich und Willi zwei Billets, und so betraten sie am Abend gemeinsam den Theaterbau hinter dem Hotel de la Redoute. Gustav staunte: Das Theater sah nicht mehr nach der Bretterbude aus, in der damals der Zirkus aufgetreten war. Der Besitzer hatte es umgebaut. Vor der Bühne und dem Orchesterraum boten jetzt vier Ränge Platz für Hunderte von Zuschauern. Der Sperrsitz mit ledergepolsterten Holzbänken, das Parterre, die extra bequeme Loge und zuletzt die Galerie – am weitesten von der Bühne entfernt, aber erschwinglich. Zwei kerzenbestückte Kronleuchter hingen von der Decke und tauchten den Saal in warmes Licht, die Wände zierten mit Pastellfarben bedruckte Tapeten. Die Decke schwebte so hoch über dem Publikum, dass sie Gustav wie ein Himmel vorkam.

Der Vorhang öffnete sich, die Vorstellung ging los. Auf der Bühne erschien ein junger Ritter in blauem Wams und hohen Stiefeln, das gezogene Schwert in der Rechten, und ein Morgenländer in weißem Umhang und Turban, seinen Bogen gespannt. Ein Kampf entbrannte zwischen dem geheimnisvollen Orientalen und dem schottischen Ritter Kenneth, Gefolgsmann des berühmten Königs Richard Löwenherz. Es folgten zwei Stunden Intrigen und Leidenschaft, bevor der Ritter als Lohn für seine Tapferkeit endlich seine geliebte Editha, die wunderschöne Nichte des Königs, in die Arme schließen durfte. Gustav war gerührt. Er schielte auf den Theaterzettel, den er beim Hineingehen bekommen hatte, und las, dass Editha im echten Leben Demoiselle Hausmann hieß. Gustav beneidete den Ritter um seine Eroberung. Als Willi und er das Theater verließen, waren sie benommen von dem Feuerwerk an orientalischen Kostümen, tapferen Kreuzfahrern und schönen Frauen. Dass Theater so berauschend sein konnte, hatten sie nicht gewusst.

Am nächsten Vormittag kam Gustav eher zufällig am Hotel de la Redoute vorbei, das so hieß, weil in dem großen Saal im Vorderhaus regelmäßig Bälle gefeiert wurden, die die Krefelder vornehm »Redouten« nannten. Es war elf Uhr, das Theater hatte geschlossen, aber ein brenzliger Geruch drang auf die Straße, von verbrannter Kohle und Teer. Gustav ging am Hotel vorbei in den Hof. Hinter dem Theaterbau bemerkte er ein kleineres Gebäude aus Stein, dessen Tür weit geöffnet war. Aus diesem Häuschen kam der Qualm. Vor dem Gebäude lag ein großer Haufen Kohle. Der Theaterdirektor Michael Rump war dabei, ihn in einen kleinen Holzschuppen neben dem Steinhaus zu schippen. Als er Gustav sah, hielt er inne, wischte sich den Schweiß aus dem Nacken und nickte ihm zu. »Kommst du mir helfen? Das ist aber nett von dir ...«, warf er Gustav zu, der daraufhin ein bisschen erschreckt dreinblickte. »Keine Angst«, setzte Rump schnell nach, »musst dir dein schönes Hemd nicht dreckig machen.« Er zwinkerte ihm zu. Als Gustav vorsichtig zum Steinhaus schielte, aus dem es immer noch qualmte, lachte Rump. »Deswegen bist du gucken gekommen? Komm rein, ich zeig dir, was dadrin ist.« Er lehnte die Schippe an die Schuppenwand, zog sich die Lederhandschuhe aus und lud Gustav mit einer Handbewegung ein, das Häuschen zu betreten. Innen musste sich dieser erst an das Dämmerlicht gewöhnen. Der Raum war fensterlos, außer einer geöffneten Dachluke und der Eingangstür flackerten als Lichtquelle nur einige Kerzen an der Wand. In der Mitte stand ein großer gemauerter Ofen, aus dem oben Metallrohre herausführten.

»Was ist das?«, fragte Gustav, dem der Schweiß auf die Stirn trat, weil es so heiß war.

»Eine Leuchtgasanlage«, antwortete Rump. Gustav erinnerte sich, dass Heinrich einmal erzählt hatte, der Theaterbesitzer experimentiere mit so etwas. Die beiden verließen den Raum, Rump angelte aus einem Haufen ein großes Brett, griff sich ein Stück Kreide und zeichnete ihm auf, wie die Anlage funktionierte. In dem Ofen, so erklärte er ihm, würden unter Luftabschluss Kohlen erhitzt. Dabei entweiche ihnen ein Gas, das Leuchtgas eben. Das könne man sammeln, reinigen und verbrennen, wobei das entstehende Licht – und Gustav sah dieses Licht in Rumps Augen leuchten – wunderschön sei. Damit, so erklärte Rump, werde er sein Theater illuminieren. So etwas habe nicht einmal das Schauspielhaus in Düsseldorf. »Wie sind Sie darauf gekommen?«, fragte Gustav.

»Oh, das ist nicht ganz neu«, erwiderte Rump. »In London werden so schon die Straßen beleuchtet, auch in Paris und Berlin. In London habe ich's mal gesehen vor vielen Jahren. Seitdem experimentiere ich damit. Ist eine ziemliche Fummelei, bis man raushat, wie das gut läuft. Ich kann mir halt keine teuren Apparate kaufen. Muss alles selber bauen. Aber warte ab, bald habe ich das im Theater, und das wird klasse aussehen.« Gustav staunte. Gaslicht. Wie in London und Paris.

»Ich helfe Ihnen ein bisschen beim Kohleschippen«, bot er an. Sie arbeiteten eine Weile schweigend nebeneinander.

»Du bist doch der Sohn vom Puller Friedrich, oder?«, fragte Rump unvermittelt.

»Stimmt«, antwortete Gustav. »Mein Vater ist vor einem halben Jahr gestorben.«

»Tut mir leid. War ein guter Mann, dein Vater. Ich mochte ihn.«

Inzwischen war es Mittag, sie setzten sich auf einen Baumstamm, ließen sich die Sonne ins Gesicht scheinen und aßen ein Stück Brot mit Gouda, das Rump aus der Hotelküche geholt hatte. »Warst gestern in der Vorstellung, oder?«, fragte Rump ihn. Gustav nickte, während er auf seinem Brotkanten kaute. »Und, hat's dir gefallen?«

»Sehr! Ich kannte das Buch. Aber im Theater, das war noch besser. So echt. Wie Editha und Kenneth sich am Ende geküsst haben ...«

Rump lachte. »Hat dir gefallen, die kleine Demoiselle Hausmann, sehe ich das richtig?«

Gustav wurde rot. »Ja, die ist süß«, gab er zu. »Aber ist das nicht doof, wenn die auf der Bühne jeden Abend diesen Ritter küssen muss? Ich meine, die sind doch nicht wirklich ein Paar, oder?«

Rump lachte wieder. »Ich vermute, nicht. Sie spielt ja nicht nur im ›Löwen von Kurdistan‹. Sie küsst noch in anderen Theaterstücken.«

Gustav merkte, dass er bei dem Gedanken eifersüchtig wurde.

»Und, wen würdest du gerne küssen?«, fragte ihn Rump.

»Clara«, entfuhr es Gustav und er biss sich gleich darauf fast auf die Zunge.

»Hast du schon mal?«, setzte Rump freundlich nach.

»Nicht wirklich«, erwiderte Gustav. Er war etwas überrascht von der Wendung ihres Gesprächs. Aber es war ihm nicht unangenehm, er hatte das Gefühl, dem Theaterdirektor vertrauen zu können. Der grinste ihn leicht nickend an und ließ vom Thema ab.

Jetzt wollte Gustav aber etwas wissen. »Was macht Ihnen denn mehr Spaß: das Theater oder das Experimentieren?«, fragte er. Irgendwie schien ihm beides nicht zusammenzupassen. Die Leuchtgas-Produktion war so real, so wirklich, es funktionierte oder funktionierte nicht. Das war Technik, Wissenschaft. Und das Theater? Fantasie, Illusion, schöner Schein.

»Kannst Michael und du zu mir sagen«, antwortete Rump. »Das habe ich lieber. Und um auf deine Frage zu kommen: Tja, schwer zu sagen. Ich liebe das Theater. Das ist meine Welt. Ist aber mühsam, ein Theater zu betreiben. Hast ja gesehen gestern: hundert Leute, höchstens. Wenn ich eine dreiköpfige Echse vorgeführt hätte, wären fünfhundert gekommen. Krefeld halt. Schwierige Stadt für die schöne Kunst. Und wenn es mir mal wieder so richtig reicht, gehe ich in meinen Maschinenraum, schließe mich ein und experimentiere. Dann will ich einen Tag lang keine Menschenseele sehen. Das tut gut.«

Gustav wusste nicht, was er sagen sollte. Einschließen und arbeiten, wenn alles andere nicht gelang? Vielleicht keine schlechte Idee.

»Aber abgesehen davon glaube ich, dass das mit dem Gas eine tolle Sache ist. Diese Stadt braucht Licht – in jeder Hinsicht. Und Fortschritt. Und ich bringe ihnen beides: Licht für die Stadt, ganz praktisch, und Licht für die Seele, im Theater. Auch wenn sich die Menschen im vertrauten Mief der guten alten Zeit wohler fühlen. Macht mir einfach Spaß, mal die Fenster aufzureißen und die Leute mit Licht und frischer Luft zu erschrecken.«

Gustav musste lachen. Fortschritt machte vielen Angst. Konnte er sogar verstehen – die letzten Jahre waren schwierig genug gewesen. Da vertrauten die meisten lieber dem, was sie kannten.

»Ach, übrigens«, wechselte Michael – Gustav musste sich an den Vornamen erst noch gewöhnen – schon wieder das Thema. »Ich weiß, ihr habt gerade nicht viel Geld. Wenn du in die Vorstellungen willst, nur zu. Kommst so rein. Du kannst mir dafür ja mal wieder beim Kohleschippen zur Hand gehen.«

Und genau das machte Gustav an den freien Sonntagen, an denen er nicht am Webstuhl sitzen musste. Denn in Krefeld trat in diesem Herbst die Düsseldorfer Theatergesellschaft Derossi auf, die mit mehr als fünfundzwanzig verschiedenen Inszenierungen ein wahres Feuerwerk an Dramen, Historienspielen, komischen Opern, Lustspielen und romantischen Märchen auf die Bühne brachte. Die bezaubernde Demoiselle Hausmann, so fand Gustav heraus, hieß mit Vornamen Berta und war nur ein Jahr älter als er selbst. Und sie ließ ihren Charme nicht nur als Editha im »Löwen von Kurdistan« spielen, sondern zwei Wochen später auch als zartbesaitetes Kammerfräulein Emma im Trauerspiel »Genoveva«. In dem flotten Einakter »Ich irre mich nie, oder Der Räuberhauptmann« gab sie kurz darauf die verliebte Seemannstochter Louison, die am Ende ihr Glück findet, und wiederum eine Woche danach die Elise von der Bosch, eine Waise, die in der Premiere des Lustspiels »Der Gutmacher oder Alte Liebe rostet wohl« eine entzückende Rolle spielte. Und schließlich gab es da noch »Die Launen des Glücks«, eine Posse mit Gesang, in der Berta als Emilie, Tochter des Spekulanten Herrn von Goldfuchs, brillieren durfte. Gustav war es ein Rätsel, wie das Mädchen alle diese Rollen lernte und behielt und wie sie auf der Bühne mal albern, mal tränenreich und dann wieder so pathetisch sein konnte. Doch egal ob als mittelalterliches Kammerfräulein oder als Tochter eines Millionärs – er fand sie in jeder Rolle hinreißend und fragte sich, ob sie eigentlich mitbekam, dass er es war, der immer besonders lange klatschte, wenn sich die Schauspieler nach der Vorstellung – erst gemeinsam, dann einzeln – vor dem Publikum verbeugten. Er war untröstlich, als Derossis Theatertruppe Ende Oktober wieder abreiste, um die Theatersaison in Düsseldorf zu eröffnen, und mit ihr seine angebetete Demoiselle. Als er durch die verlassene Garderobe des Theaters streifte, empfand er eine süße Traurigkeit. Acht Wochen lang hatte Berta für ihn gespielt. Sie hatte diese Räume mit ihrem Lachen gefüllt – und war nun auf und davon. Gustav fand ein Paar weißer Stoffhandschuhe hinter einem Schminkspiegel. Er erkannte sie als die Handschuhe, die Berta getragen hatte, als sie die vornehme Tochter des Herrn von Goldfuchs gespielt hatte. Sie musste sie dort vergessen haben. Er nahm sie, schnupperte an ihnen – sie rochen nach Schminke und Handschweiß – und steckte sie dann schnell ein, sich vorsichtig umblickend, ob nicht etwa Michael ihn sehen konnte, der es wegen Gustavs Verehrung für die hübsche Berta in den letzten Wochen an Spott nicht hatte mangeln lassen. Gustav würde die Handschuhe in seiner Schatztruhe verwahren.

Als Gegenleistung für die Freibesuche half Gustav bei den Aufführungen, wenn Not am Mann war. Und Not war eigentlich immer. Gustav betätigte sich an der Theaterkasse, als Kontrolleur und Einweiser vor den Vorstellungen und half hinter den Kulissen aus, wo er den Schauspielerinnen und Darstellern je nach Veranlagung einen Becher Wasser oder ein Glas Wein brachte, wenn sie vor dem ersten Vorhang nervös in der Garderobe herumtrippelten. Zweimal durfte er sogar den Vorhang aufziehen – und während mancher Stücke half Gustav auch den Kulissenschiebern. Am liebsten war ihm während der Aufführung allerdings die Perspektive von oben. Dort, auf dem Schnürboden, durfte er die wunderbaren Illusionen erzeugen, die das Theater erst zum Theater machten. Galt es etwa, ein Gewitter zu inszenieren, pustete Michael Rump hinter den Zuschauerrängen Harzpulver in eine brennende Spiritusflamme. Die Harzwolke verpuffte augenblicklich mit hellem Schein. Kein Blitz ohne Donner – jetzt kam Gustavs Auftritt: Auf dem Schnürboden stand ein hölzernes Wägelchen mit sternförmig gezackten Rädern, das an einem Seil hin und her bewegt werden konnte. Dabei erzeugten die klackernden Räder ein dumpfes Dröhnen auf dem Boden. Laut, wenn Gustav sie mit Kraft in schnelle Drehung versetzte, leiser – falls das Gewitter schon auf dem Rückzug war –, wenn er leichter am Seil zog. Anschließend blickte er durch eine Spalte in den Theatersaal und konnte die mal bewundernden, mal verängstigten Blicke der Zuschauer zur Decke sehen. Dann wusste er, dass der Donner gelungen war.

Obwohl der Herbst 1837 mit dem frisch aufgehübschten Theater und dem Programm von Derossi ein Glanzpunkt des Krefelder Kulturlebens hätte sein sollen, war Michael Rump mit der Resonanz nicht zufrieden. Bereits im Jahr zuvor hatte das Publikum ihn enttäuscht. Da hatte der große Karl Immermann aus Düsseldorf mit seinem Ensemble in Krefeld gastiert, was man ohne Übertreibung als Ehre ansehen durfte. Er hatte, um der verwilderten Theaterkultur Würde und Qualität zu verleihen, »Mustervorstellungen« der Werke von Goethe, Schiller und Shakespeare gegeben, echtes Ensemble-Spiel, nicht die lauten und übertrieben pathetischen Bühnenrollen ohne wirkliches Gefühl. Allein: Es kamen nur wenige Zuschauer, und so war auch Immermanns Interesse an den Nachbarn auf der anderen Rheinseite nach genau vierundfünfzig Vorstellungen erschöpft. Klingende Münze war in der Stadt mit den Dramen Goethes und

Schillers nicht zu verdienen, sondern nur mit Lustspielen und Possen, mit Zirkusvorstellungen und Elefanten.

Michael Rump, der jahrelangen Bemühungen und Investitionen in sein Theater müde, zog sich immer öfter in seine Werkstatt zurück. Seine Retorten, Destillierkolben und Gasometer waren ihm berechenbarer als das Theaterpublikum, und eine leuchtende Flamme der ehrliche Lohn für harte Arbeit, den ihm keine launischen Zuschauer oder unwilligen Stadtverordneten – die keine Notwendigkeit sahen, das Krefelder Theater irgendwie zu unterstützen – streitig machen konnten. So schaufelte er Kohlen, schwitzte, beobachtete Röhren und Gläser, korrigierte Einstellungen und Verbindungen, und freute sich wie ein kleiner Junge, wenn die eiserne Glocke seines Gasometers wieder um einige Zoll gestiegen war.

Licht in die Krefelder Kultur zu bringen, war also schwierig. Sein Theater zu erleuchten, gelang ihm aber. Am Sonntag, dem 6. Oktober 1839, kündigte eine Annonce im Intelligenzblatt für sechs Uhr desselben Tages eine »Harmonie-Musik und erste brillante Gasbeleuchtung« im »Hotel de la Redoute et Théâtre« an. Unterzeichnet in fett gesetzten Lettern: »Michael Rump«. Diesmal ließen sich die Krefelder nicht bitten. Als sie kurz vor der Vorstellung ins Theater strömten, wollten sie sich gar nicht setzen, sondern wandelten mit in den Nacken gelegten Köpfen verzaubert durch den Saal. Von der Decke hing der wunderschöne Kronleuchter, der jetzt nicht mehr mit Kerzen bestückt war, sondern das Theater mit sechzehn hell leuchtenden Gasflammen illuminierte. An den Wänden waren weitere Gaslichter installiert. Und als das Orchester den Festabend mit der neuerdings so populären Beethoven-Vertonung der Schiller'schen »Ode an die Freude«

eröffnete, wurde die Beleuchtung des Zuschauerraumes wie von Zauberhand schwächer, während neu aufleuchtende Laternen Bühne, Orchester und Chor in mystisches Licht tauchten. Rufe der Begeisterung ertönten, und Gustav, der mit einiger Mühe die Flammen des zentralen Kronleuchters vom Schnürboden aus einzeln entzündet hatte, war stolz. Der Applaus am Ende des Abends galt diesmal nicht nur den Musikern, auch der Theaterbesitzer selbst kam auf die Bühne und strahlte mit seinen Lampen um die Wette. Die Zeitung des nächsten Tages rühmte den Glanz der reinstrahlenden Lichter, der von denen großer Etablissements des Auslands in nichts übertroffen werde. Sie setzte damit den Ton einer von nun an heftig geführten Diskussion: Was im Theater möglich sei, wäre doch auch für die Straßenbeleuchtung wünschenswert.

Der Theaterdirektor war euphorisch. Schon wenige Monate später schrieb er an den Bürgermeister, dass er in der Lage sei, hinreichend Gas für eintausend Flammen und mehr zu liefern, und dass er sich erbiete, die Rheinstraße von der katholischen Kirche bis zur Dampfmühle zu illuminieren – für einen Preis, der nicht höher sei als der Unterhalt der derzeitigen Öllaternen, für die Stadt also ohne Mehrkosten und ohne Risiko. Doch der Bürgermeister teilte den Wunsch nach »mehr Licht« nicht. Auf das Anerbieten könne die Gemeinde zurzeit nicht eingehen, beschied er kurz angebunden. Der Unternehmer gewähre nicht die erforderliche Bürgschaft. Rump war geknickt. Was war los mit dieser Stadt? Er unternahm keinen weiteren Versuch, die Obrigkeit vom Segen des Fortschritts zu überzeugen, sondern widmete sich wieder den Freuden des Theaters. Fast jeden Abend besuchte er nun die Vorstellungen in seinem eigenen Haus – wozu er bislang nicht immer die Zeit und Muße gefunden hatte – und genoss die Atmosphäre des Saals, der nie so schön gewesen war wie jetzt.

Dass die Stadt wirklich mit Gaslaternen beleuchtet wurde, erlebte Rump nicht mehr, er starb zwei Jahre zuvor. Als Gustav hinter seinem Sarg herging, ahnte er, dass mit diesem Mann auch das Theater in Krefeld für lange Zeit zu Grabe getragen würde. Er sollte recht behalten. Rump, der so lange unermüdlich für das Licht gekämpft hatte, hinterließ Dunkelheit. Am Abend nach der Beerdigung setzte sich Gustav in seine Werkstatt, nahm sich ein Buch aus dem Regal und las den »Löwen von Kurdistan«. Solche Erinnerungen trösteten.

# 1838. Große Pläne

In den 1830er-Jahren brodelte es in Krefeld. Amerika brauchte Seide – und Krefeld konnte sie liefern. Die Verleger machten das große Geld. Sie kauften die Rohseide, ließen sie zwirnen und färben, auf die Kettbäume und Bobinen wickeln und den Hauswebern übergeben. Die schufteten Tag und Nacht – Mann und Frau, Gesellen und Lehrlinge, und die Kinder spulten, bis die Finger bluteten.

Weil in Krefeld längst in jedem Haus Stühle liefen, baute man neue Häuser: Platz für neue Einwohner, für neue Arbeitskräfte, für neue Webstühle. Die Stadt wuchs und wuchs. Als der Durst nach Seide noch immer nicht gestillt war, ließ man auf dem platten Land nach Verstärkung suchen. Anwerber wurden ausgeschickt, sie sollten frische Arbeitskräfte verpflichten, die in Dülken, Viersen, Kempen oder Hüls für Krefeld webten. Am besten solche, die als Leinenweber das Handwerk schon kannten und jetzt für die Seide gewonnen wurden, aber auch, wer neu im Geschäft war, wurde mit offenen Armen empfangen. Für glatte Stoffe oder die einfachen modischen Bänder musste man kein Genie sein – geschickte Finger und viel Ausdauer reichten aus. Die aufwendigeren Muster konnte man ja weiter in Krefeld fertigen.

Die Anwerber waren hartnäckig. In leuchtenden Farben malten sie auf den Marktplätzen den jungen Männern die Verdienstmöglichkeiten aus, und wenn alle Überredung nicht half, zogen sie ihren letzten Trumpf: den Vorschuss. Wer anheuerte, bekam einen hübschen Stapel Silbergroschen bar auf die Hand. Die wurden später mit der abgelieferten Arbeit verrechnet – nicht nur ein Ansporn, fleißig zu sein, sondern gleichzeitig eine Verpflichtung zur Treue. Wer den Vorschuss schuldete, konnte so leicht nicht wieder wechseln. Denn jeder Seidenweber hatte ein Büchlein zu führen, wo Arbeitgeber und Schuld vermerkt waren. Und ein offener Vorschuss kam einer Fußfessel gleich.

Die Burschen in den Bauernhäusern und Dörfern rund um Krefeld lockte das Geld – aber was wussten sie schon vom weltweiten Seidenmarkt, von Zöllen, von Spekulation und von Konjunkturschwankungen? 1836 jedenfalls war der Amerika-Boom verraucht, die Ware in den Staaten stapelte sich, der Absatz brach ein, das Zähneknirschen in Krefeld war groß – und binnen Monaten waren von den 22.000 Bewohnern ganze 3.300 arbeitslos. Darauf war die Stadt nicht vorbereitet. Dass der Winter Anfang des Jahres 1837 ausgerechnet bis in den April hinein ungeahnte Schneemassen brachte, traf die in Armut gefallenen Familien besonders hart. In diesem Jahr, so schien es, hatte sich alles gegen die Stadt und seine Bewohner verschworen.

War es wirklich klug, Seidenweber zu werden? Gustav hatte als Vierzehnjähriger nach Ende seiner Schulzeit nicht lange darüber nachgedacht – jetzt war er sich nicht mehr sicher. Hatte er seine Existenz vorschnell an jenen seidenen Faden gehängt, an dem schon die halbe Stadt baumelte? Würde er seinen Kindern einst zumuten müssen, nach der Schule die von einem Klassenkameraden mitgebrachten Brotkanten des Vortags zu essen, so wie Willi sie von ihm angenommen hatte, wenn sein Magen wieder knurrte? Wollte er sein Leben lang am Liefertag katzbuckelig im Kontor des Verlegers die Ware auf den Tisch breiten und mit einer Faust in der Tasche hoffen, dass der Werkmeister nicht Knötchen und Unreinheiten bemäkelte, um ein paar der Groschen des Lohns einbehalten zu können?

Und doch liebte Gustav die Weberei: Kette und Schuss, Leinwand- und Atlasbindung, Seide und Damast, karmesinrot und indigoblau, die so reiche Welt der gewebten Stoffe war seine Welt und er wollte Teil von ihr sein, sie mitgestalten, seine eigenen Spuren in ihr hinterlassen. Er wollte Stoffe weben, die nicht jeder weben konnte. Stoffe, die Wert und Bestand hatten. Was besonders war, konnte auch so schnell nicht untergehen. Was nicht jeder konnte, konnte auch nicht jeder billiger machen. Vielleicht könnten sie sich ja auch eigene Stühle besorgen, schlug er Willi vor. Jacquard-Webstühle womöglich? Die waren die neueste Erfindung und kamen aus Frankreich. Mit einer speziellen Apparatur, die über Lochkarten gesteuert wurde, konnten Weber auf diesen Stühlen die kompliziertesten Muster herstellen, allein, ohne wie üblich Kinder als Hilfskräfte zu beschäftigen, ein Wunderwerk der Technik.

An ihrem freien Sonntag stromerten Willi und Gustav oft durch das Kliedbruch, wo sie Pläne für ihr gemeinsames Unternehmen schmiedeten. Das Grundstück hinter dem Haus von Willis Eltern war groß; langsam fiel es zur Bruchkante hin ab. Der vordere Teil diente der Familie als Garten, in dem die Mutter Kartoffeln und Gemüse anbaute. Dahinter stand ein Hühnerstall, danach war das Grundstück ungenutzt und verwildert. Dort könnten sie eine Werkstatt errichten, in der zwei Webstühle Platz haben würden. Das Gebäude sollte so hoch sein, dass man auch Jacquard-Stühle mit ihren Aufbauten darin würde betreiben können. Außerdem schlug Gustav vor, zwei Räume zum Schlafen und Essen einzuplanen, dazu einen weiteren, den er als ihr Atelier bezeichnete. Wollten sie wirklich eigene Stoffe entwerfen, brauchten sie Platz zum Zeichnen und Mustermachen. Nicht zu klein sollte ihre Werkstatt sein und vor allem hell. Sie würden das Haus so ausrichten, dass die Fenster nach Norden zeigten – gleichmäßiges Licht war neben sauberer Seide die wichtigste Ressource für ihre Arbeit, wenn das Gewebe gut werden sollte, das hatte Gustav inzwischen gelernt.

War das realistisch? Willi runzelte die Stirn. Er war unter den beiden Freunden der Praktische und der Kaufmann, und als solcher stellte er zwei Fragen: »Lässt mein Vater uns dort bauen?« Und: »Wie sollen wir das finanzieren?«

Gustav ließ sich nicht beirren. Müsste es Willis Vater nicht gefallen, wenn sein Sohn in Rufweite des väterlichen Webstuhls seinen eigenen aufstellen würde?

»Könnte gut sein«, gab Willi zu, »mein Vater wird ja auch nicht jünger, und da wären wir natürlich auch eine Absicherung für ihn. Falls er mal krank wird, zum Beispiel.«

Blieb die zweite Frage: das Geld. Sie würden Bauholz brauchen und den Zimmermann bezahlen müssen. Die Fenster ein- und ein Dach aufsetzen. Willi schlug vor, zu Johann Heyer zu gehen, der wohnte ein paar Häuser weiter in Inrath, war Zimmermann und eine ehrliche Haut. Er könnte ihnen ausrechnen, wie hoch der Stapel Taler wäre, über den sie redeten, wenn sie Willis Vater das Projekt auseinandersetzten. Und Gustav versprach, sich einmal mit seinem Bruder Fritz zu unterhalten. Schließlich hatte der die Bäckerei übernommen. Und das Testament seines Vaters verfügte, dass die Geschwister dafür auszuzahlen waren. Allerdings hatte er keine Vorstellung davon, was die Bäckerei wirklich abwarf und was er von Fritz erwarten konnte. Sie würden reden müssen, auch mit Gustavs Mutter.

Die Gelegenheit, ihren Plan mit Willis Eltern zu besprechen, ergab sich schneller als erwartet. Im Frühjahr 1838 endete Gustavs und Willis Lehrzeit. Sie feierten diesen Anlass an einem Sonntagnachmittag draußen im Garten. Herr Onderbank spendierte eine Flasche Wein. Theo, Augusta und Berta saßen mit am Tisch, Frau Onderbank hatte Kaffee gekocht und Gustav ein Blech Apfelkuchen mitgebracht. Sie redeten über den Sommer, über die bevorstehende Kirmes in Uerdingen und das Schützenfest in Neuss, über das Angeln in den Niepkuhlen, und Gustav neckte Augusta und Bertha mit der Frage nach Jungs aus der Nachbarschaft und wer ihnen da womöglich gerade schöne Augen machte. Als die Eltern, Willi und Gustav am Abend unter sich waren, lenkten die Jungen das Gespräch auf die Tatsache, dass beide als Gesellen ja nun, um ihr Handwerk ausüben zu können, einen eigenen Stuhl und einen Raum dazu brauchten. Dass sie als Freunde, solange sie keine eigenen Familien hätten, gerne zusammenarbeiten würden und doch auch weiter für ihn, ihren Vater und Baas, dem sie ja ihre Kenntnisse verdankten und dem sie ihre Treue über die Lehrzeit hinaus beweisen wollten. Und ob da nicht eine eigene Werkstatt auf dem Grundstück eine gute Idee sei, auch, um für künftige Entwicklungen im Weberhandwerk wie der Jacquard-Weberei gerüstet zu sein.

Sie sahen, wie der Baas nachdachte. Er wirkte ernst. »Ihr würdet dort als meine Gesellen arbeiten?«, fragte er schließlich, und Gustav begriff, dass es für die Onderbanks auch um die eigene wirtschaftliche Zukunft ging. Theo würde bald heiraten und das Elternhaus verlassen. Auch Augusta und Berta würden früher oder später als Spulmädchen ausfallen und dann wären Willis Eltern allein. Wenn keine Kinder mehr als Arbeitskräfte im Haus lebten, war in den Weberhaushalten oft Schmalhans Küchenmeister, vor allem, wenn der Vater auch nicht mehr der Jüngste war. Spulkinder mussten dann aus der Nachbarschaft angeworben und bezahlt werden, und krank werden durfte man schon mal gar nicht. Gesellen zu haben, bedeutete, an deren Einnahmen teilzuhaben.

»Und wie habt ihr euch den Bau und seine Bezahlung vorgestellt?«, war des Baas nächste Frage. Willi und Gustav waren vorbereitet. Johann Heyer hatte ihnen ein sehr günstiges Angebot gemacht, wenn sie als Bauherren selbst viel anpacken würden. Willi holte den Zettel heraus, setzte seinem Vater die Zahlen auseinander, konnte ihm berichten, dass Gustav die Hälfte des Baupreises beisteuern konnte. Tatsächlich hatte Fritz für die Idee Verständnis gezeigt und ein – wenn auch bescheidenes – Erbteil des Vaters erwähnt, das er Gustav auszahlen könne. Auch Willis Eltern verfügten über eine kleine Ersparnis, die eigentlich für das Alter bestimmt war. Willis Mutter war von dem Gedanken, dass ihr Sohn weiter bei ihnen wohnen würde, sichtbar gerührt, und so war es am Ende eine Frage der Aufteilung ihres künftigen Weblohns zwischen Willis Eltern und den beiden Gesellen. Sie wurden sich einig, dass sie weiter in den Genuss der Verköstigung im elterlichen Haushalt kommen würden, den Baugrund erhielten und dazu den Vorschuss auf das Baumaterial, soweit Gustav es nicht aus seinem Erbteil einbrachte.

Dafür würden sie sieben Jahre lang als Gesellen unter der Obhut des Meisters arbeiten und die Hälfte ihres Lohnes bei ihm abliefern. Dann wären Gustav und Willi Mitte zwanzig und frei, einen eigenen Hausstand zu gründen oder zu bleiben, das würde man dann sehen. Es war spät abends und dunkel, als die vier über alles einig waren. Der Vater öffnete die zweite Flasche Wein an diesem Tag und sie brachten sich gegenseitig Gesundheiten aus: Die Eltern, weil sie froh waren, in ihrem Weberwinkel weiter in Gesellschaft ihres Sohnes und dazu noch wirtschaftlich abgesichert zu sein; Gustav und Willi, weil sie in Gedanken schon ein Schild mit der Aufschrift »Onderbank & Puller – Seidenmanufaktur« pinselten und am liebsten sofort mit dem Bau begonnen hätten. Und so waren alle voller angenehmer Zukunftsträume, als sie kurz vor Mitternacht weinselig in ihre Betten fielen.

Am nächsten Tag beugten sie sich mit ihrem Zimmermann über dessen Zeichnungen. Der Plan der Freunde war, die Werkstatt komplett aus Holz zu errichten, um die Kosten so gering wie möglich zu halten. Das gesägte, aber raue Holz kam zwei Wochen später. Jetzt galt es, alle Bretter zu hobeln, auf Maß zu bringen und die Nuten zu fräsen. Jede freie Minute dieses Sommers verbrachten sie in Johanns Zimmerei, sägten, schwitzten und schwangen den Hobel. Der Stapel der fertigen Balken und Bretter wuchs von Woche zu Woche. Mit Hilfe eines befreundeten Tischlers entstand in der Werkstatt die große Eingangstür. Die Außenbretter beizten sie mit einer Zinnsalzlösung, um sie gegen Ungeziefer und Fäulnis zu schützen. Und auch die großen Fenster lagen schließlich maßgefertigt bereit.

Anfang September begannen sie die Montage. Nach zwei Tagen stand der nach althergebrachter Zimmermannsart gezapfte Rahmen des Hauses, nach einer Woche waren Fenster und Türen eingesetzt und die Bretter aufgenagelt. Die Werkstatt bedeckte ein schräges Pultdach. Die höhere Seite war nach Norden ausgerichtet, hier würden die Webstühle stehen. Die niedrigere Seite diente ihnen als Atelier und Schlafraum. Der September war trocken und sonnig, sie konnten bei angenehmen Temperaturen draußen zimmern, nageln und streichen. Die Tage vergingen wie im Flug. Schon Mitte des Monats konnten sie mit Hilfe eines Freundes, der sich aufs Dachdecken verstand, die Flachziegel verlegen, die sie sorgfältig mit einem Kalkmörtel verbanden und abdichteten. Die Ziegel legten sie in versetzten Reihen doppelt, um sicher zu sein, dass keine undichten Stellen auftraten. Das war kostspieliger als eine gewöhnliche einfache Eindeckung, würde sich aber schon bald als richtig erweisen. Am Ende gaben sie der Fassade einen soliden ochsenblutfarbenen Schutzanstrich. Am Mittwoch, dem 20. September, Gustavs achtzehntem Geburtstag, waren sie fertig. Sie blickten müde, glücklich und stolz auf ihr Werk.

Am nächsten Morgen zogen sich die Webergesellen ihre besten Anzüge an und machten sich auf in das Büro des Kontoristen von Rigal & Heydweiller in der Friedrichstraße. Willis Vater begleitete sie. Sie standen zu dritt vor dem Schreibtisch von Herrn Schulz, der sich ihr Anliegen aufmerksam anhörte. Er erkundigte sich bei Willis Vater danach, wie lange die beiden bei ihm in die Lehre gegangen waren, was genau sie in der Zeit gewebt hätten und wie viele Stunden am Tag sie zu arbeiten imstande wären. Dann wollte Schulz wissen, wo die neuen Webstühle stehen sollten. Gustav und Willi berichteten ihm von der Werkstatt auf dem Inrather Grundstück, die gerade fertig geworden sei. Schulz, dem wichtig war, dass die Stühle der Firma gut behandelt wurden, wollte das Gebäude sehen, und so machten sie sich zu viert auf den Weg.

Die Jungen führten den Kontoristen in den Garten, wo die Werkstatt frisch gestrichen in der Sonne glänzte. Schulz klopfte gegen die Fassade, besah sich die Abdichtung der Fenster, untersuchte von unten die Konstruktion des Daches, das auf jeder Seite einen Fuß über die Wände auskragte. »Doppeldach?«, fragte er, und in dem Moment wusste Gustav, dass es gut gewesen war, die Taler für die zusätzlichen Ziegel auszugeben. Webstühle waren teuer, und keine Firma stellte sie gerne in Räume, in denen der Regen auf die Gerätschaften tropfte. Was aber das Interesse des Kontoristen am meisten weckte, war die eigentümliche Bauweise mit dem Pultdach und die dadurch gewonnene Raumhöhe.

»Da würde auch ein Jacquard-Stuhl hineinpassen«, erklärte Gustav ihm mit einem verschmitzten Lächeln.

Schulz war verblüfft. »Ein Jacquard-Stuhl? Aber da haben wir noch gar keine von. Wir denken gerade darüber nach, ja, aber die sind sehr teuer. Und schwer zu bedienen. Und ihr wollt hier welche aufstellen?«

Gustav trat bescheiden einen Schritt zurück. »Das wissen wir doch, Herr Schulz. Wäre nur eine Möglichkeit. Selbstverständlich sind wir mit guten Schaftwebstühlen völlig zufrieden.«

Der Geschäftsführer wirkte etwas zerstreut, antwortete: »Jaja, eine Möglichkeit, natürlich«, und blickte durch die großen Fenster hinaus in das Bruch. »Ja, im Moment zieht die Konjunktur wieder an. Seide ist eben doch durch nichts zu ersetzen. Gute Seide jedenfalls nicht.«

Dann schien er sich wieder zu besinnen, warum er hier war, und schlug in geschäftsmäßigem Ton vor, ihnen zwei

Vierschaft-Webstühle installieren zu lassen. Er erklärte ihnen die Bedingungen: Die Geräte wären Leihgaben der Firma, seien sorgfältig zu behandeln, als Weber hätten sie regelmäßig und fleißig zu arbeiten, widrigenfalls würden die Stühle wieder eingezogen. Die Firma wäre nicht verpflichtet, sie zu beschäftigen. Auf diesen Stühlen für einen anderen Auftraggeber zu weben, sei ohne ausdrückliche Erlaubnis verboten. Und die Höhe des Lohns hänge von der Konjunktur und von der Qualität der Arbeit ab. »Aber das wisst ihr ja alles von eurem Vater«, ergänzte er mit einem Blick auf Hermann Onderbank, der sich die ganze Zeit im Hintergrund gehalten, aber aufmerksam zugehört hatte.

»Wir sind einverstanden«, sagte Willi schnell und Gustav nickte bestätigend.

»Nun dann«, sagte Schulz, »ich denke, in zwei Wochen könnte ich die Stühle vorbeibringen lassen. Kommt doch bitte nächste Woche Freitag ins Kontor, dann regeln wir das Weitere.« Er drehte sich noch einmal um, fragte wie beiläufig mit Blick auf das Zimmer, das sie ihr Atelier nannten: »Was wollt ihr denn mit diesem Raum machen?«

Gustav, der seine Mütze in der Hand hielt, lachte freundlich und erklärte augenzwinkernd: »Das ist unser Atelier, Herr Kontorist. Da entwerfen wir schöne Stoffmuster.«

Schulz' Mundwinkel verzogen sich ebenfalls zu einem Lächeln: »Für die Stoffe, die ihr dann auf euren Jacquard-Stühle webt? Ich sehe schon, ihr habt viel vor. Aber: Respekt für eure Werkstatt, die ist schön geworden.« Damit verabschiedete er sich, drückte allen dreien kurz die Hand und rief beim Herausgehen noch: »Bis nächsten Freitag dann!«

Als der Kontorist Werkstatt und Grundstück verlassen hatte, atmete Willi hörbar auf. »Das ist gut gelaufen, oder?«

Gustav stimmte ihm zu. »Ich glaube, der mag uns. Und er war nicht wirklich böse wegen der Jacquard-Stühle, oder?«

Willis Vater fand, das mit dem Atelier sei schon ein bisschen gewagt von Gustav gewesen, aber: Ja, die Idee mit den Jacquard-Stühlen habe Schulz offenbar nicht ganz abwegig gefunden. Da wäre vielleicht noch etwas möglich. Gut jedenfalls, dass sie das angesprochen hätten.

Eine Woche später meldeten sich Gustav und Willi im Kontor, unterzeichneten ein paar Papiere, bekamen bei der Gelegenheit schon ihre erste Kette mit – sie würden einen glänzenden dunkelgrünen Stoff in einfacher Leinwandbindung weben. Am darauffolgenden Montag fuhren zwei Mitarbeiter der Firma mit einem schwer beladenen Pferdewagen vor, trugen Holzrahmen, Balken und Tritte in die Werkstatt, steckten und nagelten drei Stunden lang, justierten und begutachteten die aufgebauten Stühle. Dann erklärten sie den Jungen ausführlich, worauf sie zu achten hätten, halfen ihnen dabei, die Kettbäume einzulegen, und wünschten ihnen viel Erfolg bei ihren ersten Webstücken. Als sie gegangen waren, saßen Gustav und Willi auf den Sitzbänken ihrer Stühle einander gegenüber. Benommen von der Erkenntnis, dass sie nun tatsächlich Seidenweber waren, befühlten sie das Holz der Webstühle, an die sie nun für die nächsten Jahre viele Stunden täglich gebunden sein würden, schließlich räusperte sich Willi und meinte: »Dann wollen wir mal.«

# *1838. Der Lampenmarkt*

In den Tagen nach seinem achtzehnten Geburtstag fühlte sich Gustav wie in einem Glücksrausch. Er und Willi waren sich sicher, dass ihnen die Zukunft gehörte. Sie beschlossen, ihr Werk zu feiern – und zwar auf dem Lampenmarkt, der Krefelder Herbstkirmes, deren Aufbau die Stadt gerade in eine fiebrige Vorfreude tauchte. Die Zeitung war voll von Ankündigungen verschiedener Freibälle. Es gab also reichlich Gelegenheit, sich zu amüsieren.

Schon Tage zuvor verbrachten Gustavs jüngere Brüder jede freie Minute auf der Wilhelmstraße, wo zwischen Lohstraße und Schloss jetzt eine endlose Reihe an Wagen und Karren ankam, auf denen fahrende Händler vom ganzen Niederrhein ihre Stände und Waren nach Krefeld brachten. Inmitten vielversprechenden Lärms aus Hämmern und Sägen, Rufen und Schreien, Bellen und Wiehern zimmerten die Jahrmarkt-Beschicker ihre Verkaufsbuden zusammen, abgedeckt mit gewachsten Tüchern, die die Buden regensicher machten, und verziert mit bunten Schildern, die nach der Aufmerksamkeit der Besucher schrien. Die Händler feilschten – in der einen Hand ein Brett, in der anderen einen Hammer – mit den städtischen Aufsehern über die Größe ihres Platzes und schwatzten dann wieder fröhlich mit ihren Standnachbarn, mit denen sie den Sommer über von Jahrmarkt zu Jahrmarkt ziehend Freundschaft geschlossen hatten.

Waren die Stände aufgebaut, wurde die Ware ausgelegt. Die neue Marktordnung, die der städtische Ausrufer erst vor Kurzem mit der Schelle verkündet hatte, legte genau fest, wer wo sein Recht hatte. Die besten Plätze auf dem Abschnitt rechts und links der Friedrichstraße waren für die bestimmt, die mit Textilwaren handelten. Die Ellenwarenhändler durften dort ihre seidenen, baumwollenen oder leinenen Schätze anbieten: Stoffe auf Rollen in Indigo oder Safran, Karminrot oder glänzendem Muschelweiß. Keine Frau, die hier vorüberging und nicht im Geist die Stoffe in Kleider verwandelt sah, kein Mädchen, das nicht davon träumte, als Prinzessin in diese seidene Pracht gehüllt zu sein. Aber welche Farbe war die schönste? Keine leichte Entscheidung, zumal die Galanteriewaren nebenan auch eine Versuchung darstellten. Schmückende Halstücher und bunte Bänder, mit Spitzen verzierte Schals und farbig bedruckte Fächer wurden befühlt und bestaunt, an- und wieder abgelegt, zum möglichen Erwerb vorgemerkt oder direkt erstanden. Zu den Verlockungen zählten auch die Puderdöschen und kleinen Schatullen für die Accessoires der täglichen Toilette, Fläschchen für Parfüm und preiswerter Schmuck, der sich als Putz gemeinsam mit Samtbändern und Seidenspitzen gut ausnehmen würde. Manche Käuferin komplettierte hier ihre Ausstattung für den kommenden Kirmesball, bei dem man ja vorzeigbar sein wollte.

Zu den Händlern, die das Privileg hatten, nahe an der Friedrichstraße verkaufen zu dürfen, gehörten auch die Anbieter optischer Instrumente. Da war auf der einen Seite Unglaubliches zu bestaunen wie etwa die Mikroskope, die eine harmlose Kopflaus in ein gefährliches Monster verwandeln konnten. Oder die Teleskope, welche eine sich unbeobachtet glaubende Frau, die in der Dachstube eines fernen Hauses ihr Haar richtete, so nah an den Beobachter heranholte, als könne er ihr den Kamm aus der Hand nehmen. Des größten Interesses aber erfreuten sich die Brillen, die seit einigen Jahren mit praktischen abklappbaren Bügeln hinter den Ohren zu befestigen waren und die die fliegenden Händler in großer Zahl mit sich führten. Eine solche Brille konnte die Weitsichtigkeit ihres Besitzers so stark korrigieren, dass er nun die Qualität des Kettfadens wieder mit dem Auge erkannte und nicht nur mit den Fingern erspürte. Und dass eine Näherin das Garn wieder ins Öhr fädeln konnte, ohne wie ein blindes Weib mit dem Faden in der Nadel herumzustochern. Ein Segen, diese Brillen. Auch wenn ihre Trägerinnen die plumpen Dinger immer schnell in der Schürzentasche verschwinden ließen, sobald sie sie nicht mehr benötigten.

Die äußeren Enden der Wilhelmstraße waren für die rustikaleren Gewerke reserviert. Da waren die Eisen-, Blech- und Zinnhändler, die alles feilboten, was aus Metall bestand. Nägel in allen Längen und Stärken waren hier zu erwerben, Eimer mit Henkeln, aber auch Zinnkrüge und Becher für den täglichen Gebrauch zu Tisch. Hier waren auch die Konditoren zu Hause – für die Metallhändler eine Nachbarschaft, die ihnen viel Laufkundschaft sicherte. Denn die Auslagen der Konditoren bogen sich nicht nur unter Bergen von Mutzenmandeln und fettgebackenen Krapfen, sie boten auch die heißgeliebten Moppen an, ein zuckersüßes Gebäck, ohne das ein Jahrmarkt kein Jahrmarkt war. Dazu kamen Pfeffernüsse und Alpenbrot, Honigkuchen, Karamellen und Puffreis. Und weil in so einer Reisebäckerei alles frisch zubereitet wurde, verströmte das Kirmesgebäck einen Duft, der die ganze Wilhelmstraße verzauberte. Die Zuckerbäcker galten außerdem als besonders fröhliches Volk – was vielleicht daran lag, dass sie meistens in Kundengesichter blickten, die sich beim Verzehr der erworbenen Kostbarkeiten genießerisch und dankbar verzogen. Oder war der Grund, dass sie anders als die Zinnhändler oder Tuchverkäufer dank ihrer kleinen Backöfen immer ein warmes Plätzchen auf der Kirmes hatten? Was an einem frischen Septemberabend eine nicht zu unterschätzende Annehmlichkeit darstellte.

Für den achtjährigen Wilhelm und seinen drei Jahre älteren Bruder Johann waren die Mutzenmandeln keine große Versuchung. Als Bäckerskinder hatten sie zu Hause reichlich davon, denn die Mutter hatte ihre Auslagen mit diesem Gebäck schon Tage vor Beginn des Lampenmarkts gefüllt. Und weil Kämme, Seidenschals und Zinnbecher ihr Interesse auch nicht erregten, war die Wilhelmstraße, sobald die Stände aufgebaut waren, für die Jungen nicht mehr spannend. Johann und Wilhelm zog es zum Friedrichsplatz. Hier fanden sie all das Schöne, das es nur zur Kirmeszeit gab. Und so zogen sie am Samstagnachmittag zu sechst dorthin: Gustav und Willi, Johann und Wilhelm und zwei Cousinen von Willi, die auf die Schule der beiden Kleinen gingen – Victoria, die sich Vicki nannte und sechs Jahre alt war, und die elfjährige Emilia. Die Mädchen hatten sich hübsche Kleider angezogen und ihr Haar zu ordentlichen Zöpfen geflochten. Jedes Kind durfte sich eine Attraktion aussuchen, die sie dann gemeinsam besuchten, hatten Gustav und Willi gut gelaunt und großzügig angeboten, und so hatten sie sich ins Getümmel gestürzt.

In der Mitte des Platzes stand nicht zu übersehen das große Karussell, das mit knarzendem Ton seine Runden drehte. Ein Dutzend Holzpferde in allen Farben und Größen galoppierte bunt geschmückt im Kreis, geritten von Kindern, die fröhlich ihren Müttern zuwinkten, die älteren mit der zweiten Hand ihre Mütze schwenkend, um zu demonstrieren, dass sie sich auch ohne Hilfe der Zügel nicht abwerfen lassen würden. Manchmal kam es vor, dass ein Kind Angst vor seiner eigenen Courage bekam und von seiner Mutter in voller Fahrt aus dem Sattel gehoben werden musste. Häufiger erschallte jedoch der Ruf »Noch mal!«, wenn die Holzscheibe unter dem Karusselldach mit den bunten Wimpeln langsamer wurde und dann ganz stehen blieb. Die Geschwindigkeit, mit der sich die Pferde im Kreis drehten, wechselte. Sie hing von den älteren Jungen ab, die sich dazu verdungen hatten, das Kinderkarussell mit ihrer Muskelkraft anzutreiben. Dazu standen immer vier von ihnen in der Mitte des Fahrgeschäfts, wo kreuzförmig zwei Balken angebracht waren. Diese im Kreis vor sich herschiebend, setzten sie das auf Schienen gleitende Karussell in Bewegung. Der Lohn für die Jungen bestand darin, dass sie, wenn sie der Holzscheibe erst einmal so richtig Schwung verliehen hatten, ihrerseits aufspringen und die Reise – stehend an ein Geländer geklammert – zum eigenen Vergnügen miterleben durften, umsonst, versteht sich. Aber auch für die zahlenden Reiter gab es eine Möglichkeit, eine zweite Fahrt als Zugabe zu ergattern: An einer Stelle der Runde hing an einer Art Galgen eine hölzerne Birne, in die von außen ein eiserner Ring gesteckt war. Die Reiter, die einmal pro Runde an der Holzbirne vorbeikamen, versuchten, nach Art der Ritter mit einer Lanze den Ring aufzuspießen und abzuziehen. Das war nicht leicht, weil der Galgen immer von einem der Jungs in der Karussellmitte in Bewegung gehalten wurde. Wer also eine Partie stechen wollte, wie dieses Spiel genannt wurde, musste geschickt sein. Johann war es: Gleich zweimal gelang ihm der richtige Stich, und – ganz Kavalier – spendierte er die Extrarunden Vicki und Emilia.

Beliebt waren außerdem die Drehbretter, von denen es gleich drei auf dem Friedrichsplatz gab. Eine wagenradgroße, runde Holzscheibe war an seinem Rand mit Nägeln in fünf Dutzend Felder unterteilt, ähnlich den Minuten auf einem Ziffernblatt. In der Mitte drehte sich ein Messingrad mit einem nach außen gerichteten Zeiger. Der Zeiger endete in einer dünnen Metallzunge, die während des Drehens mit lautem Knattern an den Nägeln vorbeischliff. Wenn das Rad endlich zum Stillstand gekommen war – und weil die wettenden Zuschauer währenddessen die Luft anhielten, kam ihnen diese Zeit endlos lange vor –, zeigte die Metallzunge an, welches Feld gewonnen hatte. War dieses mit einer gelben Sonne oder einem grünen Kleeblatt bezeichnet, hatte der Wetter Pech gehabt, auch wenn Sonne und Kleeblatt ja eigentlich Glück verhießen. Als Preis gab es für den eingesetzten Pfennig lediglich einen Zuckerbonbon. Hielt der Zeiger aber auf einem der Felder mit einem leuchtendroten Herzen, winkte dem Wetter eines der vielen schönen Lebkuchenherzen, die an der mannshohen Holzwand hinter dem Budenbesitzer baumelten und auf denen in buntem Zuckerguss »Mein Schatz«, »Süße Maus« oder »Für dich!« geschrieben stand. Wer mit einem solchen Preis beschenkt wurde, bekam ihn unter lautstarkem Applaus des Budenbesitzers überreicht, nachdem dieser mit einem Schlag auf eine Messingklingel helltönend kundgetan hatte, dass seine Kunden die größten Glückspilze auf dem Platz waren. Gustav, der gut im Kopf rechnen konnte, fand schnell heraus, dass die Glücksklingel nach den Regeln der Wahrscheinlichkeit deutlich öfter hätte zu hören sein müssen, und fragte sich, wie der Budenbesitzer den Zeiger des Drehbretts so zu manipulieren wusste, dass sein Vorrat an Hauptgewinnen nicht zu schnell zur Neige ging. Johann hingegen war froh, dass er nicht gewann – wem hätte er wohl ein Lebkuchenherz schenken sollen, ohne dass es peinlich würde?

Die Hauptattraktion des Platzes – und diese wollten die Kinder unbedingt sehen – war die Tiermenagerie. Sie kannten Pferde und Kühe, Hühner und Schafe, und natürlich wussten sie aus ihren Schulbüchern, dass es in Afrika Kamele und Löwen gab. Aber wer hätte je eins von diesen Tieren gesehen? Und jetzt verhieß ein unheilvolles Knurren hinter den Wänden und hinter der Kasse der Tiermenagerie, dass sie hier und heute einem wütenden Raubtier ins aufgerissene Maul würden blicken können. Also stellten sie sich in die Schlange, gaben die von jedem Besucher geforderten sechs Pfennige und betraten durch einen schweren Vorhang das Innere der Menagerie. Ein beißender Geruch schlug ihnen entgegen, und als sich ihre Augen an das Dämmerlicht gewöhnt hatten, sahen sie die Käfige, die rechts und links des Mittelgangs aufgestellt waren. Schilder aus Holz bezeichneten die darin eingesperrten Tiere: »Pantertier«, stand auf einem, und am Ende des kleinen Käfigs drückte sich eine kräftig gebaute Raubkatze mit tiefschwarzem Fell an die Gitterstäbe. Sie musste es gewesen sein, die da so geknurrt hatte, doch offensichtlich hatte sie sich – zur Enttäuschung der Kinder – wieder beruhigt. In einem anderen Verschlag lagen zwei Hyänen, die schliefen, und in der Mitte der Menagerie hatte sich tatsächlich ein Kamel auf dem mit Stroh bedeckten Boden niedergelassen, malmte mit den Zähnen und sah die Kinder aus dunklen Augen an. In einem weiteren Käfig wanderte ein großer Braunbär auf und ab und zeigte dabei einen leicht irren Blick, sodass Vicki und Wilhelm schnell weitergingen. Das letzte Gehege der Sammlung wurde von einem Dutzend kleiner Äffchen bevölkert, die sich brüllend über einen großen Ast jagten und den Kindern dabei ihre rosa Hinterteile zustreckten. Die Kinder winkten den Äffchen zu und zogen ebenfalls lustige Grimassen, woran die Tiere aber wenig Interesse zeigten. Sie waren schon fast am Ausgang, als sie über sich eine mehrere Fuß lange armdicke Schlange entdeckten, die dort um einen Balken gelegt regungslos verharrte. Erst dachte Gustav, das Tier sei ausgestopft, doch dann glitt die Schlange kaum merklich den Balken entlang. Schnell verließen sie das Tierhaus.

Die Kinder schienen erleichtert, als sie draußen wieder der Lärm der Drehorgeln, das Schreien der Losverkäufer und das Quietschen des Karussells empfingen. Sie wandten sich der Südseite des Platzes zu, wo zwischen den Bäumen an einer Bude Backfisch verkauft wurde. »Wollt ihr?«, fragte Gustav die Kinder und alle nickten. Der Fisch war heiß und fettig und schmeckte köstlich. Während sie noch kauten, zeigte Johann auf eine Bude zwei Standplätze weiter, auf der in großen Lettern »Die dickste Frau der Welt« angekündigt wurde. Als ein schmaler Kerl am Eingang der Bude bemerkte, wie die Kinder auf das Schild starrten, rief er ihnen zu: »Kommt gucken, Kinder, das dürft ihr euch nicht entgehen lassen. Miss Victoria ist schwerer als ihr alle zusammen – 450 Pfund. Zwei Pfennige, und ihr dürft sie sehen.«

Vicki lachte verlegen. »Die heißt ja wie ich«, stellte sie fest.

»Und wie schwer bist du?«, neckte Willi seine Cousine. »Auch 450 Pfund?«

»Nee!«, rief Vicki empört. »Fünfzig, höchstens!« Aber da keiner von ihnen je auf einer Waage gestanden hatte, wussten sie das so genau nicht. Nur, dass sie nie Gelegenheit gehabt hatten, Fett anzusetzen, das wussten sie.

Sie zahlten den Eintritt und gingen in die mit einem Zeltdach überspannte Bretterbude. Miss Victoria saß in einem breiten Sessel. Willi und Gustav blieben im Eingang stehen, die Kinder drängten sich schüchtern an sie. »Immer rein in die gute Stube«, hörten sie Miss Victoria mit tiefer Stimme sagen. Sie hatte lange schwarze, in der Mitte gescheitelte Haare, ein herabhängendes Doppelkinn, trug ein längsgestreiftes Kleid, betätigte mit der rechten Hand einen Fächer – und war einfach unglaublich dick. Sie lächelte ihre Besucher an. Vicki fasste als Erste Mut, trat in den Raum und sagte artig: »Guten Tag.«

»Guten Tag, liebes Kind«, erwiderte die dicke Frau.

»Ich heiße auch Victoria«, erklärte Vicki und trat noch einen Schritt näher.

»Dann haben wir ja beide einen schönen Namen«, sagte die Frau freundlich.

»Ist dein Bauch wirklich echt?«, fragte Vicki.

»Aber ja doch«, bemerkte Miss Victoria mit gespielter Empörung. »Willst du fühlen?«

Vicki ging wortlos auf sie zu und kniff sie leicht in eine Bauchfalte. »Ganz weich«, sagte sie mehr zu sich selbst. »Warum bist du so dick?«

»Weil ich so viel esse«, antwortete Miss Victoria. »Und wenn ich nicht so viel essen würde, wäre ich nicht mehr die dickste Frau der Welt. Und dann würde niemand mehr Geld dafür bezahlen, mich zu sehen. Und ich könnte mir nichts mehr zu essen kaufen und müsste verhungern.« Erwartungsvoll schaute sie Vicki an, als ob sie prüfen wollte, ob dem Mädchen ihre Begründung einleuchtete.

Vicki schien darüber nachzudenken. Dann nickte sie und sagte nur: »Ach so.« Sie trat wieder zu den anderen zurück, die immer noch im Eingang standen.

Gustav war die Situation unangenehm. Er räusperte sich und sagte: »Na, dann wollen wir mal wieder.« Sie verließen das Zelt, wo sie der kleine Türsteher mit einem zackigen »Schönen Tag noch, die Herrschaften« verabschiedete.

Am schönsten war der Lampenmarkt, wenn die Zeit der blauen Stunde nahte. Mit Anbruch der Dämmerung entzündeten die Händler ihre Öllampen, hängten sie dekorativ außen an ihre Buden oder stellten sie in die Mitte ihrer Auslagen. Auf dem Karussell drehten sich die Lichter im Kreis und tauchten die Pferde mit ihren Reitern in eine märchenhafte Stimmung. Ein Musikant am Platzausgang zur Friedrichstraße bediente sein eigenes Orchester im Schein einer Laterne: um die Schulter eine Ziehharmonika gehängt, auf dem Kopf ein Hut mit Schellen und Glöckchen, auf dem Rücken eine dicke Trommel, deren Schlegel an einer Kette befestigt war und von dem Musikus mit dem Fuß betätigt wurden. Am gegenüberliegenden Platzende buhlte ein Hau-den-Lukas um die Aufmerksamkeit derer, die sich selbst oder ihren Liebsten ihre Stärke beweisen wollten. Am Ende der Metallstange hatte der Inhaber eine Laterne gehisst, und wenn es jemand schaffte, das Gewicht mit einem kraftvollen Schlag ganz nach oben zu befördern, zitterte das Licht, als wolle die Lampe zerspringen und hinunterstürzen. Auf der Seite zum Westwall hin hatte sich im Schatten einer

Hauswand Moritaten-Bell einen Platz verschafft, die zum scheppernden Ton einer verstimmten Drehorgel schauerliche Geschichten von Mordbrennern, Totschlägern und deren Ende unter der Hand des Henkers erzählte – von Plakaten in grellen Farben illustriert, die sie hinter sich an die Hauswand geheftet hatte, im spärlichen Licht einer flackernden Ölfunzel.

Als Letztes hatten sie den Kindern eine Vorstellung des Puppenspielers Pitt van Cleve versprochen. Der brachte auf den Jahrmärkten die Figur des Jan Klaske auf die Bühne, welcher sich – nach Art des Kaspers mit Zipfelmütze auf dem Kopf – listig und lustig durchs Leben schlug. Vor dem hölzernen Puppentheater fanden sich auf ein Hornsignal hin die Zuschauer zusammen, um im Lampenschein zu erleben, wie der derbe Kerl mit dem Krokodil Puske fertig wurde, den betrügerischen Doktor Eisenbart erschlug, sich über den Gendarmen lustig machte, der ihn als Soldaten verpflichten wollte, und dem Henker ein Schnippchen schlug, sodass dieser am Ende selbst baumelte. Gustav fragte sich, ob Polizeikommissar Walther und seine Sergeanten wussten, welche Respektlosigkeiten der Puppenspieler da unters Kirmesvolk brachte – die Zuschauer im Halbdunkel vor der Bühne hatten jedenfalls ihren Spaß und verlangten nach immer neuen Abenteuern.

Gustav und Willi brachten die Kinder nach Hause und machten sich auf zum Kirmesball im Hotel de la Redoute, wo Michael Rump im großen Saal in der ersten Etage aufspielen ließ. Ein Geiger und ein Harmoniumspieler musizierten, über eine lange Theke schoben junge Kellnerinnen in weißgestärkten Schürzen Gläser mit Wein, Bier und Schnaps, Männer und Frauen drehten sich zu Walzerklängen, tanzten Polka oder Polonaise. Es herrschte eine ausgelassene Stimmung, die Luft war feucht von Schweiß und Alkohol. Gustav und Willi standen am Rand der Tanzfläche, tranken dunkles Bier und versuchten, einzelne Gesichter in dem Pulk der Feiernden auszumachen. Sie ließen sich schließlich von einer Polonaise mitziehen, entdeckten dann ein paar ehemalige Mitschüler, tanzten mit den Mädchen, waren bald außer Atem, und obwohl Gustav ein guter Tänzer war, merkte er, dass der Alkohol ihn aus dem Takt brachte. Als seine Hand bei einem Walzer nach einigen schnellen Drehungen nicht mehr auf dem Rücken, sondern dem Gesäß seiner Partnerin zu liegen kam, sah ihn das Mädchen irritiert und fragend an, Gustav wurde rot und platzierte die Hand schnell wieder dort, wo es sich schickte. Das Mädchen lachte, als hätte es gehofft, der kleine Fauxpas wäre Absicht gewesen, doch der Gedanke, es hätte Absicht sein können, kam Gustav erst jetzt. Er hatte es verbockt und die Gelegenheit war vorbei. Das war sein Problem: Er war nicht kühn, sondern schüchtern, hatte Angst, sich lächerlich zu machen, und wagte sich nicht aus der Deckung. Höchstens aus Versehen, wie gerade. Der Tanz, der Alkohol, die Musik, all das erregte ihn, und das machte seinen Ärger über sich selbst nur noch größer. Wieso konnte er sich nicht so fröhlich und kopflos wie die anderen in ein Kirmesabenteuer stürzen und endlich mal seinen Spaß haben? Er war jetzt achtzehn und hatte immer noch nichts von dem erlebt, von dem die Jungs im Wirtshaus abends großspurig erzählten. Wie ein Depp kam er sich vor, wenn er dazu nichts beitragen konnte. Und Willi, das wusste er, ging es nicht viel anders.

Kurz vor Mitternacht kündigte die Musik eine kurze Pause an. Gustav war inzwischen ziemlich betrunken und ihm war nicht gut. Er beschloss, etwas frische Luft zu schnappen, und drängelte sich nach draußen. Ohne ein Ziel vor Augen zu haben, ging er auf der Rheinstraße Richtung Innenstadt. Viele Menschen waren auf der Straße, manche sangen oder grölten, andere saßen in Hauseingängen und schliefen, Paare hatten sich untergehakt. Er ging die Friedrichstraße hoch und trat auf das offene Gelände vor dem Hülser Tor. Hier hatten die Schausteller, die ihre Buden auf der Wilhelmstraße oder dem Friedrichsplatz aufgebaut hatten, ihr Lager. Dutzende von meist grün gestrichenen Wagen standen da. In der Mitte des Platzes flackerten die Reste eines Feuers, einige Männer und Frauen saßen um die Glut, einer hielt eine Gitarre und spielte darauf eine wehmütige Melodie. Gustav setzte sich hinter den Wagen ins Gras; es war vom nächtlichen Tau feucht. Er schloss die Augen, die Welt begann sofort, sich zu drehen, er riss sie wieder auf, suchte einen Fixpunkt, um dem Schwindel zu begegnen. In einem der Wagen, der ein wenig abseits stand, war ein Fenster erleuchtet. Hinter der Scheibe bewegte sich eine Frau. Sie war nackt. Gustav brauchte einen Moment, bis er die Frau erkannte. Es war Miss Victoria, die angeblich dickste Frau der Welt. Er sprang auf, wollte weggehen, konnte aber nicht, seine Blicke waren wie magisch angezogen von dem, was er sah. Die dicken Brüste, ihr Hinterteil. Warum war sie nackt? War sie dabei, sich gerade bettfertig zu machen? Dann drehte sie ihm ihr Gesicht zu – das schwabbelnde Kinn, die schönen schwarzen Haare, ihre halb traurigen, halb spöttischen Augen. Sie sah ihn direkt an, und er wusste, dass die Dunkelheit ihn nicht schützte: Sie hatte ihn entdeckt. Miss Victoria machte aber keine Anstalten, sich zu bedecken oder das Licht zu löschen, sie sah ihn nur unverwandt an. Gustav fühlte sich verstört und erregt.

Was machte er hier mitten in der Nacht? Was hatte er mit dieser Frau zu schaffen? Er hörte eine Wagentür schlagen und bekam einen Schreck. Würde jetzt der kleine Mann von der Schaubude kommen und ihn verprügeln? Ihn wegen seiner Gafferei zusammenschlagen? »Lauf weg!«, sagte Gustav sich, aber er konnte nicht. Dann hörte er Schritte im Gras. Sie kamen von hinten. Er drehte sich nicht um. Jeden Moment rechnete er mit einem Schlag oder Tritt. Er hätte ihn verdient, dachte Gustav. Aber niemand schlug ihn. Stattdessen nahm jemand seine Hand und zog ihn von Miss Victorias Wagen weg. Sie gingen zu einem anderen Wagen, der unter einer Buche nicht weit entfernt stand. Eine junge Frau – nicht viel älter als er selbst – drückte ihn sanft gegen die grüne Verbretterung. Sie hatte schwarze, lange Haare, hübsche dunkle Augen, hielt immer noch seine Hand, während sie ihn musterte. Sie sieht meine Erregung, dachte Gustav und schämte sich. Er wollte sich losmachen, sie ließ ihn nicht.

»Du kannst Victoria nicht haben«, sagte sie. Ihre Stimme war dunkel und sanft. »Du kannst mich aber haben. Hast du Geld?«

Gustav erschrak. Eine Professionelle? Seine Kumpel redeten hin und wieder von den Frauen in den Häusern unweit der alten Bockwindmühle, die sie vor zehn Jahren abgerissen hatten. Mancher brüstete sich, es schon einmal mit einer für Geld getrieben zu haben. Manch einer, so hörte man, hatte sich auch schon üble Krankheiten dabei eingefangen.

Das Mädchen strich ihm mit dem rechten Zeigefinger langsam über das Gesicht, die Brust, den Bauch und tippte leicht auf seine Hose. »Zehn Silbergroschen«, präzisierte sie ihr Angebot.

Er wusste, dass er noch genug in seiner Tasche hatte. Aber wollte er, konnte er … Nein, nicht wirklich, oder? Das Mädchen öffnete die Tür des Wagens, schob ihn leicht in Richtung Eingang, Gustav stieg die Sprossen der kleinen Leiter hoch. In einer Ecke stand ein roh gezimmertes Bettgestell mit einer Matratze und einem speckigen Leinenbetttuch. Eine alte Decke als Schutz gegen die nächtliche Kälte lag zusammengefaltet am Fußende. Auf der anderen Seite des Wagens war ein kleiner Tisch mit einer Lampe und einer leeren Messingschüssel darauf. In einem Regal lagen Kleider, Tücher und Toilettenzeug, eine Waschschüssel.

»Ich bin Lisa«, sagte das Mädchen. »Deine Groschen kannst du da hineinlegen.« Sie zeigte auf die Messingschüssel.

Gustav bezahlte und sah aus den Augenwinkeln, wie Lisa sich ihr Kleid über den Kopf streifte. Er konnte es noch nicht glauben, dass er jetzt zum zweiten Mal innerhalb einer halben Stunde eine nackte Frau sah.

Lisa, die kleine, feste Brüste hatte, machte einen Schritt auf ihn zu: »Das ist aber nicht dein erstes Mal, oder?«

Gustav nickte und spürte, wie ihm die Hitze ins Gesicht stieg.

»Und da hat's dir die Sprache verschlagen, jetzt verstehe ich«, sagte sie mit einem amüsierten Lächeln. Dann knüpfte sie ihm das Hemd auf, ohne hinsehen zu müssen, die Knöpfe seiner Hose. Die Berührung und den sanften Druck ihrer Finger hielt er keine halbe Minute aus, dann ergoss er sich in ihre Hand.

Sie nahm ein Tuch aus dem Regal, wischte sich sauber und schaute ihm in die Augen: »Ging ja schnell.«

Er murmelte »Tschuldigung«, es war ihm peinlich. Lisa streifte sich ihr Kleid schon wieder über.

»Bist ein Netter«, sagte sie. »Kannst gerne wiederkommen. Nächstes Mal lassen wir uns mehr Zeit.«

Gustav zog sich wieder an. »Danke«, murmelte er. »Ich geh dann mal.«

Benommen verließ er den Wagen und entfernte sich vom Schaustellerlager, in dessen Mitte immer noch der Gitarrist spielte. Der Musiker nickte Gustav zum Abschied zu. Er ging durch das Hülser Tor die Friedrichstraße hinunter. Hatte er wirklich gerade einer Prostituierten zehn Silbergroschen gegeben, damit sie ihn berührte? Er schämte sich – und war zugleich euphorisch. Als er wieder im Saal von Rump ankam, stand Willi am Rand der Tanzfläche, hielt ein Bier in der Hand.

»Wo warst du?«, fragte sein Freund.

»Musste mal ein bisschen frische Luft schnappen«, antwortete Gustav.

# *1843. Ein Traum wird wahr*

Fünf Jahre war es jetzt her, dass der Kontorist Schulz ihnen Webstühle in die Werkstatt gestellt hatte, fünf Jahre lang hatten Gustav und Willi auf ihnen verlässlich gearbeitet und Woche für Woche saubere Stoffe abgeliefert. Es war an der Zeit, darüber zu verhandeln, ob Schulz ihnen Jacquard-Maschinen überlassen würde, fand Gustav. Doch zuvor wollten sie sich diese Instrumente genau ansehen. Ein halbes Dutzend Jacquard-Maschinenbauer arbeitete inzwischen in Krefeld. Gustav und Willi besuchten Friedrich Schwenzer, der in der Lohstraße seine Werkstatt hatte, ein junger Zimmermann, rothaarig und mit aufgewecktem Blick, ein Mann in ihrem Alter und mit einer Leidenschaft fürs Tüfteln, die Gustav gefiel. Friedrich montierte gerade einen Stuhl, der in der Krawattenstoffweberei Siegfried & Wiefels aufgestellt werden sollte. Er hatte die Grundmaße eines normalen Webstuhls, so wie er in ihrer eigenen Werkstatt stand, aber er war höher. Und die Technik, die sich hoch über dem eigentlichen Webrahmen befand, war das Wunderwerk, das diesen Stuhl so besonders machte.

Wer ein komplexes Muster weben wollte, etwa für Bettdamasten oder Tischdecken, für Möbelstoffe oder kirchliche Paramente, musste die Farben des gezeichneten Musters in farbige Fäden übersetzen. Um das Rot eines Blütenblatts leuchten zu lassen, musste der rote Schussfaden in dem Stoff also sichtbar über dem grünen Kettfaden liegen. In der nächsten Garnreihe konnte das schon wieder anders sein: So wie das rote Blütenblatt nach oben hin schlanker wurde, nahm die Zahl der oben liegenden roten Fäden ab – zunehmend verschwanden sie unter den Kettfäden, die die Basis für den gewebten Stoff bildeten. Friedrich demonstrierte ihnen mit leuchtenden Augen, wie seine Jacquard-Maschine es schaffte, bei jedem Schuss alle Kettfäden so nach oben oder unten zu ziehen, dass das gewebte Muster der Form etwa eines Blütenblatts präzise entsprach.

Über dem Webstuhl bewegte sich dazu auf einem rotierenden Quader eine endlose Reihe von Karton-Karten. In die Karten waren Löcher gestanzt. Jede Karte enthielt die Anweisung für die Lage einer Gruppe von Fäden. Ein raffinierter Mechanismus: Die Lochkarte wurde gegen einen Block mit quer liegenden eisernen Drahtstiften gedrückt. Wo die Karte ein Loch aufwies, schob sich dieses einfach über den Stift und ließ ihn unbehelligt. Wo kein Loch war, wurde der Stift jedoch von der Pappe nach hinten gedrückt. Im nächsten Schritt griffen von oben Haken in den so vorbereiteten Block: Wo ein Loch gewesen war, trafen sie auf einen Zugdraht, der über die Litze zum Kettfaden führte – dieser wurde dann angehoben. Wo kein Loch gewesen war, stach der Haken ins Leere – und auch der Kettfaden im Stoff wurde damit nicht angehoben, sondern blieb, wo er war, nämlich unten. Dieser Kettfaden würde vom Schussfaden überdeckt werden und im Stoffmuster damit unsichtbar sein.

Jeder Kettfaden wurde so von oben durch die Lochkarte exakt gesteuert: Sollte er oben oder unten liegen, sollte das eingeschossene Garn an dieser Stelle sichtbar oder unsichtbar sein? Lochkarte für Lochkarte drehte sich die Walze weiter, Lochkarte für Lochkarte wurde die Anweisung über »Kettfaden oben« oder »Kettfaden unten« vorgegeben und ausgeführt, ohne dass der Weber – wie früher – jeden Faden einzeln ziehen musste. Loch oder kein Loch – mit dieser einen Information konnten die wunderbarsten Stoffe gewebt werden: Blumen und Adler, Girlanden und Ähren.

Diese filigranen Maschinen mit ihren Drähten und Litzen, Platinen und Lochkarten, Schuss- und Kettfäden arbeiten zu sehen, berauschte Gustav. Ihr Erfinder, ein genialer Seidenweber aus dem französischen Lyon, war für ihn ein Heiliger. Die Vorstellung, dass so eine Maschine jetzt ihr eigenes Arbeitsinstrument sein könnte, fühlte sich zu schön an, um wahr zu sein. Und doch konnte er es kaum erwarten. Was für neue Welten würden sich ihnen eröffnen? Statt der immer gleichen Leinwand-, Köper- und Atlasstoffe würden sie Bilder in Stoff malen können.

Das Weben mit der Jacquard-Maschine war allerdings weit komplizierter als die herkömmliche Technik. Das war Gustav und Willi klar, und sie hatten Respekt davor. Gustav war einige Abende bei Heinrich Mansbendel in die Schule gegangen, der in Krefeld als Erster die Chancen der neuen Technik erkannt hatte und nun interessierten Webern beibrachte, was sich mit einer Jacquard-Maschine herstellen ließ. Dieser hatte ihm Schritt für Schritt auseinandergesetzt, wie man von einer Idee für ein neues Muster hin zum fertigen Gewebe kam. Da musste man, hatte Mansbendel erklärt, als Erstes einen Entwurf für einen Dekostoff präzise in klaren Farben ausarbeiten. Das übernehme der Musterzeichner. Als Nächstes käme dann der Patroneur zum Zuge: Der nähme das farbige Muster und übersetze es auf kleinkariertem Papier in eine

Patrone, eine Zeichnung, die jeden einzelnen Punkt aufrastere – Tausende und Abertausende Einzelpunkte. Als letzter Schritt, so Mansbendel, komme dann die Arbeit des Kartenschlägers – des Mannes, der aus den Rasterpunkten der Patronenzeichnung an einer schweren Maschine die Lochkarten stanze, die später die Jacquard-Maschine steuern würden.

Gustav und Willi gingen an einem Mittwochmorgen in das Büro der Firma Rigal & Heydweiller in der Friedrichstraße. Johann Gottlieb Schulz, den sie nun schon so lange kannten, war inzwischen ein älterer Herr. Das Haar ergraut, der Rücken leicht gebeugt, die Brille nahm er nicht mehr ab. Aber sein Blick war noch derselbe: klar, prüfend, abwägend. Er empfing sie in seinem Kontor und bat Gustav und Willi, Platz zu nehmen. Gustav hatte es sich nicht nehmen lassen, eine Krawatte von Siegfried & Wiefels anzulegen. Sie zeigte eine tiefgrüne Weinranke, die sich vor einem dunkelrot changierenden Hintergrund in die Höhe zog. Unkonventionell, auffallend, elegant. Und fehlerfrei gewebt. Kein Stoff der Firma Rigal & Heydweiller, aber ein Stoff aus Krefeld, und Schulz verstand die Botschaft sehr wohl: Warum dieses Feld den anderen überlassen?

Schulz zündete sich eine Pfeife an und guckte gedankenversunken aus dem Fenster des Kontors. »Sie wissen, wie man auf Jacquard-Maschinen webt?«

Gustav erklärte, dass sie sich die Maschinen bei Friedrich Schwenzer genau angesehen hätten.

»Und dann wollen Sie die Walzen mit den Karten also mit nach Inrath nehmen«, stellte Schulz fest.

»Wir würden sie mit dem Pferdewagen abholen«, antwortete Gustav. Vielleicht tut's auch ein Bollerwagen, dachte er, und Erinnerungen an lange Liefertouren mit frischen Brötchen stiegen in ihm auf.

»In Ordnung«, sagte Schulz. »Wir werden mal die Krawattenstoffe angehen. Für die haben Sie ja offenbar eine Leidenschaft.« Er deutete mit dem Kopf auf Gustavs Schlips mit der Weinrebe. »Ich rede mit den Musterzeichnern und mit Friedrich Schwenzer. Wenn Sie den schon kennen, kann er uns ja etwas Passendes bauen.« Er verzog das Gesicht zu einem milden Lächeln. »Vielleicht können wir die Stühle, die bei Ihnen stehen, auch umrüsten. Die sind ja noch ziemlich neu.«

Krawattenstoffe, dachte Gustav. Der Gedanke gefiel ihm. Und wenn sie erst mal in der Lage wären, diese zu weben, könnte sie niemand daran hindern, auch einmal selbst welche zu entwerfen. Er fühlte, wie sein Herz schneller schlug.

Herr Schulz blickte ihm ins Gesicht: »Ich sehe, Ihnen gefällt mein Vorschlag. Sie wissen, dass wir Ihnen damit ein teures Gerät anvertrauen. Aber ich weiß, dass ich mich auf Sie verlassen kann.« Dann verließen sie das Kontor.

Draußen auf der Straße rief Willi eine Spur zu laut: »Wir haben es geschafft!« Dann holten sich beide zur Feier des Tages ein großes Glas Bier, setzten sich auf den Friedrichsplatz und träumten von ihrer gemeinsamen Zukunft als Krefelder Krawattenstoffweber.

# 1845. Die große Armut

Ob die Wellen der Konjunktur die Weberfamilien nach oben trugen oder nach unten drückten, konnten sie nie vorher wissen. Sie waren Schaum, der auf dem Wasser schwamm, sie trieben dahin, ohne die Richtung zu kennen, ohnmächtig den Elementen ausgeliefert. Sie hatten mal Glück und mal Pech, und wenn sie Glück hatten, war es meist nur von kurzer Dauer. Das Schlimmste, wenn ein Strudel sie dann wieder nach unten riss, war, dass es leise und unbemerkt geschah. Es schrie niemand auf, wenn ein Kind früh starb, weil sein Leben so erbärmlich war. Es passierte einfach.

Es schrie auch niemand auf, als eine alte Frau an der Lohstraße stand und, von einem fadenscheinigen Kopftuch bedeckt, den Passanten schweigend die Hand entgegenstreckte. Sie hatte dort gestanden in einem kalten Januar im Jahr 1830, als Gustav neun Jahre alt war und in die dritte Klasse ging. Sein Schulweg führte ihn über die Lohstraße und damit Tag für Tag an der alten Frau vorbei, siebenundachtzig Jahre alt war Anna Möskes, Witwe des Bartholomäus Fütings. Gustav sah diese Frau und es rührte ihn. Es verstörte ihn auch: Wie konnte es sein, dass eine Erwachsene, eine Frau, die ein so langes Leben hinter sich, Kinder geboren und durchgebracht hatte, sich so erniedrigen musste? Das war nicht richtig, so empfand es der Junge. Sollte sie nicht in Würde mit einer Decke auf den Knien am Kopfende eines mit Kindern, Enkeln und Urenkeln besetzten Tisches sitzen? Stattdessen stand sie hier, ohne Groll, blickte mit ihren wässrigen Augen die Passanten an und streckte die Hand aus. Manchmal, wenn Gustav für die Mutter Brötchen herumgetragen hatte, klimperten ein paar Pfennige in seiner Hosentasche. Die hatte ihm dann der Gastwirt im »Wilden Mann« oder der Buchhändler Schüller in die Hand gedrückt. Darüber freute er sich und gab der alten Frau einen davon ab. Dann lächelte sie und strich ihm über den Kopf.

Eines Tages stand sie nicht mehr an dem Platz, der sonst ihrer war und nun ohne sie verlassen wirkte. Am nächsten Tag auch nicht. Gustav befürchtete schon das Schlimmste, und ihm wurde klar, dass Anna Möskes zwar uralt, aber nicht unsterblich war. Am folgenden Tag aber sah er sie wieder und war erleichtert. Sie schlurfte langsam über die Lohstraße, blickte sich vorsichtig um, blieb nur stehen, um Luft zu holen, setzte ihren Weg fort, kehrte an der Ecke zur St. Antonstraße um und schlich wieder zurück. Wer sie kannte, steckte ihr im Vorübergehen eine Münze zu, diskret und ohne dass sie darum bitten musste. Gustav in seiner Überraschung und Freude, dass die alte Anna doch noch lebte, fragte sie, wo sie gewesen sei in den vergangenen Tagen. Sie setzten sich auf eine Bank, und Anna erzählte Gustav mit ängstlichem Blick, die Polizei habe sie mitgenommen. Weil Bettelei nicht erlaubt sei. Der Sergeant Friedrich Weinerth habe ihr, als sie an ihrem Platz gestanden habe, eröffnet, dass sie Verbotenes tue und deswegen mitkommen müsse.

»Auf der Polizeistation hat mich dann der Kommissar Walther vernommen. Ausgerechnet der Leo. Als der noch ein kleiner Junge war, habe ich ihm zu Karneval immer ein paar Mutzenmandeln zugesteckt.« Aber jetzt habe er sie befragt und alles schön säuberlich auf ein Blatt Papier aufgeschrieben.

Was sie ihm denn habe erzählen müssen, wollte Gustav wissen.

»Ich habe ihm halt erzählt, dass ich nichts zu leben habe und hungern muss, wenn nicht gute Leute mir helfen«, berichtete sie. »An dem Tag hatte ich Glück – einen Groschen und elf Pfennige habe ich bekommen. Dafür hätte ich beim Bäcker ein gutes Stück Brot kaufen können. Aber das Geld hat mir der Kommissar abgenommen.« Gegen eine ordentliche Quittung, verstehe sich.

Gustav wurde ganz verlegen, weil er doch wusste, dass zu Hause immer mal Brot übrig blieb, und er brachte ja oft dem Willi etwas davon mit in die Schule, aber vielleicht könnte er auch der Anna etwas davon abgeben gegen ihren Hunger. Und dann fragte er sie nach ihren Kindern, und Anna erklärte, das habe der Polizist sie auch gefragt.

»Der Severin, das ist der Mann meiner Tochter Aldegunde, der hat mir schon beim letzten Mal versprochen, sich um mich zu kümmern. Das war ja nicht das erste Mal, dass die Polizei mich festgenommen hat wegen Bettelei.«

Aber der Severin und die Aldegunde, die hätten ja selbst Kinder und nichts zu beißen, wie sollten sie da noch eine alte Frau durchfüttern? Das habe sie auch dem Leo erklärt, und der habe von seinem Blatt Papier aufgeblickt und sie traurig angesehen und dann alles aufgeschrieben.

»Eigentlich will ich einen Platz in einem Armenhaus, damit ich jeden Tag etwas zu essen habe. Das habe ich dem Leo auch erklärt. Aber solange das nicht geht, habe ich gesagt, soll er mich weiter auf der Straße um Almosen bitten lassen, damit ich nicht Hungers sterben muss.«

Auch das habe er aufgeschrieben in sein Protokoll, und dann habe er ihr aus dem Stuhl hochgeholfen und sie wieder hinausgeführt und ihr gesagt, sie soll sich nicht von dem Weinerth gleich wieder erwischen lassen. Und er würde mal schauen, ob sich im Armenhaus nicht etwas machen ließe. Dann schwieg Anna Möskes und legte ihre Hand, die ganz warm und weich war, auf Gustavs Hand, und er wurde dabei verlegen. »Und damit der Weinerth mich nicht gleich wieder mitnimmt, gehe ich jetzt nur noch spazieren, anstatt zu betteln«, erklärte sie Gustav und zwinkerte. »Das ist auch gesünder«, ergänzte sie. Und dann standen sie wieder auf und Gustav ging nach Hause. Als Anna wenige Tage später wieder verschwunden war, fragte er seine Mutter, was mit ihr wohl sein mochte, und die Mutter fand schnell heraus, dass die alte Frau tatsächlich einen Platz im katholischen Armenhaus in der Poststraße bekommen hatte. Gustav hatte nicht wirklich gewusst, was ein Armenhaus war, aber dass sie nun hoffentlich keinen Hunger mehr leiden musste, hatte ihn froh gemacht.

Fast fünfzehn Jahre später kam die Armut wieder wie eine Welle über die Stadt. Und so wie Wasser immer seinen Weg findet, so sickerte diesmal auch die Depression in alle Ritzen des Lebens. Gustav spürte, wie das Wasser langsam und unaufhaltsam stieg, und wie die Angst umging – die Angst vor Arbeitslosigkeit und Hunger, vor einem Elend, gegen das sich niemand wehren konnte und bei dem einem niemand half. Auch Gustav schwindelte es: Sie hatten viel investiert in ihre kleine Manufaktur. Würde der freie Fall der Auftragslage dazu führen, dass Schulz auch für sie keine Arbeit mehr hatte? Was sie webten, war besonders, aber konnte sich jetzt noch irgendjemand besondere Stoffe leisten?

Es begann im Juni 1845. Der Markt für Seide brach zusammen – warum, verstanden die Weber nicht. Der Preis für die Rohseide auf dem Weltmarkt, erfuhren sie an den Liefertagen, habe sich stark erhöht. Die Franzosen machten ihnen harte Konkurrenz und vor allem die Schweizer, deren Weber für den halben Lohn arbeiteten. Und die Amerikaner brauchten nicht mehr so viel Seide. Wie konnte das alles sein? Was hatte sich geändert? Die Weber schüttelten die Köpfe, in ihren Augen spiegelte sich die Sorge darüber, wie sie ihre Familien würden ernähren können. Auf die bange Frage an ihre Brotherren, ob sie ihnen eine neue Kette und damit Verdienst wenigstens für die nächste Woche würden geben können, hörten viele ein »Nein«. Die, die noch eine bekamen, klopften den leer Ausgegangenen mitfühlend auf die Schulter. Auch wenn sie selbst ihren Auftrag nur unter der Bedingung erhalten hatten, dass sie sich mit dem geringeren Lohn der Weber auf dem Lande zufriedengaben. Sie bissen die Zähne zusammen und nickten. Besser ein Hungerlohn als gar keine Arbeit. Was würden ihre Frauen sagen, ihre Kinder? Es war bitter.

Die nächste Hiobsbotschaft kam im Spätsommer. Der Nachbar der Onderbanks, der Inrather Ackerwirt Heinrich Schroter, berichtete eines Abends von merkwürdigen Verfärbungen an den Blättern seiner Pflanzen: dunkelbraune Flecken breiteten sich von den Rändern her aus, auch die Stängel waren betroffen. Kurz darauf bildete sich an den Unterseiten der Blätter ein weißer Pilzbelag, wie Schimmel. Schroter ahnte, was das bedeutete, er hatte von dieser Kartoffelkrankheit gehört, die vor wenigen Jahren aus Amerika gekommen war. Es war ein feuchter Sommer gewesen, das ideale Klima für die Kartoffelfäule. Der Bauer befürchtete das Schlimmste: Der Pilz könnte in die Knollen gehen und diese ungenießbar machen. Und er sollte recht behalten. Als er wenige Wochen später die ersten Früchte aus der Erde holte, zeigten viele ein braunes Knollenfleisch mit blau-grauen Flecken. Erst hoffte er, dass es nur einzelne Kartoffeln getroffen hätte, aber die hastig ausgegrabenen Früchte rechts und links zeigten dieselben Symptome. Ein großer Teil der Ernte war verdorben. Und seinen Nachbarn ging es nicht besser: In Inrath, in Fischeln, am ganzen Niederrhein und darüber hinaus brachte dieser Herbst eine fürchterliche Missernte. Bauer Schroter, dessen Hauptfrucht die Kartoffel war, blickte verzweifelt auf seine Felder. Und mit ihm die vielen Kunden auf dem Wochenmarkt, die im Herbst stets einige Malter der billigen Knollen in ihrem Keller bunkerten, um im Winter mit Pellkartoffeln und Kartoffelsuppe ihre Mägen zu füllen. Der Preis für den gesunden Teil der Ernte verdoppelte sich. Und weil die hungrigen Familien notgedrungen statt nach Kartoffeln nun nach Roggen fragten, schoss auch dessen Preis in die Höhe. Die Weber traf es also doppelt: Erst verloren sie ihre Arbeit, dann mussten sie feststellen, dass sie für ihre letzten Pfennige, wenn sie denn überhaupt Rücklagen hatten, nicht mehr viel bekamen, womit sie ihren Kindern die Schüsseln hätten füllen können. Und das kommende Jahr 1846 brachte keine Linderung – im Gegenteil. Nun wurden die Bauern auch noch von einer Missernte des Getreides heimgesucht. In Irland, so hörte man, seien nach der Kartoffelfäule eine Million Menschen verhungert und zwei Millionen ausgewandert. Welches Schicksal stand dem Niederrhein bevor?

Für viele plötzlich Mittellose war der Gang in das Leihhaus der letzte Ausweg. Im Sommer hatte es eröffnet, und die Schlange vor dem Eingang wurde jeden Tag länger. Es war ein trauriger Aufmarsch, der dort um Einlass ersuchte – in der Hoffnung, letzte Habseligkeiten gegen ein paar Münzen tauschen zu können. Da standen Mütter mit Kindern an der Hand, die in einem baumwollenen Tuch ein paar Kümpchen aus Porzellan eingeschlagen hatten, ein seidenes Halstuch aus der Aussteuer oder ein Tischtuch aus billigem »Jänseaugenstoff«. Ein Achtjähriger wartete in der Morgensonne und schlenkerte in der Hand einen Vogelbauer mit einem Kanarienvogel. Der Vogel zwitscherte, und Gustav musste an den kleinen Zeisig denken, der bei den Onderbanks immer etwas Freude in die endlosen Tage der Webstube brachte. Dieser Vogel hier würde kein Lächeln mehr in das Gesicht des Jungen zaubern, in der Webstube seiner Eltern war es still. Ein alter Mann stand in der Reihe, mit einer blechernen Gießkanne in der einen Hand, einer kleinen rötlichen Kupferkasserolle in der anderen. Worin würde er demnächst seinen Brei kochen? Die Menschen, die wenig später wieder aus dem Leihhaus kamen und an den noch Wartenden vorbeigingen, sahen nicht glücklicher aus. Die einen wogen die wenigen Groschen in der Hand ab, die sie für ihre Pfänder erhalten hatten. Die anderen kamen mit dem, was ihnen wertvoll erschienen war, unverrichteter Dinge wieder heraus. Dann hatte der Mann hinter dem Schalter mit dem Kopf geschüttelt. Für eine alte Milchkanne als Pfand könne er wahrlich kein Geld verleihen, hatte er bedauernd gesagt, und für das alte Tischchen aus Tannenholz habe er keinen Platz in seinem Leihhaus. Nur der Junge, der seinen Piepmatz nicht hatte an den Mann bringen können, weil der Verleiher keine lebenden Tiere nehmen wollte, schlenkerte den Vogelbauer beim Herausgehen etwas fröhlicher als vorher.

Die Frau des Pfandhausverwalters war regelmäßige Kundin in der Bäckerei Puller. Und sie hatte der Mutter schon mehr als einmal ihr Leid geklagt: Die Tage erst sei wieder eine ärmlich gekleidete Person mit einem fadenscheinigen Mantel über dem Arm im Pfandhaus erschienen, habe dieses letzte Kleidungsstück mit Tränen in den Augen zum Versatze bringen wollen, um mit den Groschen ihren Kindern etwas zu essen kaufen zu können. Allein: Das Pfandhaus sei kein Bettelplatz und keine Lumpensammelanstalt, da könne ihr Mann, der Herr Schönbrod, doch nichts dafür, und so ein alter Mantel sei nun einmal rein gar nichts wert, und wenn die Überbringerin ihren Kindern nichts mehr zu essen kaufen könne, müsse sich doch jemand anders darum kümmern, die Armenanstalt der Stadt zum Beispiel, oder die Kirche.

Für manche Familie war der alte Spiegel mit Goldrahmen aus der guten Stube, die gerahmte Lithographie mit einem Bild des Heiligen Abendmahls oder das Dutzend der guten damastenen Servietten das einzig Wertvolle, was sie besaßen – voller Erinnerungen an Eltern und Großeltern, mit Respekt behandelt, Familienstücke. Fehlte das Bild, weil es im Pfandhaus hinterlegt war, schmerzte dies, und der helle Fleck an der Wand mahnte jeden Tag, das Stück wieder auszulösen. Hatte der Vater endlich das Glück gehabt, die zwei Taler zusammenzubekommen, und wollte sie ins Leihhaus tragen, konnte es vorkommen, dass der Pfandleiher mit der Schulter zuckte: Er kenne doch die Fristen, nach einem halben Jahr werde das Pfand verkauft, er sei zu spät. Das war demütigend.

Der Zorn auf die unerträgliche Lage richtete sich auf das öffentliche Leihhaus und dessen Verwalter. Als ein anonymer Brief von »einem für viele« forderte, die Verfallszeit für Pfänder zu verlängern, und die Möglichkeit andeutete, das Pfandhaus zu demolieren, forderte Herr Schönbrod persönlichen Schutz. Die Polizei solle verhindern, dass der Pöbel das Leihhaus plündere. Für viele Krefelder war das Haus die letzte Rettung, und gleichzeitig das verhasste Symbol ihrer Lebensniederlage. Als der Taxator des Leihhauses bei der Stadt dann auch noch eine Gehaltserhöhung verlangte, unterschrieben die Menschen zornig eine Eingabe, um dagegen zu protestieren. Das Haus plünderten sie nicht.

Die Armut dieser Tage fraß sich von unten nach oben durch: Weber, die nichts kaufen konnten, rissen Händler, die nichts verkaufen konnten, mit ins Elend. Die Spezereiwarenhändler blieben auf ihren Lebensmitteln sitzen, die Schuster besohlten keine Schuhe mehr, die Schneider konnten mit ihren Nadeln nur noch Löcher in die Luft stechen. Und so führte es auch manchen, der sich das nie hätte träumen lassen, mit einem Stapel goldberandeten Geschirrs oder einem wertvollen Nussbaum-Tischchen ins Pfandhaus. Damit die, die hier eigentlich nichts zu suchen hatten und quasi durch einen Irrtum der Geschichte nun doch genötigt waren, ihre Wertsachen zu versetzen, nicht auch noch Spott und üble Nachrede als Dreingabe bekamen, öffnete der Pfandleiher für die besseren Krefelder einen zweiten Eingang. Die Tür zu seiner eigenen Wohnung führte diskret dahin, wo das Unvermeidliche zu verrichten war, wenn jemand, der eigentlich gut betucht war, bankrottging. Ein Luxus, den sich die Hungerleider aus den Weberwohnungen schon lange nicht mehr leisten konnten.

Wer zu Hause Kinder füttern musste und nichts mehr besaß, was er ins Pfandhaus tragen könnte, fragte nicht mehr danach, was recht war und was unrecht. Und so ging es im Herbst 1846 nachts auf den Feldern der Krefelder Bauern geschäftig zu. Die Kartoffeln, die man nicht mehr kaufen konnte, klaubte mancher hier im Schutz der Hecken mit einer mitgebrachten Schaufel schnell und lautlos selbst aus der Erde. Wer Pech hatte, den entdeckte der Bauer und der musste sich dann des losgelassenen Hundes erwehren. Einige gingen auch den Sergeanten der Polizei ins Netz – sie landeten im Arresthaus. Die meisten aber blieben bei ihrem Mundraub unerkannt und kamen im Schutz der Nacht mit ihrer bescheidenen Beute davon. Die Bauern waren wütend und fühlten sich im Stich gelassen. Sie verlangten nach einer Wache. Als die Stadt eine solche unter den Inrather Bürgern rekrutieren wollte, gaben diese sich hartfellig. Sie schrieben eine Eingabe an den Bürgermeister. Die Bauern, die sich in der Vergangenheit mildtätig gezeigt hätten, müssten sich nicht fürchten, schrieben sie. Wohl aber müssten die zittern, die »uns in den vergangenen teuren Jahren das Blut unter den Nägeln weggesaugt haben«. Habe ein Armer sie um eine Gabe gebeten, hätten sie die Hunde von der Kette gelassen. Und jetzt sollten sie auftreten, diesen Tyrannen ihre Judas-Taler zu bewahren? Ihre Gräueltaten mit Nächstenliebe vergelten? Das werde nicht passieren.

Gustav wusste genau, wer von den Bauern in Inrath zu den mildtätigen und wer zu den Tyrannen zählte. Es war kein Zufall, dass der gute Heinrich Schroter um seine bescheidene Ernte keine Sorge haben musste. Ihn ließen sie in Ruhe. Er war es schließlich, der den Armen immer großzügig das Feld überließ, wenn sie darum baten, die

»Nachernte« einfahren zu dürfen. Wenn der Bauer vom Feld war, gab es für die hungrigen Mäuler immer noch etwas zu finden, und er ließ es zu. Das tat nicht jeder. Und Schroter jagte auch keinen vom Hof, der nicht mehr wusste, wo er noch irgendetwas zu kauen herbekommen konnte, ohne zum Dieb zu werden. Seinen Kettenhund hielt er angebunden, solange ihm die Besucher freundlich entgegentraten. Und wenn benachbarte Bauern in Inrath die Lage ausnutzten, um den Leuten für eine Handvoll Roggen das letzte Hemd abzupressen, schämte er sich für seinen Stand. Das konnte nicht recht sein und so einer war er nicht.

Doch auch für den Polizeikommissar Walther waren diese Jahre eine schwierige Zeit. Die Bettlerin Anna Möskes war ihm lange nachgegangen. Er konnte es niemandem verdenken, um sein Überleben zu kämpfen – durch Betteln oder Mundraub auf dem Felde. Aber dass die Menschen nachts nicht mehr über die Hochstraße gehen konnten, ohne fürchten zu müssen, ausgeraubt zu werden, konnte er nicht hinnehmen. Es stand nicht in seiner Macht als Polizist, den verdammten Hunger zu beenden oder den Leuten eine bezahlte Beschäftigung zu verschaffen. Aber es war seine Pflicht, auch in dieser Zeit dafür zu sorgen, dass die Ordnung nicht unterging. Diebstahl, Raub, nächtliche Exzesse betrunkener Webergesellen, alles das hatte in beunruhigender Weise zugenommen. Die Stimmung in der Stadt drohte zu entgleisen. Der Hunger und die Armut ließen hässliche Seiten der Menschen zutage treten. Er hatte nicht gedacht, dass sich dieses Gift so schnell würde verbreiten können. Wenn nichts geschah, würde Krefeld daran ersticken. Das wollte er nicht. Darum beantragte er zu den sechzehn bereits bestallten Nachtwächtern zweiunddreißig weitere. Der Rat, dessen Mitglieder zurecht befürchteten, dass auch ihre Häuser nicht mehr sicher seien, genehmigte die Ausgabe. Also suchte der Polizeipräsident zuverlässige Männer, wies ihnen bestimmte Reviere zu, die sie zu zweit bestreifen sollten, und ließ sie nun jede Nacht über die Königsstraße und die Lohstraße, die Lutherische Kirchstraße und die dunklen Gassen hinter der Mauer patrouillieren. In Inrath waren die Nachtwächter häufiger unterwegs als in Steckendorf, aber selbst dort schauten sie nach dem Rechten, und wenn Gustav die Laternen der Männer schaukelnd aus dem Dunkel auftauchen sah, gab es ihm ein gutes Gefühl. Es wäre nicht das erste Mal, dass hungrige Burschen in eine Bäckerei einstiegen, um hastig aus den Regalen zu ziehen, was sie an Essbarem finden konnten. Gustavs Mutter fürchtete sich davor, und sein Bruder Fritz ließ jetzt nachts eine Öllampe im Verkaufsraum brennen. Neben dem Bett hatte Fritz einen Knüppel liegen. Falls er im Schlaf überrascht wurde, wollte er nicht wehrlos sein.

Gustavs Mutter bekam die steigenden Kornpreise als Erste zu spüren. Als die Bauern für das knapper werdende Getreide von den Bäckern immer mehr Geld verlangten, musste Agnes den Preis für das Zwölf-Pfund-Brot erhöhen – erst auf zwölf, dann auf fünfzehn Silbergroschen. Viele Kundinnen reagierten mit unverhohlenem Missmut. Andere beschwerten sich nicht, aber kauften nur noch die kleineren Sechs-Pfund-Brote, und Agnes wusste, was das für ihre Familien bedeutete. 1846 bildete die Stadt eine Kommission, die Bezugskarten für Roggenbrote ausgab und Kohle zu herabgesetzten Preisen verkaufte. Den Roggen beschaffte die Düsseldorfer Regierung jetzt im Ausland, etwa in Amsterdam, und bunkerte ihn in staatlichen Magazinen. Die Hilfsbedürftigen gaben ihre Bezugsscheine bei Gustavs Mutter ab und bekamen dafür verbilligtes Brot.

Die von der Stadtverwaltung eingesetzte Allgemeine Armenanstalt verteilte bis zu tausend Suppen am Tag, auch Medizin und Geld. Der Rat forderte außerdem, den Verbrauch von Kartoffeln zur Herstellung von Branntwein zu verbieten. Dass nun die Schnapspreise anzogen, war dem Polizeikommissar nur recht. Es war besser, wenn die unzufriedenen Gesellen nicht auch noch betrunken waren. Zudem beantragte die Stadt Geld in Berlin, um wenigstens einige der hungernden Weber mit öffentlichen Arbeiten wieder in Lohn und Brot bringen zu können. In der Folge konnten zweihundert unter ihnen zur Schippe greifen und die Wege nach St. Tönis und Moers ausbauen, die Straße nach Linn befestigen und den Kliedbruch weiter trockenlegen. Wie Straßenarbeiter sahen die Männer mit ihren schmächtigen Schultern und blassen Gesichtern, die sonst den ganzen Tag am Webstuhl gesessen hatten, nicht aus.

Und dann sah Gustav Ede wieder. Fast hätte er ihn nicht erkannt. Damals am Pranger auf dem Neumarkt war Ede noch muskulös gewesen, drahtig, mit einem provozierenden Grinsen in der Visage, fies, aber höchst lebendig. Jetzt schlurfte er mit hängenden Schultern über die St. Antonstraße zum Wester Tor hin. In der Rechten trug er einen schmutzigen Beutel, in dem sich zwei Pfund Kartoffeln befinden mochten. Gustav fragte sich, ob er die gekauft, geklaut oder irgendwo aufgelesen hatte. Ede bog vor dem Tor rechts ab, ging am Stadtschloss vorbei weiter nach Norden. Sein Gang war unsicher, und Gustav fragte sich, ob er getrunken hatte. Wohin war er unterwegs? Das Gelände zwischen dem Schloss und der Straße nach Moers war unbebaut und verwildert. Soweit Gustav sich erinnerte, stand dort die Ruine einer Färberei. Aber inzwischen war das Grundstück zur Stadt hin von einer so hohen Hecke umwuchert, dass er nicht mehr hineinsehen konnte.

Plötzlich war Ede verschwunden. Wie vom Erdboden verschluckt. Gustav, der ihm mit hundert Fuß Abstand gefolgt war, ging weiter und sah, dass sich in der Hecke zur Linken ein kleiner Durchschlupf befand. Hier musste Ede hineingegangen sein. Gustav blieb stehen und lauschte. Aus dem Färbereigrundstück ertönten Stimmen. Eine Frau schien ein Kind zu rufen, »Usch«, keifte sie, »komm her, Usch!« Oder kommandierte sie einen Hund? Dann eine lallende Männerstimme: »Komm du mal her, Lisbeth, komm doch mal zum Jupp.« Die Frau reagierte nicht darauf, schien aber das Kind zu fassen bekommen zu haben und gab ihm eine Ohrfeige, sodass es anfing zu brüllen. Gustav drückte sich in die Hecke und folgte vorsichtig dem Trampelpfad. Auf dem Färbereigelände spielten große und kleine Kinder draußen im Dreck. Es war ein diesiger Spätherbsttag, aber die Kinder hatten nur dünne Hemdchen an und kurze Hosen. Sie waren mager und ungepflegt. Ein Mädchen entdeckte Gustav und sah ihm stumm in die Augen. Es mochte vier Jahre alt sein. Gustav schaute weg und ging an der Hecke entlang weiter. Die Fenster der alten Halle waren zerschlagen. Das Dach sah nicht gut aus, es konnte nicht dicht sein. Von innen tönten Stimmen: Frauen, Männer, manche offenbar nicht nüchtern. Dann eine offene Tür, durch die er ins Innere blicken konnte: Strohsäcke und alte Matratzen auf dem Boden, ein paar Kisten als Möbelstücke, an einem Ende wurde gekocht, der Geruch von Kohl zog aus der Tür, aus dem undichten Dach kräuselte sich eine Rauchfahne nach draußen. Ein Kreidestrich auf dem Boden schien die Grenze zwischen dem Revier zweier Familien zu markieren. Auch drinnen schrien Kinder, andere spielten im verwilderten Gelände Räuber und Gendarm. Ein Zehnjähriger kam aus dem Haus, stellte sich an die Hecke und pinkelte. Dass Gustav fünf Fuß neben ihm stand, interessierte ihn nicht.

Dann kam Ede aus der Halle. Seine Kartoffeln hatte er abgeliefert. Gustav sah, dass Ede barfuß war. Er ging auf Gustav zu. »Willste hier einziehen?«, fragte er ihn. Er hatte ihn nicht erkannt, da war Gustav sicher. »Kostet zehn Groschen die Woche. Kannste direkt bei mir bezahlen«, erklärte er.

»Wie viele seid ihr da drin?«, fragte Gustav.

Ede zuckte mit den Schultern. »Zwanzig Große. Und ein Haufen Blagen. Zusammen fünfzig vielleicht.« Dann grinste er und zeigte schlechte Zähne, die Gustav zusammenzucken ließen. »Und zehntausend Läuse«, ergänzte Ede und lachte dreckig.

»Ist das erlaubt hier?«, fragte Gustav. Ede spuckte auf den Boden.

»Erlaubt? Wie man's nimmt. Manchmal kommt einer von den Bullen. Dann muss die Lisbeth ein bisschen lieb zu ihm sein, damit er uns in Ruhe lässt.«

Gustav verzog das Gesicht.

Ede feixte. »Ist jetzt nicht das Schloss hier. Aber hat einen schönen Namen. Frag nach der Bellevue und jeder weiß, was du meinst.« Gustav blickte ihn fragend an, aber da hatte Ede sich schon umgedreht und schlurfte wieder zur Halle. »Überleg's dir!«, rief er noch, ohne ihn noch einmal anzusehen. »Zehn Groschen pro Woche. In bar und im Voraus!« Dann verschwand er im Haus.

Gustav fröstelte es. Bellevue, dachte er, was für ein Name. Er stolperte vorsichtig wieder zum Loch in der Hecke und beeilte sich, auf die Straße zu kommen. Abends erzählte er Willi von dem Haus.

Der nickte. »Hab ich von gehört. Die Bellevue. Musste aufpassen, dass du dir nicht die Syphilis holst, wenn du da reingehst. Die haben da angeblich schon die Kinder manchmal.«

Gustav berichtete Willi, dass er Ede dort wiedergetroffen und der ihn nicht erkannt hatte.

Willi schwieg. »Wer da gelandet ist, wird nicht alt«, sagte er dann. Als sie später bei Willis Eltern saßen, sagte seine Mutter, die Bellevue-Kinder würden oft mit dem Schiebkarren vorbeikommen und »Bürtsches« verkaufen, kleine Reisigholzbündel, die die Hausfrauen zum Anzünden des Herdfeuers verwendeten. Die Leute holten das Holz aus dem Flohbusch oder dem Schicksbusch, ohne groß zu fragen, wem die Waldstücke gehörten. Zu Hause würde es dann klein gemacht und zu den Bürtsches gebunden. Außerdem käme von den Kleinen, wenn sie an die Türen klopften, regelmäßig die Frage, ob man nicht ein wenig Essen übrighätte. Manchmal hatten die Hausfrauen noch ein paar Gemüsereste vom Mittagessen auf dem Herd. Dann hielten die Kinder ihnen ihren Korb hin, wo sich die Reste mit ähnlicher Beute aus den Häusern der Nachbarn zu unansehnlichen Klumpen ballten. Zu Hause würde die Mutter die Reste aufwärmen, hätte ihr ein Mädchen neulich erklärt. Das wäre dann ihr Essen.

Auf die Frage, ob das schmecke, habe ihr die Kleine gesagt, »meistens nicht so gut«, und sei schnell wieder zu ihrem Schiebkarren mit den Reisigbündeln gelaufen. Diese Kinder seien arm dran, sagte die Mutter seufzend. Eigentlich müsse man sie den Eltern abnehmen. Aber wohin mit ihnen?

Am Abend setzten sich Willi und Gustav auf die Bank vor ihrer Werkstatt und schauten in die Dämmerung, ohne viel zu sagen. Würde diese Stadt wieder auf die Beine kommen? Nach dem, was Gustav heute gesehen hatte, glaubte er nicht mehr daran.

# *1845. Der Milchverein*

Am 22. Mai 1845 erschien im Intelligenzblatt eine höchst merkwürdige Anzeige. Unter der Überschrift »Milchverein« wurde dort zu »Harmonie und Ball« eingeladen, und zwar zur »Jubelfeier der Erfindung des blauen Dunstes«. Die Probe zu der Ouvertüre »Schier 30 Jahre« finde um fünf Uhr nachmittags statt, einheimischen Nicht-Mitgliedern sei der Eintritt streng verboten. Bitte was, fragten sich viele Leser. Die Polizei verstand, was gemeint war, und ließ den Inserenten, den siebzehnjährigen Ludwig Friedrich Seyffardt, vorführen und vernehmen. Doch was ließ sich dem vorlauten Knaben, der später ein bis nach Berlin bekannter und geachteter Krefelder Politiker werden würde, schon nachweisen? Vor dreißig Jahren hatte der König den Preußen eine liberale Verfassung versprochen, die den Bürgern Rechte und Stimme verleihen sollte. Dieses Versprechen hatte er nie gehalten – blauer Dunst war es gewesen, heiße Luft. Und daran zu erinnern, wollte der junge Krefelder sich nicht nehmen lassen. Nur: Welcher preußische Polizist mochte schon darauf insistieren, dass mit »blauer Dunst« nur die Versprechen des Königs gemeint sein konnten? Schwierig, schwierig. Und so ließ die Obrigkeit die Sache schließlich fallen. Seyffardt und der Verleger Schüller, der natürlich genau wusste, was die Anzeige in seinem Blatt bedeutete, freuten sich diebisch.

Aber worum bitte handelte es sich beim »Milchverein«? Nun, das war in Krefeld kein ganz so großes Geheimnis. Unter den vielen Kränzchen und Klübchen, die sich neuerdings der Musik, den Naturwissenschaften oder einfach dem »Höheren« widmeten, zeichnete sich das literarische Kränzchen durch die befremdliche Eigenart aus, dass die Teilnehmerinnen und Teilnehmer sich Kehlen und Geist nicht durch alkoholische Getränke geschmeidig machten. Man trank Wasser, Tee, Kaffee oder Milch – und Letztere hatte den Freunden der Literatur den Spottnamen »Milchverein« eingetragen.

Dass der Polizei das literarische Kränzchen suspekt war, lag nicht nur an der kleinen Provokation mit der Jubelfeier des blauen Dunstes. Polizeikommissar Walther war vollkommen klar, dass die Mitglieder des »Milchvereins« mit Vorliebe die Bücher lasen, die der Polizist, wenn er sie bei Schüller unter der Ladentheke fand, umgehend konfiszieren ließ. Und anders als bei der Beschlagnahme von schwarz gebranntem Schnaps hielt sich das Mitgefühl des Beamten, wenn er wieder einmal ein paar Exemplare von Heinrich Heines »Reisebildern« gefunden hatte, in Grenzen. Er konnte zwar lesen, aber über diese Pamphlete reichte ihm zu wissen, dass sie amtlich attestierter Schmutz waren. Wer solche die Moral zersetzenden Druckschriften feilbot, gehörte bestraft.

Gustav war aus zwei Gründen von Anfang an dabei gewesen, als sich der »Milchverein« 1844 gegründet hatte. Zum einen war es die Chance, jeden Donnerstagabend mit Menschen zusammen zu sein, die wie er gerne lasen. Bücher waren Teil seines Lebens, seit sein Bruder Fritz ihm als Kind »Robinson Crusoe« vorgelesen hatte. Bücher waren seine Eintrittskarte in eine andere Welt gewesen, stundenlang war er abgetaucht in die Abenteuer Robinsons oder Ivanhoes. Später dann hatte er die Lyrik für sich entdeckt, vor allem die Gedichte Hölderlins. Im »Milchverein« lernte er, dass das geschriebene Wort mehr als Spannung oder Genuss sein konnte: In der Hand eines Heinrich Heine oder Georg Büchner war es ein scharfes Schwert. Ihre Schriften zu lesen, gab ihm und den anderen im »Milchverein« das Gefühl, nicht mehr nur Opfer der elenden Verhältnisse zu sein, die sie gerade überkamen. Sie wollten gestalten, und ihr Werkzeug war das Wort.

Diese erregende Entdeckung teilte Gustav – ausgerechnet mit Clara. Er hatte keine Ahnung gehabt, dass sie das literarische Kränzchen besuchte, und als er sie das erste Mal dort sah, traf es ihn völlig unerwartet. Seit jener Ruderpartie im Gewitter hatten sie sich nur noch flüchtig gesehen. Sie waren sich aus dem Weg gegangen. Er hatte gewusst, dass sie für ihn nicht erreichbar war, und doch hatte er das Gefühl gehabt, dass nicht nur er die Schranke zwischen ihnen als schmerzhaft empfand. Oder täuschte er sich? Inzwischen war Clara mit dem Samthändler Emil verlobt, wohlhabend, angesehen und ein Dutzend Jahre älter als sie. Lisetta hatte ihm davon erzählt, nicht ahnend, dass Gustav Gefühle für Clara hegte, und es hatte ihm einen Stich gegeben. Andererseits: Jetzt, wo die Verhältnisse klar waren, gab es für beide keinen Grund mehr, sich zu meiden. Also trat er, nachdem ihre Diskussion über Heines Harzreise zu Ende war, auf sie zu und gratulierte ihr zur Verlobung mit Emil. Sie bedankte sich artig, ohne, wie Gustav mit Genugtuung feststellte, dabei vor Glück zu strahlen, und dann erzählten sie sich, wie es ihnen in den letzten Jahren ergangen war. Später zu Hause überließ Gustav sich sentimentalen Gedanken, die ihn zwischen einer Angelpartie auf der Moers und den Leiden des jungen Werther hin und her driften ließen.

Der »Milchverein« war eine bunte Mischung aus Leuten, die gleichermaßen Spaß am geschriebenen Wort wie auch Lust an einer gewissen Subversion hatten. Sie waren kein Klub von Aufrührern und kamen nicht zusammen, um die Revolution zu planen. Aber sie waren auch nicht bereit, sich die Lektüre eines Buches verbieten zu lassen, nur weil der Polizeikommissar es auf Order aus Berlin aus den Buchhandlungen entfernen ließ. Im Gegenteil: So ein Akt ignoranter Willkür adelte das betreffende Werk sofort und sicherte ihm einen Platz auf der Lektüreliste des »Milchvereins«. Die Freude am Widerspruch beseelte nicht nur Ludwig Seyffardt, der die Idee mit der Jubelfeier anlässlich der Erfindung des blauen Dunstes gehabt hatte, die bei der nächsten Vereinssitzung für Heiterkeit und uneingeschränkten Beifall gesorgt hatte. Da waren auch die Oberlehrer Arnold Knorsch und Hugo Kopstadt, der Turnlehrer Caspar Imandt, der später wirklich zum Aufrührer werden sollte, oder der Rechtskonsulent Felt, die allesamt keine Duckmäuser waren. Weitere Mitglieder waren belesene Handlungsgehilfen und einige Handwerker. Clara als »Tochter aus gutem Hause« war Exotin im »Milchverein«, und nachdem die Teilnehmerzahl des Kränzchens von anfangs hundert nach vier Wochen auf zwei Dutzend geschrumpft war, blieb Gustav als einziger Seidenweber übrig. Die meisten Weber konnten zwar lesen und schreiben, aber nach Zwölf-Stunden-Tagen am Webstuhl hatte kaum einer mehr die Kraft, sich an schöner Lektüre zu erbauen. Wer es versuchte, schlief nach zwei Seiten ein. Sie gingen lieber zum Turnverein.

Die Teilnehmer wussten, dass die Autoren, die sie lasen, Sprengstoff waren für eine Stadt, in der viel Unzufriedenheit herrschte. Nicht umsonst hatte der Bürgermeister seinen Polizeichef angewiesen, ein »Auge auf das literarische Kränzchen zu haben«. Walthers Problem war, dass jeder, den er in den »Milchverein« schickte, um nach dem Rechten zu sehen, sofort auffiel. Wenn es dennoch jemand wagte, verteilten die Mitglieder, als sei es lange geplant, einen Klassensatz des Lustspiels »Die Großmama« des patriotischen Dichters August von Kotzebue und lasen es laut mit verteilten Rollen. Quälte sich der von Walther geschickte Spion stammelnd durch die Dialoge, konnten sie nur mühsam das Lachen unterdrücken. Als Höhepunkt ließen sie den Armen dann noch aus der Komödie »Die deutschen Kleinstädter« rezitieren – und waren dann sicher, dass Walther so schnell keinen seiner Spitzel mehr für diese Aufgabe würde gewinnen können.

Was die Mitglieder des »Milchvereins« wirklich interessierte, waren die Autoren, die als Journalisten und Schriftsteller über eine neue Ordnung in der Gesellschaft nachdachten. Der Dichter Georg Herwegh etwa: drei Jahre älter nur als Gustav, und einer, der von der Freiheit schrieb wie kein Zweiter: »Du fliehest das Geräusch der Marmorhallen, wo trunkne Schlemmer sich im Weine baden, du lässt in Hütten dich zu Gaste laden, wo Tränen in die leeren Becher fallen.« Ihn hatte Friedrich Wilhelm IV. aus Preußen ausweisen lassen – mit gutem Grund. Und aus dem gleichen Grund lasen sie ihn in Krefeld mit Begeisterung. Dann ein hessischer Arzt und Autor: Georg Büchner – er war nicht älter geworden als Gustav es jetzt war, dreiundzwanzig Jahre. Und doch hatte er nicht nur mit dem »Hessischen Landboten« sein leidenschaftliches »Friede den Hütten, Krieg den Palästen« in die Welt geschmettert, er hatte auch den »Lenz« geschrieben, »Dantons Tod« und »Leonce und Lena«, in dem Leonce aus dem Königreich Popo und Lena aus dem Königreich Pipi voreinander fliehen, um sich dann ineinander zu verlieben. Gustav wünschte, ihn könnte ein ähnlich wundersames Schicksal in die Arme Claras führen.

Am meisten aber bewunderten sie Heinrich Heine, der nicht weit von Krefeld in der Düsseldorfer Bolkerstraße aufgewachsen war. Er war ein Genie, fand Gustav, und er sprach ihnen allen aus der Seele, wenn er sich über die Zensur im Deutschen Bund mit einem Text lustig machte, in dem alle Worte geschwärzt waren, bis nur diese zwei Fragmente übrig blieben: »Die deutschen Censoren« und »Dummköpfe«. Heine war es, der in seinen Aufsätzen immer wieder die Frage stellte, warum Vaterlandsliebe in Deutschland – anders als etwa bei den Franzosen – mit Demokratiefeindlichkeit, Ausländerhass und Antiliberalismus verbunden sein musste: »Aus Gemütes Tiefen quillt er, Deutscher Hass! Doch riesig schwillt er, und mit seinem Gifte füllt er schier das Heidelberger Fass«. Heine war es, der den schlesischen Webern mit dem Weberlied gerade ein literarisches Denkmal gesetzt hatte: »Ein Fluch dem König, dem König der Reichen, den unser Elend nicht konnte erweichen. Der den letzten Groschen von uns erpresst und uns wie Hunde erschießen lässt. Wir weben, wir weben!« Natürlich wurde das Gedicht in Preußen sofort verboten. Jeder im »Milchverein« hätte viel dafür gegeben, Heine einmal in einem Café in Montmartre zu begegnen, wo er jetzt im Exil lebte.

Und wenn sie sich im Klub die Köpfe heiß geredet hatten über die Frage, wann sich im spießigen Preußen etwas ändern werde, lasen sie zum Abschied schon einmal das traurig-schöne Loreley-Lied oder die Ballade von König Belsatzar, bei der Gustav immer eine Gänsehaut bekam. Wieder zu Hause, schloss sich Gustav in sein Zimmer ein und holte seinen Heine-Band heraus, mit den Gedichten, an die er den ganzen Abend schon hatte denken müssen: »Küsse, die man stiehlt im Dunkeln/ Und im Dunkeln wiedergibt,/ Solche Küsse, wie beselgen/ Sie die Seele, wenn sie liebt!/ Ahnend und erinnerungssüchtig/ Denkt die Seele sich dabei/ Manches von vergangnen Tagen,/ Und von Zukunft mancherlei./ Doch das gar zu viele Denken/ Ist bedenklich, wenn man küsst; -/ Weine lieber, liebe Seele/ Weil das Weinen leichter ist.« Er wusste, dass es nicht gut für ihn war, so lange neben Clara zu sitzen. Doch nächsten Donnerstag würde er wiederkommen – in den »Milchverein«.

# *1848. Das Seelentuch*

Gustav und Willi hatten mit ihrer kleinen Manufaktur bisher Glück gehabt. Ihre Rechnung war aufgegangen. Sie webten jetzt Krawattenstoffe und gemusterte Seidentücher auf ihren Jacquard-Stühlen. Anfangs tauchte Schulz alle paar Tage in Inrath auf, um sich zu vergewissern, dass die beiden die nötige Ausdauer zeigten, sich mit der komplizierten Technik vertraut zu machen. Gustav und Willi waren entschlossen, ihn nicht zu enttäuschen. Und so studierten sie jede Öse und jeden Zugdraht an den Maschinen, bis sie sie bis in die letzte Litze verstanden hatten. Dann ließen sie sechzehn Stunden am Tag die Schiffchen fliegen, um endlich in den Händen zu halten, wovon sie so lange geträumt hatten: mehrfarbige, wunderschön gemusterte, glänzende Stoffe – Gustav hatte Tränen in den Augen, als er das erste fertige Stück durch die Finger gleiten ließ. Und während die Seidenfabrikanten Tausende von Stühlen stilllegen ließen, nachdem der Markt für gewöhnliche Glattstoffe zusammengebrochen war, konnten sie auf ihren Jacquard-Stühlen weiterarbeiten. Lang- und Querbinder, Halstücher und Krawatten wurden immer benötigt – als Teil militärischer Uniformen genauso wie als Modeaccessoires des Adels. Auch war der Durst der katholischen Geistlichkeit nach teuren Messgewändern und kunstvollen Paramenten durch die Not der Welt vor den Kirchenportalen nicht vergangen.

Trotzdem fühlten sich Gustav und Willi wie auf einer Sandbank im Meer, während das Wasser stieg, Stück für Stück den noch festen Grund an den Rändern abknabberte und ihn in der Flut versinken ließ. Es war nicht nur die Welt der Weber, in der es gärte, der Unmut der Menschen hatte sich längst über Stände und Grenzen hinweg Bahn gebrochen. Am 24. Februar hatten die Franzosen ihren König gestürzt, am selben Abend waren Tagelöhner mit Trommeln bis um Mitternacht durch Linn gezogen, um, wie es später hieß, die Burg des Gutsbesitzers Philipp de Greiff zu stürmen. Zwei Rädelsführer waren verhaftet worden. Am 3. März versammelten sich fünftausend Menschen in Köln, um Pressefreiheit, Volksbewaffnung und Einberufung einer deutschen Nationalversammlung zu fordern: Sie wurden von Soldaten auseinandergetrieben.

Auch in Krefeld war die Spannung mit Händen zu greifen. Am Tag nach den Krawallen in Köln lud der Ratsherr Moritz de Greiff die Bürger in die »Gesellschaft Verein« ein. Gustav war erstaunt: In der Gesellschaft trafen sich die gut situierten Handwerker, die betuchten Händler und die Ärzte – sicher niemand, der revolutionärer Umtriebe verdächtig war. Was war die Idee dieses Treffens?

Als er um acht Uhr abends zum neuen Haus der Gesellschaft auf dem Ostwall kam, war der Saal bis auf den letzten Platz besetzt. Gustav sah, dass viele Krefelder mit Rang und Namen gekommen waren: Carl Max Schüller, in dessen Buchhandlung er schon so viele Stunden verbracht hatte, der Modewarenhändler Friedrich Hoecker und der Weinhändler Peter Hunzinger, der auch Repräsentant der evangelischen Gemeinde war. Und Gustav erkannte Leonhard von Beckerath, der damals bei der

Angelpartie auf der Moers mit ihnen auf Hechte gegangen war und jetzt mit Seide handelte.

Die Männer wählten den Ratsherren Hermann von Beckerath zum Versammlungsleiter, und der beschrieb in einer mitreißenden Rede die Stimmung in vielen deutschen Städten, in denen die Menschen nach Freiheit riefen. Und manches könnten sie jetzt auch bekommen, rief er den Anwesenden zu: »Eine Verfassung, die allen Menschen Rechte garantiert, eine Presse, die nicht länger durch Zensur gelähmt ist, eine parlamentarische Landesvertretung, die Gesetze erlassen kann.« Der Saal applaudierte, »Bravo«-Rufe ertönten. Von Beckerath wartete, bis es wieder ruhig war. »Das, liebe Mitbürger, erreichen wir aber nur mit dem König, nicht gegen ihn. Und er wird diesen Weg mit uns gehen, glaubt mir. Denn er weiß, dass die neuen Gewalthaber in Frankreich weiter vor unseren Toren stehen. Und dass wir dieser Gefahr nur entgegentreten können, wenn König und Volk Hand in Hand gehen.«

Schlau, dachte Gustav. Dem König so klarzumachen, dass ein neuer Napoleon seinen Thron bedrohen könnte – und den Menschen, dass sie den König brauchten. War seine Idee, durch liberale Reformen eine gewaltsame Revolution zu verhindern? Die Zuhörer klatschten begeistert. Moritz de Greiff ergriff nun wieder das Wort und formulierte eine Petition, die Pressefreiheit, gewählte Parlamente und die deutsche Einheit forderte. Von Beckerath stimmte ein dreifaches »Hoch lebe der König« an, dem sich das Publikum anschloss. Die Männer auf dem Podium setzten als Erste ihre Unterschriften unter die Petition, und in einem langen Defilee folgten die anderen Teilnehmer der Versammlung. Am nächsten Tag, einem Sonntag, sollte sie noch in den Räumen des Vereins ausliegen und von allen anderen Bürgern unterzeichnet werden können, die sich den Forderungen anschließen wollten. Danach, so hatte von Beckerath versprochen, würde die Petition aus Krefeld postwendend nach Berlin gehen, zu Händen Friedrich Wilhelm IV. von Preußen.

Die Schlange vor dem Vereinshaus am kommenden Tag war lang. Gustav sah Kaufleute und Ladenbesitzer in kleinen Grüppchen zusammenstehen und diskutieren. Aber auch Webermeister hatten sich eingereiht, um die Forderungen zu unterschreiben. Demonstrativ trugen sie heute ihre blau-weißen Weberjacken. Selbst die, die schon länger keine Kette mehr bekommen hatten in dieser schwierigen Zeit – blieben sie nicht trotzdem stolze Seidenweber? War die Forderung nach Freiheit nicht auch eine Forderung nach Arbeit? Gustav sah ihre mageren Gesichter, denen die Hoffnung auf Besserung wieder etwas Glanz verliehen hatte, und wünschte sich, dass sie nicht enttäuscht würden. Aber alles war möglich im Moment, oder etwa nicht?

Er ging zum Quartelnmarkt, wo der Brauer Wierichs sein Lokal »Zum goldenen Stern« hatte. Es war warm, er fand draußen einen freien Tisch und setzte sich. Auf dem Markt standen Männer mit einem Bier in der Hand und diskutierten – es waren nicht die Seidenwebermeister, die heute ihre Unterschrift unter die Petition gesetzt hatten, sondern die Arbeiter aus den Färbereien und Druckereien, die Gehilfen aus den Schlossereien und Schreinereien. Kaum einer von ihnen war gestern bei der Versammlung gewesen. Und sie machten auch jetzt einen unzufriedenen Eindruck. Sie glaubten nicht an neue Freiheiten, sie hielten nichts vom König, und solange die Kartoffeln nicht billiger wurden, war ihnen auch egal, ob es ein Parlament gab oder nicht. Sie waren hungrig, frustriert und wütend – und im Moment tröstete sie nur Wierichs' kühler Trank.

Als neben Gustav ein Platz frei wurde, fragte eine junge Frau, ob sie sich setzen dürfe. Gustav nickte gedankenverloren. Aus den Augenwinkeln musterte er sie. Sie war vielleicht zwanzig Jahre alt, hatte einen blassen Teint, schulterlanges blondes Haar. Ein bisschen dünn war sie, fand Gustav, aber hübsch. Irgendetwas an ihr kam ihm bekannt vor. Er konnte nicht sagen, was. Sie hatte eine kleine weiß lackierte Holzkiste mit einem Tragegriff aus dünnem Leder auf den Tisch gestellt. Jetzt öffnete sie den Deckel und nahm etwas heraus – ein seidenes Taschentuch. Die junge Frau betrachtete eine Stickerei, die in einer Ecke des Tuches angebracht war. Gustav konnte sie nicht gut erkennen. Das Motiv sah aus wie ein Vogel mit vier Beinen.

»Ein Greif«, sagte sie, und Gustav zuckte zusammen.

Hatte er so offensichtlich herübergestarrt? Sie sah ihn nicht an, blickte weiter auf das Seidentuch, strich mit dem Finger über das Bild. Sie reichte ihm das Tuch hinüber. »Halb Adler, halb Löwe«, erläuterte sie. Jetzt sah er es. Die Stickerei war in Blau für den Löwen und Rot für den Adler gehalten, wobei die Farben ineinanderzufließen schienen. Der Löwe zeigte seine vier krallenbewehrten Tatzen, der Adler ließ aus seinem krummen Schnabel eine Zunge herausschnellen, und doch sah das Fabelwesen nicht aggressiv aus, sondern eher stolz und kraftvoll. Die Stickerei war fein gearbeitet und auf kunstvolle Art so stilisiert, dass sie wie ein Wappen wirkte.

»Haben Sie das gestickt?«, fragte Gustav.

Die junge Frau nickte, immer noch über das Taschentuch gebeugt. Sie sah nachdenklich aus. »Ich hoffe, es gefällt ihm. Wenn ja, werde ich davon zehn weitere herstellen können.«

Gustav hatte eine Vermutung, von wem sie redete. Es war das Wappen des Krefelder Seidenfabrikanten Cornelius de Greiff. Er war ein erfolgreicher Geschäftsmann, galt aber als granteliger Eigenbrötler. »Der alte Knelles?«, riet er auf gut Glück.

Sie blickte auf und sah ihn überrascht an. »Er ist nicht so, wie die Leute denken«, sagte sie. Sie faltete das Taschentuch auseinander und legte es vorsichtig auf den Tisch. Es war ein guter Seidenstoff, wie Gustav erkannte – fehlerfrei und sauber gewebt. »Er denkt viel nach. Wir haben uns unterhalten über den Greif und was er ausdrücken soll. Fast eine Stunde lang.«

Jetzt war Gustav überrascht. »Cornelius de Greiff hat sich mit Ihnen eine Stunde lang über ein Taschentuch unterhalten?«

»Sagen wir so: Ihm hätte eine Viertelstunde gereicht«, erklärte die junge Frau und lächelte dabei verschmitzt. Gustav gefiel ihr Lächeln. »Aber wenn ich für jemanden so etwas sticke, will ich genau wissen, wie er ist. Das dauert dann schon mal länger, so ein Gespräch.«

Jetzt war Gustav neugierig: »Für wen sticken Sie denn so was – und ›so was‹, was ist das – Wappen auf Taschentüchern?«

»Kann ein Wappen sein, muss aber nicht«, sagte sie. »Die meisten Menschen haben ja kein Wappen. Aber vielleicht haben sie etwas, was ihnen wichtig ist, ein Tier, eine Pflanze, ein Symbol, ein Bild, das ein Stück ihrer Seele zeigt. Ich rede auch lieber von Seelentüchern als von Taschentüchern.«

Gustav war sprachlos. »Und das sind alles – Seelentücher?«, fragte er und blickte mit hochgezogenen Augenbrauen auf die weiße Kiste.

»Ja«, sagte die Frau. »Manchmal fragen die Menschen nach Beispielen. Dann zeige ich ihnen welche. Obwohl es wichtig ist, sein eigenes Seelenbild zu finden. Da gibt es keine zwei gleichen.«

Gustav streckte einen Arm nach dem Kistchen aus. »Darf ich mal sehen?«

Sie zögerte. »Ich zeige Ihnen welche«, antwortete sie, öffnete den Kasten, suchte kurz, zog schließlich ein Tuch heraus, das in einer Ecke einen Baum abbildete, dessen Stamm und Zweige in Blau gehalten waren, umfangen von einer kreisrunden Baumkrone in Grün – ganz einfach und doch sofort zu erkennen. »Eine Witwe in Vorst«, berichtete die junge Frau, »wohnt in einem kleinen Weberhaus am Ortsrand. Sie ist dort geboren. Unter dem Fenster ihres Zimmers stand immer ein Apfelbaum, schon als sie ein Kind war. Im Winter war er kahl. Dann war es bitterkalt in ihrem Zimmer. So kalt, dass morgens, wenn sie aufwachte, von innen Eisblumen auf den Fensterscheiben klebten. Wenn der Baum draußen endlich Knospen bekam, spürte sie: Jetzt ist die kalte und dunkle Jahreszeit vorbei. Darüber war sie froh, denn sie mochte die Dunkelheit und die Kälte nicht. Wenn sich später im Jahr Früchte am Baum bildeten, wusste sie: Bald können wir ernten, nicht nur Äpfel, auch Bohnen und Kohl, Kartoffeln und Kürbisse. Darauf wartete sie, denn das Essen in ihrer Familie war immer knapp. Und wenn der Baum die Blätter, die inzwischen rot und braun geworden waren, verlor, zeigte ihr das, dass der Sommer vorbei war und der kalte Winter nicht mehr lange auf sich warten lassen würde. Als das

Mädchen groß wurde, verliebte es sich in einen Jungen aus der Nachbarschaft, und als ihr Vater, ein Weber, plötzlich an Typhus starb, zog der Junge, den sie inzwischen geheiratet hatte, in ihr Haus. Und sie arbeiteten zu zweit an dem Webstuhl, mit dem das Mädchen groß geworden war. Der Apfelbaum blühte weiterhin jedes Frühjahr und bekam rote Früchte im Sommer und verlor im Herbst seine Blätter, auch als sie alle zwei Jahre ein Kind bekamen. Vier von acht Kindern überlebten, wurden älter und heirateten selbst irgendwann. Eines Tages im Herbst starb ihr Mann, da war der Baum schon fast kahl, und sie wusste, dass dieser Winter sehr hart werden würde für sie. Aber auch der ging vorbei und der Baum trieb wieder aus und sie schöpfte neuen Lebensmut. Ihre vier Kinder sorgen jetzt für sie und sie wohnt immer noch in dem Haus und sieht jeden Morgen nach dem Aufwachen den Baum. Der Apfelbaum ist ein Stück ihrer Seele, und deswegen haben die Kinder mich eines Tages gebeten, ihr den Baum auf ein schönes weißes Seidentuch zu sticken. Es war ein Geburtstagsgeschenk. Ich habe ein zweites Tuch gestickt, für mich, weil ich die Kraft gespürt habe, die von diesem Baum ausgeht. Manchmal schaue ich mir den Baum an und dann weiß ich: Er blüht immer wieder, auch wenn es einmal bitterkalt ist.«

Gustav musste schlucken. »Was für eine starke Frau«, murmelte er. »Und was für ein schönes Bild.«

Die Seidenstickerin zog ein anderes Tuch aus der weißen Kiste. Es zeigte einen Vogel, der leuchtend gelb zum Himmel aufstieg, mit aufgerissenem Schnabel, als würde er fröhlich zwitschern, während die Erde unter ihm schwarz und dunkel dalag und Fäden wie leichte Rauchfahnen emporzüngelten, ohne ihn erreichen zu können.

»Der Phönix aus der Asche?«, riet Gustav.

»Ja, und es ist nicht lange her, dass ich dieses Bild gestickt habe. Schon wieder für eine Frau übrigens, die ihren Mann verloren hat, auch wenn das einige Jahre zurückliegt. Ihre Geschichte ist bemerkenswert. Sie war etwas älter als ich jetzt, als die Franzosen hier waren. In einen hat sie sich verliebt, einen gut aussehenden Soldaten, Pierre hieß der, und drei Monate später war sie schwanger. Dann wurde ihr Pierre in den Krieg nach Osten abkommandiert. Und sie hat ihr Baby bekommen. Es war eine große Schande, und die Eltern haben sich geschämt und die Nachbarn haben gelästert, aber ihr Kind, das hat sie geliebt. Und sie hat sich nicht unterkriegen lassen. Sie hat gekämpft. Sie war eine starke Frau, und sie hatte ein starkes Kind, und eines Tages hat sie einen Mann gefunden, den das mit dem Kind nicht kümmerte und der sie trotzdem geliebt hat. Sie haben gemeinsam noch weitere Kinder bekommen und am Ende wusste niemand mehr, dass der Älteste gar nicht von dem Mann war. Sie waren einfach Geschwister. Die Frau war mit ihrem Franzosenbastard, wie die Leute es anfangs genannt hatten, durchs Feuer gegangen, weiß Gott. Aber sie hat das durchgestanden und hat sich, wie sie es selbst empfunden hat, wie der Phönix aus der Asche erhoben und hat gekämpft und ist zum Himmel geflogen und dort auch angekommen. In ihrem Leben hat es noch manches Mal gebrannt, aber sie hat sich immer an diese Zeit erinnert und daran, dass sie es überlebt hat. Und das hat ihr dann wieder Kraft gegeben, es noch einmal zu schaffen. Auf die Idee mit der kleinen Seidenstickerei ist sie übrigens selbst gekommen, als sie mich mit meinem Stand auf dem Lampenmarkt gesehen hat. Sie wusste sofort, wie das Bild aussehen muss. Sie hat mir später erzählt, dass sie jedes Mal, wenn es brenzlig wird in ihrem Leben, ihr Taschentuch herausholt, sich aufplustert wie der Phönix, ihre Flügel ausklappt und sich dann wieder erhebt.«

Noch einmal war Gustav gerührt. Wie schaffte es diese junge Frau, dass die Menschen ihr solche Geschichten erzählten? Und wie gelang es ihr, ein ganzes Menschenleben in ein gesticktes Bild zu gießen? Ein drittes Tuch holte sie aus ihrer weißen Kiste – größer als die anderen war es, es sei diesmal für einen Mann, erklärte sie. Für einen reichen Bauern am Niederrhein. Dem sei es das Wichtigste im Leben gewesen, jedes Jahr eine gute Ernte einzufahren und die Scheunen zu füllen, viel Geld zu verdienen und etwas zu gelten am Ort. Er war eitel, aber er war auch ein guter Mann. Den Armen hat er manches Mal geholfen, wenn ein Jahr schlecht und die Ernte karg war. Wenn er der Letzte war im Ort, der noch Vorräte hatte. Er fühlte sich geehrt, wenn die Leute ihm für seine Großzügigkeit dankbar waren und seinen Namen priesen. Als Symbol für sein Leben habe er die volle, pralle Ähre gewählt. Sie habe ihm diese Ähre auf sein großes Taschentuch gestickt, das er immer bei sich getragen habe. Sie zeigte auf das Bild – eine schöne Ähre war es, kunstvoll in leuchtendem Goldgelb gehalten, zum Reinbeißen, fand Gustav.

»Dann passierte etwas Furchtbares«, fuhr die junge Frau fort, »ein Feuer brach aus und vernichtete den ganzen Hof des Bauern. Alles: die Scheunen mit dem Getreide, den Viehstall und das Wohngebäude.« Zum Glück habe die Familie überlebt – seine Frau und seine acht Kinder. Aber der Bauer sei am Boden zerstört gewesen. »Als er mich am nächsten Markttag traf, war er wütend und schleuderte mir das Taschentuch auf den Tisch. Das, sagte er, habe ihm kein Glück gebracht. Für ihn habe es sich ausgeerntet, er sei am Ende. Ich könne das Tuch behalten, er wolle es nicht mehr.«

Sie betrachtete einen Moment nachdenklich die Stickerei, die zwischen ihr und Gustav auf dem Tisch lag, und erzählte dann weiter. »Ein Jahr später war ich wieder auf dem Markt, und wieder kam der Bauer an meinen Stand. Er war diesmal nicht wütend, sondern verlegen. Er hielt seinen Hut in der Hand und meinte, er müsse sich bei mir entschuldigen. Wegen der Ähre, die ich ihm gestickt und von der er nichts mehr habe wissen wollen.« Der Bauer hatte berichtet, dass die Menschen im Dorf ihn und seine Familie nach dem Brand aufgenommen hätten, ihm Obdach gegeben, und nicht das schlechteste. In der guten Stube eines Nachbarn waren er und seine Frau untergekommen, obwohl ihre Kleider noch nach Rauch stanken. Die Kinder bekamen auch Betten im Dorf und wurden gut versorgt. Dann setzten die Nachbarn sich zusammen und berieten mit ihm, wie man das Gehöft wieder aufbauen könne. Immerhin würde es Geld von der Feuersozietät geben. Die Nachbarn liehen ihm Pferd und Wagen, damit er einen guten Baumeister suchen und anheuern konnte. Dieser hatte ihm dann einen Vorschlag für die Baustelle gemacht. Inzwischen war der Neubau so gut wie fertig und er hatte schon Pläne für das kommende Frühjahr, in dem er wieder säen und pflanzen wollte. Die Seidenstickerin unterbrach ihre Erzählung und schien einer Erinnerung nachzuspüren.

»Das Schöne«, fuhr sie endlich fort, »war für mich, als er erklärte, die Ähre nun endlich richtig verstanden zu haben. Bisher habe er sie immer für ein Symbol für Reichtum gehalten. Denn man konnte sie mahlen und zu wertvollem

Brot verbacken. Jetzt habe er verstanden, dass eine Ähre auch in den Boden fallen und dort lange liegen kann, ohne dass etwas passiert, und am Ende austreibt und neue Frucht bringt. So sei es ihm mit den Nachbarn im Ort gegangen: Er habe ihnen geholfen, als diese Not hatten, eigentlich mehr für seinen eigenen Ruhm als für ihren Magen. Aber diese Ähre, die er dabei fallen ließ, ohne sie zu mahlen, habe für ihn viel später gekeimt und Frucht gebracht, nämlich als er selbst ohne Obdach war. Jetzt sehe er Reichtum mit anderen Augen, und sein Leben auch. Und dann hat er gefragt, ob ich das Taschentuch noch hätte.« Sie faltete das Seidentuch vorsichtig wieder zusammen.

Auch diese Geschichte bewegte Gustav. Er hätte der jungen Frau noch lange weiter zuhören mögen – das Kistchen vor ihr schien ihm wie ein Buch des Lebens. Und nichts von dem war ausgedacht, alles hatte sie erlebt. Oder etwa nicht? Er sah sie an und kam sich vor wie ein Idiot, da ihm nichts einfiel, was er hätte sagen können, ohne dass es nach diesen Berichten fad geklungen hätte.

Als die Uhr an der Kirche elf Mal schlug, blickte sie kurz auf, klappte ihre Kiste zu und schob ihren Stuhl zur Seite. Sie legte einen Groschen auf den Tisch für das Wasser, das sie getrunken hatte, zwinkerte Gustav zu und sagte: »Ich muss, der Knelles wartet, da sollte ich nicht zu spät kommen.« Dann packte sie ihr Kästchen am Ledergriff und drehte sich um.

Gustav erwachte aus seiner Starre und sagte noch schnell: »Danke für die Geschichten, die waren wunderbar.« Dann fügte er erwartungsvoll hinzu: »Ich heiße übrigens Gustav.«

Sie sah ihn noch einmal an, lachte und stellte fest: »Schön, dass Ihnen die Seelentücher gefallen. Was würden Sie denn in Ihr Tuch sticken lassen?« Er zuckte überrascht mit den Achseln. Sie drehte sich um und ging. Gustav blieb perplex zurück.

Zu spät stellte er fest, dass er eigentlich nichts über sie wusste: weder ihren Namen noch, woher sie kam, und auch nicht, aus welcher Familie sie stammte. Er schüttelte den Kopf, als würde er aus einem Tagtraum erwachen. Aber nein, ihr Groschen lag noch auf dem Tisch. Und die Arbeiter mit ihrem Bier in der Hand gestikulierten immer noch auf dem kleinen Platz. Dann fiel ihm endlich ein, was ihm am Anfang so bekannt an ihr vorgekommen war: ihr Halstuch mit einem Motiv aus roten Rosen und blauen Kornblumen war aus einem Stoff gearbeitet, den er selbst einmal gewebt hatte. Vielleicht war das ja ein gutes Zeichen.

# *1848. Schon wieder Steine*

Viele Krefelder hatten die Forderungen an den König unterschrieben. Aber diese stillten niemandes Hunger, und unter den Arbeitern und Gesellen gärte es kräftig. Oberbürgermeister Ondereyck, erst seit wenigen Wochen im Amt, ordnete an, den Sicherheitsverein auf einen eventuellen Einsatz vorzubereiten. Unter seiner persönlichen Führung formierten Männer, auf deren Loyalität er zählen konnte, Handwerker, Kaufleute, höhere Angestellte aus den Manufakturen und Fabriken, zwanzig Abteilungen zu je fünfzig Mann. Jede Abteilung war für einen Bezirk der Stadt zuständig, in dem sich die Männer auf ein Alarmsignal hin an einem bestimmten Platz zusammenfinden sollten. Eine Armbinde mit dem Schriftzug »Sicherheits-Verein« würde sie ausweisen und ihnen die Autorität geben, im Namen des Oberbürgermeisters für Ordnung zu sorgen. Er wollte, dass alle wussten: Die Stadt wird gegen Aufwiegler vorgehen.

In den kommenden Tagen überschlugen sich die Nachrichten, und Gustav ging nun jeden Vormittag in die Buchhandlung Schüller, um zu sehen, was es Neues gab. Vor allem die Cöllnische Zeitung, die man dort bekommen konnte, brachte oft mehr über die aktuellen Entwicklungen, als die Krefelder Zensur dem hiesigen Kreis- und Intelligenzblatt durchgehen ließ. In Wien, so konnte man dort lesen, sei der verhasste Staatskanzler Metternich gestürzt worden und nach London geflohen. Dass er weg war, beschrieb die Kölner Zeitung als »Erweckungsruf« für Millionen in Europa, und sie sollte recht behalten. In Berlin gingen zur gleichen Zeit Tausende auf die Straße, bauten Barrikaden, plünderten Zeughäuser und bewaffneten sich. Das Militär schlug mit Härte zurück, erschoss Aufständische wie Unbeteiligte, setzte Kanonen ein und stürmte Wohnhäuser. Der König war hilflos, ließ ein Schild mit der Aufschrift »Ein Missverständnis! Der König will das Beste!« durch die Straßen tragen – den Zorn des Volkes konnte er damit nicht mehr besänftigen. Nachdem er am 19. März den Abzug des Militärs angeordnet hatte, rollten die Berliner auf Leiterwagen einhundertfünfzig Leichen mit entblößten Schusswunden in den Hof des Stadtschlosses und zwangen den König, diesen die Ehre zu erweisen. Dass er es tat, beruhigte die Gemüter. Zwei Tage später ritt Friedrich Wilhelm IV. mit einer schwarz-rot-goldenen Armbinde durch Berlin und proklamierte, Preußen solle in Deutschland aufgehen und eine echte Verfassung erhalten. Die Aufständischen wähnten sich am Ziel.

Gustav stromerte unterdessen in Gedanken an die junge Frau durch die Stadt, die ihm vor dem »Goldenen Stern« erschienen war und immer noch wie ein Phantom vorkam. Sie konnte doch nicht spurlos verschwunden sein. Wenn er das nicht alles geträumt hatte, würde er sie irgendwo entdecken. So groß war die Stadt doch nicht. Allerdings war sie jetzt voller Menschen. Am späten Nachmittag ging ein Ausrufer durch die Straßen und proklamierte, Missstände in den Fabriken sollten untersucht und beseitigt werden und der Rat wolle erwerbslosen Webern andere Stellungen verschaffen. Der König werde außerdem einen Vereinigten Landtag einberufen – das lange geforderte Parlament. Menschentrauben bildeten sich um den Ausrufer. Einige Passanten jubelten, anderen stand Unglaube ins Gesicht geschrieben. Konnte das wirklich wahr sein? Am Friedrichsplatz hatten die Seidenfabrikanten ihre Fenster beleuchtet, und auch in der Friedrichstraße zeigten mehr und mehr Häuser festliche Illumination. Die Bürger feierten.

Dann fiel Gustav etwas auf: Unter denen, die da zufrieden die Gläser hoben, fehlten die einfachen Arbeiter. Wo waren die Webergesellen? Gustav verließ die Friedrichstraße und bog in die Gelderner Chaussée ein. Das Gasthaus Wienges lag dort, und er hatte sich nicht getäuscht: Etliche Arbeiter standen vor der Wirtschaft und diskutierten heftig. Gustav ging durch die Menge und fand, wen er suchte: Willi, neben ihm dessen Bruder Theo und einige weitere Gesellen. Theo war einer der Ersten gewesen, die ihre Arbeit verloren hatten, als die Krise losging. Er und sein Vater, Herr Onderbank, Gustavs alter Baas. Das war bitter gewesen für beide, eine Demütigung – was gab den Fabrikanten das Recht, diese Männer nach so vielen Jahren treuer Dienste einfach fallen zu lassen? Und wie Theo dort stand – mit fast vierzig ein verbrauchter Mann, aber einer, der immer noch zornig werden konnte –, schossen Gustav die Erinnerungen an die furchtbaren Geschehnisse von 1828 in den Kopf. »Bitte nicht wieder«, flüsterte er.

Willi war schon dabei, seinen Bruder zu bearbeiten. Wenn er, Theo, wieder ausfällig werde und sich bei was auch immer erwischen lasse, werde Schulz auch ihnen, Gustav und Willi, die Arbeit nehmen. Ob ihm das klar sei, fragte er Theo. Der schüttelte unwirsch den Kopf. Ob ihm klar sei, dass sie dann gar kein Einkommen in der Familie mehr hätten, wiederholte Willi. Dass sie dann hungern würden. Theo drehte sich weg, die Fäuste geballt. Ob er, Theo, nicht warten wolle, ob er eine Stellung im Straßenbau bekäme, die Gelder seien doch beantragt, beharrte Willi. Diesmal drehte Theo sich zu ihm, spuckte auf das Straßenpflaster und höhnte: »Straßenbau? Seh ich aus wie einer, der Dreck schippt? Ich bin Weber, Willi, Weber bin ich.«

»Ja«, sagte Willi, »du bist Weber. Aber du wirst keiner mehr sein, wenn du jetzt Krawall machst und wieder in den Knast kommst. Dann werden wir alle keine Weber mehr sein, klar?«

Theo war blass und zitterte. »Wenn ich sehe, dass die Fabrikanten Festbeleuchtung machen, dann weiß ich doch, dass wir am Ende wieder die Verlierer sind. Wenn die sich freuen, dann ist das falsch, was gerade passiert«, presste er hervor. »In Berlin sind sie auf den Barrikaden und sie haben gewonnen. Lass uns das hier jetzt auch machen. Lass uns die feine Bande zum Teufel jagen.« Er deutete Richtung Friedrichsplatz. »Jetzt oder nie.«

Willi fasste ihn am Arm: »Das wird nicht passieren, Theo. Sie haben ihren Sicherheitsverein. Sie haben die Soldaten in Düsseldorf. Und wenn ihre Häuser brennen, haben wir nichts gewonnen. Nichts. Also lass das. Bitte.«

Theo wand sich unter seinem Griff.

»Theo«, fuhr Willi fort. »Ich sehe, dass das hier schiefgeht. Bitte komm mit nach Hause. Bitte. Jetzt.« Er zog seinen Bruder am Arm.

Gustav schloss die Augen und schickte ein kurzes Gebet zum Himmel. Als er sie wieder öffnete, sah er, dass es erhört worden war. Theo folgte seinem Bruder, obwohl seine Freunde feixten und ihn einen Feigling nannten.

»Danke, lieber Gott«, murmelte Gustav. Fünf Minuten, nachdem sie das Gasthaus verlassen hatten, hörte Gustav vom Friedrichsplatz Rufe und Gejohle – es ging los.

Gustav ahnte, was jetzt kommen würde, und er wollte es nicht sehen. Er verstand die Wut der hungrigen Arbeiter, sah, dass sie wie verletzte Tiere begannen, um sich zu beißen, und wusste doch genau, wie sinnlos es war. Die splitternden Fensterscheiben würden denen in die Hände spielen, die die Weber nur zu gerne mit dem Knüppel lehren wollten, wo ihr Platz war: am Stuhl, sechzehn Stunden am Tag in Demut vor der Obrigkeit. Wenn es keine Arbeit gab, waren sie gebeten, sich unsichtbar zu machen. Das hier heute Abend würde den Freiheitshassern ein Fest werden, und die Krawallmacher gingen ihnen auf den Leim und taten ihnen den Gefallen. Die Idioten. Gustav war unschlüssig, was er tun sollte. Dann entschied er sich, nach Steckendorf zu gehen.

Fritz stand in der Backstube und walkte gerade den Sauerteig. Es roch frisch und feucht. »Kann ich helfen?«, fragte Gustav den Bruder.

Der war überrascht, Gustav zu sehen – und dann kneteten sie zu zweit. Gustav erzählte, was sich in der Stadt zusammenbraute. Fritz zuckte mit den Schultern. Der Teig war kühl und zäh. Gustav drückte und zog, presste und schlug mit der Faust auf die Masse, und Fritz runzelte die Stirn. Nach einer Stunde fühlte Gustav sich besser. Er kletterte vorsichtig die Leiter zum alten Geheimversteck hinauf. Es war stockdunkel dort drin, nur durch das Guckloch zum Laden fiel ein schmaler Lichtschein. Er legte sich auf den Rücken und starrte an die Decke. Was machte ihn so wütend? Er brauchte eine Weile, bis er darauf kam. Es waren nicht die Dummköpfe, die jetzt da draußen herumliefen, bis man ihnen einen Polizeiknüppel überzog. Es war die Tatsache, dass er die Unbekannte mit den Stickereien nicht nach ihrem Namen gefragt hatte. Wie hatte er sie einfach gehen lassen können?

Als er am nächsten Morgen um acht Uhr in die Küche kam, saß seine Mutter am Tisch und trank Kaffee. Der erste morgendliche Ansturm in der Bäckerei war vorbei, sie wischte sich mit dem Ärmel die Müdigkeit aus den Augen. Sie nahm Gustav herzlich in die Arme. Dann berichtete sie, was sie von den Kundinnen gerade brühwarm über die Ereignisse des Abends gehört hatte. Es war, wie Gustav befürchtet hatte. Am späteren Abend waren immer mehr junge Männer durch die Straßen gezogen, darunter viele nach lautstarken Versammlungen in Wirtshäusern vor der Stadt. Eine besonders große Gruppe war offenbar aus Fischeln gekommen. Gustav wunderte das nicht. Die Gesellen in den Orten draußen waren die Ersten gewesen, die ihre Aufträge verloren hatten, und die Letzten, die eine der Ersatzstellen im Straßenbau bekommen würden. Und jetzt waren sie vor die Häuser derer gezogen, die sie für ihr Elend verantwortlich machten. Zunächst hatte es wieder Gottlieb Schulz erwischt – keine Fensterscheibe an seinem Haus hatte den Hagel aus Pflastersteinen, der auf die Fassade niederprasselte, überlebt. Andere waren auf den Neumarkt marschiert, um das Wohnhaus von Abraham ter Meer zu demolieren. Eine Nachbarin des Kaufmanns hatte davon schockiert in der Bäckerei erzählt. »Die Leute haben die Scheiben zerschlagen und die Rahmen herausgerissen, sind danach ins Haus geklettert und haben alles zertrümmert, was ihnen in die Finger gekommen ist. Den Wiener Flügel, die Kupferstiche an den Wänden, die Gemälde – alles haben die zerschnitten und kaputt geschlagen.« Die Familie hätte sich zum Glück rechtzeitig über die Gartenmauer zu ihnen geflüchtet und so ihr Leben retten können, berichtete die Nachbarin. »Den ganzen Abend hat die arme Frau ter Meer gezittert und geschluchzt«, während ihr Abraham fassungslos auf die Grundstücksmauer gestarrt habe und bei jedem Klirren und Splittern zusammengezuckt sei.

Um elf Uhr abends hatten dann die Kirchenglocken geläutet – Gustav hatte es auch in Steckendorf gehört. Das war das Signal für die Leute vom Sicherheitsverein. Die hätten sich dann mit Holzknüppeln bewaffnet auf die Suche nach den Randalierern gemacht. Mit Steinwürfen seien sie empfangen worden, hätten die Randalierer dann aber mit Stockhieben in die Flucht schlagen können. Aber erst um zwei in der Nacht sei alles ruhig gewesen.

»Haben sie welche von denen gekriegt?«, fragte Gustav.

»Ich glaube schon«, sagte die Mutter. Sie habe jedenfalls von einigen Verhaftungen gehört.

Hoffentlich hat Theo die Füße stillgehalten, dachte Gustav. »Die Jungs werden auch heute keine Ruhe geben«, vermutete er, und seine Mutter nickte.

»So wie damals«, erwiderte sie. »Da kamen dann am zweiten Tag die Soldaten.«

Am folgenden Tag ließ der Bürgermeister den Sicherheitsverein wieder antreten. Um sieben Uhr abends ertönte die Brandglocke, und schnell machte das Wort die Runde, dass der unweit von Cracau gelegene Weyershof brenne. Niemand glaubte dabei an einen Zufall. Wenn die Wachen jetzt abrücken würden, um den Brand zu löschen, würden in Krefeld wieder die Scheiben klirren. Ondereyck befahl deshalb, die Patrouillen in der Stadt zu lassen und zu verschärfen – und den Brand von den Hofnachbarn löschen zu lassen. Schon am Morgen hatte er nach Düsseldorf geschrieben – mit der dringenden Bitte, Militär nach Krefeld zu schicken. Als spätabends einhundert Ulanen eintrafen, räumten die Protestierer das Feld. Hier konnten sie nur verlieren. Die Nacht blieb ruhig. Gustav war erleichtert. Er kehrte nach Inrath zurück. Am kommenden Tag wollte er wieder weben.

# 1848. Eine Stadt spaltet sich

Wenige Tage nach der Ankunft der Ulanen in Krefeld drängte der Oberbürgermeister Fabrikanten und Weber zu Verhandlungen. Er wollte die Soldaten, die er selbst gerufen hatte, wieder loswerden – und zeigen, dass er die Probleme ohne Hilfe aus Düsseldorf in den Griff bekommen konnte. Ziel war es, so hatte der Oberbürgermeister bestimmt, Klarheit zu schaffen, welcher Weblohn für welchen Stoff zu zahlen sei – in Krefeld wie auch in den Weberdörfern vor den Toren. Denn auch in Viersen und Süchteln hatte es Unruhen gegeben. Das alles war hässlich.

Die Webermeister hatten für die Verhandlungen mit den Fabrikanten Vertreter gewählt. Als sich die Delegierten am Vormittag des 28. März zusammenfanden, beklagten die Weber sich erst einmal lange über ungerechte Behandlung: Fabrikanten, die Seidenwebermeister mit einem Gesellenlohn abspeisten, Werkmeister, die ihnen für kleinste Fehler im Stoff große Abzüge berechneten. Ondereyck, unterstützt von einigen Ratsherren, hörte zu, zeigte Verständnis, drängte die Fabrikherren zu versprechen, diese Missstände abzustellen. Nach einem angenehmen Mittagessen im »Wilden Mann« redete man über Silbergroschen und Taler – die Webprämien wurden ausgehandelt. Diesmal waren es die Weber, die sich Klagen über zunehmende

Konkurrenz aus dem Ausland anhören und Kürzungen akzeptieren mussten. Den Meistern würde das leichter fallen als den schlechter bezahlten Gesellen, und die saßen nicht am Tisch. Um vier Uhr nachmittags war man sich handelseinig, Krefeld hatte ein »Ortsstatut«, und Meister wie Fabrikherren hatten unterschrieben.

Auf dem Schwanenmarkt hatte sich eine Menschenmenge versammelt, die auf die Ergebnisse der Verhandlungen wartete. Als die Vertreter der Weber aus der Rathaustür traten – mit Hüten auf dem Kopf, dem verabredeten Zeichen, dass sie ihre Forderungen hatten durchsetzen können –, brachen die Menschen in Jubel aus. War die Zeit der Hungerlöhne vorbei? Würde alles wieder werden wie früher? Sie hofften es. Dann formierten sie sich spontan zu einem Umzug durch die Stadt. Die Fabrikherren und der Oberbürgermeister stellten sich an die Spitze, gefolgt von einem eilig organisierten Musikcorps. Nach dem Umzug gingen die Weber in ihre Wirtschaften. Die Männer des Sicherheitsvereins würden ihre Knüppel heute nicht brauchen.

Die Uhr an der Kirche schlug siebenmal, als Gustav vom Schwanenmarkt zum Quartelnmarkt schlenderte und dort am »Goldenen Stern« vorbeikam. Aus der Wirtschaft schien Licht, ausgelassenes Lachen drang durch die Scheiben, Biergläser wurden aneinandergestoßen. Er öffnete die Tür, blieb stehen, schaute sich um. Da hörte er aus einer Ecke jemanden seinen Namen rufen. Er drehte sich um, und einen Moment glaubte er nicht, was er sah: Die Seidenstickerin saß dort am Tisch mit zwei Männern und sah ihn belustigt an. »Da bist du ja«, brachte er schließlich hervor und hätte sich im selben Moment fast auf die Zunge gebissen.

Sie zog die Augenbrauen hoch und lächelte amüsiert. »Ich heiße übrigens Johanna. Und das sind meine Brüder Mathias und Ferdinand«, stellte sie ihre Tischnachbarn vor. »Mein Freund Gustav«, ergänzte sie an ihre Brüder gewandt mit einem Augenzwinkern in Gustavs Richtung.

»Setz dich doch«, forderte der Ältere ihn mit einem jovialen Klopfen auf einen freien Stuhl neben sich auf. Gustav setzte sich zwischen Ferdinand und Johanna. »Weber?«, fragte sein Nachbar.

Gustav nickte.

»Freudentag heute, was?«, fuhr Ferdinand fort.

Gustav zuckte mit den Schultern. »Für die Meister vielleicht«, antwortete er. »Für die anderen – müssen wir mal schauen.«

Ferdinand grinste. »Jaja, mein Meister hat sich vorhin schön untergehakt bei seinem Chef. Gesellen habe ich da keine gesehen.« Dann drehte er sich zur Theke. »Was meinst du dazu, Caspar?«, rief er einem Mann zu, der dort an den Tresen gelehnt stand und mit zwei anderen Gästen diskutierte. Als der nicht reagierte, stand Ferdinand schwerfällig auf und ging hinüber.

Johanna schien keine Lust auf diese Diskussion zu haben und sagte zu Mathias, sie sei müde und wolle nach Hause. »Gustav begleitet mich in die Moerser Straße«, ergänzte sie.

»Ich komme da ohnehin vorbei«, fügte Gustav schnell hinzu, leerte sein Bierglas und legte eine Münze auf den Tisch. Mathias nickte. »Tschüss dann«, sagte Gustav, »war nett, euch kennenzulernen.« Sie verließen das Lokal.

Sie gingen auf die Königsstraße, wo einzelne Öllampen trübes Licht spendeten. Immer noch waren viele Menschen unterwegs, in kleinen Gruppen redeten und lachten sie, von der Marktstraße ertönte der Gesang eines Betrunkenen. »Du hast mich also gesucht«, stellte Johanna nach einer Weile fest, legte den Kopf im Gehen leicht schräg und sah Gustav amüsiert an. Er wusste nicht, was er sagen sollte – es war ihm peinlich, sich vorhin so dumm verraten zu haben. Johanna ließ ihn ein bisschen zappeln. »Und du bist Gustav, das hast du mir ja schon gesagt«, bemerkte sie dann leichthin. »Gustav Puller aus Steckendorf«, fuhr sie fort. Jetzt wäre er fast gestolpert und konnte noch gerade einer Laterne ausweichen. Dann musste er grinsen – und war froh, dass es dunkel war. Durfte sie sehen, wie sehr er sich freute? Johanna war in einen tiefblauen Wollmantel gekleidet, der ihr ein bisschen zu groß war. Sie hatte ihre Hände in den Taschen vergraben.

»Du bist wirklich besonders«, stellte er fest.

»Bin ich das?«, fragte sie. Und ergänzte: »Von dir habe ich ja noch nicht so viel gehört.«

»Immerhin hast du meinen Namen herausgefunden«, erwiderte Gustav. »War das Zufall oder darf ich das zu meinen Gunsten auslegen?«

Johanna schenkte ihm ein Lächeln und versicherte ihm, er dürfe es.

Sie überquerten die Rheinstraße, auf der immer noch Pferdedroschken unterwegs waren. »Was hat Knelles denn zu den gestickten Greifen gesagt? War er zufrieden?« Gustav fand, dass sie sich zu schnell der Moerser Straße näherten, um die ganze Zeit zu schweigen. Auch wenn es angenehm war, neben Johanna durch die Stadt zu gehen – ohne zu reden.

»Jaja«, erwiderte sie. »Ich habe einen Großauftrag bekommen. Zehn weitere Seidentücher mit Greifen drauf. Habe ich gestern pünktlich abgeliefert.«

Gustav stellte fest, dass sie fast einen Kopf kleiner war als er. Er hätte zu gern einen Arm um ihre Schultern gelegt, aber er traute sich nicht.

»Hast du deine Hausaufgaben gemacht?«

Gustav runzelte die Stirn. Hausaufgaben?

»Du erinnerst dich, dass ich dir eine Frage gestellt habe letztes Mal? Na, die hast du ja wohl noch nicht beantwortet.«

Jetzt fiel es ihm wieder ein. Sie hatte wissen wollen, was er als Symbol in sein »Seelentuch« sticken lassen würde. Er hatte bisher keine gute Idee gehabt. Gab es etwas, was sein Leben in ein einziges Bild packen konnte, so wie der Phönix das Leben der Frau, die sich mit ihrem französischen Soldatenkind durchgeschlagen hatte?

»Nicht so leicht, oder?«, unterbrach Johanna seine Gedanken. »Wir können ja mal zusammen darüber nachdenken. Das gehört bei mir zum Gesamtpaket. Ich mache dir auch einen Sonderpreis.« Sie zwinkerte. Oder jedenfalls vermutete Gustav das – genau sehen konnte er es in der Dunkelheit nicht.

»Gerne«, beeilte er sich zu versichern. Wollte diese zauberhafte Frau wirklich wissen, was ihn umtrieb im Leben? Oder spielte sie nur mit ihm? »Wohnt deine Familie in der Moerser Straße?«, fragte er.

»Meine Mutter wohnt dort. Und ich. Und Mathias. Wir drei. Mein Vater ist vor sechs Jahren gestorben. Franz, Peter und Ferdinand haben ihre eigenen Familien. Und eine Schwester habe ich noch, Henrietta, die ist auch schon verheiratet und hat zwei Söhne.«

Sie erreichten den Friedrichsplatz. In fünf Minuten würde ihr gemeinsamer Weg enden. Sie kamen an einer der Bänke unter den Bäumen vorbei, Gustav nahm seinen Mut zusammen und fragte Johanna, ob sie sich nicht noch ein bisschen hinsetzen wollten. Diesmal war sie es, die – zu Gustavs Freude – »gerne« antwortete. Und dann erzählte sie von ihrer Familie, in der immer Schneider gewesen waren, auch ihr Vater. Vom tiefen Niederrhein kämen sie, und als die Not dort zu groß wurde, seien sie vor zehn Jahren in die Stadt Krefeld gezogen in der Hoffnung, dort Arbeit zu finden. Ferdinand und Mathias habe Gustav ja kennengelernt, die hätten sich als Seidenwebergesellen verdingt und schlügen sich jetzt so durch, ebenso wie Peter und Franz. »Ich bin die Einzige, die nicht webt, sondern näht und stickt«, erklärte sie. Ihr Vater habe seine Schneiderwerkstatt in der Lohstraße gehabt, doch nach seinem Tod hätten sie sich die Räume nicht mehr leisten können und würden jetzt in einem Zimmer in der Moerser Straße wohnen. Dort arbeite sie immer noch für die alten Kunden ihres Vaters, Anzüge wenden und Kleider nähen, das könne sie gut. »Aber sticken, das mache ich am liebsten. Mit bunten Garnen Bilder entwerfen, die zur Seele der Menschen passen.« Und seit sie das auf den Märkten anbiete, sei sie, ohne es gewollt zu haben, zu einer Sammlerin von Lebensgeschichten geworden. »Meine Seelentücher bestehen eigentlich immer aus Lebensfäden, und wenn die Leute mir ihre Geschichten erzählen, die fröhlichen und die traurigen, so ist mir oft, als würde ich diese selbst erleben. Das mag ich«, erzählte Johanna.

»Du hättest Pfarrerin werden sollen«, sagte Gustav. Aber er war froh, dass sie das nicht war. Sie verabredeten, sich wiederzusehen.

In den kommenden Monaten fühlte sich Gustav zwischen seiner wachsenden Zuneigung zu Johanna und den aufwühlenden politischen Ereignissen hin- und hergerissen. Die Lage der Seidenweber hatte sich durch das Ortsstatut nur kurz gebessert – schnell zeigte sich, dass die Vereinbarung nicht funktionieren konnte, wenn es keine Arbeit gab. Und wenn es welche gab, waren es die Weber aus Vorst und Viersen, die sie bekamen – für deutlich weniger Lohn, als ihn die Krefelder in ihrem Ortsstatut verbrieft hatten. Die Weber begriffen schnell und schmerzhaft, dass die Welt kleiner und die Konkurrenz größer geworden war – und dass sich dieses Rad nicht zurückdrehen ließ.

Auch Willis Vater hatte keine Aussicht mehr, sein Leben mit eigener Arbeit zu fristen, und als Willi eines Abends ins Vorderhaus kam, um mit den Eltern zu Abend zu essen, fand er seinen Vater tot hinter seinem Webstuhl. Er hatte einen Strick gebunden, ihn an den Holzrahmen geknotet und sich erhängt. Willi traf dieser Verlust bis ins Mark. Er hatte gewusst, wie sehr es seinen Vater gekränkt hatte, dass er zu nichts mehr nütze war – nach den Maßstäben dieser Zeit, in denen seine Handwerkskunst plötzlich nicht mehr gefragt war. Er hatte gemerkt, dass sein Vater sich immer weiter zurückgezogen hatte, innerlich verkümmert war, an den Geranien auf dem Fensterbrett so wenig Freude hatte wie an dem Zeisig, der auch noch zirpte, als die zwei Stühle in dem Zimmer schon lange stillstanden. Aber dass er sich das Leben nehmen würde, das hatte er nicht kommen sehen. Es brach ihm das Herz. Willi wusste, dass nicht wenige Weber in diesen Monaten diesen furchtbaren Weg gingen. Dass ihm das Grauen einer solchen Entscheidung plötzlich so nahe kam, warf ihn um.

Begraben wurde Willis Vater an einem regnerischen Morgen auf dem Friedhof an der St. Antonstraße, wenige

Nachbarn und Weberkollegen folgten dem Gespann mit dem Sarg von Inrath aus. Am Grab hielt der Kaplan sich kurz, und die Trauernden, die sich beim Absenken des Sarges bekreuzigten, schienen ihr eigenes Schicksal mindestens so stark zu beklagen wie das des Toten. Gustav ahnte, dass der eine oder andere Seidenweber Hermann Onderbank die Ruhe neidete, die dieser nun hatte. Und dass manche Ehefrau ihren Mann am offenen Grab zu warnen schien: Denke nicht einmal daran, das zu tun, was er getan hat.

Ende April wuchs die Unruhe in der Bürgerschaft wieder. Für die Hungrigen mussten erneut Suppen an eigens eingerichteten Ausgabestellen verteilt werden. Die Gesellen forderten bei einer Versammlung im Rump'schen Saal an der Rheinstraße, überschuldeten Haushalten solle nicht mehr das gepfändet werden dürfen, was sie zum Überleben brauchten: ihre Kochtöpfe, ihre Öfen, ihre letzten Möbel. Dann verlangten sie eine allgemeine Volksbewaffnung – der Antrag wurde abgelehnt mit dem Hinweis, ein jeder könne sich ja am Sicherheitsverein beteiligen. Woraufhin sie riefen, da könnten sie sich ja gleich selbst verprügeln – und im Saal Stühle fliegen ließen.

Am 1. Mai 1848 gab es die ersten freien und gleichen Wahlen in Krefeld – nicht für den Stadtrat, da bestimmte weiterhin die Steuerkraft der Wähler das Gewicht ihrer Stimme, sodass die Besitzenden in ihrer Macht ungefährdet waren. Nein, gewählt wurden die Vertreter für die preußische sowie für die deutsche Nationalversammlung – und dabei wurde deutlich, wer in Krefeld wirklich in der Mehrheit war: Drei Viertel der Stimmen gingen an die Kandidaten der Katholiken. Die Arbeiter waren in der Stadt schon lange die größte Gruppe – nur die Macht hatten sie nicht, das wurde ihnen wieder einmal bewusst. Die Stadt spaltete sich zunehmend.

# 1848. Ein besonderer Tag

Der 4. Juni war ein sonniger Sonntag. Gustav und Johanna hatten beschlossen, ihn gemeinsam zu verbringen. Johanna hatte sich von Gustav gewünscht, er möge ihr Orte zeigen, die ihm etwas bedeuteten. Zuerst hatte er sich gewunden: Wollte er Johanna wirklich an die Niepkuhlen führen, wo er einst mit Clara gewesen war? Aber er wusste, dass sie es ernst meinte mit ihren »Hausaufgaben«. Er wusste, dass er sie nur würde gewinnen können, wenn er sie ganz in sein Leben hineinließ. Das hatte er noch bei keinem Menschen gewagt und es machte ihm Angst. Aber er würde es versuchen. Sie war es wert.

Also holte er Johanna am frühen Sonntagmorgen zu Hause ab. Er begrüßte ihre Mutter, eine zierliche Person von dreiundsechzig Jahren, die Gustav bei ihrer ersten Begegnung mit wachem Blick lange prüfend gemustert hatte. Dann hatte sie gelächelt und genickt. Er war erleichtert gewesen. Johannas Mutter hieß Charlotte Marsfelder und ließ sich seit dem Tod ihres Mannes wieder mit ihrem Mädchennamen anreden. Sie war herzensgut und freundlich, stolz auf ihre Tochter und gleichzeitig bemüht, sie in der schnell wachsenden Stadt Krefeld von schlechtem Einfluss fernzuhalten. Obwohl sie nicht wusste, wie nahe sich Johanna und Gustav standen – das wussten sie ja selbst nicht einmal –, schien sie ihn für geeignet zu halten, mit Johanna Zeit zu verbringen.

Bei ihrem letzten Treffen – sie hatten wieder lange auf der Bank am Friedrichsplatz gesessen – hatte Johanna ihm viel von dem Ort erzählt, an dem sie ihre Kindheit verbracht hatte: Geldern am Niederrhein, eine Tagesreise zu Fuß von Krefeld entfernt. Sie war dort glücklich gewesen – in der kleinen Stadt mit den alten Stadtmauern und den Gräben, dem Mühlenturm und den zwei großen Kirchen. Dass die Eltern beschlossen hatten, auf der Suche nach Arbeit in die ferne Großstadt auszuwandern, hatte sie traurig gemacht. Die Freundinnen in der Schule, die Wiesen und Pferdekoppeln, die Getreidefelder und die Wälder rund um den hübschen Ort, das alles zurückzulassen, tat ihr weh. Während sich der Vater und die Brüder in der neuen Krefelder Heimat in die Arbeit stürzten und schnell ankamen, blieb sie in ihrer Schule lange das belächelte Landei. Bis sie neue Freundinnen gefunden und sich an das Stadtleben gewöhnt hatte, dauerte es. Das war zehn Jahre her – in Geldern war sie nie wieder gewesen. Jetzt würde sie den Ort zu gerne noch einmal sehen, hatte sie gesagt, und Gustav versicherte ihr, er werde mitkommen, wenn sie es wolle. Geldern, das klang aus dem Mund von Johanna paradiesisch. Aber alles, wovon sie erzählte, erschien verheißungsvoll.

Heute waren sie erst einmal in Krefeld unterwegs. Gustav wollte ihr das Gut Cracau zeigen, in dem er so viele schöne Sommertage verbracht hatte. Wann war er mit klopfendem Herzen und an einen Korb mit Apfelkuchen geklammert das erste Mal durch das Tor geschritten? Er war sieben gewesen, seine Schwester Lisetta acht. Leo war an diesem denkwürdigen Tag von der hohen Kastanie gestürzt – eine leichte Versteifung der rechten Hand hatte er, wie Gustav neulich festgestellt hatte, behalten.

Gustav war damals beherzt nach Krefeld gelaufen, um einen Arzt zu holen, das zierliche Sannchen, Leos Mutter, hatte ihm das nie vergessen. Würde sie ihn nach so langer Zeit noch erkennen?

Als Gustav mit Johanna das Eingangstor von Cracau passierte, kam es ihm kleiner vor als damals. Er sah eine angespannte Kutsche im Hof. War es Lorenz, der die Pferde hielt? Ja, und der Kutscher war alt geworden. Da verließ eine Frau in beigefarbenem Sommerkostüm das Haus, einen dunklen, spitzenbesetzten Hut auf dem Kopf. Tatsächlich – es war Susanne. Gustav ging auf sie zu: »Frau von Beckerath«, begrüßte er sie mit einem Diener und einem Händedruck. Aus der kleinen und energischen Person, die Gustav so deutlich in Erinnerung hatte, war eine vornehme Dame von warmer Ausstrahlung geworden, seit Langem Witwe, wie Gustav wusste. Sie erkannte den Jungen von damals sofort und umarmte ihn. Gustav stellte ihr Johanna als »meine Freundin« vor, Susanne von Beckerath stutzte kurz, fragte sie nach ihrem Alter, schaute ihr dann einen Moment schweigend in die Augen und Gustav war es, als sähe er darin einen leichten Schimmer. Dann begriff er plötzlich, legte eine Hand auf ihren rechten Arm und sagte mit leiser Stimme: »Dasselbe Alter, in dem Ihre Johanna heute wäre, nicht wahr?« Nach einem Moment ergänzte er: »Eigentlich sollte ich sagen: unsere Johanna. Sie war ein so wunderbares Kind. Ich denke oft an sie.«

Frau von Beckerath fing sich wieder, lächelte schwach. »Und du warst immer bei uns in diesen schweren Tagen, das werde ich auch nicht vergessen.« Dann erklärte sie, dass sie unterwegs seien zur Kirche, sie, ihre Schwester und ihr Schwager, und als Gustav sie bat, Johanna die Anlage zeigen zu dürfen, sagte sie: »Selbstverständlich.«

Gustav und Johanna streiften durch den Bongert, dessen Obstbäume noch letzte Blüten zeigten. Gustav erzählte ihr von Obst-Raubzügen und Wasserschlachten, und sie sahen sich die Gebäude der Färberei an, die inzwischen durch neue Anbauten ergänzt worden waren. Schließlich setzten sie sich in das Trockenhaus am Innengraben, in dem die kleine Susi damals ihre Schatzkiste mit den Fundstücken versteckt hatte. Gustav berichtete Johanna von den beiden Mädchen, die vor sechzehn Jahren mit wenigen Monaten Abstand gestorben waren, und diesmal war es Johanna, die ihm einen Arm um die Schulter legte. Konnte es Zufall sein, dass das hilfsbereite und freundliche Kind von damals und diese wunderbare Frau von heute auf der Bank neben ihm denselben Vornamen hatten und im Abstand von wenigen Monaten geboren waren? Dann sagte er schnell: »Komm, lass uns weitergehen, in das Kliedbruch. Ich kenne da einen guten Picknickplatz.«

Sie verließen Gut Cracau und Gustav fragte sich, ob er hierher noch einmal zurückkehren würde.

Sie gingen zur Straße nach Moers, von da aus ein Stück Richtung Norden, dann bogen sie ins Kliedbruch ein. Die Sonne schien inzwischen kräftiger, die kühle Morgenluft wich einer wohltuenden Wärme. Über den Feuchtwiesen standen Lerchen in der Luft und zwitscherten laut. Sie stießen auf den Hauptweg, den Flünnertzdyk, und bald darauf erkannte Gustav die Stelle, von der aus sie damals ins Gebüsch abgebogen waren, um den Torfteich zu erreichen. Eine halbe Stunde kämpften Johanna und er sich durchs Dickicht, dann fanden sie den Teich, dessen Ufer inzwischen mit Wollgras und niedrigen Bruchweiden zugewachsen war. Sie suchten sich eine freie Stelle, Gustav packte sein Bündel aus und zauberte frische Brötchen, eine Flasche Buttermilch und ein Stück Käse auf die Decke. Zum Nachtisch hatte seine Mutter ihnen zwei Stücke ihres Apfelkuchens spendiert. Sie sahen aufs Wasser und Gustav erzählte Johanna vom Torfstechen, von den Abenden mit Theo, Anton und Julius am Lagerfeuer und seinem ersten Schluck Selbstgebranntem. Und von ihrer Entdeckung der Hehlerhütte, nach der er zum ersten und einzigen Mal in seinem Leben Todesangst ausgestanden hatte. Dann dösten Johanna und er in der Mittagssonne ein, ihre Köpfe aneinandergelegt. Gustav war glücklich.

Am frühen Nachmittag liefen sie über neu angelegte Bruchwege, die Gustav noch nie gesehen hatte, immer nach Osten, bis sie wieder auf die Chaussée von Krefeld nach Moers kamen. Hier lagen die Teiche der Niepkuhlen aufgereiht wie auf einer Perlenkette, von denen der erste und größte, die Moers, zum Gut Cracau gehörte. Sie gingen über einen kleinen Pfad zum See hinunter, und Gustav stellte fest, dass dort inzwischen ein Holzsteg am Ufer gebaut war. Hinter ein paar Bäumen stand jetzt ein neuer Bootsschuppen. Sie setzten sich auf den Steg. Johanna zog sich die Schuhe aus und ließ die Füße ins Wasser baumeln. Gustav betrachtete ihre schlanken Zehen. Er ließ seinen Blick über das Wasser schweifen, über dem Insekten im Sonnenlicht flimmerten. Der Himmel war wolkenlos. So war es damals auch gewesen, als sie zum Angeln auf den See gerudert waren – Leo und Johannes in dem einen Boot, Gustav, Ernst und Clara in dem zweiten. »Woran denkst du?«, fragte Johanna ihn plötzlich.

Gustav fühlte sich ertappt. Er berichtete ihr von der Tour, vom ersten Hecht, den sie erst aufgescheucht und dann mit dem Netz erwischt hatten, dem Unwetter und davon, dass sie klitschnass geworden waren.

»Und du warst in Clara verliebt«, riet Johanna.

»Ja, ich glaube schon«, gab Gustav zu und fügte schnell hinzu: »Wir haben uns nach dem Tag aber eigentlich kaum noch gesehen. Doch, beim literarischen Kränzchen. Inzwischen ist sie verheiratet, mit einem viel älteren Samthändler.«

Johanna schaute ihn neugierig an. »Warst du eifersüchtig, als du es erfahren hast?«

Gustav dachte an den Moment, als Lisetta es ihm erzählt hatte. »Ja«, gab er zu. Dann wandte er seinen Blick vom Wasser ab und schaute Johanna an.

»Und – bist du jetzt eifersüchtig?«, fragte er sie mit einem entwaffnenden Lächeln.

Sie wurde rot. »Ja«, gab sie zu. Er atmete tief durch – dieser Tag lief besser, als er es erwartet hatte.

Über die Moerser Straße gingen sie zurück Richtung Stadt. Auf halber Strecke zwischen den Niepkuhlen und Steckendorf blieb Gustav plötzlich stehen, drehte sich um, deutete auf ein Waldstück hundert Fuß westlich der Landstraße. »Da haben wir immer Holz geschlagen«, erklärte er, »auch in dem Winter, in dem mein Vater gestorben ist. Da im Holz hat er sich den Tod geholt, Lungenentzündung vermutlich.«

Johanna sah ihn fragend an, und als Gustav nicht weiterredete, sagte sie: »Zeig es mir.« Sie verließen die Chaussée und gingen über einen Pfad in den Wald. Nach einigen Minuten Fußweg ins dichter werdende Holz stießen sie auf eine Fläche, auf der zwei Dutzend Baumstümpfe von Fällarbeiten vergangener Jahre zeugten. Sie setzten sich auf den einer besonders umfangreichen Buche – sie war es gewesen, die sein Vater unbedingt selbst mit der Langsäge hatte zerlegen wollen, obwohl er da schon angeschlagen gewirkt hatte.

»Wer war noch dabei?«, fragte Johanna ihn, und Gustav erzählte ihr von seinen älteren Brüdern. Wie die Geschwister aus Spaß vorgeschlagen hatten, Heinrich könne seine Kneipe ja »Chez Henry« nennen, weil in seiner Geburtsurkunde der Name so geschrieben stand. Schließlich war er noch unter der französischen Besatzung geboren.

»Haben deine Eltern unter den Franzosen auch geheiratet?«, wollte Johanna wissen, und Gustav erzählte ihr die merkwürdige Geschichte ihrer Eheschließung zwei Tage vor dem Tod des Vaters. »Warum nicht eher?«, fragte Johanna.

»Ich weiß es nicht«, gab Gustav zu. »Ich habe es nie verstanden.« Dann stellten sie fest, dass sie etwas gemeinsam hatten – »noch etwas«, rutschte es Gustav heraus, immer noch unsicher, wie viel Nähe Johanna wirklich suchte: Sie waren beide Halbwaisen, beide vaterlos.

»Was hat dir dein Vater bedeutet?«, fragte Gustav.

»Wir standen uns nahe«, sagte sie schließlich. »Nicht nur, weil wir beide gerne genäht haben. Ich war auch sein jüngstes Kind.« Sie war erst vierzehn, als ihr Vater starb, er schon sechsundsechzig. »Wir haben oft zusammen in seiner Werkstatt gesessen, er hat Anzüge genäht, ich habe Bilder gestickt und wir haben geredet. Er hat mir beigebracht, in jedem Menschen das Gute zu suchen. Und das Einzigartige.«

»Und es in gestickte Bilder zu fassen?«, fragte Gustav.

Sie zögerte. »Ich habe von selbst entdeckt, dass ich das gut kann. Schon als Kind. Meine Brüder haben sich darüber lustig gemacht. Mein Vater nicht. Er hat verstanden, was ich gesehen habe.« Sie schien in Gedanken versunken, dann blickte sie wieder auf. »Und dein Vater? War er dir wichtig?«

Jetzt war es an Gustav, erst einmal Luft zu holen. War er das gewesen? »Ich habe mit ihm am Sterbebett geredet. Da war ich sechzehn und habe mich gefragt, was ich machen soll mit meinem Leben. Er hat gesagt, dass ich auf die Stimme meines Herzens hören soll. Und dass ich erreichen kann, was ich wirklich erreichen will.« Gustav sah erneut das Zimmer, den kranken Vater, hörte seine Stimme. »Ich hatte vorher lange nicht mit ihm geredet. Ich hätte es eher tun sollen.« Er lächelte schwach. »Du schaffst das – dieses Urvertrauen war sozusagen sein Vermächtnis für mich. Bisher hat es mich getragen. Und dafür bin ich ihm dankbar.« Dann zog er Johanna hoch, einem plötzlichen Einfall folgend. »Komm, einen Ort muss ich dir noch zeigen.«

Die Sonne senkte sich langsam dem Horizont zu, als sie in Steckendorf ankamen. Auf den Straßen war es still. Die Bäckerei war geschlossen, Fritz arbeitete in der Backstube und bereitete den Teig für den nächsten Morgen vor. Sie begrüßten ihn und setzten sich in den Vorratsraum. Gustav holte einen Krug frischen Wassers aus dem Brunnen im Hof, sie hatten Durst nach der langen Wanderung.

»Was willst du mir zeigen?«, fragte Johanna neugierig.

»Den wichtigsten Ort meiner Kindheit«, erklärte Gustav und ließ sich Zeit. »Das Geheimversteck.« Er sah ihren überraschten Blick – und deutete mit dem Daumen auf den Schrank hinter sich. »Hier drin.«

Johanna begriff wie immer schnell. »Über die Leiter?«

»Nach dir«, antwortete Gustav galant und forderte sie mit einer Handbewegung auf hinaufzuklettern.

Ein schwacher Lichtstrahl schien durch das Loch in der Wand des Verkaufsraums. Johanna kletterte tastend in das geräumige Holzfach. Gustav hatte aus der Backstube eine Kerze mitgebracht, die er ihr vorsichtig durch die Öffnung anreichte. Der Raum leuchtete jetzt in einem warmen Gelbton. Sie setzten sich im Schneidersitz gegenüber. »Wie hast du das hier entdeckt?«, fragte sie. Er erzählte ihr, dass das Zufall gewesen war – damals, als er vier war und alles erkundete, was es zu erkunden gab in diesem Haus. Und wie er dann Stunden hier oben verbracht hatte, gefesselt von den Erzählungen der Kundinnen. Wie stolz er darauf war, dass niemand in der Familie das Versteck kannte. Jedenfalls glaubte er das, denn er war immer überzeugt, dass sie sonst wenigstens seinen Ausguck in das Ladenlokal zugestopft hätten. Er zeigte Johanna seine kleine Sammlung an textilen Erinnerungen: den Fetzen aus dem Samtbezug des Stuhles, den Theo und seine Freunde aus dem Haus des Kontoristen Schulz geworfen hatten, das Taschentuch der todkranken Johanna, die Handschuhe der Schauspielerin Berta. Dann berichtete er vom Tod von Willis Vater, der stillen Beerdigung, der ohnmächtigen Wut Theos.

»Du magst es nicht, wenn es ungerecht zugeht, nicht wahr?«, fragte Johanna. Und stellte dann fest: »Der Tod ist immer ungerecht.« Gustav nickte. Bei Susi und Johanna von Beckerath war der Tod ungerecht, bei Willis Vater war er es auch. Und es war ungerecht, dass ihre eigenen Väter Johanna und ihn hier nicht mehr zusammen glücklich sehen konnten. Sie hätten sich gefreut. Gustav nahm Johannas Hände und sah sie durch die brennende Kerze hindurch an. Was für Augen, dachte er.

Wie lange blickten sie sich an? Zehn Minuten? Eine Viertelstunde? Plötzlich konnte er nicht mehr, fing an zu lachen, die Spannung löste sich, Johanna schob die Kerze zur Seite und schlang ihre Arme um seinen Hals. Sie drückte ihn einmal fest an sich, dann legte sie ihre Stirn gegen seine, wieder verharrten sie einen Moment regungslos. Er spürte, wie sie ihre Hände um seinen Kopf legte und ihn sanft nach oben drückte, bis sich ihre Nasenspitzen berührten. Er schloss die Augen und atmete tief ein. Der Geruch frischen Brotes aus der Backstube mischte sich mit dem Duft von Gras, Erde und leichtem Schweiß, der ihnen nach diesem Tag da draußen anhaftete. Mischte sich mit dem Geruch von altem Holz und Staub, der diesem Raum immer zu eigen gewesen war, seit Gustav ihn kannte. Und mit einer neuen Note, zart und würzig, ungewohnt und doch in magischer Harmonie mit dem Ensemble der übrigen Gerüche: dem Duft von Johannas Haut.

Er legte seine Hände in ihre Haare, spürte sie angenehm in seinen Handflächen, wühlte seine Finger in sie hinein. Dann zog er ihren Kopf zu sich – oder war sie es, die ihn zog? – und ihre Lippen trafen sich. Sie drückten sie sanft aufeinander, öffneten sie, zögernd erst, dann immer neugieriger entdeckten sich ihre Zungen, schmeckten sie sich. Wie leicht das ist, dachte er. Und wie schön. Für Gustav war es, als würden sie aufeinander zustürzen, es irritierte ihn, und als er Johannas fragenden Blick sah, wusste er, dass es ihr genauso ging. War das richtig, was da geschah zwischen ihnen? Aber wie konnte das nicht richtig sein? Sie hatten sich aus ihrem Schneidersitz gelöst, lagen aneinandergeschmiegt auf dem Holzboden im obersten Fach des Schranks im Vorratsraum seiner Eltern, und Gustav war glücklich. Ja, es war richtig so. Sie ließen ihre Hände über ihre Körper wandern, mit den Fingerspitzen vorsichtig tastend, ihre Gänsehaut genießend. Dann wieder hielten sie sich einfach fest und versuchten, ruhig zu atmen. Sie flüsterten einander ins Ohr und lauschten auf die fernen Geräusche aus der Backstube. Gustav, der seine Erregung fast schmerzhaft spürte, dachte an das erste Mal, als eine Frau ihn berührt hatte, damals in dem Zirkuswagen mit dem Mädchen, das sich Lisa genannt und zehn Silbergroschen von ihm genommen hatte. Er schämte sich bei dem Gedanken und schob ihn weg. Hatte ein Mann Johanna schon einmal berührt? Aber das war nicht wichtig. Nur sie beide zählten, hier, jetzt. Der Moment war so vollkommen, dass Gustav die Tränen kamen. Er hielt diese Frau in den Armen, drückte sie an sich, und alles, was hinter ihm lag, fiel von ihm ab.

In einer Ecke des Geheimverstecks lag eine Decke, und Gustav hatte das Bedürfnis, sie über sich und Johanna zu ziehen. Johanna war einverstanden. Eine Höhle in der Höhle. Sie hatte ihre Arme nach oben geworfen, ihm mit den Augen erlaubt, ihr ihr Kleid über die Schultern zu streifen, dann hatte sie sein Hemd und seine Hose gelöst. Die Decke versteckte ihre Nacktheit, als sie ihre Haut aneinanderpressten. Gustav verlor das Zeitgefühl. Als er hörte, wie in der Backstube Holzscheite geworfen wurden, wusste er, dass es drei Uhr morgens sein musste. Waren sie zwischendurch eingeschlafen? Eng umschlungen lagen sie auf dem harten Holzboden, auch Johanna war wieder wach geworden, schmiegte sich erneut an ihn, zwei Körper, die voneinander nicht lassen konnten. Wieder flüsterte sie ihm ins Ohr, er nickte benommen, und dann half sie ihm, in sie einzudringen.

Es musste drei Stunden später sein, als sie wieder erwachten, Fritz holte mit dem Schieber gerade die Roggenbrote aus dem Ofen. Draußen dämmerte es bereits, wie er durch das Guckloch erkennen konnte. Die Kerze war längst erloschen. Die Decke war zur Seite gerutscht und er betrachtete den blassen Körper dieser Frau, ihr zerwühltes Haar, ihren weißen Hals. Und wusste, dass sie das Beste war, was ihm in seinem Leben passiert war.

# 1849. Eine schwere Geburt

Der Sommer 1848 war unruhig. In Krefeld bildeten sich erstmals Parteien. Die wohlhabenden Liberalen versammelten sich im konstitutionellen Klub. Von diesem spalteten sich die Demokraten ab. Auf der anderen Seite fanden sich die Königstreuen und antirepublikanisch Gesinnten im »Preußenverein« zusammen. Was sollte aus dem Land werden? Sollte es das absolutistische preußische Königtum bleiben, das es vor den revolutionären Ereignissen gewesen war? Oder sollte Preußen in einem mit den anderen deutschen Gebieten vereinten Deutschland aufgehen? Wenn ja: In einer Monarchie mit einem Kaiser an der Spitze oder in einer Republik? Darüber stritten die Krefelder auf Volksversammlungen im Rump'schen Saal oder beim berüchtigten »Roten Wirt« Hermann Ziellenbach in der Bockhalle am Westwall.

Der 20. September war Gustavs achtundzwanzigster Geburtstag. Johanna hatte ihm ein besonderes Geschenk versprochen. Würde es etwas Gesticktes sein? Eines ihrer Seelentücher? Sie machten einen Spaziergang in den Eichenbusch. Johanna hatte ein Bündel gepackt, und sie suchten sich eine sonnige Stelle auf einer Lichtung. Es war ein schöner Herbstnachmittag, vom nahen Sportplatz klangen Kinderstimmen, und auch im Gartenlokal saßen noch Gäste. Johanna lehnte sich sitzend an einen Baum, Gustav legte seinen Kopf in ihren Schoß. Sie sah ihn liebevoll an und strich über sein kurz geschnittenes Haar.

»Rate, was dein Geschenk ist«, forderte sie ihn auf.

»Etwas Selbstgemachtes?«

»Kann man so sagen«, antwortete Johanna ohne Zögern.

»Etwas aus Seide?«

»Nein.«

»Hast du es dabei?«

»Aber sicher«, erwiderte sie. Er runzelte die Stirn. Alles, was in dem Bündel war, lag ausgepackt vor ihnen: ein Stück Brot, Käse, eine Flasche Wasser, zwei Äpfel, zwei mit kleinen Kirschen bestickte Stoffservietten.

»Wo ist es?«, fragte Gustav.

»Keine Handbreit von deiner Nasenspitze entfernt«, sagte Johanna und grinste.

Gustav wurde blass. Sein Herzschlag setzte einmal aus. Er sah ihr in die Augen, lange, sie hielt seinem Blick stand. Wenn es das war, was er vermutete – und ihr Ausdruck verriet ihm, dass es stimmte –, veränderte das sein Leben. Ihr Leben. Würde er dem gewachsen sein? Dieser Verantwortung? Ach was, dachte er, klar werde ich das. Werden wir das. Er zog ihren Kopf zu sich hinunter, gab ihr einen zärtlichen Kuss.

»Das ist wundervoll, Johanna.«

Sie nickte. Dann sprang Gustav auf, drehte eine Runde um den Baum, als denke er nach, kniete vor ihr nieder, streckte beide Hände aus, fasste Johanna an den Fingerspitzen und fragte sie feierlich: »Johanna Rosina Bruder, möchtest du meine Frau werden?«

Sie lachte. »Das muss ich jetzt ja wohl, oder?« Dann ergänzte sie schnell: »Aber: Ja doch, sehr gerne möchte ich das.«

Am Abend aßen sie bei Gustavs Familie. Es gab Pellkartoffeln und Heringsstipp und als Nachtisch ein Stück Apfeltorte, frisch gebacken. Die Mutter erstarrte einen winzigen Moment, als Gustav ihr von Johannas Schwangerschaft erzählte. Dann fing sie sich, umarmte die beiden und gratulierte ihnen. Agnes war Johanna am Morgen nach ihrer ersten Liebesnacht mit Gustav im Geheimversteck zufällig im Vorratsraum begegnet, als sie gerade schlaftrunken die Leiter heruntergeklettert waren. Die Situation war Gustav unangenehm gewesen, weil er sie nicht gut erklären konnte. Dazu kam, dass Agnes Johanna überrascht angesehen hatte, so, als würden sie sich kennen, aber als hätte sie nicht erwartet, Johanna ausgerechnet hier wiederzusehen. Gustav hatte etwas irritiert zwischen den beiden hin- und hergeblickt, aber dann hatten die Frauen sich freundlich begrüßt, und das war alles, was ihm in diesem Moment wichtig gewesen war. Später hatte er Johanna einmal darauf angesprochen, aber sie hatte nur geantwortet, dass sie schon öfter bei seiner Mutter Brot gekauft habe und sie sich natürlich vom Sehen her kannten.

Mit der Hochzeit wollten sie sich nicht zu viel Zeit lassen. Johanna war im vierten Monat, schon bald würde ihr Zustand sichtbar sein. Sie beschlossen, ihre Heiratsabsicht im Rathaus aushängen zu lassen und Ende November die Ehe zu schließen. Und so erschienen am Donnerstag, den 23. November, um zwölf Uhr mittags die schwangere zwanzig Jahre alte Johanna Rosina Bruder und der acht Jahre ältere Gustav Puller im Rathaus am Schwanenmarkt vor dem Standesbeamten Franz Carl Hagemann und bekundeten mündlich und schriftlich, dass sie miteinander die Ehe eingehen wollten. Genau drei Wochen zuvor hatte Gustavs Schwester Lisetta hier das Eheversprechen abgegeben. Sie war schon neunundzwanzig und Gustav freute sich, dass sie – für eine Frau spät – nun eine eigene Familie hatte. Lisettas Mann, der Fabrikarbeiter Heinrich Wilmsen, war ein Jahr jünger als sie und, wie Gustav fand, etwas raubeinig, aber auf seine Art freundlich.

Am Nachmittag desselben Tages wiederholten Johanna und er ihr Versprechen vor dem Altar der evangelischen Kirche, Johanna trug ein weißes Seidenkleid und sah in Gustavs Augen noch bezaubernder aus als sonst. Er war stolz und glücklich. Den Abend verbrachten sie in der Schenke seines Bruders Heinrich. Der hatte, nachdem seine erste Frau im Kindbett gestorben war, ein zweites Mal geheiratet, aber auch das lag schon zehn Jahre zurück. Wilhelmine war ein fröhliches und zupackendes Wesen, Gustav mochte sie.

»Chez Henry« war an diesem Tag für die Hochzeitsgesellschaft reserviert. Lisetta und ihr frisch angetrauter Mann waren gekommen, Gustavs Schwester Maria und ihr Mann, der ebenfalls Heinrich hieß, außerdem die jüngeren Brüder Wilhelm und Johann, die noch unverheiratet waren. Auch Johannas Geschwister und ihre Familien feierten mit, ein halbes Dutzend Kinder machte ein fröhliches Spektakel. Als am späten Abend die letzten Gäste wieder auf dem Nachhauseweg waren, fielen Johanna und Gustav müde in das Bett der Schlafkammer, die sein Bruder ihnen in seinem Haus für ihre erste Nacht als Eheleute angeboten hatte. Sie genossen den Duft des frisch bezogenen Betts und den ihrer nach dem langen Tag verschwitzten Körper, von denen sie nie genug bekommen konnten. Dass Johannas Bauch mittlerweile ziemlich rund war, fand Gustav aufregend.

Am nächsten Morgen bekamen sie ein leckeres Frühstück, und Gustav hörte überrascht, wie Johanna den fünfzehn Jahre älteren Heinrich interessiert nach seinem Leben fragte. Heinrich, der von Natur aus eher etwas stoffelig war, fand Gefallen an ihrer Aufmerksamkeit und wurde redselig. Gustav stellte fest, dass er den älteren Bruder, der so früh von zu Hause ausgezogen war, seitdem kaum noch gesehen hatte. Er war ihm fremd geworden – Johanna dagegen schaffte es, Heinrich im Handumdrehen aufzutauen. Warum verstand sie so schnell, was ihn bewegte? Johanna hatte eine erstaunliche Intuition.

Nach dem Frühstück bedankten sich die Eheleute mit großer Herzlichkeit bei Heinrich – Gustav beschloss, in Zukunft öfter bei seinem großen Bruder vorbeizuschauen.

Anfang Dezember suchte Gustav fieberhaft nach einer Wohnung, in die sie einziehen und in der sie ihr Kind bekommen könnten. Das gestaltete sich schwierig. Die Stadt platzte aus allen Nähten. Nach wie vor zogen täglich neue Familien aus dem Umland nach Krefeld – auf der Suche nach Arbeit und einer Existenz. Schließlich gelang es ihnen, auf dem Westwall ein Zimmer zu bekommen, das klein war und zum Hof hinausging, aber immerhin hell und freundlich wirkte. Da Gustav weiter in Inrath arbeiten würde, reichte der Platz in ihrem neuen Domizil – einen Webstuhl mussten sie dort nicht aufstellen. Und Johanna brauchte für ihre Stickarbeiten nicht viel Platz.

Während Johanna und Gustav ihre wenigen Habseligkeiten in ihr neues Domizil brachten und sich ihr kleines Glück einrichteten, blieb die Stimmung in der Stadt angespannt. Der König löste Anfang Dezember die Nationalversammlung auf und verkündete eine Verfassung nach seinem Geschmack. Der Krefelder Preußenverein jubelte und schickte eine Ergebenheitsadresse, der liberale Konstitutionelle Klub jubelte nicht, aber stimmte nach kurzem Zögern trotzdem zu, nur die Demokraten kochten vor Wut. Als Ende Januar – Johanna war inzwischen hochschwanger – Wahlen zum Preußischen Landtag anstanden, knallte es wieder. Schon am frühen Morgen zogen Anhänger des Preußenvereins unter ihrem Vorsitzenden Carl von der Leyen mit schwarz-weißen Fahnen durch die Straßen, um ihre Treue zum Vaterland zu bekunden. Den Linken ging das gegen den Strich – der Bockhallenwirt Hermann Ziellenbach hängte eine rote Fahne aus seinem Fenster. Bei Einbruch der Dunkelheit zogen Arbeiter, Gesellen und Jugendliche durch die Straßen und hielten die schwarz-rot-goldene Fahne der Republik hoch. Eine kleine radikale Gruppe setzte sich ab und zog vor das Rathaus. Dort skandierten die Demonstranten lauthals: »Republik! Wären wir doch die Preußen quitt!«

Gustav stieß auf dem Rückweg aus Inrath auf den Haufen der Roten – aus einiger Entfernung konnte er sehen, dass die Polizei und der Sicherheitsverein inzwischen alarmiert worden waren. Der neue Polizeikommissar Karl Heligus forderte die Leute auf, ihre rote Fahne abzugeben, und als die sich weigerten, griff sich ein Sergeant den Fahnenträger, stieß ihn zu Boden und entriss sie ihm. Die Demonstranten wollten ihren Mann verteidigen, drängten gegen die kleinere Zahl an Polizisten, begannen, sie mit Steinen zu bewerfen, und Gustav wusste, dass die Situation hier gleich eskalieren würde. Er lief auf den Westwall, um nicht zwischen die Fronten zu geraten, wo ihm aber schon von allen Seiten die Leute des Sicherheitsvereins entgegenkamen. Jetzt hörte er Hufgetrappel, Kavallerie kam mit gezückten Säbeln angeritten. Die Berittenen stießen vor dem Rathaus auf die Demonstranten und trieben sie mit der flachen Klinge auseinander. Schreie ertönten von Menschen, die stürzten und Huftritte abbekamen, andere gerieten in Panik und stolperten übereinander.

Jetzt rückten die Kompanien des Sicherheitsvereins nach. Gustav erkannte Leo von Beckerath. Als er und seine Leute aus der Bockhalle am Westwall mit Steinen beworfen wurden, umstellten sie das Lokal, drangen in die Räume ein und schlugen alle, die sich ihnen in den Weg stellten, zu Boden. Gustav sah, wie Jugendliche, junge Frauen und Webergesellen aus den Fenstern kletterten und flohen. Die Anführer wurden festgenommen, dann war es ruhig. Gustav beeilte sich, zu ihrer Wohnung zu kommen.

Johanna hatte sich hingelegt, strich über ihren Bauch und sang leise »Schlaf, Kindlein, schlaf«. Gustav setzte sich neben sie, hielt ihre Hand und lächelte sie müde an.

Der Winter war nass, kalt und unangenehm. Im Januar regnete es ununterbrochen, die Temperatur lag immer kurz über dem Gefrierpunkt, Schneeregen hinterließ dreckige Pfützen. Ihr Zimmer auf dem Westwall heizten Gustav und Johanna mit einem kleinen Kohleofen. Im Februar kam ein böiger Westwind dazu und machte das Wetter noch unerträglicher. Die Marktleute fluchten und für die immer schwerfälligere Johanna wurden auch kleine Besorgungen zur Qual. Selbst kurze Spaziergänge durch den Hof machten ihr keinen Spaß mehr. Sie schlug sich auch tagsüber ein dickes, wollenes Tuch um die Schultern und stopfte Werg in die Fensterritzen, um sie gegen Zug abzudichten. Mitte Februar erkältete sie sich stark, hustete viel und war nur noch erschöpft. Tagsüber saß sie in einem Lehnstuhl, den Gustav organisiert hatte, stickte manchmal, schlief dabei oft ein. Sie hatte keinen Antrieb mehr und wollte nur noch, dass das Kind endlich auf die Welt kam. Aber nach Berechnung ihrer Hebamme würde sie damit erst Anfang April rechnen können – noch sechs qualvolle Wochen, von denen sie nicht wusste, wie sie sie würde überstehen können.

Abends, wenn Gustav aus Inrath zurückkam, kochte er ihnen etwas und versuchte, Johanna aufzumuntern, indem er zu Kartoffeln und Schmand ein bisschen Speck in die Pfanne gab. Doch während sie in den ersten Monaten ihrer Schwangerschaft einen kaum zu stillenden Heißhunger an den Tag gelegt hatte, war sie nun zunehmend appetitlos. Sie gab sich Mühe und aß trotzdem. Nach dem Essen setzten sie sich an den kleinen Tisch vor dem Fenster und spielten Würfelspiele. Manchmal las Gustav ihr aus einem Buch vor – bis sie in ihrem Sessel einschlief, was immer ziemlich schnell ging.

Das Kind, das sie erwarteten, beschäftigte das Paar immer. Sei es, weil es Johannas Körper förmlich auszusaugen schien, sodass sie für nichts anderes mehr Kraft hatte. Sei es, weil sie Pläne machten, wo das Kind schlafen sollte – Gustav hatte ein kleines Kinderbett geschreinert – und was es essen sollte: Viele Mütter fütterten ihre Neugeborenen neuerdings mit Brei, anstatt sie zu stillen, weil das die Kinder angeblich stärker machte. Manchmal verspürte Gustav einen Anflug von Eifersucht, wenn Johanna an nichts anderes mehr dachte als an dieses kommende Wesen, das merkwürdig still, aber äußerlich unübersehbar in ihrem Bauch lag. Sie versuchten zu erraten, wie das Kind aussehen und ob es ein Junge oder ein Mädchen sein würde – aber der Mensch, der da in Johanna heranwuchs, verschloss sich noch im Dunkel seiner Höhle. Abends, wenn sie nebeneinander im Bett lagen, drückten sie ihre Stirn aneinander wie vor ihrem ersten Kuss und streichelten sanft über ihre Körper. Und wenn Johanna in seinen Armen einschlief, betrachtete Gustav sie noch lange.

Als Gustav am Abend des 10. März aus Inrath nach Hause kam, fand er Johanna schweißnass in ihrem Sessel sitzend. Sie hielt sich den Bauch und stöhnte. »Ich habe mein Wasser verloren«, erklärte sie ihm. »Und ich habe Wehen.«

»Jetzt schon?«, fragte Gustav überrascht und fühlte sich mit einem Mal völlig überfordert. »Ich denke, das Kind kommt Anfang April?«

Johanna verzog das Gesicht vor Schmerz. »Geh und hole die Hebamme. Bitte.« Die Hebamme. Sie hatten darüber gesprochen. Johanna Kayser hieß sie, sie war für ihren Bezirk zuständig.

»Mach ich sofort«, versprach er.

»Hilf mir vorher noch aufs Bett«, bat ihn Johanna.

Er stützte sie, führte sie hinüber und half ihr, sich zu entkleiden. Dann deckte er sie vorsichtig zu, griff sich seine Jacke und lief los.

Als er mit der Hebamme zurückkam, lag Johanna unverändert da. Die Wehen waren stärker geworden und sie war blass.

»Ich muss spucken«, hauchte sie schwach.

Die Hebamme gab schnell Anweisungen und Gustav war froh, dass er etwas tun konnte. Eine Schüssel zum Spucken holen, den Ofen stochen und Wasser aufsetzen, Handtücher bereitlegen. Johanna Kayser war eine kräftige, zupackende Frau, die die werdende Mutter routiniert abtastete, mit einem Hörrohr an ihrem Bauch horchte, vorsichtig fühlte, ob sie sich bereits für die Geburt öffnete. Gustav, der nicht wusste, ob von ihm erwartet wurde, dass er das Zimmer verließ, wanderte unruhig umher. Schließlich sagte die Hebamme ihm, er könne bleiben, wenn er wolle, und sich nützlich machen. Also leerte er von Zeit zu Zeit den Spucknapf, trocknete Johanna die Stirn und hielt ihre Hand. Alle zwanzig Minuten kehrten die Wehen zurück, die Hebamme massierte Johannas Bauch, sie sah besorgt aus, sagte aber nichts. Es war schon lange dunkel draußen, und außer Johannes Stöhnen waren keine Geräusche mehr zu hören, als die Hebamme endlich verkündete, sie könne das Köpfchen sehen. Nun machte sie Johanna laute und klare Ansagen, wie sie zu atmen und zu pressen hätte, und als ihr Stöhnen in Schreien überging, legte Gustav sein Gesicht an ihres und hielt sie ganz fest. »Du schaffst das«, flüsterte er ihr ins Ohr. Es dauerte. Das Wesen in Johannas Leib war erst zu früh und wollte dann doch nicht, dachte Gustav und bekam plötzlich Angst, dass diese Geburt schiefgehen und ihm Kind und Geliebte zugleich rauben könne. Als sie zwischen zwei Wehen mühsam »Ja« hervorpresste, nahm er das als Versprechen, dass sie nicht aufgeben werde, sich nicht, das Kind nicht, ihre Liebe nicht. Die Hebamme zog und zerrte unterdessen, als wollte sie dem Drama mit Gewalt ein Ende bereiten, und dann war das Kind plötzlich da, in einer Lache von Blut. »Geschafft«, sagte sie. »Die junge Dame wollte nicht recht.«

»Ein Mädchen?«, fragte Johanna, die mit geschlossenen Augen in die Kissen gefallen war.

»Ein Mädchen«, bestätigte die Hebamme. Sie nabelte das Kind mit routiniertem Handgriff ab, wickelte es in ein Tuch und hielt es hoch. Gustav lächelte erleichtert.

»Ich bin glücklich«, sagte er und gab Johanna einen Kuss.

Sie nannten das Kind Charlotte. So wie Johannas Mutter Charlotte hieß. Gustav dachte bei Charlotte auch an die Mutter von Susi, der kleinen Von-Beckerath-Tochter, die ihm so lieb gewesen war. Charlotte klang gut in seinen Ohren. Sie war seine Tochter, und er war stolz auf sie.

Charlotte war, das hatte die Hebamme ihnen erklärt, eigentlich zu jung, um schon auf die Welt zu kommen. Warum Johanna so früh Wehen bekommen hatte, konnte sie nicht sagen. Möglicherweise war der Körper nach diesem Winter und der schweren Erkältung, die Johanna erwischt hatte, zu schwach für weitere sechs Wochen Schwangerschaft gewesen. Charlotte war ein schmächtiges Wesen, das nur gute vier Pfund wog. Sie hatte einen leichten Flaum schwarzer Haare. Und große Augen, die unscharf umherirrten, als fragten sie sich, wer sie so unsanft aus der behüteten Dunkelheit gerissen hatte. Nach einem Klaps auf den Po hatte sie angefangen zu atmen, aber nicht geschrien, wie es sonst bei Neugeborenen üblich war. Dieses Kind, so empfand es Gustav, hatte etwas Geisthaftes an sich. Charlotte sah aus wie eine Suchende, die sich vorsichtig in ihre neue Existenz hineintastete, ohne dort Halt zu finden. Ein Wesen nicht von dieser Welt.

Die Hebamme legte Charlotte Johanna an die Brust, an der das Kind zaghaft sog. Als es keinen Erfolg hatte, drehte es den Kopf weg und sah wieder zur Kerze, die auf dem Nachttisch stand. Johanna Kayser vermutete, dass das Kind für Johanna zu früh war – darum hatte sie noch keine Milch. Also sollte sie es mit einem dünnen Brei füttern. Sie beschrieb Gustav, wie er einen solchen aus

Milch und Mehl würde herstellen können, verabreicht mit Gaben von Tee, viel zu trinken sei wichtig. Charlotte war indessen auf Johannas Bauch eingeschlafen, und nachdem die Hebamme die gerade Niedergekommene versorgt hatte, ermahnte sie Gustav, seine Frau müsse sich in den nächsten Tagen schonen. Sollte sie Fieber bekommen, solle er sofort den Wundarzt rufen. Für das Kind möge er eine Kerze in St. Dionysius aufstellen, oder – als ihr einfiel, dass Gustav evangelisch war – wenigstens ein Gebet an seinen Herrn richten. Die Chancen, dass es überlebe, da sei sie ehrlich, stünden eins zu eins, höchstens.

Als die Hebamme gegangen war, setzte sich Gustav in den Lehnstuhl und blickte in den dunklen Himmel, der wolkenverhangen, wie er war, weder den Mond noch die Sterne erkennen ließ. Hinter sich hörte er das tiefe Atmen Johannas und manchmal dazwischen helle Laute, die Charlotte im Schlaf von sich gab. Vor seinen Augen tanzten Bilder von heißen Küssen und körperlicher Liebe, von Schreien des Schmerzes und von Blut, in seinen Ohren tönten die Worte der Hebamme, die immer wieder »eins zu eins, höchstens« sagte und ihn dabei mitfühlend ansah. Dann schlief auch er ein.

Zwei Stunden später schreckte er hoch, als er ein leichtes Wimmern hörte. Es war Charlotte, sie suchte mit dem Mund und den so zerbrechlich wirkenden Händchen nach Johannas Brust. Diese hatte die Arme um das Kind gelegt.

»Ich habe nichts für sie«, sagte sie leise und verzweifelt in Gustavs Richtung. »Ich kann ihr nichts geben.« Gustav ging zu ihr und strich ihr über die Wange.

»Das ist doch nicht schlimm«, sagte er.

Er nahm von dem Tee, den er aufgesetzt hatte, goss Johanna einen Becher ein, füllte einen zweiten und gab

Charlotte davon mit einem kleinen Löffel. Sie trank begierig. Dann bereitete er, wie die Hebamme es ihm beschrieben hatte, einen dünnflüssigen Brei zu. Auch von ihm nahm das Kind zwei Löffel, dann schloss es den Mund und wehrte die Nahrung ab. Vielleicht ist sie müde, dachte Gustav. Er legte sich neben beide und alle drei dämmerten wieder ein.

Johanna lag noch eine Woche entkräftet im Bett. Die Krankheit, die plötzlichen Wehen, die Geburt, all das hatte ihren Körper ausgelaugt. Gustav war am folgenden Tag kurz nach Inrath gelaufen, um Willi zu informieren, dass er Vater geworden war, worauf Willi ihn umarmt und beglückwünscht hatte. Gustav erklärte, dass Johanna und Charlotte aber sehr schwach seien, er sich um beide kümmern müsse und darum in den nächsten Tagen nicht in die Werkstatt kommen könne. Dann ging er auf den Markt und kaufte Kartoffeln, Möhren und ein gerupftes Huhn, dazu eine Flasche frische Milch. Auf dem Herd kochte er das Gemüse und das Fleisch, reichte der Mutter eine Schüssel mit dem Essen und bot Charlotte Möhren und Milchbrei an. Sie nahm zwei Löffel, dann wandte sie sich ab und schlief wieder ein.

Nach einer Woche war Johanna so weit, dass sie das Bett verlassen und im Lehnstuhl sitzen konnte, mit einer Decke auf den Knien und einem Schal um die Schultern, obwohl es in dem Zimmer mollig warm war. Der Wind draußen hatte sich gelegt, hin und wieder blinzelte sogar die Sonne durch die Wolken. Gustav stand oft hinter ihr und legte die Arme um sie – sie hatten das Bedürfnis, einander festzuhalten. Johannas Mutter war da gewesen, Gustavs ebenso, sie hatten Charlotte in die Arme genommen, ihr in die immer noch ohne Halt wandernden Augen geschaut, und beide hatten besorgt ausgesehen. Auch die Hebamme kam täglich bei ihnen vorbei, wog das Kind, untersuchte Johannas Brust, ob sie nicht doch noch Milch geben würde, ließ sich von Gustav seine Fütterungsversuche schildern, zuckte dann mit den Schultern und sagte, dass nur ein Wunder das Kind retten könne.

Doch so schnell ließ Charlotte sich nicht aus dem Leben schubsen. Als würde sie aus einem unruhigen Traum erwachen, begann sie, mit den Händen nach Greifbarem zu tasten, fixierte mit den Augen die neue Welt, verlangte mit dem Mund nach Nahrung. Zu Gustavs grenzenloser Erleichterung spuckte sie nicht mehr alles aus, was er ihr auf einem Löffelchen anbot, und nach weiteren vier Tagen zeigte auch ihr ungeduldiges Saugen an Johannas Brust Erfolg: Sie fand dort endlich, was sie erwartete, und nahm die Milch gierig an, was in Johanna erwartungsvolle Freude auslöste. Würde jetzt alles gut werden? Die Hebamme betrachtete die Fortschritte des Säuglings, den sie schon aufgegeben hatte, mit ungläubigem Staunen.

Charlotte war ein Frühlingskind. Den März und den April hatte sie noch überwiegend schlafend und trinkend verbracht, ab Anfang Mai schien sie zu erwachen und eroberte die Welt mit einem Lächeln. Johanna, die nach ihrem Wochenbett inzwischen wieder zu Kräften gekommen war, lief mit Charlotte an ihre Schulter gedrückt oft durch die Blumenrabatte auf den Wällen und die Grünanlagen rund um den neuen Friedhof. Während die Kirschen blühten, wichen die Angst und die Sorge um ihr Kind langsam dem Bewusstsein, dass sie jetzt zu dritt waren. Und sie ihre Liebe von jetzt an mit jenem Wesen teilen würden, das mal schreiend, mal saugend und mal deutlich müffelnd immerzu ihre Aufmerksamkeit verlangte, sie dafür aber mit seinem gewinnenden Lachen entschädigte.

Während Johanna und Gustav sich an ihre neue Rolle zu gewöhnen versuchten, kam es in ihrer Stadt ein letztes Mal zu Unruhen. Die Männer der Landwehr, die überwiegend aus katholischen Reservisten bestand, unter ihnen viele Seidenweber-Gesellen, weigerten sich, sich dem regulären Militär unterzuordnen. Anfang Mai versammelten sie sich in der Bockhalle, zwei Tage später auf dem Friedrichsplatz. Vertreter der preußischen Armee wurden mit Steinen beworfen und verjagt, stattdessen ernannten die Landwehrleute den Webermeister Peter Grüter zu ihrem eigenen Kommandanten. Ein Versuch des Militärs, die Hoheit mit Hilfe des Sicherheitsvereins zurückzuerobern, schlug fehl. Peter Grüter und seine Leute jubelten.

Eine explosive Stille lag über der Stadt. Die Aufständischen hatten sich auf dem Westwall versammelt. Bewaffnete aus Kempen, St. Hubert und Hüls würden dazustoßen, hörte man, von zweihundert Mann war die Rede. Am Abend traf die Verstärkung aus Kempen ein, in einem Wirtshaus auf der Hülser Chaussée warteten die Männer auf Nachrichten aus Krefeld, hieß es. Doch statt ihre Kameraden zu begrüßen, stritten sich die Landwehr-Leute auf dem Westwall untereinander: Sollten sie es wirklich mit dem Militär aufnehmen? Nur ein Haufen Kinder lief die Rheinstraße hinauf, neugierig, die Truppe aus Kempen zu sehen. Die Kinder kamen nach einer Stunde enttäuscht zurück. Die Soldaten seien wieder abgezogen, berichteten sie, nachdem sie eine Zeitlang vergeblich auf eine Abordnung der Krefelder gewartet hatten. Dass sie stattdessen von Kindern bestürmt worden waren, hatte ihnen nicht gefallen. Jetzt waren auch die Männer auf dem Westwall frustriert. Irgendwie war ihr Vorhaben schiefgegangen. Immer mehr Wehrleute verließen die Szene. Der Rest zog, seiner Enttäuschung freien Lauf lassend, lärmend und schießend durch die Straßen. Da sie auf keinen Gegner trafen, gingen sie irgendwann nach Hause.

In den Tagen danach feierten die Krefelder ihre Frühjahrskirmes. Am 21. Mai, nachdem die letzten Buden abgebaut waren, ließ der Landrat die Anführer der Landwehr, unter ihnen den Kommandanten Peter Grüter, verhaften und nach Düsseldorf bringen. Damit war die Revolution in Krefeld vorbei. Die Königstreuen hatten gesiegt, wieder einmal.

# 1849. Die Eisenbahn kommt

Für Gustav hatte die Welt bisher kurz hinter Krefeld geendet. Er musste sich eingestehen, dass er kaum Ahnung hatte, wie es in anderen Städten aussah. Jetzt spazierte er mit Johanna und Charlotte über unbebaute Gartengrundstücke dorthin, wo tatsächlich gerade Eisenbahngleise verlegt wurden. Krefeld wurde mit der Welt vernetzt – ganz real, vor ihren Augen. Die Strecke sollte von Homberg am Rhein über Uerdingen und Krefeld nach Anrath und Viersen führen. Gleichzeitig wurde ein Bahnhof gebaut – nicht groß, aber doch so, dass man Pferde und Vieh, Güter und Baustoffe, Menschen und ihr Gepäck würde verladen können. Der Bahnhof wurde an der Verlängerung des geplanten Ostwalls über den Südwall hinaus errichtet, und er sollte, um Unruhe in der Stadt zu vermeiden, von einer Mauer umfriedet werden. Die war aber noch nicht fertiggestellt, und so konnten Gustav und Johanna um Sandhaufen und loses Werkzeug herum – was mit ihrem neuen Kinderwagen ziemlich mühsam war – nur bis dorthin gelangen, wo die Arbeiter gerade die Schienen verlegten. Schwere gusseiserne Riesen, zwanzig Fuß lang, immer ein halbes Dutzend Männer auf einmal mussten zupacken, um ein solches Stahlmonster an die ihm zugedachte Stelle zu manövrieren. Zuvor hatten die Arbeiter – mit nacktem

Oberkörper schuftend, nur durch ihre schwarzen Schiebermützen vor der Sonne geschützt – Wagenladungen voller Erde und Kies mit schweren Walzen verdichtet und darauf große Mengen Schotter aufgebracht. Auf diesem Schotterbett platzierten die Bahnarbeiter dicke Holzbalken, mit schwarzem Teer gegen das Wetter imprägniert, während Ingenieure mit Messinstrumenten auf dreibeinigen Stativen über die richtige Lage wachten. Die Schienen schließlich, einmal mit viel Hauruck auf die Bohlen heruntergelassen, wurden mit dicken Schrauben fixiert. Ein solch gigantisches Unternehmen hatte Gustav noch nie gesehen: Hunderte von Männern waren auf der Baustelle beschäftigt, unter ihnen manche, die ihre Webstühle hatten aufgeben müssen und hier nun als Tagelöhner ihren Lebensunterhalt fristeten. Gustav suchte nach Theo, der sich am Ende doch dazu herabgelassen hatte, die stolze Weberarbeit gegen die Plackerei im Eisenbahnbau zu tauschen – Willi hatte davon erzählt, mit Erleichterung. Und so, wie die Männer auf der Baustelle aussahen, hatte Gustav den Eindruck, dass auch sie stolz waren auf das, woran sie arbeiteten. Die Blicke der vielen Neugierigen, die den Bau verfolgten, schienen ihnen jedenfalls nicht unangenehm zu sein.

Am 5. Oktober 1849 war es so weit. Die Strecke, die später bis nach Gladbach führen sollte, war auf der Länge von Viersen bis zum Rhein fertig und am Vortag mit viel Zylinderschwenken und Bravo-Rufen feierlich eröffnet worden. Jetzt, an einem windigen, aber trockenen Freitag, durfte das gewöhnliche Volk die Eisenbahn zum ersten Mal benutzen. Johanna hatte vorgeschlagen, nach Uerdingen zu fahren. Es war ihr erster Tag seit der Geburt von Charlotte, den sie wieder zu zweit verbrachten: Johannas Mutter hatte das Kind für diesen Tag zu sich nach Hause genommen.

Um halb acht Uhr morgens machten sie sich auf den Weg zum Bahnhof. Sie gingen etwas schneller, als es nötig gewesen wäre, und Gustav kam sich vor wie ein Junge am ersten Schultag. Sie betraten das inzwischen ganz von einer Mauer umschlossene Bahnhofsgelände, auf dem es nach frischem Teer und feuchtem Mörtel roch. In der kleinen Wartehalle drängte sich schon eine Schlange vor dem Schalter, an dem die Billets verkauft wurden, und einen Moment lang befürchteten Johanna und Gustav, sie könnten keines mehr bekommen. Endlich waren sie an der Reihe. Ein wichtig aussehender älterer Herr in adretter Uniform und mit einer goldbesetzten Mütze auf dem Kopf nahm dienstbeflissen ihren Reisewunsch entgegen, kassierte die Münzen und händigte ihnen zwei Fahrkarten aus Pappe aus, auf denen »II. Klasse« und das Ziel vermerkt waren. Am Bahnsteig – der hier vornehm Perron genannt wurde – schoben sie sich nahe an die weiße Linie. Deren Überschreiten war streng verboten, was von einem Uniformierten mit Trillerpfeife penibel überwacht wurde. Sie reckten ihre Hälse Richtung Westen. Von dort wurde der Zug erwartet. Zuerst sahen sie nichts, sondern hörten nur ein dumpfes Schlagen von Metall auf Metall, regelmäßig wie ein Uhrwerk, und das Rattern wurde von Sekunde zu Sekunde lauter. Dann mischte sich ein Pfeifen darunter, zweimal hintereinander, laut und fröhlich, und endlich erblickten sie zuerst eine feine Rauchfahne und kurz darauf die glänzende Lokomotive, die, eine leichte Rechtskurve von der Heide nehmend, über die Gladbacher Straße in Richtung Bahnhof rollte.

Der Zugführer ließ seine Sirene zur Begrüßung noch einmal ertönen und bremste das Ungetüm ab. Vielstimmige »Ahs« und »Ohs« waren zu hören, als die Dampfmaschine endlich zischend vor den Fahrgästen stand. Sie genossen den Anblick der glänzend lackierten Lokomotive, auf deren erhöhtem Fahrstand sich der Lokführer zeigte, freundlich nickend, als wolle er sagen: »Da könnt ihr mal sehen, es ist wirklich wahr – und ich darf dieses Wunderwerk fahren.« Alle paar Sekunden stob eine kleine Wasserdampfwolke aus der Lok in den Morgenhimmel. Zwei Schaffner gingen auf dem Bahnsteig die drei Waggons entlang und öffneten mit einladendem Schwung die Türen. Aussteigende Fahrgäste drängten über die Treppe auf den Bahnsteig – waren sie ein wenig blass? Manche wurden schon erwartet und herzlich begrüßt, andere hasteten direkt zum Ausgang. An die Waggons für die Passagiere war ein Gepäckwagen angehängt, Bündel wurden herausgereicht, Stoffballen vermutlich, in Viersen gab es eine große Baumwollweberei. Mancher Pferdekutscher würde demnächst weniger Aufträge haben, vermutete Gustav.

Jetzt durften sie endlich einsteigen. Die Waggons waren rechts und links in offene Abteile gegliedert, zwei Sitzbänke standen sich jeweils gegenüber, Johanna und Gustav schoben sich in eine Holzbank und sahen aus dem Fenster. Menschen auf dem Perron winkten den Glücklichen zu, die Karten bekommen hatten, Johanna grüßte ausgelassen zurück. Dann ertönte das schneidige »Zurückbleiben« des Zugabfertigers auf dem Bahnhof, der Pfiff der Lokomotive erklang und mit einem Ruckeln nahm die Bahn ihre Fahrt auf. Langsam glitt sie über die Schwellen, begleitet vom »Tacktack«, wenn die Lokomotive die Stoßstelle zwischen zwei Schienen passierte. Der immer kürzer werdende Abstand zwischen diesen Schlägen zeigte die zunehmende Geschwindigkeit an – die Gärten hinter dem Ostwall hatten sie schon hinter sich gelassen, die Häuser von Diessem tauchten auf. Vor den Haustüren standen Mütter mit ihren Kindern an der Hand und verfolgten staunend das Schauspiel, das die neue Eisenbahn ihnen bot. Dann senkte sich der Fahrdamm leicht abfallend ins Diessemer Bruch, sie rauschten durch die feuchten Wiesen, durchfuhren den Bockumer Wald, flogen am Violenhof und am Glindholz vorbei. Bald zeigten sich zur Rechten in einiger Entfernung die Ruinen der Burg und die Mauern des Städtchens Linn. Die Fahrgäste drängten sich an den Fenstern, deuteten hier auf einen Hof, den sie kannten, entdeckten da ein paar Kühe, die ungläubig glotzend den Zug anstarrten. Mancher klammerte sich mit der Hand an den Sitz, eingeschüchtert vom Rausch an schnellen Bildern, zu dem die Welt hinter den Abteilfenstern zusammenschmolz, oder gepeinigt von der Vorstellung, der Zug könnte immer schneller werden und dann an einem Hindernis zerschellen. Selbst wenn man die Körper stärker beschleunigen konnte als ein Pferd es je vermocht hätte – würde die Seele sich auch zu dieser Geschwindigkeit nötigen lassen? Aber ob mit oder ohne Seele: Nach weiteren zehn Minuten wurde der Zug und mit ihm seine Fahrgäste langsamer, ein metallenes Kratzen der Bremsen begleitete die von manchen bedauerte, von anderen ersehnte Entschleunigung, ein neuerliches Pfeifen mahnte die Bürger im vor ihnen liegenden Uerdingen, die Gleise freizuräumen für die Eisenbahn, die westlich der Stadt am funkelnagelneuen Bahnsteig zu stehen kam. Männer, Frauen und Kinder stiegen aus, Letztere überdreht hüpfend, manche auch mit weichen Knien, aufmerksam gemustert von denen, die die Fahrt noch vor sich hatten und in den Augen der Aussteigenden eine Antwort auf die Frage suchten, ob es eine gute Idee war, mit der Eisenbahn zu fahren.

Johanna und Gustav folgten dem Strom der Fahrgäste zum Bruchtor, durch das sie Uerdingen betraten. Gustav hatte nur noch verschwommene Bilder der Stadt vor Augen, die er vor vielen Jahren als Kind einmal gesehen hatte, als der Rhein zugefroren und Heinrich fast verunglückt war. Heute herrschte hier geschäftiges Treiben: Von der Anlegestelle am Rheinufer bahnten sich schwer beladene Fuhrwerke ihren Weg nach Westen, um Material über die Landstraße zu den Krefelder Baustellen zu bringen, die immer hungrig nach Steinen, Sand, Kalk und Bauholz waren. Und um die Kohlen der Ruhrorter Kohlengesellschaft an die vielen Haushalte zu liefern, die diese jetzt für den kommenden Winter bunkerten. Uerdingen brummte.

Heute war kein Markttag, und so konnten sie, ohne sich durch Stände und Buden quetschen zu müssen, die Weite dieses imposanten Platzes erleben. Die Häuser der Herbertz-Brüder hatten in Gustavs Kindheit hier noch nicht gestanden – und er war überwältigt von diesem drei Stockwerke hohen Ensemble, das jetzt die Westseite des Marktes begrenzte. Mit der noch jungen Zuckerindustrie war die Familie Herbertz reich geworden, und das zeigte sie mit diesem wunderschön gegliederten Bau. Johanna und Gustav schlenderten weiter zum Obertor, das als Relikt des Mittelalters die Südseite Uerdingens markierte. Von dort gingen sie an der alten Stadtmauer entlang zum märchenhaft wirkenden Eulenturm. Vorbei am alten Hospiz und dem Gasthaus »Et Klöske« mit der Statue des Heiligen Nikolaus über dem Eingang, anschließend zurück über den Markt und hinunter zum Niedertor. Was für ein idyllischer Ort, sagte Johanna, die sich nicht sattsehen konnte an den alten Häusern, verspielten Hinterhöfen, geradlinigen Straßen. Alles hier atmete eine vergangene Zeit und erschien gleichzeitig so lebendig. Am Rheintor zeigten Markierungen an, wie verheerend hoch der Fluss hier schon gestiegen war. Gustav erinnerte sich an Erzählungen der Eltern über ein schweres Hochwasser in seiner Kindheit. Dass Uerdingen damals von Wasser rundum eingeschlossen zur Insel geworden war, schien ihm jetzt schwer vorstellbar.

Heute zog der Fluss friedlich seine Bahn hinter dem Damm, Lastkähne unter Dampf fuhren schleichend flussaufwärts, weder Hochwasser noch Eisgang ließen die Kraft dieses Flusses erahnen. Ein Passagierschiff der Dampfschifffahrtgesellschaft für den Nieder- und Mittelrhein in Düsseldorf lieferte sich eine Wettfahrt mit einem Boot der Preußisch-Rheinischen Dampfschifffahrtgesellschaft aus Köln. Gustav und Johanna setzten sich auf die Dammkrone und schauten den Lastkähnen zu, die hier entladen wurden. Sie waren am Rheinwerft mit Tauen befestigt. Über bewegliche Holzstege und Leitern trugen die Hafenarbeiter schwere Säcke ans Ufer, wo sie sie in hohen Haufen auf Pferdekarren stapelten. Die Arbeiter balancierten mit ihrer Last über die Stege, schleppten sie die Treppen hoch, warfen sie – schweißnass trotz des frischen Windes – auf Karren, auf deren Bock ein Kutscher regungslos wartete.

Gustavs Blick verlor sich in der Weite des Flusses, er konnte sich nicht losreißen von diesem Panorama, das von der Rheinbiegung vor Friemersheim auf der einen bis zu der vor Kaiserswerth auf der anderen Seite reichte. Ihm war es, als würde ein frischer Wind durch seinen Kopf wehen und all das hinwegpusten, was ihn im letzten Jahr beschwert hatte: die Unruhen in Krefeld, der Tod von Willis Vater, ihre neue Verantwortung als Eltern. Eine Stunde saßen Johanna und er so da, aneinandergelehnt, jeder seinen Gedanken nachhängend. Frei fühlte es sich an, schön und liebevoll.

Es war schon gegen Mittag, als sie sich wieder aufrafften, weil es doch ein bisschen kalt wurde, ihre Glieder reckten und zurück in die Stadt schlenderten. Johanna schlug vor, die Pfarrkirche St. Peter zu besichtigen, die mit ihrem mächtigen Kirchenschiff und ihrem wuchtigen Turm südlich des Marktes lag. Und so betraten sie die Kirche, setzten sich in eine Bank, genossen die Ruhe und das durch die Glasfenster einströmende Oktoberlicht.

»Was hältst du davon, wenn wir eine Kerze anzünden?«, fragte Johanna schließlich.

Gustav schaute irritiert. »Warum?«

»Ich glaube, ich bin wieder schwanger.«

# *1850. Wieder allein*

Das Weihnachtsfest des Jahres 1849 verbrachte die junge Familie zum ersten Mal zu dritt. Charlotte war inzwischen neun Monate alt. Sie war zu klein für ihr Alter, aber Gustav und Johanna waren von allem, was ihre Tochter tat, überrascht und beeindruckt: ob sie nun ihre kleine Stoffpuppe packte und an ihre Wange legte, sich mit Schwung vom Bauch auf den Rücken drehte – herumzukullern bereitete ihr erkennbaren Spaß – oder mit Appetit eine Schüssel Kartoffelbrei verputzte. Jeder Fortschritt schien ihnen ein Beweis, dass dieser kleine Mensch mit großer Energie ausgestattet war, trotz seines schwierigen Starts ins Leben.

Zu Weihnachten schenkte Johanna Gustav die »Heidebilder« ihrer Lieblingsautorin Annette von Droste-Hülshoff. Auch Gustav hatte sich für ein Buch als Geschenk für Johanna entschieden – mit Gedichten von Heinrich Heine. Und so verbrachten sie Heiligabend bei Kerzenschein und gut gefeuertem Kohleofen auf zwei Sesseln und lasen sich gegenseitig vor. Immer darauf bedacht, Charlotte nicht zu wecken, um diesen Abend trauter Zweisamkeit nicht durch Stillen und Windeltauschen unterbrechen zu müssen. Momente wie diese waren wertvoll geworden.

Silvester feierten sie wie immer mit der Familie bei Gustavs Bruder Heinrich. Es fühlte sich gut an, dass sie jetzt ebenfalls ein Kind mitbringen konnten, das die Familie wieder um eine Seele bereicherte. Um Mitternacht stand die Verwandtschaft lange draußen, stieß auf das neue Jahrzehnt an und Charlotte, die mit roten Wangen in ihrem Wagen lag, erhielt von allen die besten Wünsche, denn – das wussten sie alle – der Lebensfaden eines Kindes war dünn.

Am dritten Tag des neuen Jahres bekam ihre Tochter Fieber. Hatte sie sich in der Silvesternacht erkältet? Johanna verabreichte ihr Kräutertee und dünnen Haferbrei – beides verweigerte sie. Als das Fieber zunahm, machte Johanna ihr Wadenwickel und legte ihr feuchte Lappen auf die Stirn. Gustav sah das glühende Gesicht und die matten Augen des Kindes und fühlte sich wie geohrfeigt. Wie konnte das plötzlich sein? War seine Tochter nicht vor drei Tagen noch fröhlich und munter gewesen? Sie holten Johanna Kayser, die Hebamme, und die riet ihnen, einen Arzt zu rufen. Der Arzt kam, drückte ein Stethoskop auf Charlottes Brust und diagnostizierte ein Rasseln, das dort nichts zu suchen hatte. Gustav erinnerte sich an die Lungenentzündung, die seinen Vater das Leben gekostet, und das Fieber, das Susi und Johanna von Beckerath vor vielen Jahren dahingerafft hatte. War das jetzt auch das Schicksal seiner Tochter? Er sah in die Augen der Hebamme und in die des Doktors und wusste, dass sie so ohnmächtig waren wie er selbst. Gegen eine Lungenentzündung bei einem frühgeborenen Kind, auch wenn dieses seinen Willen zum Überleben so energisch unter Beweis gestellt hatte, konnten sie alle nichts ausrichten. Und so mussten Johanna und er ihre Tochter gehen lassen – am 9. Januar 1850 starb Charlotte Puller im Alter von nicht einmal zehn Monaten.

In den kommenden Wochen war es den Eltern, als wären sie mit einem lauten Knall aus einem zu schönen

Traum erwacht. Als hätten sie wissen müssen, dass man nicht einfach ein Kind auf die Welt bringen und dann glücklich sein könne. Warum sollte es ihnen besser gehen als so vielen anderen Müttern und Vätern, die ihre Kinder verloren? Sie waren naiv gewesen.

Und so zogen sich beide dahin zurück, wo sie sich sicher und unverwundbar fühlten. Gustav arbeitete viel, ließ von morgens acht bis abends acht das Schiffchen auf seinem Webstuhl fliegen, betäubte sich mit dem Dreiklang des vertrauten Apparates, konzentrierte seine Gedanken auf die blauen, roten und grünen Fäden, die sich zu Ranken und Blüten vereinigten, kämpfte verbissen um jeden Zoll des Stoffs, der, einmal gewebt, unvergänglich war und ihm nicht durch ein ungerechtes Schicksal wieder aus der Hand gerissen werden konnte. Willi war an seiner Seite, ließ ihn aber in Ruhe, legte ihm höchstens einmal die Hand auf die Schulter, um ihn wissen zu lassen, dass er seinen Schmerz verstand. Mehr Gesellschaft brauchte Gustav nicht.

Johanna war in den kommenden Wochen viel bei ihrer Mutter in der Moerser Straße. Die wusste, was es bedeutete, das erste Kind zu bekommen und ein Kind wieder zu verlieren. Bei ihr musste Johanna ihre Tränen nicht verstecken, und sie musste auch nicht stark sein. Es tat ihr gut, einfach am Küchentisch zu sitzen und aus dem Fenster zu schauen, von ihrer Mutter bekocht zu werden wie früher, mit ihr die vielen Ereignisse des vergangenen Jahres zu teilen und abends an ihrer Stickarbeit zu sitzen, die sie von ihrem Kummer ablenkte. Nadel und Faden halfen ihr, langsam wieder festen Halt zu finden. Wie andere Tagebuch schrieben, um sich das Erlebte von der Seele zu schreiben, stickte sie es auf ihre Tücher. Die,

die in diesen Wochen entstanden, würde sie niemandem zeigen. Doch wenn sie die Handarbeit nach Stunden zur Seite legte, ging es ihr besser.

Am 11. März, dem Tag, an dem Charlotte ein Jahr alt geworden wäre, machten Gustav und Johanna einen langen Spaziergang durchs Bruch. Wieder brach das Frühjahr sich Bahn, und ungewöhnlich früh zwitscherten in diesem Jahr die Amseln, schlugen die Hainbuchen aus und blühten die Narzissen. Johanna hatte ein Bündel mit Brot und Käse gepackt, und als sie es öffnete, sah Gustav, dass sie auch Charlottes Stoffpuppe mitgenommen hatte. Er roch an der Puppe – und fühlte sofort die weiche Haut des Kindes, hörte Charlottes glucksendes Lachen, spürte ihre suchenden Finger in seiner Hand. Johanna und er redeten lange über das, was sie mit Charlotte in diesem Jahr erlebt hatten. Gustav legte sein Ohr auf Johannas Bauch, der sich aufs Neue wölbte. »Ich freue mich auf unser zweites Kind«, sagte er. Dann packten sie ihr Bündel zusammen und gingen Hand in Hand zurück in die Stadt. Als sie abends zu Hause waren, zündeten sie Kerzen an, holten die Gedichtbände aus dem Regal, die sie sich Heiligabend geschenkt hatten, und lasen sich gegenseitig vor. Noch hatten sie Zeit, die Stunden zu zweit zu genießen.

# *1850. Der Jäger*

Johanna liebte den Uerdinger Markt wegen des einmaligen Platzes vor den Herbertzhäusern und den Krefelder Lampenmarkt wegen seiner besonderen Atmosphäre am Abend. Am liebsten aber war ihr der Linner Andreasmarkt. Viermal im Jahr trafen sich dort die Handwerker aus der Umgebung, allen voran die Flachsspinner und Leinenweber, um ihre Produkte anzubieten. Flachs wurde überall in der Gegend angebaut, und die Kunst, den Stängeln dieser Pflanze die begehrten langen Fasern zu entlocken und sie anschließend zu feinem Leinen zu veredeln, beherrschten nur wenige so gut wie die Flachsbauern und Leinenweber am Niederrhein. Aber nicht nur Stoffe in langen Bahnen – weiß, gefärbt oder mit Mustern bedruckt – wurden auf dem Markt gehandelt, die Kundinnen suchten und fanden auch fertige Leinenkleider oder -hosen, Handtücher, Bettwäsche oder Tischdecken. Und sie hatten reiche Auswahl.

Auf dem Markt trafen sich schon seit dem Mittelalter die verschiedensten Handwerker aus der Region. Da präsentierten Bürstenmacher ihr Sortiment, bauten und reparierten Stuhlflechter Sitzmöbel aller Art, bemühten sich Zylindermacher, Goldschmiede und Zigarrenmacher um betuchte Kundschaft, da erfüllten Seifensieder und Bonbon-Hersteller den Markt mit verführerischen Düften. Die Stände der Klöpplerinnen und Knopfmacher waren von Frauen umlagert, ein Schmied hatte seine Esse mitgebracht und ließ die Funken fliegen, am Stand einer Hutmacherin drehten sich junge Männer mit modischen Mützen und ältere Damen mit ausladenden federgeschmückten Hüten vor Spiegeln. Kinder belagerten einen Puppenmacher, der Stabpuppen, Marionetten und Handpuppen zum Leben erweckte, die Taschen eines Feinkürschners verströmten einen angenehmen Ledergeruch, der sich mit den Düften des Imkers nebenan auf interessante Weise paarte. Und weil gut gelaunte Kunden immer einen Pfennig für ein flottes Liedchen übrighatten, ließen sich auch Drehorgelspieler und Musikanten mit Flöten und Geigen hören. Selbst vor dem Zelt einer Wahrsagerin, die die Marktbesucher einlud, sich die Karten legen zu lassen, bildete sich eine Schlange.

Mittendrin hatte Johanna ihren Stand aufgebaut und bot ihre feinen Stickereien an, nicht auf Leinen, sondern auf echter Seide aus Krefeld. Ihr Stand beim Halbfastenmarkt im März 1850 war nicht groß. Ein Tisch, zwei Kisten mit Stoffen und Nähzeug, ein Skizzenblock für Motiv-Ideen, alles das passte auf einen Bollerwagen, den Gustav ihr morgens nach Linn zum Markt gezogen hatte. Johannas Bauch war inzwischen schon ziemlich rund und sie selbst manchmal kurzatmig. Am Abend kam Gustav wieder, um mit ihr abzubauen. Als sie ihre Sachen im Wägelchen verstaut hatten, war die Sonne bereits am Horizont versunken. Johanna und Gustav hatten sich mit zwei anderen Händlern zusammengetan, einem Handschuhmacher und einem Blaufärber, um in der Dunkelheit nicht allein unterwegs zu sein, das war sicherer. Gerade nach Märkten trieb sich einiges Gesindel herum, das auf Gelegenheit wartete, einem einsamen Händler seine Tageseinnahmen abzupressen.

Sie waren eine Stunde unterwegs gewesen und passierten gerade das Gut Violen. Zur Rechten grenzte dichter Busch an den Weg, die Ausläufer des Bockumer Walds, der sich nach Norden bis zum Kliedbruch und zum Hülser Berg erstreckte. Der Handschuhmacher zog – wie Gustav – einen kleinen Wagen, der Blaufärber hatte seinen Marktstand auf einen Hundekarren gepackt. Sie schwiegen und hörten auf die Geräusche des Waldes, das Krächzen der Nachtvögel, hin und wieder ein Rascheln – war es ein Reh? –, dazwischen das gleichmäßige Hecheln des Hundes und ihre eigenen müden Schritte. Plötzlich blieb der Hund stehen, riss seinen Kopf zum Waldrand, bellte kurz und scharf, zog unruhig an seinem Zaumzeug. Die kleine Gruppe hielt an, spähte in die Bäume, und dann sahen sie es: ein Augenpaar, das kurz aufblitzte. Darauf schnelle, leichte Schritte, wie von einem fliehenden Tier. Dann ein lautes Heulen, das ihnen eine Gänsehaut bereitete. Das Geräusch kannten sie: ein Wolf. Der Hund bellte jetzt wie von Sinnen, zerrte an seinem Geschirr. Der Blaufärber legte seinen Arm um den Hals des Tieres und redete ihm gut zu. Nach einer Weile beruhigte es sich. »Wir gehen jetzt einfach weiter«, sagte der Mann. »Der Hund wird den Wolf fernhalten. Und in fünfzehn Minuten sind wir in Diessem. Aber wir sollten laut reden.« Das machten sie dann auch.

Es war besonders der Blaufärber, der erzählte. Der kräftige Mann mit grauem Vollbart und dunklem Gesichtsausdruck konnte sich mit seinen sechzig Lebensjahren noch gut an die Zeit um 1810 erinnern, als der Wolf am Niederrhein Schrecken verbreitet hatte. Vor allem Kinder waren es gewesen, die ihm zum Opfer gefallen waren. In Bracht, so berichtete er, waren im Juli dieses unheilvollen Jahres zwei Geschwister vom Wolf angefallen worden –

den achtjährigen Peter habe das Tier verschleppt, die vier Jahre ältere Schwester sei zwar entkommen, habe ihren Bruder aber nicht retten können. Zwei Wochen später erwischte die Bestie den dreijährigen Heinrich in Brüggen; von ihm fanden die alarmierten Dorfbewohner nur noch ein Taschentuch. Und ebenfalls im August sei dann der achtjährige Bartholomäus im Grenzwald zu Tode gekommen, nur Reste hätten die Wölfe von dem Kind übrig gelassen. Gustav gruselte es bei der Vorstellung. An einer anschließenden Treibjagd, so fuhr der Blaufärber fort, hätten sich mehr als dreitausend Jäger beteiligt. Geschossen hätten sie nichts, aber über die Maas geflohen seien die Tiere. Vorläufig. Denn im kommenden Jahr seien dem Wolf erneut zwei Kinder zum Opfer gefallen, eines in Brüggen und eines in Krefeld.

»Ich dachte, die Wölfe wären ausgerottet«, erklärte der Handschuhmacher, dem der Gesprächsstoff sichtbar nicht behagte. Die Gruppe schwieg einen Moment, das Heulen des Tieres stieg ihnen wieder ins Ohr.

»Fangprämien gab es danach«, fuhr der Blaumacher fort. »Zehn Taler für ein großes Tier, drei für ein Jungtier, einen für ein Ungeborenes.« Viele seien da unterwegs gewesen, um ihr Glück zu versuchen. Gustav vermutete, dass ihr Weggenosse unter ihnen gewesen war. »Aber der Wolf lässt sich nicht ausrotten«, schloss dieser unheilverkündend seine Ausführungen. »Und er nimmt sich, was schwach ist. Das Weidevieh – und die Kinder.« Dann trieb er seinen Hund mit schnalzender Zunge zur Eile an. In der Ferne sahen sie, wie der Wald sich lichtete. Diessem lag vor ihnen.

Am nächsten Tag stellte sich heraus, dass sie nicht die Einzigen waren, die den Wolf gehört hatten. Gustav ging am Vormittag in Steckendorf vorbei, um einen Kuchen zu holen, mit dem er Johanna zu ihrem Geburtstag überraschen wollte – es war ihr zweiundzwanzigster. Dort bekam er mit, wie die Frauen in der Bäckerei über das unvermutete Auftauchen des Tieres redeten. Heute war Gustav einmal nicht der Lauscher im Geheimversteck, sondern konnte selbst ein Abenteuer zum Besten geben: Als er vom markerschütternden Heulen berichtete, mit dem der Wolf sich nur wenige Schritte von ihnen entfernt hatte hören lassen, waren die Kundinnen schockiert. »Hoffentlich hat sich das Kind dabei nicht zu Tode erschreckt«, bemerkte eine Nachbarin besorgt. Gustav zuckte kurz zusammen – erinnerte sich dann aber erleichtert, dass Johanna heute Morgen noch geklagt hatte, das Kleine habe sie nachts wieder geboxt.

Nicht nur in der Bäckerei Puller in Steckendorf war der Wolf das Gesprächsthema des Tages. Das Auftauchen des Räubers traf die Stadt unvermutet, weil – wie der Handschuhmacher – die meisten Krefelder gedacht hatten, die Zeiten, in denen Kinder vom Wolf geraubt wurden, seien vorbei. Die Wucht der Erkenntnis, dass das nicht so sicher sei, löste ein Gefühl von Ohnmacht aus. Und den Wunsch, etwas gegen die plötzliche Gefahr zu tun.

Die Gelegenheit dazu gab ihnen der Seidenfabrikant Cornelius de Greiff, dessen Jagdleidenschaft allgemein bekannt war – und vielfach belächelt wurde. Als dieser verkündete, er wolle versuchen, das Tier zu erlegen, lachte keiner. De Greiff skizzierte im Rathaus über den schweren Eichentisch des Oberbürgermeisters gebeugt seinen Plan. Der Sicherheitsverein, der doch praktischerweise fertig aufgestellt und in zwanzig Kompanien unterteilt sei, solle sich unter seinen jeweiligen Kompanieführern am morgigen Samstag um vier Uhr nachmittags an zwanzig vorher benannten Stellen versammeln – er hatte mit Kreuzen auf dem Plan einen halbkreisförmigen Ring um den Bockumer Wald gezogen – und dann, verstärkt von Freiwilligen aus Krefeld und Linn, eine Reihe bilden und den Busch umstellen. An der Südflanke des Waldgebiets, der Strecke zwischen Krefeld und Linn, würden sich hundert Jäger mit Gewehren platzieren. Wenn die Kirche von Linn fünf Uhr schlage, sollten die um den Wald verteilten Treiber mit viel Krach, dem Schlagen auf Töpfen und lautem Rufen, langsam von Norden nach Süden durch den Wald vorrücken. Jeder Dritte solle zur Sicherheit mit einer Flinte oder wenigstens einer Heugabel bewaffnet sein, falls das Tier durch ihre Reihen ausbrechen wolle, aber er halte dafür, dass der Wolf die Flucht nach Süden ergreifen werde, wo ihm dann die Jäger eins auf den Pelz brennen würden.

Als er seinen Plan vorstellte, erntete er zustimmendes Gemurmel. So eine Treibjagd wäre wohl der einzige Weg, die Bestie aufzuspüren und zu erlegen – wenn sie sich denn überhaupt noch in dem Wald aufhalte. Und da keiner der in der Amtsstube des Oberbürgermeisters versammelten Männer eine bessere Idee hatte und die Autorität des Geschäfts- wie des Waidmanns de Greiff außer Frage stand, war die Jagd beschlossen. Man beratschlagte noch, wie man sicherstellen könne, dass außer den Treibern und den Jägern nicht auch Tausende von Schaulustigen durch den Busch trampeln und den Plan verderben würden, und kam überein, dass man ihn diskret und ohne öffentliche Ankündigung umsetzen wolle. Die Kompaniechefs des Sicherheitsvereins wurden für zehn Uhr morgens einbestellt, da werde man die Beteiligten genauer instruieren, wie das Abriegeln des Waldes und die Jagd vonstattengehen möchten.

Ein Nachbar Gustavs, der im Sicherheitsverein war, fragte ihn, ob er sich an der Jagd beteiligen würde. Gustav wurde einem Trupp zugeteilt, der von Diessem aus kommend in den Wald vorrücken sollte, Willi schloss sich ihm an. Gustav hatte sich ein kleines Beil an den Gürtel gesteckt und mit Fritz' Erlaubnis eine große kupferne Kasserolle aus der Bäckerei ausgeliehen, in der sonst Zuckerguss geschmolzen wurde. Von einem hölzernen Löffel traktiert, würde diese dem Tier übel in den Ohren klingen. Am Nachmittag versammelten sich die Treiber dann in aller Stille – tatsächlich hörte man nur Flüstern, das aber ziemlich aufgeregt – rund um das Waldgebiet. Kurz vor fünf warteten alle gespannt und nervös auf das Startsignal. Ebenso die Jäger an der Landstraße nach Linn, die dort in einem Abstand von dreißig Fuß postiert waren, am Flaschenhals der Treibjagd sozusagen – unruhig auch sie, ob das Unternehmen erfolgreich sein würde, und darauf hoffend, dass niemand verletzt werde außer ihrer Beute. Denn in der Hektik einer solchen Jagd passierte auch erfahrenen Jägern schnell ein Fehler, wenn es galt, in dem kurzen Moment, in dem das Tier sich zeigte, die richtige Entscheidung zu treffen.

Als dann die vertrauten Glocken der Kirche St. Margareta einen üblicherweise friedlichen Samstagabend einläuteten, dauerte es nur wenige Sekunden, bis die Spannung der Treiber sich in einem infernalischen Lärm entlud. Töpfe und Metallteller wurden geschlagen, Holzstecken gegen Baumstämme geknüppelt, mit »Ho« und »He« eine Mauer akustischen Schreckens errichtet, die Hasen, Füchse und Rehe aus ihrer Nachmittagsruhe aufscheuchte. Für de Greiff und seine Mannen bot sich ein Bild, das sie von anderen Jagden kannten: Niederwild und Hochwild stürmte erst vereinzelt, dann in immer höherer Zahl in die einzige Richtung, die die Treiber ihnen offen ließen – direkt vor die Gewehre der Jagdmänner. Doch anders als sonst war es diesen verboten, Hasen, Rehen und Fasanen eine Kugel in den Leib zu jagen – diesmal gab es nur ein erlaubtes Ziel: den Wolf. Und so zeigte sich ein für die in Jagdlust entflammten Männer schwer zu ertragendes Bild: Das Wild des gesamten Bockumer Buschs trampelte, hüpfte und rannte in panischem Lauf an ihnen vorbei, ihnen direkt ins Visier, schaute den Jägern einmal kurz in die Augen, lief an ihnen vorbei – und sie durften keinen Finger krümmen.

Nach einer halben Stunde hatten die Jäger das Gefühl, Teilnehmer der seltsamsten und lächerlichsten Treibjagd zu sein, die es zwischen Krefeld und Linn je gegeben hatte. Nur noch vereinzelt flohen Tiere aus dem Wald, die Rufe der Treiber kamen immer näher, und die Hoffnung der Männer, dass sie die ersehnte Beute doch noch machen würden, schwand von Minute zu Minute. Als die Uhr von St. Margareta sechsmal schlug, war Gustav – inzwischen nur noch zweihundert Fuß von den Jägern entfernt – sicher, dass die Aktion nicht glücken würde. Dann mischte sich in den letzten Glockenton plötzlich ein Geräusch, das ihm sofort wieder eine Gänsehaut über den Rücken jagte: das Heulen, das sie vor zwei Tagen spätabends schon einmal vernommen hatten. Jetzt ging alles ganz schnell. Ein Rascheln im Busch, ein Knacken von Ästen, der Schrei eines Mannes: »Da!«, ein Schuss, noch einer, noch einer, ein wütendes Brüllen, war es ein Bellen? Noch ein Schuss, dann ein kurzer Moment

Ruhe, dann ein vielfaches Heulen, diesmal von Menschen: »Wir haben ihn, wir haben ihn!« Nun brandete der Lärm, der vor einer Stunde den Startschuss zur Jagd gegeben hatte, in noch größerer Wucht als zuvor durch den Wald. Die Treiber, inzwischen alle auf der Straße, jubelten, brüllten und ließen ihre Werkzeuge noch einmal zu Höchstform auflaufen. Die Spannung fiel plötzlich ab, der Plan war aufgegangen, der Wolf erlegt, die Stadt – so empfanden sie – gerettet. Und Willi und Gustav waren dabei gewesen.

Singend zog der Haufen Richtung Linn, die Kirchenglocken läuteten zur Feier ihres Triumphes. Die erfolgreiche Wolfsjagd sprach sich schneller herum, als wenn das Rathaus in Flammen aufgegangen wäre, und so wurden Treiber und Jäger von einem Spalier von Männern, Frauen und Kindern begrüßt, als hätten sie ein feindliches Heer geschlagen. Den Initiator der Jagd, Cornelius de Greiff, dessen Plan manche mit Stirnrunzeln gehört und hinter vorgehaltener Hand abfällig kommentiert hatten, setzten sie beim Einzug auf eine Trage und legten ihm das tote Tier – es war, um der Wahrheit die Ehre zu geben, ein nicht so gefährlich aussehendes Jungtier – über die Schultern. Der Handschuhmacher, der sich gut aufs Zeichnen verstand und außerdem über einen respektlosen Humor verfügte, malte die Szenerie später in seinen Skizzenblock, wobei Cornelius de Greiff, der Waidmann und Retter der Stadt, auf dessen Bild tatsächlich in einer Sänfte thronte, die Beute auf dem Dach derselben zur Schau gestellt, getragen von zwei Jägern. War es so gewesen oder hatte er das falsch in Erinnerung? Jedenfalls kam es ihm so vor, und mancher, der das Bild später sah, musste von Herzen lachen. Ja, so war's gewesen, irgendwie. Ihr Knelles. Sonst immer ein bisschen grantelig, aber an dem Tag, da ließ er sich feiern wie der König von Preußen. Aber war's ihm nicht von allen gegönnt?

# 1850. Familienglück

Johannas neuerliche Schwangerschaft war leichter, als sie es erwartet hatte. Vielleicht hatte das Kerzlein in St. Peter geholfen. Im Frühsommer war es so weit. Wieder stand ihr die Hebamme Johanna Kayser zur Seite. Sie schickte Gustav aus dem Raum – es werde alles gut gehen, er solle sich nicht sorgen und sei diesmal nur im Weg. Und so marschierte er, die Hände auf dem Rücken verschränkt, den Westwall auf und ab. Als er irgendwann Schreie hörte – war es Johanna? –, hielt er es nicht mehr aus, lief die Treppen, immer zwei Stufen auf einmal nehmend, wieder hinauf zu ihrer Wohnung, klopfte ungeduldig, und als er, ohne eine Antwort abzuwarten, eintrat, saß Johanna an ein Kissen gelehnt aufrecht in ihrem Bett und hielt ein Kind im Arm. Der Säugling sah, wie er fand, zwar noch reichlich zerknautscht aus, aber lebensfroh, und dem zufriedenen Gesicht der Hebamme entnahm er, dass er auch gesund war. »Johanna Charlotte soll sie heißen«, erklärte ihm Johanna. Nach der Mutter und nach der Großmutter. Oder nach ihrem ersten verlorenen Kind? Er wünschte sich, dass ihre neue Charlotte ihnen helfen werde, Frieden zu schließen mit dem Verlust, der sie im vergangenen Jahr so schwer getroffen hatte. Charlotte kümmerte das alles gar nicht, sie war durstig, und sie suchte nicht vergebens. Sie nuckelte erst energisch, nach ihrer ersten Mahlzeit verträumt an Johannas Brust, bis

Mutter und Kind eingeschlafen waren. Die Hebamme verabschiedete sich leise, die junge Familie war allein.

Charlotte hielt ihre Mutter in den kommenden Monaten auf Trab, war immer hungrig, erkundete neugierig die Welt, in die sie da hineingeboren war – mit den Augen, mit den Fingern, mit dem Mund. Sie hatte das Bedürfnis, alles mit der Zunge zu berühren, was sie sah: Schmecken war ihre liebste Art, Dingen auf den Grund zu gehen.

Johanna war indessen schon nach wenigen Wochen nicht mehr bereit, den ganzen Tag in ihrer kleinen Wohnung auf dem Westwall zu verbringen. Sie hatte bereits im Jahr zuvor öfter in Inrath mit Gustav und Willi auf den Jacquard-Maschinen gearbeitet, jetzt kam sie regelmäßig mit Charlotte dorthin, um zu weben, während das Kind in der großen Werkstatt genug Abwechslung fand. Im Herbst schlug Johanna außerdem wieder ihren Stand auf dem Lampenmarkt auf, um ihre Seidenstick-Arbeiten zu zeigen, und in den Wintermonaten arbeitete sie die Aufträge ab, die sie dort bekommen hatte. Zudem hatte sie darauf bestanden, auch auf dem Uerdinger Markt ihre kleinen Kunstwerke vorzustellen – dank der neuen Eisenbahn stellte das jetzt keinen großen Aufwand mehr dar. Und sie hatte Erfolg damit. So verging die zweite Hälfte des Jahres 1850 wie im Fluge. Als sie den Heiligen Abend zu dritt verbrachten, wurden die Erinnerungen an das trügerische Glück des vergangenen Weihnachtsfestes wieder wach, das zwei Wochen später so abrupt zerschellt war. Doch diesmal spürten sie, dass etwas anders war: Ihr Kind war glücklich, und so waren sie es auch.

Das kommende Jahr raste nur so dahin. Das Kind, die Arbeit, oft fragten sie sich abends, wie der Tag wieder so schnell vergehen konnte. Seit Johanna ihre Tochter abgestillt hatte und abends noch einmal mit einer guten Portion Brei füttern konnte, schlief sie nachts durch, für die Eltern ein Segen. Dann sprach Charlotte ihre ersten Worte: Mama, Papa, Schalla – das war sie selbst. Im Herbst machte sie die ersten Gehversuche. Zu Weihnachten hatte Johanna für Gustav eine Überraschung: Sie war wieder schwanger. Das kommende Weihnachtsfest würden sie zu viert sein.

Im Frühjahr machten sie sich auf die Suche nach einer neuen Bleibe. Die Wohnung auf dem Westwall – eigentlich nur ein Zimmer – würde zu klein sein, wenn ihre Familie weiter wuchs. Sie studierten die Anzeigen im Crefelder Intelligenzblatt, wo Vermieter ihre Leerstände kundtaten. Sie besichtigten Wohnungen, die alt, feucht und kalt waren, aber erschwinglich; andere, die neu – und manchmal auch noch feucht – waren und Luxus wie eine Gemeinschaftstoilette auf dem Flur boten, sodass die Bewohner für ihr Bedürfnis nicht immer auf den Hof mussten. Aber diese Wohnungen waren teuer. Weil so viele Menschen in die Stadt drängten, wurden die Vermieter sie trotzdem los. Schließlich fanden Johanna und Gustav ein altes Weberhaus in Diessem draußen vor der Stadt, aber in für sie guter Lage: Inrath und damit seine Werkstatt war für Gustav schnell zu erreichen. Johanna konnte, wenn sie wollte, in wenigen Minuten am Bahnhof sein. Obendrein hatte das Häuschen einen kleinen Garten: Dort konnten sie nicht nur Möhren, Kartoffeln und Lauch pflanzen. Charlotte fand auch Platz, um herumzutoben, ohne dauernd vor Zimmerwände zu stolpern oder Gefahr zu laufen, auf der Straße von einer Pferdekarre überrollt zu werden. Das Haus hatte einer alten Witwe gehört und roch muffig. Doch die Miete war dafür erschwinglich, und Gustav war zuversichtlich, dem alten Bau die Feuchtigkeit austreiben zu können. Es sollte ihm gelingen: Bis zum Sommer hatten sie das Haus mittels eines zusätzlichen Ofens und regelmäßigen Lüftens bewohnbar gemacht, außerdem die Wände neu gekälkt sowie Fenster und Türen gestrichen. So war der erste Geruch, den ihre zweite Tochter Auguste im Juli 1852 in die Nase bekam, der von frischer Farbe.

# 1854. Endlich Licht!

Gustav war ein Fußgänger. Sosehr ihn die Geschwindigkeit der Eisenbahn berauscht hatte – er brauchte seinen täglichen Fußweg zwischen der Werkstatt und der Wohnung. Er mochte es, bei diesen frühmorgendlichen und spätabendlichen Gängen den Wechsel der Jahreszeiten zu erleben. Das erst vorsichtige und dann ungestüme Sprießen der Natur nach einem langen Winter, die Milde der Luft und das Zwitschern der Vögel im Mai, die abendliche Wärme im Hochsommer, das Welken der Blätter und das versöhnliche Licht im Herbst.

Wenn im September erst die Dämmerung und kurz später die Dunkelheit seinen Heimweg umfingen, wusste er, dass jetzt die lange Zeit begann, in der ihn die Sonne nur noch selten wärmen würde. Er neigte nicht zu Schwermut, aber wenn er an dunklen Wintertagen unterwegs war, kamen ihm die Gassen der Stadt in ihrer Finsternis und Feuchte manches Mal gespenstisch vor. Sie waren nicht verlassen, die Menschen gingen ihren Geschäften nach, aber der gedämpfte Ton und das kümmerliche Licht der Öllaternen verliehen ihnen etwas Unheilvolles. Und wenn sich hinter dem Wirtshaus »Zur Goldenen Krone« auf dem Ostwall dunkle Gestalten in uneinsehbare Ecken drückten, dann rief das auch die Polizei auf den Plan. Und man stellte wieder die Frage, warum die am stärksten wachsende Stadt am Niederrhein nicht endlich eine bessere Beleuchtung bekam.

Wie immer taten sich der Rat der Stadt und der Oberbürgermeister schwer mit Neuerungen, vor allem wenn diese zulasten des städtischen Etats gingen. War es wirklich ihre Aufgabe, für Straßenlaternen zu sorgen? Jahrelang waren es die Anlieger selbst gewesen, die das nötige Rüböl gekauft und den Laternenanstecher bezahlt hatten, der in ihrer Nachbarschaft die Lampen anzündete. Schließlich waren sie auch die Nutznießer der Beleuchtung vor ihrem Haus, oder etwa nicht? Erst als der Gerber Johann Goll sich 1836 geweigert hatte, seinen Anteil am »Beleuchtungsgeld« zu bezahlen und zunächst das Polizeigericht in Krefeld und dann das Kassationsgericht in Berlin dem Mann recht gegeben hatten, konnte die Stadt nicht länger abstreiten, dass die Beleuchtung der Straßen kein Privatvergnügen der Anlieger, sondern eine städtische Aufgabe war.

Dazu kam, dass Öllaternen – auch, wenn die neueren inzwischen mit metallenen Lichtreflektoren ausgestattet waren – ein armseliges Licht gaben. War das einer Stadt wie Krefeld, in der sich an der Friedrichstraße Villa an Villa reihte, nicht unwürdig? Natürlich war es das, fanden vor allem die Geschäftsleute, die in flammenden Leserbriefen im Intelligenzblatt für das kämpften, was sie in den Städten der Nachbarschaft gesehen hatten: ein Netz aus Gaslaternen, die helles, weißes und gleichmäßiges Licht verbreiteten. Aachen hatte eine solche Beleuchtung schon seit 1838, ebenso die Industriestadt Elberfeld, ganz zu schweigen von vielen Städten Belgiens und Englands. Und Krefeld? Der Bürgermeister quälte sich. Lehnte Angebote von Unternehmern, die eine solche Beleuchtung hätten einrichten können, ab. Das von Michael Rump etwa, der ja in seinem Theater bewiesen hatte, dass er Leuchtgas herstellen konnte, und sich schon vor Jahren erboten hatte, mit diesem Gas auch die komplette Rheinstraße zu illuminieren. Ebenso das Angebot der Unternehmer Maas & Schmitz aus Köln sowie eine Offerte der Gesellschaft für Gasbeleuchtung in Elberfeld. Auch die Companie Salcher & Hons, die vorschlug, erst einmal einige wenige Gaslaternen zu installieren, um die Bürger vom Segen der neuen Illuminationsmethode zu überzeugen, erhielt eine Absage. »Zurzeit nicht annehmbar«, lautete der Kommentar des Oberbürgermeisters immer wieder.

Erst nachdem der Rat eine eigene »Gaskommission« eingerichtet hatte, kam langsam Bewegung in die Sache. Das Kommissionsmitglied Johann Blasberg, Trauzeuge von Gustavs Eltern, schlug vor, dass die Stadt selbst ein Gaswerk errichten solle, da man mit Gas viel Geld verdienen könne und es nicht klug wäre, wenn die notorisch klamme Stadt diese Einnahmemöglichkeit verschenken würde. Der Oberbürgermeister zog es jedoch vor, eine Firma aus dem Hunsrück mit dem Bau und Betrieb eines Gaswerks in Krefeld zu beauftragen – und Blasberg würde Recht behalten: deren Eigentümer, die Brüder Puricelli, wurden damit reicher als die wohlhabendsten Seidenbarone der Stadt.

Immerhin: 1853 wurde in Krefeld nördlich des Hauptbahnhofs ein Gaswerk gebaut, endlich! Wuchtig und klobig sah es aus, ein angebauter Gasometer speicherte den wertvollen Brennstoff, der Krefeld in die neue Zeit leuchten sollte. Mit der Gasfabrik bekam die Stadt 450 Laternen und ein Rohrleitungsnetz. Nach elf Monaten Bauzeit war alles fertig. In Krefeld ging das Licht an.

Für Gustav war dieser 20. September 1854 ein doppelt strahlender Tag. Zum einen war es sein Geburtstag – er wurde vierunddreißig Jahre alt. Und dann sollte am Abend das viel erwartete Gaslicht zum ersten Mal zu sehen sein. Seit Gustav als Jugendlicher den Theaterdirektor Rump bei dessen Leuchtgas-Experimenten erlebt hatte, hatte er sich diesen Moment vorgestellt. Wie gerne hätte Rump Krefeld dieses Geschenk selbst gemacht. Jetzt wurde der Traum des von Gustav so bewunderten Tüftlers endlich wahr – aber er erlebte es nicht mehr.

Um halb sieben abends war es so weit: Die Sonne war gerade hinter dem Horizont verschwunden – das Signal für die »Laternen-Pitts«. Zwei Dutzend Männer hatten die Puricelli-Brüder für diese Aufgabe verpflichtet und sie in schicke Uniformen gesteckt. Treffpunkt war die Hintertür der evangelischen Kirche, wo jeder von ihnen eine lange Stange in Empfang nahm, auf der sich ein Metallkasten befand, in welchem wiederum ein Licht brannte. Ihre Aufgabe war es, von Laterne zu Laterne zu eilen, mit der Stange den Gashahn aufzudrehen – was etwas kniffflig war – und mit dem offenen Licht auf der Stange den Brenner in der Laterne anzuzünden. Eine Minute hatten sie für das Anzünden des Lichts, eine weitere dafür, die nächste Laterne zu erreichen. Dann würden alle Lampen nach vierzig Minuten leuchten.

Nachdem die Anstecher das Kommando zum Ausrücken bekommen hatten, ging es im Laufschritt durch die Stadt: die Hochstraße hinauf, auf die Rheinstraße, die Königsstraße und über die Wälle. Atemlos und mit erhitztem Kopf bremsten sie unter den Laternen, die ihnen zugeteilt waren, verrichteten hastig ihr Werk, holten die Stange wieder ein und eilten weiter. Wobei sich das »Weitereilen« als nicht so einfach darstellte. Sie schoben sich durch die Menge, immer darauf bedacht, mit ihrer Stange niemanden aufzuspießen. In Sorge, ihr wertvolles Licht könne erlöschen, riefen sie: »Durchlassen bitte, bitte lassen Sie mich durch.« Jedes Mal, wenn eine Laterne erfolgreich angezündet war, hell zu leuchten begann und die Menschen in ihrer Umgebung in ihr warm-weißes Licht tauchte, brachen die Umstehenden in bewundernde Rufe aus, und der Laternen-Pitt bekam Beifall. Der strahlte dann ebenso wie sein Werk, bevor er sich darauf besann, dass er keine Zeit hatte, sich im Applaus zu sonnen, sondern dem schon längst überholten Zeitplan hinterherhetzen musste. Als die letzten Laternen entzündet waren, hatte die Nacht schon ihren dunklen Mantel über die Stadt gelegt – aber: ach was, dunkel war es in Krefeld ja nicht mehr, würde es nie mehr sein.

»Tausende Menschen wogten bis spät durch die Straßen und erfreuten sich der erlangten Verbesserung«, hieß es am kommenden Tag in der Zeitung, was in Gustavs Augen eine maßlose Untertreibung war. Die Menschen schienen ihm eher wie berauscht von der mystischen Atmosphäre, in die ihre Häuser, Brunnen und Bäume plötzlich getaucht waren. So schön hatten sie ihre Stadt noch nie gesehen. Sie blieben an den zahlreichen Ständen stehen, um ein Glas Bier zu trinken oder eine Bratwurst zu essen, sich genüsslich nach allen Seiten umzusehen, mit den Nachbarn zu plaudern, den Laternen-Pitts, die sich nach getaner Arbeit unters Volk gemischt hatten, auf die Schulter zu klopfen und sich gegenseitig zu versichern, dass weder Köln noch Düsseldorf so angenehm seien wie Krefeld.

Gustav und Johanna waren auf den Quartelnmarkt spaziert, der auch eine Laterne spendiert bekommen hatte. Sie fanden vor dem Gasthaus »Zum goldenen Stern« einen Platz, wo sie sich dereinst zum ersten Mal getroffen hatten. Die Kinder hatten sie heute mitgenommen: die inzwischen vierjährige Charlotte, die ganz aufgeregt vor jeder Laterne stehen blieb, sie umarmte und dabei nach oben schaute, wo das Licht strahlte. Die zweijährige Auguste, die zwischen den vielen Menschen etwas eingeschüchtert wirkte, aber mit großer Ernsthaftigkeit an einer Bratwurst knabberte, die die Eltern ihr gekauft hatten. Und der erst fünf Monate alte Friedrich Gustav, ihr jüngstes Kind und erster Sohn, den Johanna im Mai geboren hatte. Ihn ließ das ganze Lichtspektakel unbeeindruckt. Friedrich schlief tief und fest auf dem Arm des Vaters.

# *1856. Abschiede*

Am Silvestertag des kommenden Jahres zeigte Gustavs Mutter Agnes zum ersten Mal Krankheitssymptome. Die Pullers hatten sich zur Feier des letzten Tages des Jahres in Heinrichs Wirtshaus versammelt: Gustavs Schwestern Lisetta und Maria mit ihren Männern und ihren jeweils drei Kindern, Gustav selbst mit seiner wachsenden Familie und sein jüngster Bruder Wilhelm, der immer noch ledig war. Allen voran natürlich Mutter Agnes, als Familienoberhaupt respektiert und von allen geliebt.

Zu Silvester wurde immer augenfällig, wie sich die Familie verändert hatte. Jedes Jahr waren ein, zwei neue Kinder dabei, Gustavs Generation dagegen trat langsam ab. Seine Brüder Fritz und Johann lebten nicht mehr, Johann war nur fünfundzwanzig Jahre alt geworden, Fritz immerhin fünfunddreißig. Als sie Fritz vor drei Jahren zu Grabe getragen hatten, hatte Gustav das Gefühl gehabt, dass damit auch ein Stück seines eigenen Lebens vergangen war. Fritz hatte ihm, als sie noch Kinder waren, lange Abende aus ihren geliebten Abenteuerbüchern vorgelesen – Geschichten, über die Gustav jetzt mit niemandem mehr reden konnte. Es blieben Erinnerungen, blasser werdend, und unwirklicher.

»Chez Henry« war zu Silvester voller Gäste, so wie alle Lokale an diesem Abend. Heinrich selbst und seine Frau Wilhelmine bewirteten sie, und auch ihr vierzehnjähriger Sohn Friedrich eilte mit einem Tablett durch den Gastraum, auf dem sich Teller und Gläser türmten. Unter den Enkeln von Großmutter Agnes war Friedrich der älteste, aber anstatt sich zu den Kleinen an den Puller-Tisch zu setzen, zog er es vor, als Kellner wichtig durch die Schankstube zu laufen. Gustav wusste, wie stolz Heinrich auf seinen Sohn war. Er gönnte es ihm, hatte er doch sonst kein Glück mit seiner Familie gehabt. Seine erste Frau Friederike hatte ihm zwei Söhne geschenkt, bevor sie selbst nach vier Jahren Ehe mit nicht einmal sechsundzwanzig Jahren gestorben war. Zwei Jahre später hatte er Wilhelmine geheiratet, sieben Kinder hatte sie zur Welt gebracht. Als die Jahre der bitteren Armut in Krefeld kamen, traf diese nicht nur die Weber, sondern auch all die, deren Umsätze von dem abhingen, was die Weber ausgeben konnten. Auch für den Wirt Heinrich Puller und die Seinen waren es Jahre der Not gewesen. Und als dann noch Krankheiten durch die geschwächte Stadt schwappten, hatte auch seine Familie dem nichts mehr entgegenzusetzen. Innerhalb von zehn Tagen verloren die Eltern drei Kinder: Im Frühling 1845 starb erst Johann im Alter von zehn Jahren, zwei Tage später der ein Jahr jüngere Heinrich, beide Kinder aus seiner ersten Ehe. Aber auch der zweijährige Carl, Wilhelmines Sohn, hatte sich angesteckt, er starb eine Woche darauf. Heinrich und Wilhelmine waren hilflos, traurig und wütend gewesen. Drei Jahre zuvor hatten sie schon den einjährigen Gustav zu Grabe getragen. Und das Schicksal suchte sie erneut heim – erbarmungslos, wie es schien. Vier weitere Kinder starben im Laufe der kommenden Jahre: Fieber, Durchfall, Erbrechen – ausgelöst durch Infektionen, die sich unter Kindern schnell verbreiteten und gegen die kein Kraut gewachsen war. Am Ende blieb ihnen von neun Kindern nur noch der vierzehnjährige Friedrich. Gustav betrachtete den schlaksigen Jungen lange: So begeistert, wie er heute mit dem Tablett durchs Lokal rannte, würde Heinrich in ihm einen guten Nachfolger finden, wenn er selbst nicht mehr konnte.

An diesem Abend servierten die Wirtsleute ihren Gästen »Himmel un Ääd« mit frischen Kartoffeln, Äpfeln und Blutwurst vom Metzger, die Heinrich auf dem heißen Herd knusprig ausbackte. Er garnierte das Gericht mit angebratenen Zwiebeln, die er selbst in seinem Garten hinter dem Wirtshaus gezogen hatte. Für Gustav war es ein Festessen, auf das er sich immer schon Tage vorher freute. Auch die Kinder liebten die Blutwurst, und die ganz Kleinen wurden von ihren Müttern mit Kartoffelstampf und Apfelmus gefüttert. Dabei redete die Familie über das Fortkommen des Nachwuchses, über die Lehrer, denen die Kleinen ausgesetzt waren, sobald sie in die Schule kamen, über die Frage, wer gerade schwanger war – Johanna war wieder guter Hoffnung, behielt es aber für sich, weil es, das sagte man, Unglück bringen konnte, diese Nachricht zu früh zu verkünden. Sie sprachen über die Preise auf dem Markt, die vielen neuen Baustellen in Krefeld und die hohe Zahl der Arbeitssuchenden, die in die Stadt zogen, und stellten sorgenvoll fest, dass die Schlangen vor den Suppenküchen schon wieder länger wurden. Schwierige Zeiten waren das, da waren sie sich einig – wie gut, dass sie eine Familie hatten, die zusammenhielt.

Die Kinder hatten vom Gerede der Großen schnell genug und liefen durch den Schankraum, um Verstecken zu spielen, tobten durch den Garten hinter dem Wirtshaus, in dem Heinrich ein paar Fackeln aufgesteckt hatte, oder verschwanden gähnend in einem extra hergerichteten Nebenraum, in dem Strohsäcke und Decken lagen. Als Johanna sich eine Stunde vor Mitternacht auf die Suche nach ihren Kindern machte, fand sie Charlotte, Auguste und den kleinen Friedrich Gustav dort aneinander gekuschelt wie in einem Nest. Sie betrachtete sie glücklich und schickte ein Stoßgebet zum Himmel, dass der Herr ihr ihre Kinder lassen möge und nicht, wie ihrer Schwägerin Wilhelmine, wieder raubte – das, fühlte sie, würde sie nicht ertragen.

Als sie die Kirchturmglocken das neue Jahr 1856 einläuten hörten, gingen sie vor das Lokal und schauten zum Eichenbusch, wo Feuerwerksraketen zum Himmel aufstiegen. Schlaftrunkene Kinder wankten zu den Großen nach draußen und sahen ungläubig nach oben.

»Was ist das?«, fragte Auguste verängstigt und klammerte sich an Johanna.

»Das sind Silvesterraketen«, erklärte ihr ihre ältere Schwester Charlotte und fügte wichtig hinzu, als wisse das doch jedes Kind: »Damit verscheuchen wir die bösen Geister.«

Alle umarmten sich und wünschten sich ein glückliches neues Jahr, dann gingen sie wieder ins Haus, denn draußen war es kalt.

Erst als sie zurück an ihren Tisch kamen, merkten sie, dass Mutter Agnes gar nicht aufgestanden war.

»Geht's dir nicht gut?«, fragte Gustav sie besorgt.

»Ich weiß nicht, mir ist so schummrig im Kopf«, antwortete diese, und sie verzog die Silben dabei leicht, so als ob sie angetrunken wäre. Dabei hatte sie als einzige Erwachsene in der Runde nur Wasser und Tee getrunken.

Gustav war alarmiert. »Komm, wir bringen dich gleich nach Hause«, bot er ihr an.

»Was ist los mit mir?«, fragte sie.

»Vielleicht musst du einfach nur schlafen«, schlug er vor und hoffte inständig, dass er recht hatte. Nach Mitternacht aßen sie wie immer noch ein Stück »Appeltaat«, dann zerstreute sich die Gesellschaft schneller als sonst, beunruhigt vom Zustand der Mutter, die sie noch nie hatten klagen hören und die jetzt so verängstigt aussah.

Nachdem Fritz vor drei Jahren so überraschend gestorben war, hatte seine Mutter die Bäckerei mit Lisettas Hilfe weiter betrieben. Lisettas Mann Heinrich hatte die Backstube übernommen, obwohl er eigentlich kein Bäcker war, sondern Fabrikarbeiter. Aber der Geselle Franz, der schon Vater Friedrich zu Diensten gewesen war, brachte ihm bei, was er wissen musste. So lief die Bäckerei Puller in Steckendorf weiter und blieb mit ihrer Backstube, ihrer warmen Küche, der Apfeltorte zu festlichen Gelegenheiten – und für Gustav mit seinen ganz besonderen Erinnerungen an sein Geheimversteck – der unausgesprochene Mittelpunkt der Familie. Es war allerdings eine anstrengende Zeit für Agnes gewesen, die mit siebenundsechzig Jahren eigentlich zu alt für diese Belastung war. Aber hätte man sich die Bäckerei Puller ohne Agnes im Verkaufsraum vorstellen mögen? Niemand konnte das, und Gustav hatte sich eingeredet, dass es ihre Arbeit und ihre Kundinnen waren, die sie jung und gesund hielten. Jetzt musste er sich eingestehen, dass das nicht stimmte. Seine Mutter war alt – und, wie er fürchtete, schwerkrank.

Im Juli brachte Johanna einen Sohn zur Welt, den sie Matthias nannten. Charlotte, die kurz zuvor ihren sechsten Geburtstag gefeiert hatte, war ganz vernarrt in den kleinen Bruder, der in seinen kurzen Wachphasen die Welt mit großen Augen erkundete und immer gluckste, wenn Charlotte ihn kitzelte oder mit Grimassen zum Lachen brachte. Die Eltern genossen die Momente, in denen sie ihre Familie glücklich sahen. Was sie erschreckte, war der zunehmende Verfall der sprachlichen Fähigkeiten von Agnes. Sie musste sich beim Reden immer mehr konzentrieren, oft fehlten ihr die Worte, und ihre Augen drückten Verzweiflung aus, wenn es ihr nicht mehr gelang, einen Satz so zu bilden, wie sie es wollte. Ein Arzt hatte sie untersucht und gemutmaßt, dass eine krankhafte Wucherung im Kopf die Ursache für den Ausfall sei. Er hatte ratlos gewirkt, ihr eine strenge Diät verschrieben, und Gustav ahnte, dass niemand diese Krankheit würde aufhalten können.

Nach einem warmen Junitag saßen er und seine Mutter abends im Hof der Bäckerei. Er hatte ihr ein Glas frischen Brunnenwassers mit einem Schuss Apfelsaft darin gebracht, saß ihr gegenüber auf einem Stuhl, sie blickten auf die efeuberankte Mauer, die den Hof umgab, und genossen die letzten Sonnenstrahlen. Als ihr etwas Saft aus dem Mundwinkel lief, erbot Gustav sich, ihr ein Taschentuch zu holen. Sie nickte dankbar. Er ging ins Haus, die Treppe hinauf, betrat das Schlafzimmer der Eltern, in dem er seit dem Tod des Vaters nie mehr gewesen war. Taschentücher, so wusste er, bewahrte die Mutter in der Kommode neben dem Bett auf. Er öffnete die Schublade, fand dort einen kleinen Stapel Tücher ordentlich gefaltet, nahm das oberste und ging wieder in den Hof. Die Mutter lächelte, öffnete das Seidentuch und tupfte sich den Mund ab. Wie geduldig sie ihr Schicksal trug, dachte Gustav, als sein Blick auf ein gesticktes

Bild auf dem Tuch fiel. Es zeigte einen Vogel, der sich zum Himmel erhob, gelb und fröhlich, mit aufgerissenem Schnabel, weg von der unter ihm liegenden Erde, die wie verbrannt aussah, schwarz, einzelne Rauchfahnen schienen dem Vogel noch die Krallen zu lecken.

Gustav war wie vom Donner gerührt. Ein Phönix. Ein Phönix? Der, den Johanna ihm gezeigt hatte, damals, als sie sich im »Goldenen Stern« auf dem Quartelnmarkt das erste Mal gesehen hatten? Ihre Seidenstickereien hatte sie ihm vorgeführt – den Greif, die Ähre und – ja – den Phönix. Sie hatte ihm dazu die Geschichte einer Frau erzählt, die sich zur Zeit der französischen Besatzung in einen Soldaten verliebt hatte, schwanger geworden war, doch noch bevor sie das Kind geboren hatte, war der Soldat weitergezogen. Wie hieß er noch? Charles? Guillaume? Pierre? Jedenfalls war die Frau mit dem Kind, einem Bastard – was für ein schreckliches Wort, hatte Gustav schon damals gefunden – sitzen geblieben, ohne Mann, ohne Versorger, verlästert von den Nachbarn. Aber sie hatte sich durchgeschlagen, durchgebissen, so hatte Johanna damals erzählt. Das Kind, das sie erst hatte loswerden wollen, hatte sie liebgewonnen, verteidigt, durch die ersten Jahre gebracht, oft mit dem Gefühl, ein Leben in Ruinen zu verbringen und immer auf der vergeblichen Suche nach der Sonne zu sein. Hatte sich aber nicht unterkriegen lassen, einen neuen Mann kennengelernt, der sie beide annahm, wie sie waren, hatte mit ihm einen neuen Anfang gewagt, sich erhoben aus den Trümmern ihres bisherigen Lebens. Sie hatte eine neue Familie gegründet, weitere Kinder geboren und sich, wenn ihre schmerzliche Vergangenheit sie einzuholen drohte, an diesen erstaunlichen Vogel erinnert, der ihr zum Symbol des Lebens geworden war. Diesen Phönix hatte sie sich dann von Johanna auf ein Taschentuch sticken lassen.

Konnte das wirklich sein? Konnte es sein, dass sein Bruder Heinrich tatsächlich jenes Kind war, das ein französischer Soldat im Herbst 1812 mit ihr gezeugt haben musste? War sein sieben Jahre älterer Bruder also nur sein Halbbruder? In seinem Kopf fielen die Steine um wie in einem Dominospiel. Eins fügte sich zum anderen: War Heinrich darum immer so anders gewesen als die Geschwister? Vom Aussehen, vom Wesen, von der Anlage? Es würde erklären, warum die Eltern nicht, wie so häufig, kurz vor der Geburt des ersten Kindes geheiratet hatten. Ja, warum sie überhaupt nicht geheiratet hatten. War es denkbar, dass niemand ein »Franzosenliebchen« mit einem unehelichen Kind getraut hätte? Wusste Heinrich überhaupt von all dem – oder hielt er sich selbst für einen Sohn von Friedrich? Ging seine Mutter davon aus, dass Gustav die Geschichte um Heinrichs Geburt kannte, oder hatte Johanna ihr versichert, darüber zu schweigen? Gustav war schwindelig.

Er wusste nur eins: Wenn sie jetzt nicht redete, würde es bald zu spät sein. Ihre Krankheit würde ihre Geschichte für immer einkapseln. Nicht mehr reden zu können – welche Grausamkeit, wenn ein Mensch etwas zu erzählen hätte, um mit sich ins Reine zu kommen. Wollte sie darüber sprechen? Wollte sie ihre Geschichte ihren Kindern erzählen, oder reichte ihr ihre Beichte Johanna gegenüber, der seidenstickenden Seelsorgerin, die ihr Geheimnis zu bewahren geschworen hatte? Wollte sie die Wahrheit mit ins Grab nehmen? Er sah seine Mutter an, wie sie in den letzten Sonnenstrahlen des Tages auf ihrem Stuhl saß, an ihrem Apfelsaft nippte, sich den Mund mit dem Tuch abtupfte und versonnen in den Himmel sah. War sie glücklich? Oder quälte sie etwas? Wie schwierig es sein musste, den Tod vor Augen zu haben, dachte Gustav. Konnte ein Mensch mit seinem Leben so abschließen, dass er die Gewissheit hatte: Es ist gut, ich kann jetzt gehen? Konnte seine Mutter das?

Er beschloss, ihr behutsam zu sagen, was er ahnte oder wusste. Das war er ihr schuldig. Und so nahm er ihr vorsichtig das Tuch aus der Hand, strich liebevoll über die Stickerei, sah seiner Mutter in die Augen und begann: »Ich habe vor acht Jahren vor dem ›Goldenen Stern‹ auf dem Quartelnmarkt gesessen und eine junge Frau kennengelernt …« Er endete mit der Feststellung, dass Johanna mit ihm nie mehr ein Wort über den Phönix verloren und er selbst die Geschichte fast vergessen hätte. Und dass er heute diese Stickerei zum ersten Mal wiedersehe.

»Ich weiß nicht, Mutter, ob es so ist, wie ich denke. Wie gesagt, Johanna hat nie ein Wort darüber verloren. Aber wenn es so ist, will ich dich fragen, ob du darüber reden magst. Wenn nicht, werde auch ich schweigen, so wie Johanna es getan hat. Wenn doch, kann ich dir versprechen, ein guter Zuhörer zu sein.«

Seine Mutter schwieg. Sie schwieg sehr lange. Dann sagte sie langsam, um Deutlichkeit bemüht: »Du bist ein kluger Kopf. Und ein guter Sohn. Heinrich weiß es nicht. Hol ihn und hol Johanna. Ich vertraue ihr.«

Gustav lud seinen Bruder für den nächsten Morgen ein – sie würden sich zum gemeinsamen Frühstück unter die Linde im Hof setzen; dort hätten sie Ruhe und Zeit. Auch Johanna würde dabei sein. Er hatte ihr nicht gesagt, worum es ging. Er wollte sehen, wie sie reagierte, wenn sie merkte, dass er hinter das von ihr – auch ihm gegenüber – so sorgsam gehütete Geheimnis gekommen war.

Nachdem alle mit frischem Kaffee und noch warmen Brötchen versorgt waren – Lisetta, die heute den Laden schmiss, wunderte sich etwas über das Frühstücks-Arrangement im Hof, zu dem sie nicht eingeladen war –, begann Agnes ihren Bericht. Im Sommer 1812, so erzählte sie, war Krefeld eine kleine, aber wichtige Stadt gewesen, Hauptstadt eines eigenen Arrondissements, seit fast zwei Jahrzehnten unter französischer Regentschaft, aber von den Krefelder Seidenbaronen im Einvernehmen mit den Franzosen gut geführt. Der Stadt ging es im Grunde nicht schlecht, ihr Vater Friedrich, ein Tagelöhner, hatte eine Arbeit beim Bau der Chaussée nach Uerdingen gefunden, die die Franzosen quer durch den Bockumer Busch anlegen ließen. In ihrem Haus in der Lutherischen-Kirch-Straße, in der sie damals eine Wohnung hatten, seien zwei französische Soldaten der Großen Armee einquartiert gewesen, ein gewisser Charles und ein zweiter, der Pierre hieß.

Dieser Pierre, dessen Nachname Hortèze gewesen war und dessen Familie aus Amiens in der Picardie gestammt habe, war ein schlanker, etwas nachdenklicher Mann mit dunklen Haaren und fein geschnittenem Gesicht, um die dreißig Jahre alt. Er sprach gut Deutsch – mit einem, wie Agnes fand, zauberhaften französischen Akzent. Agnes selbst war damals vierundzwanzig und noch ledig, zur Sorge ihrer Eltern. Aber sie hatte bis dahin eben keinen Mann gefunden, mit dem sie ihr Leben hätte teilen wollen, und so zog sie es vor, zu Hause zu wohnen und als Hasplerin zu arbeiten, als sich mit jemandem zu vermählen, den sie nicht von Herzen mochte. Jedenfalls – und bei der Erinnerung stockte Agnes kurz und lächelte versonnen – hatte sie mit Pierre so manchen Spaziergang durch das Bruch gemacht, weil sie beide einsam waren: er weit weg von der Heimat in der Militärverwaltung einer Stadt, die nicht seine Stadt war; sie, weil sie als übrig gebliebenes Mädchen noch bei den Eltern wohnte, statt längst eine eigene Familie zu haben. Dann war es eben passiert. Sie hatte sich in seine schönen Augen verliebt, seine starken Hände bewundert, an seinen Träumen von einem kleinen Haus in Frankreich Gefallen gefunden. Und als sie sich dann an einem schönen Sommertag auf einer Wiese im Bruch über die deutschen und französischen Wörter für die Einzelheiten des menschlichen Körpers austauschten – jetzt stockte Agnes und wurde tatsächlich ein bisschen rot, schüttelte den Kopf, machte eine fahrige Handbewegung, als wolle sie eine Fliege verscheuchen, brach ab, setzte neu an: Im Herbst war ihr Pierre jedenfalls plötzlich abkommandiert worden, mit dem neunten Armeekorps habe er nach Russland gemusst, der Großen Armee hinterher, in zwei Tagen sollte er reisen.

Es war ein Freitagnachmittag, als er den Befehl bekam, für Montagmorgen war der Abmarsch angesetzt. Den Samstag über hatten sie zu zweit draußen verbracht, bis zum Hülser Berg waren sie gelaufen, beide verzweifelt, beide in Tränen aufgelöst. Sie sagte ihm, dass sie schwanger war. »Oh mon Dieu«, rief er ein ums andere Mal, nicht wissend, ob er vor Glück lachen oder vor Unglück weinen sollte. Er wolle nicht sterben, und er wolle sein Kind sehen, sagte er, und dass sie seine Familie seien. »Wir müssen 'eiraten«, rief er plötzlich und war ganz aufgeregt. Dann kam ihm die Idee, den Feldkaplan zu fragen, der ihre Einheit begleitete. Gleich nach der Messe am nächsten Morgen wollte er ihn sprechen, und weil sie nicht viel Zeit hatten, sollte Agnes direkt mitkommen.

Und das hatten sie dann gemacht. Der Kaplan war ein Freund von Pierre, und als dieser ihn bekniete, er müsse sie jetzt sofort trauen, weil er, Pierre, schon morgen in den Osten geschickt werde, wand und zierte der Kaplan sich und sagte, eine gültige Ehe könne nur ein Standesbeamter schließen, die Kirche sei dazu nicht mehr befugt. Doch Pierre beschwor ihn mit Tränen in den Augen und flehte ihn an, ihn nicht ohne die Gewissheit, dass Agnes seine Frau und die Frucht in ihrem Leib sein rechtmäßiges Kind sei, in den Krieg zu schicken, das könne er nicht ertragen. Und schließlich sprach der Geistliche nach langem Ringen mit sich selbst die Möglichkeit einer Nottrauung an, und Pierre rief nur »jaja«, und dann gingen sie in die Sakristei der Kirche St. Dionysius, wo er unter Bezeugung zweier anderer Rekruten, die nach der Messe noch zufällig in der Kirchenbank gesessen hatten, die Ehe nach kirchlichem Ritus vollzog. »An diesem Tag habe ich Pierre das letzte Mal gesehen«, fügte Agnes hinzu.

Heinrich hatte die Erzählung seiner Mutter mit versteinertem Gesicht verfolgt. »Er wusste also, dass du schwanger warst?«, fragte er jetzt, und Gustav sah ihm an, wie wichtig ihm die Antwort war.

»Ja, er wusste es. Und er war glücklich darüber«, erwiderte Agnes und die Erinnerung trieb ihr eine Träne auf die Wange. »Im kommenden Mai bist du dann zur Welt gekommen, mitten im Frühjahr.« Es sei eine leichte Geburt gewesen, schilderte sie, aber sie habe Pierre so vermisst, den sie da draußen wusste, irgendwo im Krieg. Dann blickte sie zu Heinrich: »Aber ich hatte ja dich.

Mon petit Henry. Dein französischer Name steht in der Geburtsurkunde. Henry, Sohn der Agnèse Willicks.«

»Und wer ist in der Urkunde als Vater eingetragen?«, fragte Heinrich.

»Das Feld für den Ehemann hat der Beamte durchgestrichen. Die Ehe war ja standesamtlich nicht offiziell.«

Gustav sah seinen Bruder an, fragte sich, wie Heinrich reagieren würde. Der blickte seine Mutter ungehalten an.

»Offiziell hatte ich keinen Mann. Aber ich hatte dich«, wiederholte Agnes. »Du warst so ein fröhliches Kind. Ich habe dich so geliebt.« Sie lächelte ihn an, und seine Züge entspannten sich kurz.

Gustav betrachtete Johanna, die die ganze Zeit aufmerksam zugehört hatte. Hatte sie das alles schon einmal aus dem Mund seiner Mutter gehört? Sie blickte jedenfalls weder erstaunt noch überrascht.

Dann beschrieb Agnes, was in den Monaten nach der Geburt folgte – bei jedem Satz um die richtigen Worte ringend und darum, sie deutlich zu artikulieren, was sie sichtbar anstrengte.

»Wie oft habe ich gehofft, dass er eines Tages zurückkäme und dich in seinen Arm nehmen und küssen würde.«

Alle schwiegen. Sie kannten die Erzählungen über die Reste der geschlagenen Großen Armee, die als ein langer Strom von Elenden den Weg zurück nach Westen suchte, wenige Monate später.

Als ob ihr die gleichen Bilder durch den Kopf gingen, fuhr Agnes fort: »Ich habe viele Tage an der Straße gestanden und ihn gesucht. Auch manche gefragt, mit meinen paar Worten Französisch: Vous connaissez Pierre Hortèze? Niemand hatte ihn gesehen, niemand kannte ihn. Die wollten nur noch zurück zu ihren Familien.«

Die kommenden Wochen und Monate waren, so schilderte Agnes, die Hölle gewesen. Die Eltern – streng gläubige Katholiken – hatten mit den Händen gerungen und immer wieder gefragt, was denn jetzt werden solle aus ihrer Tochter, Mitte zwanzig, ein Kind, kein Vater. Sie versuchten verzweifelt, einen Mann zu finden, der sich ihrer erbarmte, schlugen Kandidaten vor, einer älter und hässlicher als der andere. Die Nachbarn tuschelten über ihre »Hurerei« mit dem Franzosen, sie wurde als Verräterin beschimpft, und dass sie es bereuen würde, wenn die Preußen erst einmal zurück seien. Das waren die dann ja auch schnell – Heinrich war gerade mal ein halbes Jahr alt, als erst Kosaken und dann die Vorhut der Preußen nach Krefeld eingeritten kamen. Doch die neuen Herren in der Stadt hatten andere Probleme, als eine ledige Mutter nach dem Vater ihres Kindes zu befragen. Und so arbeitete sie weiter als Hasplerin in der Fabrik, während ihre Mutter auf Heinrich aufpasste. Ihre Nächte verbrachte sie mit dem Sohn an der Seite in unruhigem Schlaf, hin und wieder »mein kleiner Franzosenjunge« oder »mon petit Henry« murmelnd. Ihre Eltern hatten sich irgendwann in ihr Schicksal gefügt und sich danach liebevoll und rührend um Heinrich gekümmert.

»Friedrich ist also nicht mein Vater.« Heinrich stellte das einfach nur fest, immer noch mit unbewegter Miene.

»Nein, das ist er nicht«, erwiderte Agnes. »Aber er hat dich, glaube ich, früher lieb gewonnen als mich. Ich war öfter in der Bäckerei mit dir, und da sind wir ihm schnell aufgefallen, wir beide«, ergänzte sie. »Das war zwei Jahre später, und du konntest natürlich schon laufen und ein bisschen reden. Du warst für ihn immer der ›kleine Mann‹, und das hat dir gefallen.«

Sie blickte erst zu ihm, dann zu Johanna, die Agnes anlächelte, als wolle sie sie beglückwünschen – ob dazu, die Geschichte endlich erzählt oder zu dem Glück, Friedrich kennengelernt zu haben, konnte Gustav nicht genau erkennen. Dann wandte sie sich wieder Heinrich zu: »Es hat lange gedauert, bis mir Friedrich wirklich aufgefallen ist. Als Mann, meine ich.« Zwei Jahre habe sie sich nicht damit abfinden können, Pierre nie mehr wiederzusehen. Lebte er noch? Wohl kaum, da war sie sicher. Er wäre wiedergekommen, hätte sie abgeholt. Irgendwann begriff sie, dass sie sich nicht länger einkapseln durfte. Dass es für Heinrich nicht gut war, wenn er jede Nacht neben ihr im Bett verbrachte. Dass der Junge einen Vater und sie selbst einen liebevollen Partner brauchte. Dass es keinen Grund gab, das Werben Friedrichs zu ignorieren. Dass sie ihn schon längst mehr als sympathisch fand. Und dass sie das sich selbst gegenüber auch zugeben konnte, jetzt, so lange nach Pierres Verschwinden.

Als sie dann im Spätherbst 1815 wieder schwanger war, war Friedrich überglücklich, backte ihr ein großes Herz aus weißem Mehl mit süßem Zuckerguss und machte ihr einen Heiratsantrag. Agnes war gerührt, dass dieser wunderbare Mann sie zur Frau haben wollte, sie mit ihrem Franzosenkind, über das alle so gelästert hatten, sie, die – wenn auch unbestreitbar hübsch – mit ihren siebenundzwanzig Jahren nicht mehr die Jüngste war. Sie, die nicht einmal lesen und schreiben konnte, sie, die katholisch war und nicht evangelisch wie Friedrichs Familie. Und gleichzeitig litt sie seelische Qualen: Hatte sie nicht nach freiem Willen und nach katholischem Recht gültig Heinrichs Vater Pierre geheiratet? Wieder und wieder ging ihr die Zeremonie in der Sakristei durch den Kopf, in der sie mit klopfendem Herzen an der Seite Pierres auf die Frage des Kaplans, ob sie seine Frau sein wolle, voller Freude und ehrlichen Herzens »Ja, ich will« gesagt hatte. Woraufhin sie der Geistliche mit der Bibel in der Hand zu Mann und Frau erklärt und ihnen gratuliert hatte. Wie könnte sie diesen Moment jemals vergessen? Oder leugnen gar, nur weil sie das Jawort nicht vor einem Standesbeamten, sondern vor einem Mann Gottes gesprochen hatten? War das nicht viel mehr wert als die Unterschrift im Rathaus? Nein, sie war gebunden, bis dass der Tod sie scheide. Und solange sie nicht wusste, ob Pierre wirklich gefallen war, konnte sie nicht wieder heiraten. Und wenn sie Friedrich noch so liebte und wenn sie ihm sieben Kinder gebären würde, es ging nicht. Das wäre Bigamie, schwere Sünde, das könnte ihr kein Gott vergeben, mit dieser Schuld würde sie nicht glücklich werden. Auf einer Ehe mit Friedrich, so sehr sie sie sich wünschte, ruhte kein Segen, solange sie keine Gewissheit in Bezug auf das Schicksal Pierres hatte. Und es gab für sie keinen Weg, diese zu erlangen.

Das erklärte sie Friedrich, der von ihrer heimlichen Vermählung damals wusste, aber ihre Not nicht verstand.

»Das ist doch alles vorbei«, sagte er, »die Ehe damals nicht wirklich gültig, Pierre ist tot, steh deinem Glück doch nicht im Weg. Unserem Glück.«

Agnes weinte und schüttelte den Kopf, was sollte sie tun?

Er nahm sie in den Arm, »Quäl dich nicht«, sagte er, »wir reden später darüber, jetzt freuen wir uns erst mal auf das Kind.«

Sie zog dann zu ihm in das Haus in Steckendorf, ein neues Leben begann für sie. Sie liebte Friedrich, und er liebte sie und Heinrich, und als Fritz dann zu Welt kam –

er bestand darauf, dass der Junge seinen Namen bekam –, waren sie eine kleine Familie. Manchmal, wenn ihr wieder zu Bewusstsein kam, dass sie unverheiratet zusammenlebten, gab es ihr einen Stich, weil sie spürte, dass das zwischen ihnen stand, auch wenn sie nicht mehr darüber redeten. Manchmal hatte sie auch einen Albtraum, in dem ein französischer Soldat plötzlich vor der Tür stand und freudestrahlend »da bin ich wieder« rief. Sie schüttelte diese Bilder ab, schnell holte der Alltag sie wieder ein und die Arbeit in der Bäckerei, das Leben mit den Kindern – zu Heinrich und Fritz gesellten sich bald Lisetta, dann Gustav – und die Erinnerungen an Pierre wurden blasser.

Im Sommer 1836 – inzwischen war ihre Familie tatsächlich auf sieben Kinder angewachsen – verkehrte in ihrem Geschäft eine Kundin namens Erna, deren Mann als Seidenhändler unterwegs war, vor allem in Nordfrankreich, erzählte sie, und Agnes wurde hellhörig. Lange rang sie mit sich, aber es gelang ihr nicht, die Gespenster der Vergangenheit zu verscheuchen, und war es nicht auch eine Chance, endlich Klarheit zu bekommen? Sie bat Erna, als beide einmal allein im Laden waren, um eine gemeinsame Unterredung mit ihrem Mann, und der Seidenhändler, der ein freundlicher Mensch war, lud sie mit Friedrich zu sich nach Hause ein, wo Agnes ihm ihre Not schilderte. Ernas Mann Wilhelm sagte zu, bei seiner nächsten Reise nach Amiens Erkundigungen einzuziehen, was die Familie Hortèze betraf, ohne Erfolg versprechen zu wollen, schließlich war das alles mehr als zwanzig Jahre her. Dann passierte lange nichts; drei Monate später betrat Erna mit einem Lächeln den Laden und verkündete mit Verschwörermiene, sie hätte etwas für Agnes. Sie gingen in die Küche, wo Erna ein kleines Paket aus ihrem Mantel zog. Sie faltete ein Blatt Papier mit offiziellem Aussehen auseinander und erklärte, dass ihr Mann auf dem Rathaus gewesen sei, wo ein Mitarbeiter nach längerer Suche in dicken Folianten den Namen Pierre Hortèze tatsächlich gefunden habe. Er sei, wie Agnes ja schon vermutet habe, in Russland gefallen. In Weißrussland, genau genommen, beim Übergang der Armee über einen Fluss namens Beresina, Ende November des Jahres 1812. Sein Tod sei standesamtlich dokumentiert, wovon ihr Mann Wilhelm eine Abschrift erhalten habe. Danach war Wilhelm zu der in der Urkunde vermerkten Adresse gegangen, habe dort zwei alte Leute angetroffen, die sich als Pierres Eltern herausgestellt hätten, habe ihnen von einer Frau in Deutschland erzählt, die ihr Sohn gekannt und geliebt habe, damals, als er am Niederrhein stationiert gewesen sei. Die Eltern, hochbetagt und zerbrechlich, hätten mit Unglauben reagiert, geradezu abwehrend, und doch habe er gespürt, dass sie mehr wussten, als sie sagten. Nachdem er lange mit ihnen geredet habe, hätten sie schließlich einen verschnürten Stapel Briefe aus einer Schublade gekramt und einen Umschlag herausgefingert, auf dem »Agnèse Willicks« stand, darunter eine Krefelder Adresse in der Lutherischen-Kirch-Straße. Den hatte ein Kamerad von Pierre, ein gewisser Charles, zusammen mit anderen Briefen, darunter auch zwei von Agnes an ihn – sie hatte sie einer Freundin diktiert –, dem Gefallenen abgenommen und auf dem Rückzug in die Heimat mitgebracht, um sie den Eltern auszuhändigen. Die Eltern hatten den Brief geöffnet und so die Wahrheit über Agnes, die Ehe und das Kind erfahren, aber alles nicht glauben wollen – ihr Sohn mit einer deutschen Frau? Sie hatten die Dokumente weggeschlossen und mit niemandem darüber geredet. Aber jetzt, wo sie selbst alt waren und dieser Mann aus Krefeld vor ihnen saß, wollten auch sie reinen Tisch machen. Hatten sie wirklich einen Enkel? Wie ging es ihm? Wilhelm hatte ihnen von Heinrich erzählt, dem jungen Mann, der als begeisterter »boulanger« in der Bäckerei seines Stiefvaters arbeitete, ein prächtiger Kerl, auf den sie stolz sein könnten. Die alten Herrschaften seien gerührt gewesen, hatte Wilhelm berichtet, hätten ihren Enkel wohl gerne kennengelernt, aber sie waren schon zu altersschwach, an Reisen war nicht zu denken.

Dann wurde Agnes' Blick traurig. »Ich hätte es dir erzählen sollen, damals schon«, sagte sie an Heinrich gewandt. »Ich hatte nicht den Mut dazu.« Heinrich schwieg.

»Aber du konntest endlich heiraten, Mutter«, stellte Gustav fest und blickte sie an. »Jetzt, wo du wusstest, dass Pierre nicht mehr lebt.«

»Ja«, sagte sie und wiederholte: »Ja, endlich konnte ich Friedrich heiraten. Fast wäre es zu spät gewesen. Aber ich war wieder frei. Es hat deinem Vater …«, sie korrigierte sich, an Heinrich gewandt: »… eurem Vater, denn er hat dich immer genauso geliebt wie seine anderen Kinder, es hat eurem Vater sehr viel bedeutet. Auch wenn es nur zwei Tage waren, an denen er mein Mann und euer rechtmäßiger Vater war.«

Heinrich schluckte. »Und mit der Eheschließung habt ihr uns alle gleichermaßen als eure Kinder anerkannt. Offiziell ist Friedrich mein Vater, nicht Pierre.«

Agnes nickte. »Seitdem bist du auch offiziell ein Puller, wie deine Geschwister.«

Er lächelte schwach. »Hortèze klingt auch nicht schlecht. Henry Hortèze. Ich muss mich an den Gedanken erst noch gewöhnen.« Er legte seine große Hand auf das Knie seiner Mutter. »Ich bin nicht sicher, ob ich die Wahrheit damals hätte wissen wollen. Aber es ist gut, dass ich sie jetzt kenne.«

Gustav lachte erleichtert. »Na, dann war der Name ›Chez Henry‹ doch nicht so verkehrt. Vielleicht solltest du deine Wirtschaft jetzt offiziell so nennen.«

»Vielleicht sollte ich ja mal nach Amiens reisen. Wenn ich da noch Familie habe«, erwiderte Heinrich. Dann verschwand er im Haus und kam kurz darauf mit einer Flasche Rotwein und vier Gläsern zurück. »Lasst uns auf Frankreich und seine Soldaten anstoßen«, schlug er vor. »Auf Pierre und Agnèse.« Er zwinkerte seiner Mutter zu.

Sie sieht so froh aus, dachte Gustav, als er sein Glas erhob. Er stieß mit Johanna an, die erleichtert wirkte. Dieses Gespräch hätte auch schiefgehen können, das wussten sie beide.

Nachdem Agnes sich von der Seele geredet hatte, was sie seit Langem in ihrem Herzen trug, und sie wusste, dass Heinrich ihr ihre Enthüllungen nicht übel genommen hatte, blühte sie noch einmal richtig auf. Gustav, Johanna und sie saßen an manchen Sommerabenden unter der Linde, während Agnes' Enkelkinder im Hof Verstecken spielten oder Murmeln warfen. Charlotte, die Älteste, hatte inzwischen entdeckt, wie sie auf die Linde klettern konnte, und Matthias, der Jüngste, schlief meistens in Johannas Arm ein, während die Großen miteinander redeten. Agnes wusste, dass es ihr letzter Sommer sein würde, und sie nahm Abschied – von der Bäckerei, in der sie glücklich gewesen war, von ihren Kindern, die für sie der lebendige Beleg ihrer großen, langen Liebe zu

Friedrich waren. Und sie gestattete sich das Gefühl, beim Anblick Heinrichs an die Leidenschaft ihrer ersten Liebe zu Pierre zurückzudenken, die sie immer noch mit einem Kribbeln erfüllte. Sie hatte ein glückliches Leben gehabt, und sie war ihrer Schwiegertochter Johanna dankbar, dass sie ihr geholfen hatte, seine Fäden am Ende zu entwirren und neu zu ordnen. Wenn ihre Stunde käme, würde sie selbst der Phönix sein, der aufstieg, auch wenn die Erde, von der er sich erhob, nicht mehr aus Asche, sondern aus einem reich bestellten und blühenden Feld bestände.

Der Herbst brachte sie dieser Stunde schnell näher. Als die Tage kürzer wurden, begann ihre Kraft nachzulassen. Nach der Tag- und Nachtgleiche im September verließ sie das Bett nicht mehr. Sie hatte ihre Sprache ganz verloren, ihre Augen drückten die Trauer darüber aus, wenn sie Lisetta und Johanna anblickte, die sie in den letzten Wochen pflegten. Im Oktober fiel sie mehr und mehr in einen Dämmerschlaf, den Mund leicht geöffnet, die Augen geschlossen. Manchmal zuckten ihre Mundwinkel, manchmal runzelte sie die Stirn, dann entspannte sie sich wieder, und Gustav fragte sich, wenn er an ihrem Bett saß, welche Bilder seine Mutter jetzt sah. Ihr Gesichtsausdruck erinnerte ihn an das Gesicht seiner ersten Tochter, wie sie es als Säugling im Schlaf zu einem Lächeln oder einem Fragen verzogen hatte – und er als Vater zu gerne gewusst hätte, was Charlotte da gerade träumte. Am Beginn unseres Lebens können wir unsere Empfindungen noch nicht aussprechen – am Ende nicht mehr, dachte Gustav. Aber wir zeigen sie, und unsere Nächsten können sie in unseren Gesichtern lesen. Oder es wenigstens versuchen. Gustav nahm die Hand seiner Mutter, wie er damals Charlottes Hand genommen hatte.

Am Allerheiligentag, dem 1. November, am frühen Morgen, starb Agnes Puller, geborene Willicks, im Alter von achtundsechzig Jahren. Es war eine stattliche Menschenmenge, die ihr das letzte Geleit gab, und die Steckendorfer, die auf den Hauptfriedhof gekommen waren, trugen mit der Bäckersfrau auch viele eigene Erinnerungen und Geschichten zu Grabe.

# *1859. Schloss und Monster*

Heinrich starb drei Jahre später – bei einem Unfall. Er stolperte auf der Treppe hinab in seinen Braukeller, verlor kurz die Besinnung und erstickte dann am Kohlendioxid, das den Fässern entströmte und sich als Schicht tödlichen Gases auf dem Boden absetzte. Heinrich wurde sechsundvierzig Jahre alt. Über seine französische Herkunft hatte er bis zum Ende mit niemandem gesprochen. Nur Johanna und Gustav wussten davon, und sie hüteten sein Geheimnis. Nicht einmal seinem Sohn Friedrich hatte Heinrich von dessen Großvater Pierre erzählt. Friedrich, da war sein Vater sicher gewesen, hätte verstört reagiert, diese Abkunft vermutlich verleugnet, sich dafür zumindest geschämt. Waren die Franzosen nicht Preußens Erbfeinde? Das hörte man jetzt immer öfter – zu allen möglichen Anlässen, bei denen ein Bekenntnis zu König und Vaterland erwartet wurde. In der Schule war ihnen Arndt eingebläut worden: »Das ist des Deutschen Vaterland, wo Zorn vertilgt den welschen Tand, wo jeder Franzmann heißet Feind, wo jeder Deutsche heißet Freund.«

Als 1861 Wilhelm I. seinen verstorbenen Bruder Friedrich Wilhelm IV. als König von Preußen beerbte, ahnte Gustav, dass das nichts Gutes bedeutete. Wilhelm verachtete das Parlament und verehrte das Militär. Was den Unmut der Krefelder am meisten erregte, war die Verlängerung der Militärpflicht, die Wilhelm durchsetzen wollte.

Drei Jahre verlangte er – das war zu viel, wenn die Familien auf jede helfende Hand angewiesen waren, um über die Runden zu kommen. Drei Jahre ausgerechnet in der Zeit, in der junge Männer – noch unverbraucht und stark – ihren Eltern am Webstuhl eine wichtige Unterstützung waren und in denen die Weberfamilien endlich Geld verdienen und sparen konnten, um vielleicht Eigentum zu erwerben. Nein, das konnten sie alle nicht brauchen. Die Krefelder verfassten eine Petition mit fast eintausendfünfhundert Unterschriften und schickten sie an das Abgeordnetenhaus in Berlin. Als dann auch noch der Plan bekannt wurde, Krefeld solle eine Garnison bekommen und die Bürger hätten die Soldaten mangels Kaserne in ihren Häusern einzuquartieren, war das Maß voll: Einstimmig lehnte die Stadtverordnetenversammlung das Vorhaben ab.

Den peinlichsten Moment in seiner Laufbahn erlebte Oberbürgermeister Ondereyck zwei Jahre darauf. König Wilhelm I. stattete Krefeld am 12. September 1863 einen kurzen Besuch ab, um im Hause von der Leyen ein Frühstück einzunehmen. Statt ihn mit Jubel zu begrüßen, hatten die Krefelder aber ihre Fensterläden geschlossen und als Zeichen des Protestes Kehrbesen vor die Tür gestellt. Ondereyck, der den König vom Bahnhof abgeholt hatte und ihn durch die gespenstische Szenerie begleiten musste, wäre vor Scham am liebsten im Boden versunken. Der Monarch war äußerst verärgert.

Gustav beobachtete das alles mit Unbehagen. Ihm war in seiner Jugend der Militärdienst erspart geblieben – weil es damals mehr junge Männer als Plätze im stehenden Heer gegeben hatte, war er wegen seines schwachen Herzens zurückgestellt worden. Inzwischen wehte ein anderer Wind – Preußen rüstete auf, der bedrückende Geruch von Krieg lag in der Luft. Johanna und er hatten jetzt sechs Kinder – zwei Jahre nach Matthias war Augustine zur Welt gekommen, im Jahre 1860 dann Peter Anton. Würde Peter in seinem Leben – nach einer so langen Zeit des Friedens – wieder das Leid eines Krieges erleben?

Die Welt, so schien es Gustav, rückte zusammen, das Licht ging an, wo bisher Dunkelheit war, aber die Menschen entdeckten sich nicht mit freundlicher Neugierde, sondern in Misstrauen und Feindschaft. Die Eisenbahn warf ihr Netz über das Land: Von Krefeld aus konnte man jetzt nach Köln fahren, nach Gladbach und weiter nach Aachen, nach Ruhrort und nach Oberhausen. Wer wollte, konnte am Bahnhof ein Billet erwerben, um damit nach Berlin zu reisen oder nach Paris – nur auf der Schiene! Distanzen, für die die Menschen noch vor wenigen Jahren Tage und Wochen in holprigen Postkutschen gebraucht hatten, konnten sie jetzt bequem in Stunden überwinden. Und wozu nutzten die Regierungen diesen Fortschritt als Erstes? Um neue Freunde zu umarmen? Nein, um Soldaten zu verschicken.

Die Welt spann neue Netze, webte einen gemeinsamen Stoff, aber jeder zog an seinem Ende, um ein möglichst großes Stück zu ergattern. Seit Kurzem gab es die wunderbare Erfindung der Telegraphie: Von der neuen Poststation an der Friedrichstraße aus konnte man jetzt Nachrichten verschicken, die im selben Moment ans Ziel kamen – ein Wunder der Technik! Überhaupt, die Post: Siebzehn Briefkästen waren in der Stadt inzwischen eingerichtet, geleert wurden sie achtmal am Tag, und seit die Eisenbahn die Sendungen in alle Himmelsrichtungen spedierte, konnte man in kürzester Zeit einen Brief an Verwandte oder Geschäftspartner irgendwo in Preußen und darüber hinaus ausliefern lassen. Was würde als Nächstes kommen? Es war eine aufregende Zeit.

Willi und Gustav hatten schon länger geplant, mit der Eisenbahn für einen Tag nach Gladbach zu fahren, um sich die Stadt und das Münster anzuschauen. Dass sie an einem Samstagmorgen tatsächlich in der Bahn saßen, hatte dann aber einen ganz anderen Grund: Sie hatten dem völlig verzweifelten Theo versprochen, mit ihm gemeinsam seine Tochter Emilia zurückzuholen. Willis älterer Bruder hatte kurz nach dem Freitod seines Vaters geheiratet, und Emmi, wie sie in der Familie genannt wurde, war seine älteste Tochter, eine inzwischen vierzehnjährige Jugendliche. Vor zwei Monaten war Emmi mit einem jungen Mann durchgebrannt, der August hieß, und erst jetzt hatte Theo eine Spur, wohin die beiden gegangen sein könnten: nach Gladbach, um in der neuen Baumwollspinnerei zu arbeiten.

Eine Fabrik wie diese hatten die Männer noch nie gesehen. In Krefeld gab es keine vergleichbare. Die Seidenweberei war Heimarbeit. Hunderte Menschen in Fabrikhallen, wie sie in Viersen, Rheydt und Aachen standen, gab es dort nicht. Gustav hatte öfter mit einem Tuchhändler zu tun, der ihm von einem »Riesenbetrieb« in Gladbach erzählt hatte, der vor sechs Jahren gegründeten »Gladbacher Aktiengesellschaft für Spinnerei und Weberei«. Fast tausend Menschen sollten dort schuften, in einem einzigen Gebäude, von außen ein Schloss, von innen ein Monster. In dieser menschenfressenden Fabrik sollte seine Emilia gelandet sein? Theo kochte. Die Vorstellung konnte er nicht ertragen.

Also fuhren sie dorthin. Zu dritt. Mit der neuen Eisenbahn waren sie in weniger als einer Stunde in Gladbach. Die Fabrik stand direkt hinter dem Bahnhof. Als sie ankamen, wurde gerade ein Güterzug entladen. Kohle – für die Dampfmaschinen, vermutete Gustav – wurde auf große Fuhrwerke geschaufelt, vor die jeweils vier Pferde gespannt waren. Auf andere Fahrzeuge luden Arbeiter mit Hilfe von Kränen mannshohe Säcke voller Rohbaumwolle, die sie anschließend zur Fabrik brachten.

Der Tuchhändler hatte nicht übertrieben: Die Fabrik war riesig. Zwei mehrstöckige Flügel hatte das Gebäude, einen für die Spinnerei, einen für die Weberei. Und, ja, die Fabrik sah aus wie ein Schloss. Eine reich verzierte Backsteinfassade bildete die Außenhaut: Zinnen, Friese und kleine Schmucktürmchen auf dem Dach gaben dem imposanten Bau eine verspielte Erscheinung.

Gustavs Freund hatte ihnen gesagt, sie sollten nach dem Obermeister Josef Hermes fragen. Mit dem könnten sie ins Geschäft kommen, wenn sie wissen wollten, ob Emmi dort wirklich arbeite. Der Obermeister entpuppte sich als ein kräftig gebauter Mittvierziger mit schwarzem Haar und einem buschigen Oberlippenbart, der sie begrüßte und dabei kritisch musterte. »Was ist die Aufgabe eines Obermeisters?«, fragte Gustav, um das Eis zu brechen, und der Mann erklärte ihnen, dass er die Aufsicht über die Weberei-Abteilung habe, die Leute einstelle, ihren Lohn bestimme und mithilfe der ihm untergebenen Werkmeister dafür sorge, dass der Betrieb laufe. Theo fragte den Mann, ob er, wenn er die Leute einstelle, sagen könne, ob eine gewisse Emilia Onderbank in der Fabrik arbeite. »Ich könnte nachschauen, ob sie in der Weberei arbeitet. Für die Spinnerei bin ich nicht zuständig«, antwortete der Obermeister und sah Theo abwartend in die Augen. Als der nicht reagierte, half ihm der Verwalter auf die Sprünge: »Eine solche Auskunft ist gebührenpflichtig. Drei Taler.«

Theo griff schweigend in seinen Geldbeutel und holte drei Münzen heraus. Er stapelte sie auf den Schreibtisch, hinter dem der Mann inzwischen Platz genommen hatte. Der Obermeister blätterte durch eine Kladde.

»Wann, sagten Sie, hat das Mädchen angefangen?«

»Vor zwei Monaten etwa«, erwiderte Theo.

Wieder blätterte Hermes, ging mit dem Finger Namenskolonnen entlang, schüttelte schließlich mit dem Kopf.

»In der Weberei nicht«, beschied er.

Theo war enttäuscht. »Dann in der Spinnerei vielleicht? Können wir selber im Betrieb einmal gucken?«

Der Obermeister zögerte. Das wäre gegen die Regularien, vermutete Gustav. Er sah, wie der Mann mit sich rang.

»Führungen sind im Prinzip möglich«, antwortete er schließlich. »Für fünf Taler pro Gruppe.«

Theo zuckte kurz, griff dann erneut in die Börse und holte weitere fünf Münzen heraus.

»Falls uns jemand fragt: Wir visitieren die neuen Maschinen, an denen Sie ja so viel Interesse haben«, beschied der Meister und erhob sich von seinem Stuhl.

»Dann wollen wir aber auch die Weberei sehen«, beeilte sich Gustav zu sagen, den die neue Technik ebenso interessierte wie der Verbleib von Willis Nichte.

»Kein Problem«, ergänzte der Obermeister, der es offensichtlich nicht eilig hatte.

Wie hieß der gleich? Hermes? Gustav mochte ihn nicht.

Sie betraten als Erstes die Weberei. Gustav fiel auf, dass hier viel mehr Männer arbeiteten, als er erwartet hatte. Sie trugen blaue Baumwolljacken, die traditionelle Weberkleidung. Und ordentliches Schuhwerk, Stiefel zumeist. Die Webstühle, auf denen hauptsächlich Nessel gefertigt wurde, waren von der Bauart traditionellen

Handwebstühlen sehr ähnlich. Mit dem entscheidenden Unterschied, dass eine ausgefeilte Mechanik die einzelnen Arbeitsschritte – das Bewegen der Schäfte, das Schießen des Schiffchens durch das Webfach, das Anschlagen des frischen Schussfadens – vollautomatisch ablaufen ließ. Wie von Zauberhand flog das Schiffchen in einem atemberaubenden Tempo von links nach rechts und dann wieder von rechts nach links, Faden um Faden wuchs der Stoff, ohne dass jemand Hand anlegen musste. Nur wenn das Garn riss oder wenn die Spulen leer waren, musste der Weber eingreifen. So konnte er drei Webstühle gleichzeitig beaufsichtigen, ein geschickter und erfahrener Weber, erklärte der Obermeister, sogar vier. Am Ende dieses Saales wurde der Stoff in dicke Ballen abgepackt, in den Warenausgang getragen und wieder zur Eisenbahn gebracht, die die rohe Baumwolle erst wenige Stunden zuvor von weit her nach Gladbach spediert hatte. Von Emmi keine Spur – es war, wie Hermes gesagt hatte: In der Weberei arbeitete sie nicht.

Die Säle der benachbarten Spinnerei waren durch Säulen in Abschnitte gegliedert, in denen lange Reihen von Maschinen standen. Diese wurden – wie auch schon die Webstühle – von Riemen angetrieben, die senkrecht nach oben zur Hallendecke führten. Die Riemen bezogen ihre Kraft über ein System von Zahnrädern und Ketten aus den Dampfmaschinen, die an anderer Stelle befeuert wurden. An jeder Maschine stand eine Frau, die meisten nicht viel älter als zwanzig Jahre, schätzte Gustav, manche mochten auch erheblich jünger sein. Sie holten die Rohbaumwolle in Streifen aus Kannen, platzierten sie auf einer Walze und legten das nach dem Arbeitsgang gestreckte Band wiederum in einem Behälter ab. Als sie den Obermeister und seine Gäste sahen, grüßten sie ihn respektvoll mit einem Kopfnicken.

Es war laut und heiß in der Halle, die Luft geschwängert von feinen Baumwollfasern. Gustav musste husten, als er eine Wolke des kratzenden Materials einatmete. Er schwitzte, während Hermes sie durch den Saal führte. Viele der Frauen waren barfuß, einige hatten Holzschuhe an, die meisten trugen nur dünne Kleider. Es roch nach Schweiß. Zwischen den Reihen patrouillierten die Werkmeister, die einzigen Männer hier in der Halle. Während Hermes Willi die Funktion der Maschinen erklärte, war Gustav zwei Reihen vorgelaufen. Er sah, wie ein schmieriger Typ einem der Mädchen die Hand auf das Gesäß legte. Dieses ließ es geschehen. Gustav wendete sich ab – es war ihm zuwider. War das so üblich hier? Er konnte nicht anders, schaute noch einmal hin, wollte das Mädchen sehen, das ihm leidtat, und dann erkannte er sie: Ja, das war Emmi, abgemagert, verhärmt im Gesicht, ihre blonden Locken in ein Netz gepresst, ihr Blick leer, aber sie war es. Vorsichtig schaute er sich nach Willi und Theo um, die zwei Reihen hinter ihm standen. Wenn Theo sähe, was Gustav gerade gesehen hatte, würde er den Werkmeister, der Emmi angefasst hatte, auf der Stelle zusammenschlagen. Also beschloss Gustav, den Mund zu halten. Sie würden Emmi beim Verlassen der Fabrik abfangen. Er ging zu den Freunden zurück. Die schwüle Atmosphäre, der Krach, alles das kam ihm, nachdem er Emmi gesehen hatte, jetzt doppelt ungesund vor. Er war froh, als der Obermeister sie aus der Halle führte und sie draußen durchatmen konnten.

Gustav hielt es für besser, Hermes nicht wissen zu lassen, dass er die Gesuchte entdeckt hatte, und versuchte, ihn abzulenken. »Wo kommen die Arbeiterinnen her?«, wollte er wissen. Der Obermeister zuckte mit den Schultern.

»Aus den Dörfern rund um Gladbach. Manche auch von weiter weg.«

»Und wo leben sie?«

Hermes zögerte einen Moment. »Unterschiedlich. Die meisten wohnen hier irgendwo als Schlafgängerinnen zur Untermiete.« Er schien ein bisschen unglücklich bei dem Gedanken an die Frauen. »Mit den Fabrikmädchen wollen die meisten nicht so viel zu tun haben. Es gibt hier Tausende von ihnen. Viel mehr als junge Männer. Und darum tun sie alles, um sich einen zu angeln. Einen, der sie heiratet, wenn sie schwanger geworden sind. Eigentlich sind die arm dran. Denn weiter arbeiten müssen sie am Ende trotzdem, auch mit Mann und Kindern.«

Sie liefen durch die Vorspinnerei und die Feinspinnerei – fünfzehntausend Spindeln liefen in der Fabrik, berichtete der Obermeister stolz –, kamen dann zu den Zwirnerinnen und Hasplerinnen und sahen sich die Arbeit an den Spulmaschinen an. Gustav versicherte dem Werkmeister, wie beeindruckt sie seien. So etwas hätten sie in Krefeld nicht, erklärte er ihm, und der Obermeister nickte zufrieden. Gladbach sei schon immer etwas fortschrittlicher gewesen, bemerkte er, aber irgendwann werde man auch die Seide in Krefeld auf mechanischen Stühlen verarbeiten, darauf wette er. Gustav nickte. Nach einer guten Stunde hatten sie alle Säle gesehen. Hermes fragte sie, ob sie ihr Mädchen entdeckt hätten. Theo und Willi schüttelten den Kopf. Der Obermeister zuckte mit den Schultern, dann lachte er jovial und klopfte Gustav auf die Schulter. »Macht's gut, Jungs«, rief er ihnen zum Abschied zu,

»und viel Erfolg noch bei der Suche, ich muss wieder an die Arbeit.«

Draußen setzten sie sich auf die Wiese, Gustav klingelten noch die Ohren vom Lärm der Maschinen und vom Surren der Spindeln.

Willi zog ein Taschentuch heraus und schnäuzte sich die Nase. »Wie kann man das nur den ganzen Tag aushalten mit dem Zeug in der Luft?«, fragte er.

»Ich hab sie gesehen«, sagte Gustav.

Die beiden anderen starrten ihn an: »Wo?«

»Bei den Streckerinnen.«

»Warum hast du nichts gesagt?«, fragte Willi.

»Weil es besser ist, sie nach der Arbeit abzupassen.«

Theo nickte und wiederholte: »Du hast sie gesehen. Wir werden sie hier herausholen.«

Der Obermeister hatte gesagt, um acht Uhr abends sei Schluss für die Mädchen. Und tatsächlich ergoss sich um Schlag acht ein Strom von jungen Frauen aus dem Tor, die schlendernd und schwatzend aus dem Halbdunkel der Hallen in die Abendsonne traten, sich reckten, in Grüppchen zusammenstanden und redeten, erleichtert, die Schicht und die Woche hinter sich zu haben. Morgen war Sonntag, ein Tag ohne den erbarmungslosen Takt der Maschinen und die üble Luft, die ihnen die Lungen verpestete. Ein freier Tag!

Die drei Männer entdeckten Emmi im Gespräch mit einem älteren Jungen, war das August? Er zog sie zu sich heran, wollte sie küssen, Emmi wand sich aus seinem Griff, wich zurück, blieb stehen, redete auf den Jungen ein. Gustav konnte nichts verstehen, sah nur ihre sich bewegenden Münder, Emmis müden Blick.

Theo sah ebenfalls in die Richtung, wollte schon auf

das Paar zugehen, Willi hielt ihn am Arm. »Warte«, sagte er. »Es ist besser, wenn wir sie alleine sprechen, das gibt sonst Ärger.« Theo war ungeduldig, trat nervös auf der Stelle. August und Emmi waren vielleicht vierzig Schritte entfernt, sahen die drei Männer nicht. Dann drehte Emmi sich plötzlich von August weg, verschwand im Pulk der Arbeiterinnen, die gerade die Fabrik verließen. Hektisch schaute Theo sich um, blickte in die Menge, versuchte, das Gesicht seiner Tochter auszumachen, vergeblich. Er fluchte, bahnte sich einen Weg durch die herausströmenden Körper, packte den Jungen am Arm, der gerade mit Emmi gestritten hatte.

»Wo ist Emmi?«, fragte Theo ihn.

»Von wem redest du, Alter?«, raunzte der Junge ihn an.

»Von dem Mädchen, mit dem du gerade gesprochen hast. Wo ist sie?«

»Keine Ahnung, weg ist sie.«

»Wo wohnt Emmi?« Theo hatte den Jungen immer noch nicht losgelassen.

Der blaffte ihn an: »Was geht dich das an, Alter? Lass mich in Ruhe und verpiss dich.«

Theos Reaktion dauerte keine Sekunde, da hatte er August schon einen Schlag versetzt, dass dieser rückwärts torkelte. Die Arbeiterinnen blieben stehen, starrten die beiden an.

Willi zog Theo am Arm. »Komm, verschwinden wir, das hat doch keinen Sinn.« Gemeinsam mit Gustav zog er Theo weg, der sich schließlich fluchend fügte.

Sie folgten dem Strom der Arbeiterinnen in der Hoffnung, Emmi zu entdecken. Schließlich setzten sie sich auf eine niedrige Mauer, fragten sich, wo sie jetzt suchen sollten.

»Was würdest du machen, wenn du in einer fremden Stadt wärst, eine Woche in der Fabrik geschuftet hättest und dann Streit mit deinem Freund bekämst?«, fragte Gustav.

Theos Antwort kam ohne Zögern: »Mir die Kante geben.«

Gustav nickte nachdenklich. »Emmi hat sicher Freundinnen. Und die sitzen an einem Samstagabend bestimmt nicht in ihren schäbigen Untermiet-Zimmern auf der Bettkante.«

Also machten sie sich auf, um eine Runde durch die Gladbacher Lokale zu drehen.

Es war fast Mitternacht, als sie sie schließlich entdeckten. Nicht in einer Kneipe, sondern in einem Park hinter dem Münster, wo sie an einen Baum gelehnt auf dem Boden saß. Emmi war sturzbetrunken. »Vater?«, lallte sie, als sie Theo über sich gebeugt erkannte. Dann brach sie in Schluchzen aus, stand unsicher auf, drückte sich an ihn. Theo zuckte kurz zurück, als er bemerkte, dass sie sich übergeben hatte, dann schlang auch er seine Arme um sie. Willi und er nahmen Emmi in ihre Mitte und zogen sie mit sich in die Stadt. Gustav organisierte ein Zimmer in einem Gasthaus, in dem sie in der Nacht bleiben konnten. Es war fast eins, als sie zu viert in einem großen Bett versanken.

Am nächsten Morgen waren sie sehr früh wach – die Nacht war unbequem gewesen. Sie ließen sich von der Wirtin eine große Kanne Kaffee bringen und aßen Weißbrot mit Margarine und Rübenkraut. Dann erzählte Emmi. Von der monotonen Arbeit als Streckerin in der Fabrik, von der staubigen Luft, die sie den ganzen Tag husten ließ, von dem fiesen Werkmeister, der sie angrapschte, von den anderen Frauen, die sich gegenseitig das Schwarze unter den Nägeln nicht gönnten – vor allem, wenn es um Männer ging –, von der Einsamkeit in dieser Stadt voller trauriger Gestalten, die alle einem Glück hinterherliefen, das es nicht gab. Und wenn sie dann ihren freien Tag hätte, den Sonntag, brauche sie einfach Licht, Sonne und schöne Musik. Und darum gehe sie, wie die meisten Frauen aus der Fabrik, erst in die Kirche und danach lange spazieren. Einfach nur laufen, die klare Luft einatmen, die Wärme der Sonne genießen.

Emmi war einverstanden, mit ihnen zurück nach Krefeld zu kommen. Im Zug saß sie am Fenster, starrte in die Ferne und schien schmerzhaften Erinnerungen nachzuhängen. War sie froh, der Fabrik entkommen zu sein? Gustav klang immer noch der infernalische Lärm der Weberei in den Ohren. Die mechanischen Webstühle hatten ihn beeindruckt – und erschreckt. Blühte ihnen das auch? Willi schien seine Gedanken lesen zu können. »Ich denke, Hermes hat recht. Die Seide kann man mit mechanischen Stühlen herstellen. Die glatte zumindest. Und die Samtstoffe. Das wird kommen. Aber die Jacquard-Ware wohl kaum, das ist zu kompliziert.« Gustav hoffte, dass sein Freund sich da nicht irrte. Und dass seiner Stadt das Schicksal, aus dem sie Emmi gerade gerettet hatten, noch eine Weile erspart blieb.

# 1863. Das Seelenbild

Im Herbst rund um seinen dreiundvierzigsten Geburtstag ging es Gustav nicht gut. Er hatte wieder Probleme mit dem Herzen. Von Zeit zu Zeit schien seine Frequenz sich mit einem Mal zu verdoppeln, schnell und hoch pumpte es dann, ein beklemmendes Gefühl, durch das er sich hilflos vorkam. In solchen Momenten setzte er sich hin, wenn er konnte, schloss die Augen und wartete, dass das Stolpern seines Herzens wieder aufhörte. Diese Aussetzer dauerten meist nicht länger als eine Minute, erinnerten ihn aber daran, an welch dünnem Faden das Leben hing. So, wie das Herz seine Schlagzahl verdoppelte, konnte es genauso gut plötzlich stillstehen, oder etwa nicht? An anderen Tagen war er unendlich müde. Er musste sich zwingen, sein Tagwerk zu tun und seine Aufgaben zu erfüllen, wenn er eigentlich nur die Augen schließen wollte. Wenn das Wetter heiß und schwül war oder die Temperatur stark schwankte, verstärkte das seine Abgeschlagenheit. Jede kleine Anstrengung war ihm dann zu viel. Mit seinen Anfang vierzig kam er sich mitunter alt vor.

Manchmal war es auch die wachsende Familie, die ihm die Kraft raubte. Hermann war vor neun Monaten auf die Welt gekommen: Sieben Kinder, dachte Gustav – die Zahl der Vollkommenheit. Drei Mädchen, vier Jungen. Waren sie nicht ein großes Glück? Wenn er sich das Schicksal seines Bruders Heinrich vor Augen hielt, der acht seiner neun Kinder wieder verloren hatte, erfüllte ihn für seine eigene Familie eine tiefe Dankbarkeit. Ob ein Kind früh starb oder groß werden durfte, einen Beruf erlernen und selbst eine Familie gründen, hatte niemand in der Hand – wie so vieles in ihrer Welt.

An diesem Sonntagvormittag kroch der dreijährige Peter im Garten hinter ihrem Haus durch die Beete und sammelte alles ein, was ihm interessant erschien. So wie damals die kleine Susi auf Cracau, dachte Gustav. Peter teilte seine Schätze voller Stolz mit seinem Vater. Besonders faszinierte ihn eine Raupe, die er von einem Kohlkopf gepflückt und sorgfältig mit seiner kleinen Faust umschlossen hatte. Er öffnete die Hand und zeigte den Fund seinem Vater. Die Raupe war einen Zoll lang, grüngelb gemustert und übersät mit schwarzen Punkten. Jetzt reckte sie ihren Kopf in die Luft, drehte sich im Kreis, schien den Jungen hilfesuchend anzublicken.

»Habe ich gefunden«, stellte Peter stolz fest.

»Das ist die Raupe von einem Kohlweißling«, erklärte sein Vater.

»Was macht eine Raupe?«, fragte der Junge.

»Fressen. Den ganzen Tag fressen«, antwortete der Vater.

»Warum frisst die den ganzen Tag?«

»Damit sie dick und groß wird. Und wenn sie damit fertig ist, spinnt sie aus dem, was sie gefressen hat, einen langen Faden und wickelt sich darin ein.«

»So wie ich mich manchmal in den Teppich in der Diele einrolle?«, fragte der Junge.

»Ja, so ähnlich. Da bist du dann ja auch gut versteckt, und keiner kann dich ärgern, oder?« Der Junge nickte nachdenklich. Im Flur ihres Hauses lag ein flauschiger Teppich, in den Peter sich manchmal einwickelte, wenn er schlechte Laune hatte oder einfach allein sein wollte. Darin blieb er dann eine Stunde und die anderen mussten aufpassen, dass sie nicht über ihn stolperten.

»Die Hülle, in die die Raupe sich einwickelt, nennt man Kokon«, erklärte der Vater weiter. »Darin bleibt sie ein paar Wochen eingeschlossen.«

»Warum?«, fragte der Junge.

»Weil sie sich dann in Ruhe verwandeln kann. Aus der dicken grünen Raupe wird ein leichter weißer Schmetterling.«

Peter dachte darüber nach. »Wie ist das, wenn die Raupe sich verwandelt?«, wollte er dann wissen.

Gute Frage, dachte Gustav. Aber Peter hatte schon eine Idee.

»Ich klettere in den Teppich, wenn ich traurig bin. Und wenn ich wieder herauskomme, bin ich fröhlich.«

»Ja«, sagte Gustav, »dann wird aus der Schlechte-Laune-Raupe ein Gute-Laune-Schmetterling.«

Peter lachte. »Warum wird die Raupe nicht gleich als Schmetterling geboren?«

Der Vater zuckte mit den Schultern. »Ich glaube, Verwandlung gehört zum Leben dazu«, versuchte er zu erklären. »Und manchmal braucht man dafür viel Zeit. Dann kommt am Ende aber auch etwas besonders Schönes heraus.«

Peter betrachtete das Tier, das sich inzwischen auf den Weg seinen Arm hinauf gemacht hatte. »Das kitzelt«, stellte er fest.

»Vielleicht solltest du sie wieder auf den Kohl setzen«, schlug der Vater vor. »Damit sie weiterfressen kann.«

»Na gut«, sagte der Junge. Er ging zu dem Beet mit den Kohlköpfen und setzte das Tierchen vorsichtig ab. »Guten

Appetit, Raupe«, wünschte er seinem neuen Schützling noch und setzte sich dann selbst auf eine Schaukel, die sein Vater ihm mit zwei Seilen an den Ast eines Apfelbaums gehängt hatte.

Gustav betrachtete seinen Sohn, wie er die Schaukel langsam in Schwung brachte. Er versuchte, sich vorzustellen, welche Verwandlungen dieser Junge noch erleben würde. Was würde aus ihm werden, und würde er sich an die Raupe des Kohlweißlings noch erinnern, wenn er groß war?

In der kommenden Woche lud er Willi zum Essen in den »Wilden Mann« ein. Er hatte ihm vorher nicht gesagt, was der Anlass war. Tatsächlich war es eine spontane Idee gewesen. Nach dem Erlebnis mit der Kohlweißling-Raupe und dem Gespräch mit Peter hatte sich bei ihm das Gefühl eingeschlichen, auch in seinem Leben sei jetzt der richtige Zeitpunkt für eine Veränderung. Wie lange waren sie inzwischen in ihrer Manufaktur in Inrath – fünfzehn Jahre? Die letzten davon hatten sie sich in bewährten und eingefahrenen Bahnen bewegt – kirchliche Paramente, Möbeltextilien, Stoffe für wertvolle Kleider, meistens zwei Wochen an einem Muster, bevor sie einen neuen Satz Lochkarten erhielten. Zwölf Stunden am Tag, sechs Tage in der Woche. Willi und er waren gut, machten kaum Fehler, Schulz war zufrieden mit ihrer Arbeit und entlohnte sie wie vereinbart, und das war ordentlich. Und doch hatte Gustav eine Unruhe gepackt. Waren die letzten Jahre in ihrer Ereignislosigkeit sein Kokon gewesen? Eine Hülle aus Routinen, Gewohnheiten und eingespielten Mustern? Es war an der Zeit, dass er sich in etwas Neues verwandelte. Er wollte die Schale, in die ihn sein Berufsleben gehüllt hatte, knacken. Und er wollte wissen, ob es seinem Partner Willi ähnlich ging.

Sie bestellten sich beide Rinderleber mit Zwiebeln und Kartoffeln und dazu ein Glas Bier. Willi, der vor vier Jahren – nach zwei Jahrzehnten als Junggeselle – eine Frau kennengelernt und sie geheiratet hatte, war gerade zum zweiten Mal Vater geworden, sein älterer Sohn war so alt wie Peter. Sie redeten über unruhige Nächte und das Glück, ein Kind die ersten Worte sprechen zu hören. Darüber, dass ihre Frauen als Mütter Rollen einnahmen, die sie vorher an ihnen nicht gekannt hatten – mit merkwürdigen Begleiterscheinungen wie der, dass sie zu ihren Kindern manchmal mit einer viel höheren Stimme sprachen als zu ihren Männern –, und über die Sorge, eine stetig wachsende Zahl an Mägen füllen zu müssen. Dann brachte Gustav das Gespräch auf ihr Geschäft. Er frage sich, ob es nicht an der Zeit sei, das Projekt der eigenen Weberei anzugehen. Selbstständig, nicht als Lohnarbeiter für Rigal & Heydweiller. Die Erfahrung hätten sie doch, die Kunden würden sie finden, und wäre es nicht schön, ihre Stoffe selbst zu entwerfen, statt nur fertige Vorlagen zum Abweben zu bekommen? Gustav wusste, dass Willi in dem Raum, den sie anfangs als Atelier zum Zeichnen und Entwerfen eingerichtet, aber nie wirklich genutzt hatten, abends oft noch lange saß. Und dann mit Tusche und Aquarellfarben Entwürfe für Stoffe anfertigte, die leicht, lebendig und wunderschön waren. Muster, die dieses Atelier nie verließen. Schmetterlinge, die ihre Flügel nie ausbreiteten. Willi lächelte wehmütig, als Gustav das ansprach. »Aber das heißt, dass wir Patroneure und Kartenschläger brauchen, die Jacquard-Maschinen kaufen müssen, das Garn selbst besorgen, scheren und aufbäumen, die Kunden finden und betreuen, all das. Viel Holz.«

Gustav nickte. »Ja, das stimmt. Da hängt viel dran. Aber vielleicht müssen wir auch nicht alles selbst machen. Du machst die Entwürfe, die Vorbereitungen geben wir raus, dann weben und verkaufen wir es.«

Willi zögerte. »Das heißt, wir müssen uns für die Maschinen erst einmal eine Stange Geld leihen. Ist riskant, und wir haben beide Familien.«

Wieder stimmte Gustav ihm zu. »Wir sollten gut rechnen. Aber ich glaube, dass das Risiko nicht so groß ist. Jedes Mal, wenn die Glattware in den letzten Jahren eingebrochen ist, war der Rückgang bei uns nur minimal.«

Willi dachte wieder an seine Zeichnungen. Gustav merkte, dass es ihm eine Versuchung war, sie aus eigener Hand gewebt zu sehen. Er hakte nach: »Wir reden mit Schulz, ob er uns die Stühle verkaufen möchte. Und dann erkundige ich mich, zu welchen Bedingungen wir Geld leihen können.«

Willi war einverstanden. Gustav schlug ihm mit der Hand auf die Schulter. »Paramentenweberei Puller & Onderbank, Willi, das wäre was, oder?« Der Freund lachte und nickte. Dann bestellten sie sich noch ein Bier und ließen sich die Rinderleber schmecken.

An einem sonnigen Herbsttag Ende Oktober schlugen Johanna und Gustav ihren Kindern vor, mit der Eisenbahn einen Ausflug nach Geldern zu machen, dem Ort, an dem Johanna aufgewachsen war. Schon lange hatte sie dorthin gewollt, aber mit dem Postwagen dauerte die Reise vier bis fünf Stunden, und mit den Kindern war das umständlich und teuer. Seit März aber fuhr die Eisenbahn von Krefeld über Kempen weiter bis nach Geldern, sie wären also in einer Stunde da, und sie hatten den Kindern ohnehin schon lange versprochen, mit ihnen einmal mit der Bahn zu fahren. Jetzt war es endlich so weit. Sie packten einen großen Picknickkorb, gingen zum Hauptbahnhof, lösten zwei normale und sieben Kinder-Billets und stiegen ein. Die inzwischen dreizehnjährige Charlotte und ihre zwei Jahre jüngere Schwester Auguste machten sich auf, die gesamte Eisenbahn zu erkunden, sobald der Zug den Bahnhof verlassen hatte. Wobei sie sich aufgeregt an den Haltestangen festhielten, als wären sie an Bord eines Schiffes auf schwerer See. Friedrich und Matthias drückten ihre Nasen an die Scheibe ihres Abteils und starrten, während der Zug durch Wiesen und Wälder rauschte, fasziniert auf die vorbeifliegenden Bäume, Höfe und Kutschen. In St. Tönis, Kempen, Aldekerk und Kerken hielt der Zug an, nicht ohne vorher einen kräftigen Pfiff auszustoßen. Ausflügler und Händler stiegen ein und aus, das Treiben auf dem Bahnhof fesselte die Kinder, die nicht wussten, wo sie zuerst hinsehen sollten. Die Jüngeren, Augustine und Peter, drückten sich eng an ihre Eltern, ihnen schien das alles etwas unheimlich zu sein. Nur der neun Monate alte Hermann schlief selig in den Armen seiner Mutter, vom gleichförmigen »Klackklack« der Schwellen in den Schlaf geschaukelt.

In Geldern wurden sie von Johannas Cousin Wilhelm am Bahnhof abgeholt. Johanna hatte ihn das letzte Mal vor fünfzehn Jahren gesehen und fragte sich, ob sie ihn wiedererkennen würde. Es war ihr Cousin, der sie zuerst entdeckte. Sie betrachteten sich einen Moment, nickten, als wollten sie sagen: »Ja, du bist es noch«, und umarmten sich herzlich. Nachdem Johanna ihre Familie vorgestellt hatte, gingen Wilhelm und sie untergehakt voran zu Johannas Geburtshaus. Es stand zwei Straßen weiter in der Altstadt und wurde inzwischen von Wilhelms Familie bewohnt. Ein alter Backsteinbau, in dessen Hinterhof früher die Schneiderwerkstatt von Johannas Vater lag. Wilhelms Frau hatte in einer geschützten, sonnigen Ecke des Hofes eine lange Tafel gedeckt, und da es auch Johannas Cousin inzwischen auf sieben Kinder gebracht hatte, wurde es eng unter den fröhlichen Gästen. Aus dem Picknickkorb zauberte Gustav eine Apfeltorte hervor, und Wilhelm behauptete augenzwinkernd, der Ruf der Puller'schen Appeltaat habe sich schon längst bis nach Geldern verbreitet.

Nach dem Kaffeetrinken tobten die Kinder ausgelassen durch das Gelände und spielten Verstecken. Hermann lag auf einer Decke in der Sonne und schlief tief und fest. Johanna fragte ihren Cousin, ob sie ihre Kinder eine Weile in seiner Obhut lassen könnten – sie wollte gerne mit Gustav allein durch den Ort spazieren, mit dem sie so viele Erinnerungen verband. Wilhelm war einverstanden, und so machten Gustav und sie sich auf den Weg. Hand in Hand schlenderten sie durch die Gassen. Johanna zeigte Gustav ihre alte Schule und erzählte von ihrer Lehrerin, die schon damals Johannas kleine Stickereien gelobt hatte. Eine richtige Künstlerin sei sie, hatte die Lehrerin gesagt, und das hatte Johanna sehr stolz gemacht.

Sie gingen an den Resten der alten Stadtmauer entlang um den Ort herum, bestiegen den Mühlenturm und sahen von oben über die Dächer der Stadt. Johanna erzählte die Geschichte von einem verletzten Vogel, den sie einmal mit ihrer Freundin gefunden und gepflegt habe, bis der eines Tages weggeflogen sei. Von einer alten Frau, die als Bettlerin immer durch die Gassen geschlichen sei und vor der sie als kleines Mädchen Angst gehabt hatte. Sie hatte geglaubt, die Frau sei eine Hexe und werde sie verzaubern, denn sie hatte ausgesehen wie die Hexe auf einer Zeichnung in ihrer alten Märchenbuch-Ausgabe von »Hänsel und Gretel«. Johanna berichtete vom Mühlteich, vor dem sie mit ihrer besten Freundin oft gesessen und Enten gefüttert hatte. Einmal hatten sie mit zwei Jungen aus der Klasse dort heimlich geangelt. Als sie plötzlich einen großen zappelnden Karpfen am Haken gehabt hatten, waren sie so erschrocken, dass sie den Fisch schnell wieder losgemacht und in den Teich geworfen hatten.

Ob sie bedaure, nicht mehr in dem Ort zu leben, in dem sie groß geworden war, wollte Gustav wissen, der ihre Erzählungen in sich aufsog und spürte, dass er heute Dinge von Johanna erfuhr, von denen er keine Ahnung gehabt hatte. Nein, sagte sie, sie sei glücklich jetzt, mit ihrer Arbeit, mit dem Leben in der Großstadt, mit ihm und den Kindern. »Trotzdem sind es schöne Erinnerungen. Sie zu haben, tut gut.« Und dann fragte sie zurück: Ob er denn zufrieden sei mit dem, was sein Leben jetzt ausmache. Gustav erzählte ihr, wie sehr er sich darauf freue, sich endlich selbstständig zu machen. Von seinem Gefühl, die Zeit sei reif für einen neuen Schritt in seinem Leben, eine Veränderung, Verwandlung. Er berichtete von Peters Raupe und ihr Gespräch über das, was mit einer Raupe passierte, wenn sie sich verpuppte und zu einem Schmetterling wurde.

»Ist es das?«, fragte Johanna. »Das Bild deines Lebens? Die Raupe, die sich mit einem seidenen Faden einspinnt und in eine neue Form verwandelt?«

Gustav stutzte, was meinte sie mit »Bild deines Lebens«? Dann fiel es ihm wieder ein: ihre Frage, welches Motiv er für sein Seelentuch wählen würde. Er hatte immer noch nicht herausgefunden, ob es so ein Bild für ihn gab. Eine Raupe? Warum nicht. Der Rhythmus aus Fressen und Verpuppen, aus In-sich-Aufnehmen und Sich-Verwandeln gefiel ihm. Es gab eine Zeit, die Welt aufzusaugen mit allem, was sie zu bieten hatte, und eine Zeit, sich zurückzuziehen und sich auf das zu konzentrieren, was wesentlich war. Wie in einem Kokon – abgeschlossen gegen alle Versuchungen von außen. Wenn er diesen Takt spürte und ihm folgte, konnte er sich entwickeln. Nur wenn er zur Raupe wurde und dann zur Puppe, konnte er die Schönheit und die Freiheit eines Schmetterlings gewinnen. Wenn es das war, was ihn die Raupe lehrte, würde er sie gerne in sein Seelentuch aufnehmen.

»Ja«, erklärte er. »Die Raupe ist ein schönes Tier.«

Johanna blickte ihn nachdenklich an. Dann verzog sich ihr Gesicht zu einem belustigten Lachen. »Wenn du jetzt zum Schmetterling mutierst, wirst du mich denn noch an deiner Seite haben wollen? Wo ich doch weiter eine Raupe bleibe?«

Er war überrascht. Dann verstand er, was sie meinte. Oder befürchtete. »Du bist doch längst ein Schmetterling«, sagte er. »Du warst es schon, als wir uns kennengelernt haben. Und es war mein großes Glück, dass du mich trotzdem genommen hast.« Er verlangsamte seinen Schritt, zog sie an sich und gab ihr einen Kuss. »Und egal was passiert, ich möchte immer neben dir fliegen. Davonfliegen werde ich dir nie und du mir hoffentlich auch nicht.«

Sie strich ihm durchs Haar. »Das wollte ich hören«, sagte sie.

Auf dem Rückweg waren alle ein bisschen erschöpft von den vielen Eindrücken des Tages. Jetzt schliefen nicht nur Hermann, sondern auch Peter und Augustine, während die anderen aus dem Abteilfenster schauten und ihren Gedanken nachhingen. Gustav ließ seinen Blick über Pferdekoppeln, Wiesen und kopfweidengesäumte Wege schweifen, während es langsam zu dämmern begann. Über kleinen Tümpeln stand leichter Nebel. Eine seltsame Mischung aus Glück und Wehmut überfiel ihn, er nahm Johannas Hand und drückte sie. Sie zog fragend die Augenbrauen hoch, sah den Schimmer in seinen Augen, lächelte, legte ihren Kopf auf seine Schulter und blickte mit ihm gemeinsam hinaus in die vorbeifliegende Landschaft. So saßen sie nebeneinander, bis ein schriller Pfiff die Ankunft in Krefeld signalisierte.

# 1863. Ein Feuerwerk zum Schluss

Die Weihnachtstage verbrachte die Familie mit ausgiebigen Mahlzeiten, gemeinsamen Spielen und gemütlichen Vorleserunden. Gustav hatte die Weihnachtsgeschichte von Charles Dickens besorgt und lag damit richtig: Von seiner Ältesten, Charlotte, bis zur fünfjährigen Augustine waren die Kinder gleichermaßen gefesselt. Nur der kleine Peter fand die Erzählung zu gruselig und zog es vor, in der Zeit mit Bauklötzen, die er zu Weihnachten bekommen hatte, Türme zu konstruieren und sie mit viel Getöse wieder einstürzen zu lassen.

Nach den Feiertagen zog es Gustav nach draußen. Das ungewohnt opulente Essen und die Enge in dem Haus waren ihm zu viel, er fühlte sich unwohl und hatte das Bedürfnis, an die frische Luft zu kommen. Er beschloss, seinem Neffen Friedrich bei den Vorbereitungen für das jährliche Silvester-Familienfest in der Wirtschaft im Gahlingspfad zu helfen. Friedrich hatte das Lokal, das auch nach Heinrichs Tod in der Familie weiter »Chez Henry« genannt wurde, übernommen und ging vollkommen in seiner neuen Rolle als Gastwirt auf. Nach dem Frühstück schlug Gustav seinen Jackenkragen hoch und machte sich auf den Weg.

Er fand Friedrich nicht in der Küche, sondern in seiner Werkstatt hinter dem Haus. Hierhin hatte er sich zurückgezogen und experimentierte mit selbst gebauten Feuerwerkskörpern. Die Krefelder liebten Feuerwerks-Darbietungen. Meistens gab es sie aus besonderen Anlässen wie dem Königsgeburtstag, manchmal ließen es aber auch die Fabrikbesitzer bei privaten Feiern krachen und leuchten und boten damit der ganzen Stadt ein Spektakel. Friedrich hatte eine große Leidenschaft für chemische Prozesse – sein Neffe erinnerte Gustav darin an den Theaterbesitzer Michael Rump und dessen Freude an seinen Experimenten mit Leuchtgas. Und Friedrich hatte von seinem Vater einen Instinkt für Geschäfte geerbt: Mit der Pyrotechnik, die nur wenige beherrschten, wäre mancher Taler zu verdienen, behauptete er. Er hatte sich vorgenommen, zum Jahreswechsel eine kleine Probe seines Könnens zu geben – und es lag in der Natur dieser Kunst, dass sie nicht verborgen bleiben, sondern am Neujahrsmorgen Stadtgespräch sein würde. Genau dann also, wenn die wohlhabenden Familien mit ihren Kutschen traditionell eine Runde durch die Stadt drehen und allen Freunden und Nachbarn ihre Neujahrsgrüße entbieten würden.

Die Werkstatt war, wie Gustav feststellte, gut ausgerüstet. Bohr- und Aufwindbänke standen dort, Schwärmer- und Raketenstöcke, Kupferkessel und irdene Töpfe. In Regale waren Haarsiebe und eiserne Lineale sortiert, nach Größe geordnete Löffel, Papiermesser und eine feine Waage. Daneben hatte Friedrich in großen Gläsern, kleinen Kanistern und Blechdosen Chemikalien aller Art verstaut. »Salpeter 3fach geläutert«, las Gustav auf einem Behälter, »Kanonenschwefel« stand auf einem Glas, dessen Inhalt gelb leuchtete. In einer großen Blechdose lagerte »Kohle aus Hundsbeerholz«, auf einer stabilen Holzkiste war »Kanonenpulver« vermerkt. Kleinere Dosen waren mit

Borax, Colophonium, Sägespänen und Amber gefüllt. In einer Schublade befand sich in Streifen geschnittenes Kanzleipapier, in einer anderen Garne, Schnüre und Bindfäden. Ein großes Glas enthielt Leim, ein anderes Terpentin.

Gustav staunte. »Woher kannst du das?«

»Das meiste habe ich in Büchern gelesen«, erklärte sein Neffe. Gustavs Blick fiel auf einen Wälzer, der aufgeschlagen auf dem Tisch lag: »Die Lustfeuerwerkerei zur Verschönerung öffentlicher und häuslicher Feste«, lautete sein Titel.

»Und du hast die Raketen für Silvester schon fertig?«, fragte Gustav.

»Schon längst«, versicherte Friedrich. Er führte ihn in den Hof hinter der Werkstatt, wo er einen Holzständer aufgebaut hatte, in dem Dutzende von Raketen steckten. Morgen werde er sie mit Lunten versehen und sie so miteinander verbinden, dass das Feuerwerk beim Abbrennen eine schöne Vorstellung gebe. Mit einer genau komponierten Abfolge an Effekten und Farben. Auf die komme es an. Gustav versprach, ihm zu helfen.

Am Dienstagvormittag, zwei Tage vor dem Jahreswechsel, war es sonnig, und die Familie beschloss, einen Spaziergang durch das Diessemer Bruch zu machen. Gierig sog Gustav die frische Winterluft in sich auf, und wieder berührte ihn diese durch pappelgesäumte Bäche konturierte Landschaft auf eigenartige Weise. Krähen krächzten, Laub raschelte im Wind, irgendwo bellte ein Hofhund, die Kinder waren vorgelaufen, er sah ihre Mützen hüpfen und hörte ihr Lachen. »Es ist schön hier«, sagte er zu Johanna, und sie ergänzte: »Es ist schön, dass wir alle zusammen heute mal Zeit haben.« Sie hatte recht, das kam selten vor. Sonst waren die Tage vollgepackt mit Arbeit, ein freier Tag wie dieser ein Geschenk. Zu Hause aßen sie Brot und Käse, Johanna und er tranken noch eine Tasse Kaffee und unterhielten sich über ihren Ausflug nach Geldern. Die Kinder hatten noch Tage danach von der Eisenbahn geschwärmt und wollten unbedingt wieder mit ihr fahren. Gustav erzählte Johanna von Friedrichs Raketen, und als er sich verabschiedete, um seinem Neffen beim Vorbereiten des Feuerwerks zu helfen, nahm sie ihn fest in die Arme, flüsterte ihm »Ich liebe dich« ins Ohr, fügte dann laut hinzu: »Passt auf euch auf, es ist schnell etwas passiert.«

Als Gustav in den Gahlingspfad kam, hatte Friedrich die Gerätschaften für sein Spektakel bereits aufgebaut. Direkt an der Straße, gut sichtbar für die Nachbarschaft, hatte er vier Pfähle in den Boden gerammt. An den beiden äußeren waren in Mannshöhe zwei Räder von drei Fuß Durchmesser befestigt, auf denen jeweils zwölf zylinderförmige Brandhülsen angeordnet waren – wie eine Uhr mit zwölf Zeigern. Aus den Brandhülsen hingen Zündschnüre, die gebündelt auf den Boden geführt waren. »Stehende Sonnen«, erklärte Friedrich, »mit vier verschiedenen Farben, die nicht gleichzeitig, sondern nacheinander abbrennen.« Das Feuer treffe dank der unterschiedlich langen Zündschnüre zu einem jeweils exakt berechneten Zeitpunkt auf das Pulver – präzise wie ein Uhrwerk. Damit die Lunten nicht versehentlich Feuer fingen, führe er sie auf dem Weg von seinem Steuerpult aus durch schützende Pappröhrchen. Die verschiedenen Farben, erklärte er, rührten von unterschiedlichen Beimischungen im Kanonenpulver her: Grün komme von Kupfer, rot von Colophonium, Himmelblau erhalte er, wenn er Nickel zugebe, Gelb von spanischer Soda. Mindestens sechs Fuß weit würden die

Brandhülsen ihren Feuerregen ausspeien – jede Einzelne in einem scharfen Strahl wie ein flammendes Schwert.

Die beiden anderen Pfähle, zwischen den Stehenden Sonnen platziert, waren noch drei Fuß höher, und auch sie erhielten jeweils zwölf Treibsätze. Die Räder, auf die die Brandhülsen gebunden waren, hatten in der Mitte eine bewegliche Achse. Die funkensprühenden Pappzylinder hatte Friedrich so befestigt, dass sie, einmal entzündet, das Rad beim Abbrennen in Bewegung versetzen würden. Ein rotierendes Feuerrad. So etwas hatte Gustav noch nicht gesehen.

Hinter der Pfahlreihe stand die Stellage mit den Raketen, mit denen Friedrich seinen Neujahrsgruß in die Silvesternacht malen wollte. Sie waren so angebracht, dass sie auf ihrer Flugbahn das Rad eines Pfaus in den Himmel zaubern würden. Auf dem höchsten Punkt sollten sie dann ihre Ladung entlassen: Sterne, Schläge oder Schwärmer, gestaffelt in einer von Friedrich genau ausgetüftelten Reihenfolge.

Auch mit dem letzten Element seiner kleinen Silvestergala war Friedrich sehr zufrieden. Hinter dem Raketenbock, einige Fuß in das Grundstück eingerückt, hatte er acht Rohre in den Boden eingelassen, die er mit Kugeln befüllen würde. Diese, so erklärte er, würden erst mit hoher Geschwindigkeit in den Himmel getrieben und dort mit einem Donnerschlag explodieren. Diese Kanonenschläge sollten der Weckruf für seine Darbietung sein, der erste von vier Akten des Puller'schen Feuerzaubers.

Die Zündschnüre auf die richtigen Längen zuzuschneiden und in die schützenden Pappröhrchen einzufädeln – das war die Arbeit, die die beiden Männer in den nächsten Stunden beschäftigte. Als sie fertig waren, war es bereits dunkel. Friedrich führte auf einer alten Schulbank unter einem schützenden Dach im Hof alle Schnüre zusammen. Im Schein einer – gegen die Feuergefahr mit einem Glaszylinder geschlossenen – Laterne befestigte er die Lunten vorsichtig auf dem Pult. Hier würde übermorgen der Steuerstand sein, von dem aus er als Direktor dieses Feuertheaters die Zuschauer verzaubern wollte.

Gustav war erschöpft, die lange konzentrierte Arbeit und der für den Winter ungewöhnlich warme Tag setzten seinem Herzen zu, das wieder einmal aus dem Takt geraten war und seine Geschwindigkeit verdoppelt hatte. Weil er Friedrich nicht die Vorfreude verderben wollte, klagte er nicht, sondern setzte sich auf die Eingangsstufe der Wirtschaft. Ein Kater strich um seine Beine. Gustav streichelte ihn. Er war ein Nachkomme von Minti, jener Katze, die Wilhelm einmal in einem schneereichen Winter in einer Hütte gefunden und vor dem Erfrieren gerettet hatte. Ein Tier, das die Vorräte der Wirtschaft von Mäusen freihielt. Der Kater machte einen Buckel und flitzte in Richtung des Unterstandes, in dem Friedrich an seinen Zündschnüren arbeitete.

Wenige Minuten später kam sein Neffe heraus und setzte sich neben ihn. »Fertig«, stellte er zufrieden fest. »Alles vorbereitet.«

Gustav, dem kalter Schweiß auf der Stirn stand und der sich am liebsten ein paar Minuten hingelegt hätte, rang sich trotzdem ein Lächeln ab. »Respekt«, sagte er. »Bin gespannt, wie das aussehen wird.«

Auf dem Gahlingspfad tauchten aus der Dunkelheit einige Gestalten auf, die der Eingangstür der Wirtschaft zustrebten. Friedrich stand auf, um seinen fröhlich schwatzenden Gästen Platz zu machen, und begrüßte sie – zwei gut gekleidete Herren mit ihren Begleiterinnen, Kaufleute aus Krefeld, vermutete Gustav. Plötzlich ertönte aus dem Hof hinter dem Haus ein Klirren, der Kater kam angeschossen und jagte an ihnen vorbei in die Dunkelheit. Ein Lichtschein blitzte auf, erst schwach, dann heller, dann hörte Gustav ein leises Geräusch wie ein schwaches Sirren. Friedrich stutzte kurz, hielt den Gästen galant die Tür auf, versprach, sie sofort zu bedienen, stutzte wieder und legte die Stirn in Falten, schnüffelte, als läge da etwas in der Luft, was nicht stimmte. Begriff, was da nicht stimmte, nahm die drei Stufen vom Eingang der Wirtschaft zur Straße hinunter in einem Satz, während er gleichzeitig ein »Oh, nein, nicht das« schrie. Die Gäste standen wie vom Donner gerührt, die Damen schon halb in der Wirtschaft, die Herren noch neben dem auf den Steinstufen sitzenden Gustav, während Friedrich auf seinen Unterstand mit dem Steuerpult zustürzte, über das sich eine brennende Pfütze ergoss. Die Rüböl-Lampe: vom Kater umgeschmissen, das Glas: zerbrochen, der Inhalt: entzündet. Und das leise Knistern ließ keinen Zweifel daran, dass die Lunte, sorgsam vor allen Löschversuchen in Pappröhren verborgen, brannte. Friedrich rechnete fieberhaft die Chancen aus, das Feuerwerk noch zu stoppen, dessen präzises Ablaufen er so sorgfältig vorbereitet hatte, und kam zu dem Ergebnis, dass der Versuch vergeblich wäre. Längst fraßen die Funken sich durch die Zündschnüre, um Kanonenschläge, Raketen und Feuerräder auf unterschiedlichen Wegen anzusteuern, und Friedrich wusste, dass das flammende Uhrwerk jetzt unwiderruflich ablaufen würde. Und so wurden die vier frühen Besucher von »Chez Henry«, die inzwischen wieder auf die Straße getreten waren, um zu sehen, was den Wirt so aus der Fassung gebracht hatte, Ehrengäste des ungewöhnlichsten Schauspiels, das sie bisher erlebt hatten.

Zuerst erreichte das Feuer die Kanonenschläge in den Rohren. Die Funken der Lunte trafen von unten auf den Treibsatz, dann dauerte es wenige Sekunden, bis ein scharfes Zischen die erste Kugel aus dem Rohr in den Himmel trieb, wo sie mit einem lauten Knall detonierte. Eins, zwei, drei ... Genau achtmal vollzog sich die Abfolge von Zischen und Explosion, Friedrich zählte automatisch mit: jeweils zehn Sekunden lagen zwischen den Böllerschüssen, ein verfrühter Salut auf das neue Jahr und auf die Kunst des Pyrotechnikers Friedrich Puller. Nach eineinhalb Minuten hallte nur noch das Echo über den Häusern nach, die vier Gäste standen bewegungslos auf der Straße, erschrocken, erstaunt und beeindruckt. Einer der Herren fand die Fassung wieder und bemerkte trocken: »Aber Friedrich, das wäre doch nicht nötig gewesen.« Doch der zählte in Gedanken bereits von dreißig an rückwärts, den Blick auf die Stehenden Sonnen gerichtet. Aus den Augenwinkeln konnte er sehen, wie sich die Türen der umliegenden Häuser öffneten, die Nachbarn vorsichtig auf die Straße traten und sich scheuen Blickes, vom Kanonendonner geängstigt, umsahen.

Da hatte die brennende Zündschnur bereits den nächsten Akt der Vorstellung ausgelöst. Aus den zwei auf Pfählen fixierten Stehenden Sonnen stießen farbige Schwerter in die Dunkelheit: Erst zischten jeweils drei grüne Feuerstrahlen in die Nacht. Dann schlossen sich drei rote Lichtlanzen an, leicht versetzt zu den ersten. Kaum waren diese verloschen, spien die benachbarten Pappzylinder ihre Ladung aus – gelb diesmal. Und schließlich griffen blaue Finger nach den Zuschauern. Friedrich sah die letzten Rauchkringel in den Himmel über seiner Wirtschaft steigen. So hatte er es sich vorgestellt, wenn auch erst für den Silvesterabend.

Jetzt fraß sich die Lunte zur Stellage mit den Brillantraketen durch. Friedrich schloss die Augen, lauschte auf das leise Zischen der brennenden Hanfschnur in den Röhrchen, den Schlagadern seines Lichtspektakels. Wie auf ein unsichtbares Signal schossen die zwölf ersten Raketen parallel aus ihren Bohrungen: Sechs beschrieben die Form eines Pfauenrades in Richtung Norden, sechs in Richtung Süden. Auf dem Zenit ihrer Flugbahn zerspritzten die Körper der Raketen und schickten zwölf Wolken glitzernder weißer Funken in den Himmel, die langsam zur Erde sanken, majestätisch herabschwebten, ohne Eile, die Häuser und die Menschen in ein magisches Licht tauchend, bevor sie nach und nach verloschen.

Das zweite Dutzend Brillantraketen entfaltete sich nach seinem Aufstieg zu zwölf bunten Ballons, die farbig und strahlend am Himmel standen und scheinbar gar nicht mehr aufhören wollten. Blau, rot, gelb und grün warfen sie ihren Schein auf die Gesichter der Zuschauer, die gebannt zum Himmel starrten, als müsse zwischen diesen überirdischen Erscheinungen eine göttliche Gestalt herabsinken. Kaum waren die leuchtenden Bälle verschwunden, folgte der dritte Aufstieg der Puller'schen Raketenkunst – und diesmal schienen sich diese am Himmel von selbst zu vermehren: Die zwölf detonierenden Körper entließen jeweils sechs kleinere Schläge, die in alle Richtungen wegstoben, dann ihrerseits explodierten und helle Schweife verschossen. Sie verzauberten den Himmel für eine halbe Minute in ein Glitzermeer, bevor auch diese Kometen verglühten.

Die Stellage war leer, der Raketenbock hatte seine Schuldigkeit getan. Jetzt, so hoffte Friedrich, würde auch der letzte Akt seiner Inszenierung wie vorgesehen abbrennen. Der Funke der Zündschnur hatte sich wieder zu den Pfählen durchgefressen und zu den beiden Feuerrädern vorgearbeitet, die das Theater wieder vom Himmel auf die Erde holen und dort zu einem Abschluss bringen sollten. Den Brandhülsen entwich ein erst zaghafter, dann anschwellender Strahl, der die Räder in eine kreisende Bewegung versetzte. Die Funken stoben aus den Hülsen, und die Betrachter, deren Augen noch zum Himmel gerichtet waren, sprangen erschrocken zur Seite. Eine halbe Minute dauerte dieser letzte Akt entfesselter Chemie in allen Farben, langsam verglomm die Glut auf der Straße. Eine dichte Wolke lag vor der Wirtschaft, und als sie sich verzog, begannen die vor Staunen erstarrten Zuschauer, sich wieder zu regen. Zwei Dutzend Händepaare spendeten Beifall, Bravo-Rufe ertönten und Friedrich als der offensichtliche Urheber dieser überraschenden Aufführung wurde mit – von anerkennendem Schulterklopfen begleiteten – Fragen bestürmt. Hinter dem Schuppen mit dem Steuerpult strich mit unschuldigem Blick der Kater entlang.

Dass sein Onkel während der ganzen Vorstellung keine Reaktion gezeigt hatte, fiel Friedrich erst jetzt auf. Das Feuerwerk hatte ihn so gefesselt, dass er weder für die Zuschauer noch für Gustav ein Auge gehabt hatte. Jetzt, wo die Spannung von ihm abfiel, wollte er ihm um den Hals fallen und seine Freude mit dem teilen, der als Einziger ermessen konnte, wie viel Arbeit in diesem Unternehmen steckte. Doch Gustav, so berichtete Friedrich später der Familie, habe immer noch auf den Treppenstufen der Wirtschaft gesessen wie in dem Moment, als der Kater die Kettenreaktion ausgelöst hatte. Da er von dort eine perfekte Sicht auf das Feuerwerk gehabt habe, gab es – so hatte Friedrich angenommen – für seinen Onkel keine Notwendigkeit, seinen Platz zu verlassen. Ob sein Herz schon während der anfänglichen Kanonenschläge oder erst bei der opulenten Darbietung der Raketen am Krefelder Nachthimmel aufgehört hatte zu schlagen, wusste niemand. Aber Gustav war tot, und auch der eilig herbeigeholte Arzt konnte nur das Herzversagen bestätigen. Gustavs Lebensfunke war mit denen des Feuerwerks erloschen.

Sie trugen Gustav in einen Nebenraum der Gaststube. Dort hatte Friedrich eilig acht Stühle so zusammengeschoben, dass ihre Sitzflächen ein improvisiertes Lager ergaben. Die Stuhllehnen, so erinnerte sich Peter später vage, schienen den toten Vater wie das Gitter an einem Kinderbett daran zu hindern, auf den Boden zu rollen. Neben dem Kopfende brannte eine Kerze. In der Nacht wachte Johanna an dieser merkwürdigen Bettstatt. Neben ihr nahmen abwechselnd die Kinder Platz, um gemeinsam den Schmerz zu teilen, der so unvermutet über sie gekommen war, dass sie ihn noch nicht begriffen. Konnte es wahr sein, dass Gustav, der noch am Vormittag mit ihnen durch die Wiesen gelaufen war, jetzt regungslos vor ihnen lag? Das stimmt nicht, durchfuhr es Johanna immer wieder, das ist nur ein furchtbarer Albtraum. Aber auch nach einer langen Nacht des Wachens war sie aus diesem Traum nicht aufgewacht, und Freunde führten sie behutsam nach Hause, damit sie dort zur Ruhe kommen möge.

Als Peter das Totenzimmer in der Wirtschaft an der Hand der älteren Schwester Charlotte betrat, fand er das

Gesicht des Vaters von einem Seidentuch bedeckt. Auf das Tuch war eine Raupe gestickt, die nach der Art von Raupen mit einem Buckel in der Mitte ihren Weg suchte, den Kopf mit großen Augen zum Betrachter gedreht. Er erkannte das Tier, das er im Sommer im Garten gefunden und seinem Vater gezeigt hatte. »Guck mal«, sagte er zu Charlotte, und sie lächelte irritiert. Als Peter seine Mutter später fragte, warum seinem Vater eine gestickte Raupe über das Gesicht laufe, nahm sie seine Hand und erklärte ihm, er habe diese Tiere gemocht.

»Ich auch«, antwortete Peter. Johanna strich ihm übers Haar und sagte, das wisse sie doch.

»Raupen bauen einen Kokon und werden dann Schmetterlinge«, erklärte Peter ihr.

»Vielleicht tut dein Vater das auch gerade«, erwiderte seine Mutter. »Und dann schwebt er durch den Himmel und passt auf uns auf.«

Jetzt hatte Gustav endlich sein Seelentuch, dachte Johanna. Aber er hat es nicht mehr gesehen – sie hatte keine Gelegenheit gehabt, ihm ihr Werk zu zeigen. Er hätte es gemocht, dessen war sie sich sicher. »Darf ich auch ein Taschentuch mit einer Raupe drauf haben?«, fragte Peter.

»Aber sicher, mein Schatz«, antwortete Johanna. »Ich sticke dir eins.«

# Epilog: 1869. Ein guter Beruf

An einem Frühjahrstag im Jahr 1869 besuchte der achtjährige Peter die Bäckerei seiner Tante Lisetta in Steckendorf. Er liebte diesen Ort: den wohligen Geruch von Holzfeuer und frischem Brot, das Ladenlokal mit dem verführerischen Gebäck, das ständige Treiben auf der Straße, die in die Nachbarstadt Moers führte und auf der Kutschen, Fuhrwerke und viele Menschen zu Fuß unterwegs waren. Tante Lisetta war immer freundlich zu ihm. Er durfte beim Verkaufen der Brote helfen und zuhören, wenn die Kundinnen Neuigkeiten aus der Stadt erzählten. Wenn er Hunger hatte, bekam er ein frisches weißes Brötchen und manchmal sogar ein Stück Apfeltorte, die er so gerne mochte. Und wenn er Lust hatte, ging er zu Onkel Heinrich, Tante Lisettas Mann, in die Backstube, setzte sich neben den Ofen und schaute dem schweigsamen Bäcker zu, wenn er die dampfenden Brote auf einer großen Schaufel aus dem Ofen zog.

Der Tag, an dem sein Vater gestorben war, hatte in Krefeld lange für Gesprächsstoff gesorgt. Zum einen wegen des unbeabsichtigt abgebrannten Feuerwerks, so verschwenderisch, wie vorher noch keines in Krefeld zu sehen gewesen war. Zum anderen, weil Peters Vater – ausgerechnet während Friedrichs Raketen den Himmel erleuchteten – auf den Steinstufen des Wirtshauses das Herz versagt hatte. Der Junge hatte es damals lange nicht verstanden: Wieso war sein Vater nicht mehr da? Noch Wochen danach war er sich, wenn er ein fröhliches Lachen hörte, sicher, dass gleich das Gesicht seines Vaters auftauchen müsse. Und wenn ihm dann wieder einfiel, dass das ja nicht sein konnte, da sein Vater jetzt im Himmel war, traf ihn diese Erkenntnis wie ein Schwall kalten Wassers.

Inzwischen hatte sein Cousin Friedrich Krefeld verlassen. Er hatte einen Einberufungsbescheid zum Militär bekommen, denn Preußen mobilisierte zum Krieg. Friedrich, der nie verstanden hatte, warum sein Vater Heinrich Frankreich so mochte, rechnete damit, in Soldatenstiefeln dorthin geschickt zu werden. Es musste so sein, hatte er Peter erklärt, denn die Franzosen seien die Erbfeinde.

Dass Peter an einem langweiligen Sonntagnachmittag das Geheimversteck in der Bäckerei entdeckte, war Zufall. Schon jahrelang war niemand mehr die Leiter an dem Wandschrank neben der Tür hochgeklettert. Als er seine Tante einmal danach gefragt hatte, hatte diese geantwortet, da oben sei ein Fach, das wäre aber verschlossen und der Schlüssel schon lange verschwunden. Peter kletterte dennoch die Leiter hinauf. Die Tür ließ sich leicht öffnen, ein kleiner Sonnenstrahl fiel durch ein Loch in der Wand und brach sich an den Staubkörnern in der Luft zu einer feinen leuchtenden Lanze. Peter kletterte in das Fach. Das Lichtloch führte in das Ladenlokal, das an diesem Tag verwaist war. Der Raum war ganz ruhig, eine Decke lag in einer Ecke, eine kleine Kiste stand in einer anderen. Er öffnete die Holzkiste, sie enthielt ein paar Stoffstücke. Er ließ die Teile durch seine Hand gleiten. Ein Stück zerrissenen Samtstoffes, wie aus dem Stoffbezug eines

Stuhls oder eines Sofas. Ein Paar feiner weißer Handschuhe. Ein Seidentaschentuch. Er zuckte mit den Schultern und beschloss, Tante Lisetta danach zu fragen. Dann entdeckte er – versteckt in einer Ecke – einen Schlüssel. Er passte in das Schloss der Schranktür. Als Peter wieder hinunterkletterte, schloss er ab, das Holzkistchen unter dem Arm. Den Schlüssel steckte er ein.

Tante Lisetta hatte keine Ahnung, was es mit dem Inhalt des Kistchens auf sich haben konnte. »Schmeiß es weg«, riet sie ihm. »Das stinkt doch schon.« Er nahm es abends mit nach Hause nach Diessem, und als er seine Mutter allein in der Küche sitzen sah, zeigte er ihr die kleine Sammlung. »Wo hast du das her?«, fragte sie, und Peter wusste sofort, dass sie den Inhalt erkannte. Er erzählte ihr von dem Schrank in der Küche der Bäckerei. Ein Lächeln malte sich auf das Gesicht seiner Mutter, als sie aus dem Fenster in den Abendhimmel sah. Woran dachte sie? Peter hielt sich ganz still und wartete. Und dann erzählte seine Mutter ihm über seinen Vater, dass er immer zwei Dinge geliebt habe: das Licht und die Seide. Das Licht, weil er sicher war, dass, wer viel sehe, auch viel verstehe. Und er sei immer neugierig gewesen. So habe ihn das neue Gaslicht fasziniert. Auch Bücher könnten leuchten, habe er immer gesagt. Und dann habe er die Seide verehrt: die Kunst, einzelne Fäden so zu verweben, dass sie einen Stoff ergeben. Ein Gewebe, das schützte, trug und wärmte, das kunstvoll und schön anzusehen war, hergestellt von der Hand eines Menschen, der liebte, was er tat … Seine Mutter stockte.

Johanna hatte nach dem Tod Gustavs noch einmal geheiratet. Joseph hieß Peters Stiefvater und er war ein lieber und fürsorglicher Mann.

Peter fragte: »Denkst du noch oft an meinen Papa?«

Sie zögerte nur einen kleinen Moment. »Ja, das tue ich.«

»Und du liebst Stoffe genauso wie er, oder?«, fragte der Junge weiter.

»Ja, Nadel und Faden sind Geschenke des Himmels«, sagte sie, stand auf, ging zum Küchenbuffet, öffnete die oberste Schublade und holte das Seidentuch mit der aufgestickten Raupe heraus, das sie für Gustav gestickt hatte. Sanft strich sie mit den Fingern darüber. »Mein Vater war Schneider«, sagte seine Mutter, »vielleicht kommt es daher, dass ich Stoffe so mag.« Dann räumten sie gemeinsam das Holzkistchen aus, und die Mutter erklärte Peter bei jedem Stück, was es für eine Bewandtnis damit hatte. Sie erzählte von der Not der Weber und von den Versuchen, sich gegen die reichen Fabrikanten aufzulehnen. Sie berichtete über das Theater in der Rheinstraße und wie Peters Vater als junger Mann auf dem Schnürboden den Donner erzeugt habe. Bei der Frage, wem die Handschuhe gehört hätten, war sie etwas kurz angebunden. »Demoiselle Hausmann hieß die, glaube ich.« Als die Mutter ihm von der Burg Cracau erzählte, den Obstgärten, dem Teich und dem angeblichen Geheimgang nach Linn, war Peter sofort begeistert. »Können wir mal dahin? Bitte!« Vom Tod der Mädchen auf Cracau erzählte sie nichts. Der Tod brach in das Leben der Kinder ohnehin zu oft ein, fand sie.

Der Inhalt der Kiste lag vor ihnen auf dem Küchentisch ausgebreitet. Peter blickte erst auf die Stoffstücke, dann wieder auf seine Mutter, die wehmütig und glücklich zugleich aussah. Er schob die Stücke zu ihr hinüber.

»Schenk ich dir«, verkündete er großzügig.

Johanna lachte. »Danke. Bekomme ich das Kistchen dazu?«

Peter ließ ein letztes Mal seine Fingerspitzen über die Stoffe gleiten, bevor er sie in die Kiste packte und ihr beides feierlich überreichte.

»Ich will auch Schneider werden«, sagte er dann. »Darf ich?«

»Natürlich.« Seine Mutter wog das Kistchen in ihren Händen. »Ist ein guter Beruf.«

# Nachwort

Warum haben Agnes und Friedrich Puller im Februar 1837 erst zwei Tage vor seinem Tod geheiratet? Diese Merkwürdigkeit, auf die ich bei der Beschäftigung mit der Geschichte der Familie Puller – meinen Vorfahren – in Krefeld gestoßen bin, hat mich neugierig gemacht. Sie stand am Anfang der Recherchen zu diesem Buch. Dann hat mich die spannende Vergangenheit dieser einst so reichen Stadt zunehmend gefangen genommen. Ganz Krefeld verschreibt sich der Seide, diesem Stoff der Träume, steigt mit ihr auf und geht mit ihr unter. 20.000 Webstühle stehen in den Weberhäusern – dieses Handwerk bestimmt den Alltag fast aller Familien, von den Hauswebern bis zu den reichen Seidenbaronen.

Wie in einem Brennglas wird Krefeld dabei zum Schauplatz vieler Umbrüche des 19. Jahrhunderts. Die Menschen sehen die Erfindung der Telegraphie, der Eisenbahnen und die Entwicklung der Dampfmaschinen. Sie erleben Phasen des blühenden Seidenhandels und den kompletten Absturz der Konjunktur. Sie wohnen in einer der wohlhabendsten Städte Deutschlands und durchleiden dann wieder größtes Elend. Sie kämpfen für ihre Freiheit und bleiben doch als Arbeiter und Bürger unfrei.

Der Seidenweber Gustav Puller (1820–1863) hat all das erlebt – seine Geschichte versuche ich zu erzählen. Die Personen seiner Familie sind historisch, ebenso die der

Bewohner des sagenumwobenen Gutes Cracau, die dramatischen Ereignisse der Unruhen von 1828 und 1848 und die Malaria, die den Niederrhein heimsuchte. Der »Milchverein« traf sich in Krefeld und der leuchtgas-verliebte Theaterdirektor Michael Rump engagierte die Düsseldorfer Schauspieltruppe Derossi mit der vielseitigen Demoiselle Hausmann. Auf dem Neumarkt wurde ein Räuber angeprangert, und in den Straßen bettelte die alte Anna Möskes, deren Schicksal den Polizeikommissar Walther so berührt hat. Die Elendssiedlung »Bellevue« und die bitteren Folgen der Kartoffelfäule gehören zur Geschichte dieser Stadt, ebenso wie der »Wolfsjäger« – und spätere Wohltäter – Cornelius de Greiff. Tatsächlich waren die Krefelder über die Einführung der ersten echten Gaslaternen und der neuen Eisenbahn begeistert. Man kann es sich vorstellen. Was für ein Jahrhundert!

Ein einfacher Seidenweber wie Gustav Puller hat kein Tagebuch geschrieben – also beschreibe ich sein Leben so, wie ich es mir vorstelle. Auch seinen Freund Willi und dessen Familie stelle ich ihm an die Seite. Warum Gustavs Eltern erst zwei Tage vor dem Tod seines Vaters geheiratet haben – das kann wohl niemand mehr mit Sicherheit sagen. Aber könnte es so nicht gewesen sein?

Viele Facetten des Lebens im Krefeld des 19. Jahrhunderts konnte ich im Krefelder Stadtarchiv recherchieren – den Mitarbeitenden dort, namentlich dem Direktor Dr. Olaf Richter, gilt mein herzlicher Dank für ihre Unterstützung. Ebenso bedanke ich mich bei den Ehrenamtlichen, die im »Haus der Seidenkultur« allen Interessierten das Krefelder Erbe der Weberei praktisch nahebringen – ein spannender Ort, an dem ich viel gelernt habe, unter anderem über die Jacquard-Weberei.

# *Ausgewählte Quellen*

*Im Folgenden verweise ich auf ausgewählte interessante Bücher und Aufsätze – viele von ihnen sind in dem seit mehr als 100 Jahren erscheinenden und für die Lokalhistorie unschätzbar wertvollen Periodikum »Die Heimat – Krefelder Jahrbuch« (DH) erschienen.*

Beck, Ludwig und von Beckerath, Bruno: Erinnerungen an Cracau. DH 42 (1971), 63 ff.

Buschbell, Gottfried: Geschichte der Stadt Krefeld, Band II, Krefeld 1954.

Div.: Serie »Neuer Schauplatz der Künste und Handwerke«, 300 Bände, 1819 ff. Darin u. a. Band 92: »Die Lustfeuerwerkerei zur Verschönerung öffentlicher und häuslicher Feste«

Feinendegen, Reinhard/Vogt, Hans (Hg.): Geschichte der Stadt Krefeld, Band 3: Von der Franzosenzeit bis zum Ende des Ersten Weltkrieges (1794–1918), Krefeld 2006.

Fuchs, Hans: Kirmes in Krefeld. Geschichte und Geschichten von Schaustellern, Krefeld 1991.

Fuchs, Hans: Märkte in Krefeld. Historie und Histörchen, Krefeld 1994.

Gallas, Carmen/Kronsbein, Stefan: Malaria am Niederrhein, Krefeld 2022.

Keussen, Norbert: Eine Familienplauderei über die Anfänge des Stadttheaters in Krefeld u. a. von einem 85jährigen: DH 4 (1925), 209 ff.

Kriedte, Peter: Eine Stadt am seidenen Faden, Göttingen 1991.

Koeppen, Ernst: Kleine Stadtbiographie. Krefeld von den Anfängen bis zum Jahr 1948, Duisburg 1970.

Landschaftsverband Rheinland (Hg.): Rheinischer Städteatlas, Lief. XV, Nr.81: Krefeld, Bonn 2003.

Mertens, Gustav: Die Geschichte des Pauperismus in der Stadt Krefeld und seine Bekämpfung, Köln 1921.

Monderkamp, Jürgen: Das Krefelder Haus, Dortmund 1985.

Nettelbeck, Walter: Cornelius de Greiff, Krefeld 1969.

Osterhammel, Jürgen: Die Verwandlung der Welt. Eine Geschichte des 19. Jahrhunderts, München 2020.

Paulitzky, Heinrich Felix: Anleitung für Bürger und Landleute, wie man die gewöhnlichsten Krankheiten erkennen und durch wenige und sichere Mittel verhüten und heilen soll und kann, 6. Auflage, Frankfurt a. M. 1822.

Projekt Düsseldorfer Theaterzettel (digital.ub.uni-duesseldorf.de/theaterzettel)

Rembert, Karl: Der März des Revolutionsjahres 1948, DH 24 (1953), 119 ff.

Rembert, Karl: Zur Geschichte unserer Burg Cracau, DH 10 (1931), 243 ff.

Rembert, Karl: Jahrmarkts-Ordnung/Wochenmarkts-Ordnung für die Stadt Crefeld (1834), DH 15 (1936), 36 ff.

Rösen, Heinrich: Am Pranger auf dem Neumarkt, DH 35 (1964), 157 f.

Rösen, Heinrich: Der Aufstand der Krefelder »Seidenfabrikarbeiter« 1828 und die Bildung einer »Sicherheitswache«. Eine Dokumentation. DH 36 (1965), 32 ff.

Rösen, Heinrich: Die ersten »Gasbereitungs- und Gasbewahrungsanlagen« in Krefeld, DH 33 (1962), 121 ff./34 (1963), 115 ff.

Rösen, Heinrich: Öl- oder Gasbeleuchtung in den Straßen Krefelds? 1837-1847, DH 35 (1964), 139 ff.

Schrage, Leo: Die Geschichte des Medizinalwesens in Krefeld bis zum Jahre 1850, Krefeld-Bockum 1935.

Schubert, Friedrich: Fahrendes Volk am Niederrhein um die Wende des 18. Jh., DH 5 (1926), 127 ff.

Schüller, C.M. (Hg.): Handlungs-Adress-Buch von Crefeld, 1827.

Schüller, C.M. (Hg.): Adreßbuch der Kaufleute und Gewerbetreibenden von Crefeld, 6. Auflage (1844).

Stadt Krefeld (Hg): Zum Beispiel: Krefeld (1). Die soziale Frage im 19. Jahrhundert. Krefeld 1986.

Stadt Krefeld (Hg): Zum Beispiel: Krefeld (4). Die Seidenindustrie unter dem preußischen Merkantilismus. Krefeld 1989.

Steeger, Albert: Ueber Torfgewinnung am Niederrhein, DH 20 (1941), 86 ff.

Steifensand, C.A.: Das Malaria-Siechthum in den niederrheinischen Landen, Crefeld 1848.

Stratmann, Wilhelm: Die Revolution von 1848/49 in Krefeld. DH 69 (1998), 34 ff.

Thun, Alphons: Die Industrie am Niederrhein und ihre Arbeiter, Leipzig 1879.

von Beckerath, Heinrich Leonhard: Cracau: Aufzeichnungen und Erinnerungen. Krefeld 1905.

Voss, Jens: Mensch und Wolf – eine Hassgeschichte (darin zitiert Recherchen von Stefan Kronsbein) (RP Krefeld 7.2.2021).

Weiß, Karl: Ein deutscher Schulmann. Lebenserinnerungen, Wiesbaden 1905.

Winkler, Arthur: Plaudereien über Altkrefelder Verhältnisse, DH 4 (1925), 276 ff./DH5 (1926), 117 ff./DH 6 (1927), 47 ff.

*Weitere Titel finden Sie auf den folgenden Seiten und im Internet:*

**WWW.GMEINER-VERLAG.DE**

Margit Kruse
**Stille Nacht, Schicht im Schacht**
Kriminalroman
288 Seiten, 12,5 x 20,5 cm,
Broschur
ISBN 978-3-8392-0734-5

Am Morgen des ersten Weihnachtstages findet Privatermittlerin Margareta Sommerfeld in der Wohnung ihrer Mutter deren Freundin Anni mit einer schweren Kopfverletzung. Von Waltraud keine Spur. Auf dem Wohnzimmertisch liegt ihr rotes Notizbuch. Thomas Scheffel, Hauptkommissar in Buer und Margaretas Lebenspartner, steht wenig später auf der Matte. Wo ist Waltraud? Entführt? Margareta sucht sämtliche Personen aus dem Notizbuch auf, auch den Schamanen Hemavati. Ist Waltraud das Seminar über die Raunächte, das sie bei diesem Kerl besucht hat, zum Verhängnis geworden?

GMEINER SPANNUNG